第八届
广西网络文学大赛
获奖作品选（2022）

广西网络文学大赛组委会　编

DI-BA JIE GUANGXI WANGLUO WENXUE DASAI
HUOJIANG ZUOPIN XUAN（2022）

扫码获取

· 大赛精彩瞬间 · 网文创作课程
· 作品有声朗读 · 文学大师对谈

和我们一起共筑文学之梦

广西人民出版社

图书在版编目（CIP）数据

第八届广西网络文学大赛获奖作品选．2022 / 广西网络文学大赛组委会编．— 南宁：广西人民出版社，2024.12
ISBN 978-7-219-11769-9

Ⅰ．①第…　Ⅱ．①广…　Ⅲ．①中国文学—当代文学—作品综合集　Ⅳ．① I217.1

中国国家版本馆 CIP 数据核字（2024）第 105785 号

策　　划　罗敏超
责任编辑　王　霞
责任校对　黄　熠
装帧设计　翁襄媛　陈瑜雁

出版发行　广西人民出版社
社　　址　广西南宁市桂春路 6 号
邮　　编　530021
印　　刷　广西民族印刷包装集团有限公司
开　　本　787mm × 1092mm　1 / 16
印　　张　18.25
字　　数　318 千字
版　　次　2024 年 12 月　第 1 版
印　　次　2024 年 12 月　第 1 次印刷
书　　号　ISBN 978-7-219-11769-9
定　　价　48. 00 元

《第八届广西网络文学大赛获奖作品选（2022）》

组委会成员名单

主　任　金化伦

副主任　利来友　徐颢文　石才夫　张艺兵

成　员　黄品良　肖　珊　韦鸿学　赵彦红　房永明

组委会办公室

办 公 室 主 任　黄品良（兼）

办公室副主任　韦鸿学（兼）　韦　强

序

激发创作活力，唱响时代强音
——第八届广西网络文学大赛综述

文艺照见时代，精品滋养心灵。浸润着八桂大地的文学之风，广西网络文学大赛又走过了一个春秋。2022年，在“十四五”的新征程上，第八届广西网络文学大赛（简称大赛）以虚拟演播厅直播启动仪式拉开新一届赛事的序幕。这届大赛旨在引导广大参赛作者擘画新时代宏伟蓝图，捕捉人民群众奋勇拼搏、立志高远的不凡事迹，参与书写富于网络特色、现实特征的新篇章，收获了一批有广度、有温度的优秀作品。同时，大赛积极寻求作品的创造性转化，着力推动赛事的影响力扩张，持续探索文学产品的数字化之路，联合多方力量唱响网络文学主旋律之歌，为丰富精神产品、繁荣网络空间作出了积极贡献。

培根：聚力创作蕴意深刻、精神丰富的优秀作品

作品是赛事的根本，本固则枝荣。广西网络文学大赛以时代风向为标，拟定参赛主题引导创作方向，拉动创作出紧扣时代脉搏的作品；同时严格评选，对参赛作品从内容主题、文学价值、线索脉络、语言表达、写作技巧等方面进行综合评价，强化作品质量，推动精品创作；优化赛制，注重结合网络热点，创新征稿类型，寻找合适的网络形式，推出具备现实性和网络性的作品。

大赛征集到参赛稿件共5101部（篇），其中小说类954部、散文类3763篇、剧本类384部。这些作品立足新时代伟业、歌颂美好生活，写作手法及角度均有所创新。小说《未来之城》《爱修斯里弗的小人》《无尽夏》想象奇特，故事新奇，奇幻与现实结合得十分巧妙；《锦绣之缘》传承传统文化，诠释文化内涵；散文《从一棵树到另一棵树》《穿鞋子的面筐箩》《冬瓜》借物喻人，刻画了劳动人民的坚韧形象；剧本《陌生人》《另一把羊角匕首》聚焦热点，反思人与人之间的相处之道；《说书人》《药王残卷》构思独特，讲述扣人心弦的江湖故事，市场价值突出。这些作品关注小我、关注社会，风格多样，汇入网络文学的河流中，使网络空间和人们的精神世界更加充盈。

琢玉：蓄力光大文学价值、创造性转化网文资源

佳作的传播和流转亟须不同形式的精心打磨，犹玉在璞，雕琢成器。近年来大赛着力转化文学资源，在作品改编的各个环节上锤炼作品的品质，释放网络文学的潜力，激发文化产业的活力。大赛期间，大赛组委会重视作品的转化潜力，深入挖掘具有影视改编、有声改编价值的作品，如长篇小说《灯缘》展现传统技艺，彩灯艺术巧夺天工；剧本《山里红》为乡村教育举旗，人物形象鲜明。丰富的内容素材既能满足不同人群和市场的需求，又能与影视产业的类型化相互协同，适合影像呈现。

同时，大赛组委会积极与传媒公司、影视公司交流，陆续推介了上百部具有广西特色、贴近时事热点、引领时代发展和符合市场需求的优秀作品，

并与相关机构与单位展开对话，探索IP合作运营之道，蓄力发挥视听艺术魅力，放大原著亮点。

蝶变：开辟大赛宣传新阵地，擦亮广西网络文学新名片

大赛走过八年，始终坚持守正创新，不断蓄力扩大影响，推动广西网络文学发展蝶变。2022年，大赛通过AI技术打造全新数字化直播场景——专属虚拟演播厅，启用AI女主播主持启动仪式，助力大赛升级沉浸式直播体验，为网络文学大赛注入数字化创新力。随着大赛的启动，区内68家媒体平台相继报道，广泛发布大赛相关资讯，其中各市、县融媒体报道数量突破历届，触达广度及深度为历届之首。

此外，大赛首次尝试在微信朋友圈广告位进行征稿宣传，总曝光量超50万次。从广告投放期间的来稿情况看，区外的新人作者有明显增加，麦林文学网单日访问量一度超越启动仪式当日达到峰值。同时，线下宣传同步发力，组织作家代表、广西网络文学高校联盟的成员和文学爱好者参加大赛专题座谈会、沙龙、采风等活动；充分调动区内外资源力量，更精准地将大赛信息辐射到区内外作协及高校，吸引了区内外众多专业的青年写作者的关注和参与，为大赛人才宝库输入新鲜血液，为广西网络文学发展增光添彩。

2023年，广西网络文学大赛将在继续探索创造性转化的道路上持续前行，继续推出更多增强人民精神力量的优秀作品，引导网络文学创作者不断提升作品的精神能量、文化内涵和艺术价值，倾情为时代和人民放歌，创作出更多与新时代相匹配的文艺精品。

目　录
contents

· 散文类 ·

· 网络剧剧本类 ·

· 票选类 ·

长篇小说类

CHANGPIAN XIAOSHUO LEI

一等奖

《未来之城》

获奖理由

该作品是一部优秀的科幻文学作品，细节扎实，科技时代的特征深入文字肌理，叙事从容，语言准确，在处理内容复杂的故事情节的同时把控着文本整体的逻辑，科幻与现实的结合十分巧妙。

未来之城（节选）

彭敏艳

作者简介

彭敏艳，女，广西作协会员，现供职于平南县文化馆。作品散见于《中国校园文学》《广西文学》《红豆》《南方文学》《海外文摘》等刊物，是《中国青年作家报》首位特约编辑。《续断桥》《42床病人》分别获第二届“志愿文学”征文活动小说类一等奖、三等奖，《未来之城》获第八届广西网络文学大赛长篇小说类一等奖、第十一届广西文艺创作铜鼓奖，还有多部作品获省级以上奖项。

（本文节选该作品第十章的部分内容）

第十章　脑支点

自从知道生物芯片研究项目的阻力来自陈楚江之后，郑东东多留了一个心眼。可她愣是没能挑出什么毛病来。只有两个可能，一是他确实没有毛病，二是他隐藏得太深。郑东东更倾向于相信前者。她总觉得夹带私怨来看人像是以小人之心度君子之腹。

昨晚简化的信息让郑东东重新回归理性。Loka和乐嘉的诞生庆典，陈楚江与Loka有过一面之缘。之后，Loka在获得了独一无二的身份标识后直接投放到了万山市时空智能有限公司。那么陈楚江是在Loka去了万山市后，才与Loka密切联系的——是刻意而为之还是意外邂逅？陈楚江与Loka走得太近确实不寻常，不管以什么样的方式走近都不怎么合情理。

郑东东来到总控制室调取对Loka的监测记录，并没有发现异常。她重新修改了监测手段，建立一个独立的监测系统，加密了系统数据，进一步采取了24小时单一监测的措施，一旦Loka与陈楚江接触，郑东东当即获取信息。但这个监测也有一个漏洞，如果Loka与陈楚江的接触，是建立在一个“桥梁”基础上的，也就是说，他们没有直接接触，而是通过第三者来“搭桥”的话，这个独立的系统是监测不到的。这是目前的避开一对一监测最有效的办法，郑东东一时半会儿还没研究明白如何修补这个监测体系的漏洞。

答题神器的事很快有了眉目，根据购买神器的同学们的陈述，他们都是在一个叫“范哥”的手里购买的。警方找到这个“范哥”，他是个外省人，原来专做某违法软件，那时销量很大，生意做得很火，后来软件被下架，他的日子过得很惨淡，但他仍盯住学生群体这个大市场，线上的做不了，就转为线下的，这么一折腾就折腾出这款微型答题神器来了。经过一番审讯，发现范哥压根就不知道简方向是何方神圣，这事明摆着跟简方向没有关系了。

从在公安局上班的朋友处得知简方向没有参与其中，简单长长地舒了一口气。郑东东原来就认定这事跟简方向没有关系，她为这份坚信得到证实而得意。

两天后，何老师才轻描淡写地告知：“简方向爸爸（妈妈），警方认为，答题神器的事儿应该跟简方向没有关系。”“听清楚了吗？是警方认为‘应该’没有关系，那么她何老师仍认为有关系吗？——没有半点歉意，似乎这始终都是简方向的错。”郑东东很不满意何老师的表述，她当即要讨个说法，简单制止了她，他说：“用心理学来分析，一旦……”“别说了，我不想听。”郑东东捂住耳朵。

简易这段时间忙得不可开交，只是贷款的事，就够费脑筋了。之前四大银行都高度热情地为简易服务，就差没把他当亲爹一样供起来，现在四大银行都跟他玩起躲猫猫，一边躲一边敷衍。生活有时候真的残酷到让人不忍直视。但这不能怨人，谁不为了多挣几个钱？谁敢拿自己的生活去典当？人的脸皮是越磨越厚的，当人的脸皮足够厚的时候，办事就所向披靡了。他终于拿到了一笔贷款——拿西江平湖的房子作抵押，换来绿植庄园的重启资金，如今庄园已经复工了。绿植庄园转移登记的事没有想象中那么费心，最关键是要拿到蓝心怡的身份证。简易只得又跑一趟聚城人民医院。

庭院里的菜缺水缺肥，家什七零八落的，这些整理起来都要花时间。

绿植庄园复工是最重要的，虽然基本都是自动化生产，人操作机器，机器完成工作，但一点儿也马虎不得。土壤要松到什么程度，土壤的湿度以及肥料的配比等，简易不放心把这些完全交给机器，机器是死板的，只认参考数值，它不积累经验，简易基本都亲自把关。他就喜欢忙碌，忙碌的日子才有盼头。

术后第7天，简易按时复诊。复诊是以专家会诊形式进行，会诊结果显示一切正常。会诊后，院部办公室召开置换记忆创新疗法首试成功新闻发布会，各大媒体争相报道。置换记忆创新疗法数天内持续高居热搜榜首，也因此在心理学界引起了广泛关注，兄弟省的心理学医生纷纷组团来取经，《柳叶刀》还刊登了简单的论文。置换记忆创新疗法一时风靡全国。聚城人民医院，每日植入生物芯片的心理患者数量高达200人。置换记忆创新疗法成功修补了以往一些创新疗法导致记忆链条缺失的短板，病人接受诊疗之后，并没有丢失以往的记忆，清醒地知道自己接受过诊疗，知道自己为什么接受诊疗，但是最痛的记忆被直接摘除了。置换记忆创新疗法成为当下最省时、最高效的心理疗法。

简化原计划清早动身，省去很多麻烦。没想到起床后，看到洗漱盆那儿贴了一张便笺纸："早餐热好了放在锅里，家里有我。"简化带着这一份早餐前往万山市。

车里的收音机在大肆宣传置换记忆创新疗法，作为本土的经验，能推广到全国对安平省来说是一种荣幸。简化想起简易，不知道他现在情况如何了。他问简单，简单没好气地反问："你小子现在才想起还有个哥呀？"简化心里明白简单是责怪他的不闻不问。简单又何曾换角度为他思考过？人的本性都如此，他简化不过是一介凡夫俗子，又如何能免俗？

"我不是还有个哥，我是有两个哥。"简化不咸不淡地回答。他不明白，自小到大，他和简单都是"相爱相杀"的。

"感激三弟的惦念，大哥痊愈，你那么忙，也不必回去看了。若还能抽出一两分钟，就打个电话给大哥，让他知道你还记得他。"简单毫不掩饰他的讽刺。

简化懒得再费无谓的唇舌，他口是心非地道谢后直接打简易电话。电话那头爽朗的笑声让简化有了久违的亲切感，这种感觉曾经那样熟悉那样令人眷恋。简化的愧疚感浩浩荡荡地袭来。简化和简易聊了3分钟，知道了大哥的近况和遭遇，也知道了卢丽妮、简博弈和蓝心怡的情况。简化还没问完，简易却似乎无暇顾及——有工人在找简易。这次从万山市回来，无论结果如何，无论多忙碌，都必须回一趟龚县了，简化在心里告诫自己。

最让简单头疼的是，简方向对于停学的处罚表现出来的超乎寻常的平静，他压根儿没把这当一回事，甚至可能乐在其中。他一天到晚把自己关在房里，要么和“U伴”嘀嘀咕咕的，要么就半天都一言不发，难道他还真把自己当成爱迪生或者爱因斯坦不成？简单好几次想跟简方向聊聊，简方向都找借口忙着捣鼓那些机械溜进房去了。简单向郑东东求助，郑东东像看怪物一样瞪着他：“就你多事，现在儿子在干啥不明摆着吗？你在担心什么？儿子随我，对科研感兴趣，也专注于科研，有什么不妥吗？他对于科研表现出来的天赋让我折服，也让我骄傲，难道你不这样认为吗？你是担心你在心理学界做出的贡献将来失传？”郑东东揶揄道。

郑东东这么一说，简单觉得也有道理，简方向除了爱把自己关在房里，除了话少，确实也没什么毛病。这不就是搞科研的人的典型性格特征吗？一个人的时间和精力都是有限的，简方向专注于捣鼓那些奇奇怪怪的机械，用在人际交往方面的时间少了，那不很正常吗？或许他真的过于敏感了，心理医生的通病。

中国电子信息智能部办公厅给生物机器人工程研究院下达了新的任务：全面对生物机器人进行第二次升级，并开始研究第三次升级，目标是使其具备生物生殖系统。关于生物机器人的二次、三次升级简直是一条爆炸性的信息，标志着生物机器人新纪元的到来。

对于郑东东来说，没有什么比接受专业领域的新的任务、完成新的挑战更令她热血沸腾的事了。她忙于安排升级前的系列工作，比如让办公室与生物机器人购买方开展第二次升级前期的沟通工作，进一步完善系统，查补漏洞，为正式升级做好准备。当前有175个生物机器人进入社会各个领域，在各行各业里服务人类。他们以精、尖、专的行业水准和高质量的服务态度获得了社会各界的好评。这对于郑东东来说，就是至高无上的荣誉。

上午10点，简化到了时空智能有限公司，这个点公司里的顾客还不算很多，室内的陈列一目了然。简化把销售部和售后服务部都逛遍了，没见着Loka的身影。简化有几分懊恼，Loka会不会已经不在这上班？简化拿出乐嘉的照片，问公司的导购员，这位员工今天不来上班吗？导购员疑虑重重地看着他，说：“对不起，这个我们不便透露。”

简化吃了个软闭门羹，悻悻地离开时空智能有限公司。

蓝心怡恢复得挺不错，做了全身检查，没有发现异常。房主任说明天可以出院了。生活这部大戏往往比剧本里的情节来得更让人始料不及，因为它所有的情节都是随机发货的，戏里的角色更多时候是被动入戏。蓝心怡这次要不是宫外孕导致输卵管破裂，是断然不可能及时发现输卵管有病灶的。

蓝心怡是不幸的，她是多么渴望成为一名平凡的母亲，她曾经如此热切地期盼着属于他们的孩子的到来。可她的期盼像冬天的风穿过没有山丘和树木的原野那样落空了；她又是幸运的，她的癌细胞得以及时发现，捡回了一条命。想必是那未面世的孩子的报恩。既然生活要这样磨炼一个人，那就让它磨个痛快吧。

简易清早转来一笔钱，给她办理出院结账用。蓝心怡机械地办理着出院手续。开病历证明的时候，房主任说："看你愁的，搞不好你那个妙手叔叔可能会以为我欺负你了。听说你那个无所不能的婶婶，正在着手研究生物机器人怀孕项目。命运之神如此眷顾你，你不是应该活出向日葵的姿态来吗？"

蓝心怡淡淡一笑，拿了病历出去。看着她远去的背影，房主任冷哼一声，简家的行事风格果真都一个样。

简博弈跟管教干部提出要见龚仁川警官。另外3个比他进来晚的，犯罪事实认清了的，都已经提起公诉了，而他一开始就配合着认了罪，认罪的态度也好。现在既没有提审也没有提起公诉，这真的很考验简博弈，他想知道蓝心怡的最新状况，他最放心不下她。管教干部告诉他，龚警官外出办案了，不确定什么时候回来。

下午4点，简博弈终于见到龚仁川了。"怎么样，还有什么遗忘的信息要提供给我吗？"龚仁川斜倚在拘留室外的墙壁上，半笑半认真地问。"我进来那么久，肠子都掏干净给你们了，实在想不出来还有什么可掏出来的。龚警官还需要什么信息，尽管问就是了，如果还有忘在肠子的褶皱里的，哪怕把肠子翻出来，我也会悉数搜罗给您。"

"言之过重了，那可犯不着，搞不好别人以为我们逼供呢。"龚仁川用左手掸了掸右肩，仿佛那里落满了尘埃，说："言归正传，找我有什么事？今天忙了点，去了一趟万山市。"

"我就是刷一下存在感，我老担心被你们遗忘了，我好像很习惯被遗忘。"简博弈自嘲道。

"哈哈，这好办，等我忙完这几天，每天给你刷刷存在感，你可别嫌存在感太强烈了。"龚仁川似笑非笑地盯着简博弈。

简博弈有点不好意思地笑了："那倒不必，龚警官那么忙，可不敢过多地占用你的时间。"

“行，那就依程序办，耐心等候通知。”龚警官收起笑容，正儿八经地说。

回到龚县后，蓝心怡去县公安局找办案警官，想了解简博弈的情况。警官说简博弈能吃能睡，至于案情就无可奉告了，但肯定依法依规办理，不会纵容坏人，也不会冤枉好人。

简易这段时间跑了几次康泰食品有限公司，一开始是公司前台让他别来了，后来是门卫拦住不给进了。简易守在门外，从清晨到下午，终于守到了采购部的万经理，他追上去叫万经理。万经理头也没回地进了公司大门，简易不死心地再打电话，对方已经拉黑了他。简易硬着头皮再找程熙，程熙的手机号码变成了空号。人性的薄凉对简易来说已经司空见惯了。看来要争取到能重新供货给康泰食品有限公司的机会，唯一的希望就是简化了。反正脸皮已经厚了，也不在乎再厚一层。简化和程熙离婚的消息不亚于一枚炸弹，把老实巴交的简易给炸蒙了，他半天说不上话，把打电话的初衷给忘了。末了又觉得无尽悲凉，同是一家人，他们竟互不知近况。

简化和程熙对绿植庄园事件表现出来的冷漠似乎有了合理的解释，简易担心起简化来，但他现在这个境况，担心也只限于担心。重启资金将近一半用于支付蓝心怡的医药费，剩下的远不够开支。简单前期垫支了那么多医药费，他也不好再开口，原本他想找个合适的机会向简化借点儿，这通电话让简易断了这个念头。资金供不上，没有稳定的供货渠道，简易一边筹钱一边另跑供货渠道，费尽了口舌，才找到了5家公司愿意尝试合作，不过人家表明，后期是否继续合作还得看产品质量。其中一家是万山市的蔬菜批发市场，另一家是凌云市的润华有限公司，这两家看起来销量都不错，但由于路程很远，很费运输成本，为了保持产品新鲜度并降低成本，需要建立冷链物流系统。剩下的都是本县的小商户。品质方面简易是很有信心的，他拍胸脯保证质量，虽然没有获得等同的热情回应，但有了一线希望。

荒芜了那么久的绿植庄园，经过几天的劳作，有五分之二种上了蔬菜，剩余的有一半已翻松了土地，还有一半正在清除杂草、枯菜和瓜藤。简易目前计划只种这五分之二，先激活资金链，让资金流动起来，否则寸步难行。

简化失去了目标和方向，漫无目的地在万山市转悠。他想问问乐嘉下一步要怎么走，但又似乎开不了口。想到昨晚的事，他脸红耳热之余直骂自己禽兽。乐嘉是什么，就是一个机器，他怎么能够有如此卑劣的想法。就在他心绪乱得像杂草的时候，乐嘉发来了电波，问他是否见到Loka。她建议简化去三修书吧看看。她获取了一条最新信息，三修书吧的幕后老板是史冬琦。

三修书吧简直是这个城市里的世外桃源：花树掩映，阳光浅卧在花树上，晾在屋檐飞角上。此情此景，“三修”两个字对他简直有着致命的诱惑力。时间是上午11点，书店里没有一点儿响动，想必看书的人不多。简化环视了三修书吧一圈，心突地蹦起来，他看到了乐嘉，不，应该是Loka，真的长得一模一样，但她们的气质不一样，一个刚烈，一个柔婉。

Loka双手抱胸站在书店斜对面的石凳旁，目光狠狠地剜面前的凤凰树，让人担心凤凰树的皮会被她的目光给剥了。石凳上坐着一个戴眼镜的人，脸上有难以捉摸的笑容，镜片后的眼睛深不可测，估计是这个人惹恼了Loka。

简化躲在一棵枝叶茂密的三角梅后面。他偷偷拍了一张照片，分别发给乐嘉和郑东东。乐嘉立即回复：陈楚江。紧接着马上又跳出一条信息：把Loka当作我，上前搭话，尽量拖延时间，给我一点时间破译蓝眼睛水印的密码链。

这简直是要简化的命，天知道他最致命的弱点就是不善言谈。时间却容不得他多想。他从书店背后的小路走出去，经过一条卖饰品的街，这里平时主要是经营夜市，现在大多数店铺还关着门，再绕到店铺背后东南方向那个小湖走了大半圈，来到了Loka和陈楚江的背后。

“乐嘉？你怎么在这儿？”简化的语气极其不悦。

石凳上的背影一僵，Loka纹丝不动，仿佛这世界，以及世界上的人、事、物压根儿与她无关。

“想不到你竟背信弃义！这就是让我放心的你！你说你会照顾好家里，结果我前脚出门你后脚就跟着出来了吗？没想到在万山市竟然遇上我是吗？请不要用你的冷傲来拒绝回答——你的今天、明天，甚至未来的每一天，不完全是你的。我急切需要一个答案。”简化走到他们的面前，逼视着Loka。石凳上的男人站起来，镜片颜色逐渐变得深沉。他冷冷地说：“兄弟，你认错人了，这里没有什么家。”

简化用眼角瞟他，问：“你谁呀？”

“我是谁不重要，但眼前这位美女是我的朋友，撒野请到别处，这里不是撒野的地方。”陈楚江厉声道。

“如果声音大者为王，那么你赢了，可它不是今天的游戏规则。这是我的家事，你不会打算干涉吧？”简化说。

Loka自始至终没有说一句话，此刻两个男人的剑拔弩张，正适合她开溜。

简化一把拉住她的手：“站住！你要是不想活了，那么你请便。”

“这位先生，请你放尊重一点，我们认识吗？现在这种行骗手段已经过时了，要骗也玩点新花样。”Loka冷冷地说，压根儿就没看简化一眼。

“乐嘉，你是昏了头还是怎么的？你是有苦衷的，对吗？你要是有苦衷就大胆说，不需要顾忌。”

“先生，我再次警告，请你放开我的手再说话，这是最起码的尊重。我不知道那个乐嘉是谁，与你有何干，但我再一次明确告诉你，你认错人了。这话你听得懂吧？”

一男一女沿着湖边迎面走过来，陈楚江若无其事地起身走开了。

“他是谁？”简化看着陈楚江的背影问道。

Loka没有回答，只是冷冷地盯着简化。这眼神很陌生，与乐嘉完全建立不起联系，这是Loka与乐嘉本质的区别。

“乐嘉，现在你是安全的。我需要一个理由，一个你擅自离岗的理由。如果上次的超能使用是有着不可告人的目的的话，那么，你的信誉将毁于一旦，我们的合约也将终止于此。你也得做好接受惩罚的心理准备。”

“再不放手，别怪我无礼。”Loka的语气变得凌厉起来。

简化加重了手的力度。Loka不再说话，站着不动。那一男一女亲昵地谈笑风生，走近他们，经过他们，又走远了。他们没有多看简化和Loka一眼。

两人僵持到那对男女走远了，Loka奋然甩开简化的手，扬长而去。简化措手不及。

“站住！”简化压低声音喊道。Loka大踏步向前。湖边又来了三三两两的人，简化快步追上去。陈楚江已不见踪影。

郑东东看到Loka和陈楚江的照片震惊得窒息了一分钟，她早就对Loka进行了24小时的一对一强化监测，但系统竟然没有反馈出任何异常情况报告。她一边打电话给简化一边立即到总控制室调取监测记录，监测记录显示一切正常。不好了！肯定有人对总控制室动了手脚。郑东东额头渗出了豆大的汗珠。她深呼吸了好几下，告诫自己一定要平静，要装作若无其事，不能让动了手脚的人看出什么异常来。简化关键时刻从来不接电话，郑东东心里一万个不满。

乐嘉采取强破模式，很快，密码长链被一卡一卡地攻克了，倒数第二卡破译后弹出一行行数据，金港市的IP一闪而过。“龚县！”乐嘉没有时间多想，继续破译最后一卡。然而最后一卡没能破译成功——对方成功建立了新的密码链条。乐嘉颓然地望着那个带着嘲讽意味的蓝眼睛水印，她恨双手的笨拙。

蓝心怡回来后不再做直播，她忽然厌倦了以往的圈子。看到简易终日忙得不可开交，蓝心怡主动搭把手。但简易不让蓝心怡下地干活。蓝心怡不愿意做废人，她主动负责工人的一日三餐，但她的厨艺确实不怎么样，还好工人们不挑剔。

简易是有顾虑的，这个破败的家，人家不嫌弃就好，别奢求太多；蓝心怡从没下过地，十指不沾阳春水，下地也帮不了什么忙。

日子苦是苦了点，但挺充实的，蓝心怡终于有了家的感觉，她对着他们的婚纱照泪流满面。没过多久，蓝心怡发觉简易的脑子好像又有问题了，有那么几个瞬间，他说话突然变得前言不搭后语。

那天，老周问简易是不是按以前的配比施肥。简易目光涣散，说："以前，以前是什么配比呀？""老哥，你不会连自己生过儿子都不记得吧？"老周打趣道。"哪个儿子呀？"简易傻乎乎地看着老周。老周把这事当成笑话跟那两个胖妇女讲，其中一个一字一顿地说："昨天我问他，康泰公司愿意合作吗？他反问我，为什么要合作？"那个瘦子也快言快语地跟着证实。

晚饭后，老周磨磨蹭蹭地不愿意走。待简易进了里屋，蓝心怡在院子里收衣服，他站在院子里好一会儿，吞吞吐吐地说："小嫂子，有句话不知道当讲不当讲。"蓝心怡不怎么喜欢老周，觉得老周太会算计，但她还是停下脚步，说："周叔，有话请您直言就是了。"

老周讨好似地干笑了一下："你爸是不是太过劳累了，我发现他有时候脑子似乎不听使唤了。也许我看错了。"

蓝心怡心里一震，强笑着说："谢谢周叔，我爸确实太忙了，脑子偶尔转不过来，也合理。"

老周很不自然地笑了："那是，那是，只是苦了你了，还那么年轻，真是难得。"

老周走后，简易拿上手电筒出门，说要去地里给菜秧保暖。室外寒气重，夜里肯定有霜冻。简易出门后，蓝心怡立即打电话给简单。她把简易的不寻常告知他，蓝心怡描述得很详细，生怕遗漏了任何一个环节。简单却淡淡地说句："我知道了，回头联系。"简单的态度让蓝心怡不满。

简单正为这事头痛，这已经是第50个病例家属反映情况了。都是这一两天的事。难道这是生物芯片的排异期？不对，他们手术时间的先后有不同，不可能同一时期出现排异反应。再说了，简易是首例采用置换记忆创新疗法的，比其他病例早了一大截，要是有排异期，也应该比其他人早一大截才合理。郑东东说过，生物芯片的技术是基于非常成熟的生物机器人的技术来研究的，因此可以预期生物芯片技术将更成熟更具稳定性，此外，根据测试，排异性出现概率为亿分之一，也就是说，出现排异性的可能性几乎为零，安全性极高。

但病人出现异常已经成为事实了，必须得设法应对，还要防止事情进一步恶化。首先是要再次严密检测生物芯片的安全性和可靠性，并检查整个研制流程和治疗应用中可能存在的隐患，特别要确认在生物机器人使用超能的环节有没有存在漏洞。如今事态还在不断扩大，接下来将发展到什么程度，还不好说。简单的眉头皱成川字。

情况非常糟糕。一是控制室出现了问题，二是植入人脑的生物芯片出现了异常反应，郑东东难辞其咎。背后有黑手，郑东东几乎可以肯定，她想报警，但是什么证据都没有。她想写一份情况说明给中国电子智能部办公厅，但这会惊动陈楚江，她无法解释为何要一对一监测陈楚江和Loka，这操作本来就不合规，会被反咬一口。她琢磨了一遍研究院里的人，没有发现任何疑点。当初组建生物芯片研究团队时，年轻的博士生小巩主动请缨，要加入这个研究团队。小巩为人开朗大方，追求上进，工作责任心很强，怎么看都不像会暗地里动手脚的人。

捅了那么大的娄子，很快就会成为爆炸性的新闻。

郑东东的心像被放在炭火上烤，焦灼难受到极点。目前首先要弄明白两个问题：第一，总控制室哪一块被人动过手脚；第二，置换记忆创新疗法问题出现在生物芯片还是生物机器人超能使用环节上。如果两天内搞不明白这些问题，郑东东就去自首。

简化把陈楚江和Loka给跟丢了，他沮丧地回到车上，直奔时空智能有限公司，打算一直等到见Loka为止。乐嘉的电波又来了："对不起！差一分钟，再多一分钟我就能破译最后一道密码了，但还是迟了，我失败了，我还是失败了，很抱歉！在破解倒数第二卡的时候，我看到了一个金港市的IP，我确定我没看错，只是为什么是金港市，而不是万山市呢？"

金港市？简化脑里立刻闪过那雾一样飘忽的眼睛。一定是他！简化初次见到蓝眼睛水印就在简博弈借电脑用之后没几天。可是乐嘉说过蓝眼睛水印是常人是无法操作的，难道简博弈并非常人？不，不可能，简化立即否定了这个荒谬的想法。难道简博弈和Loka……简化作了更大胆的猜想。

"别自责，尽力了就好，那我现在该怎么办？"简化发现自己问了一个很幼稚的问题。他撤回来，改为“别自责，尽力了就好”，重新发送过去。

“你立刻回时空智能有限公司，直到见到Loka为止。”

两人的想法不谋而合。时值中午时分，时空智能公司门口人头攒动，不知道发生了什么事。周围停车位车满为患，简化先行下了车，遥控停车，车子自行寻找停车位。

简化好不容易从人墙的夹缝中挤到前面，一辆警车缓缓地开走了，人群也渐渐散去。简化向一个年轻小伙子打听，小伙子说外市的公安和本市的公安一起来，带走了一个美女。“那个美女长什么样，你看，是不是这个?”简化把手机里面的照片拿出来给小伙子看，小伙子见到简化神色那么紧张，不敢多言，谎称自己没看清楚，匆匆走了。简化又问了旁边一个大爷，大爷是聋哑人，听不见简化说什么，简化拿出照片，手比画半天，大爷摇摇头又点点头，他的手势简化也看不懂。简化叫住一个正在赶路的美女，那美女奇怪而警惕地说：“什么警车，没看到。莫名其妙的。”

简化把现场看到的告知郑东东。郑东东又恼怒又激动：“我还以为你接不了电话了，消息可靠吗?”“我也不能确定，但应该八九不离十。”简化懊恼自己慢了一拍。人群已经散去。时空智能有限公司恢复了人来人往的日常，顾客在看产品，工作人员在热情地介绍产品，仿佛一切都没有发生过。

“我们搞科研的人讲究百分百确定，‘大概’‘可能’‘或许’这类词语是不受欢迎的，哪怕是99.99%这样的数字都是不受待见的。”郑东东向来伶牙俐齿，不过现在不是斗嘴的时候。她再次进入控制室查看监测系统，这回系统有反馈了。Loka当前的位置显示在万山市公安局，异常状态显示如下：

状态异常!!!

出错时间：12点10分

出错地点：时空智能有限公司

出错事件：被警察带走

带走警方：安平省公安厅

配合警方：万山市公安局

其他情况：行为存疑

郑东东看着显示屏上这些内容，崩溃得想大哭一场，她花了那么多心血研制出来的生物机器人的代表作，也是首例进行二次升级的生物机器人Loka，就这样毁了。Loka出事，陈楚江难以撇清关系吧？

那么，置换记忆创新疗法呢？生物芯片呢？与那些人有关系吗？如果都有关系，那么郑东东也脱不开干系。郑东东百感交集，她此刻只想抛开一切，一个人到野外吹吹风，或许风会告诉她答案。

“我不是科学家，我是写作者，在写作者的词典里，‘大概’‘可能’‘或许’与百分之百是能友好相处的。”

“……”

“我现在进入时空智能有限公司，没有看到Loka。”

“……”

“公司目前一切正常。”对方仍没有反应，简化看看手机，通话仍在继续。附近的店员眼神复杂地看着他，今早那个业务员的目光更是一言难尽。简化对被奇奇怪怪的目光包围心有余悸，自从《前夜》的纠纷之后，那些有形无形的目光像放大镜在太阳底下聚焦的焦点那样，灼得人刺痛。

“确认了，是Loka。”郑东东发声艰难，像是被稻草堵住了一半声道，声音从剩下的半个声道里艰难地挤出来。

“好的，我知道了。谢谢！”简化一秒也不耽误地告知乐嘉。

“果然。”乐嘉想这样回复，发出去的信息变成了“收悉”。

“姐，这真的是你想要的生活吗？”乐嘉眺望远方，无声地问道。

同时被警方带走的还有陈楚江、北北和史冬琦。

这在文学界引起了强烈的骚动。很多人暗地里猜测，北北就是古木，而且越传越神乎，似乎很多人早就发现了，只是慑于史冬琦的威力而不敢言。简化一夜之间又被捧上了神坛。简化忽然厌倦起这一切，这一切具体指的是哪一切，他说不上来，只是觉得生活挺没有意思的。人是天底下最善变的动物，当初《前夜》的版权问题尚未明朗时，舆论过早地给他盖棺定论，把简化踩入泥沼；如今古木的身份同样还没有明朗，舆论已经将大半个北北埋进了地下。这样的环境，如何能写出纯粹的文学作品来？

郭小丹告诉简化，北北和史冬琦出事后，《江岸》杂志官网人气爆棚，甚至超越《前夜》版权存疑以前的状态。“简大作家，祝贺你！”她说，“我始终坚信你是清白的，我终于可以睡个安稳觉了，作为编辑，我以你为荣，感谢你对《江岸》的坚守。”

乐嘉用了整整一个晚上来破译蓝眼睛密码链条，发现源文件竟然来自简化的电脑，署名“LJ”。太不可思议了，乐嘉幽幽地吸了一口气，自言自语道："姐，这真的是你想要的生活吗？"

这晚，杨拓发了无数条信息给异域，关于史冬琦，关于简化，关于……他有很多很多话想要跟异域说，可发出的信息像风吹过空旷而光秃的原野，没有任何回响。杨拓的心也被这股风给吹游离了，他魂不附体地游走在单位和家之间。在恍恍惚惚的生活中，他疑心异域也许从来没存在过，只是他做的一个梦，一个过于真实的梦，真实到他无从辨别虚实。

最后一个被警方带走的是生物机器人工程研究院的林佟。郑东东的心也被带走了一块。林佟是郑东东一手培养成长的，也是郑东东最信任的人。林佟是生物机器人工程研究院里最有前途的年轻女子，她几乎全程参与了生物机器人的研究，在生物机器人的心脑构造等方面提出了许多创造性的建议，有很多开拓性的举动，在生物机器人第二次升级——让生物机器人具有与人类无异的情感方面作出了很大贡献。她有着极其严谨的科学态度和极其负责的工作态度。生物芯片技术小组成立时，郑东东让她做副组长。是她没日没夜地加班，生物芯片技术才得以那么快速顺利地完成。郑东东原计划让她来领导生物机器人技术第三次升级。

林佟竟然与这件事情有关，郑东东难以置信，也难以接受。她难以入睡，一旦入睡就梦到一只折了翅膀的小鸟在寒风中悲鸣，这只小鸟这让她觉得异常寒冷，不由得紧抱住自己的双臂。

龚仁川有着独特而灵敏的嗅觉。在简博弈获准探望蓝心怡时，龚仁川锐利的目光触及了简博弈眼睛那不对劲的焦点。简博弈的双眼似乎有某种阴暗的癖好，总是不经意地飘移在医院某些墙壁转角光与影交错处，好像那里藏了一个刑释的信号那样。即便是在蓝心怡情绪极其不稳定、生命体征不平稳的情况下，他的目光仍忍不住偷偷从蓝心怡身上迅速移到墙壁转角快速扫过。在馆子吃饭他也戒不了这个癖好。

龚仁川借用马大哈的形象成功保全了简博弈的这个癖好。

从发现简博弈这个癖好开始算起，短短的探视时间，简博弈先后共关注某个特定的墙壁转角共56次。这个56不是一般的56，它很可能是某个秘密通道的一把锁，或者是一个解码器。

把简博弈押回看守所后，龚仁川迫不及待地投入对墙壁转角的研究中。他观察了老半天，那些墙壁转角除了不规则地爬上了一些时光的瘢痕，与其他的墙体和墙脚并没有不同。他到简博弈指认的作案地点提取过痕迹，也一无所获。

推断的不成立令龚仁川有小小的挫败感，职业过敏反应又发作了，他自嘲地笑笑。简博弈身体失去自由，眼珠还是自由的，它肆意地宣扬自由以弥补身体的不自由，是合法合理合情的。但多年办案养成的那一股拧劲让他固执地拧起来，哪怕是钻牛角尖。

第三次去取样时，龚仁川不小心被废弃工厂里的砖头磕伤了脚。他从衣兜里取出随身带的一次性酒精棉签，给伤口消毒。

在他蹲下来擦拭伤口时，看见墙壁转角竟然显现了一个朦朦胧胧的蓝眼睛水印。这与宏达生物科技有限公司商业信息被盗卖一案描述的标志物高度一致。龚仁川立即叫来同事孙炜。可当他离转角远一点时，蓝眼睛水印不见了，他走近来瞧，蓝眼睛水印又出现了，这是什么情况？这回孙炜也看到了，不是特别清晰，但是蓝眼睛水印是真实存在的。灵异？折射？反射？两人眼神对上号，立即分头寻找折射源，绕着废弃车间走了小半天，也没发现目标。再次折回来的时候，蓝眼睛水印消失了，龚仁川转回到最初看到蓝眼睛水印那个位置，第二次看到的那个位置，尝试从各个角度调整视角，可无论从哪个角度都看不到了。

龚仁川锁紧眉头，孙炜也理不出一个头绪来。在这折腾了老半天，愣是没能再把蓝眼睛水印折腾出来，两人败兴而归。

杨拓的信息，一条接一条跳跃在屏幕，那个阳光大男孩略带羞涩的脸在扎堆的信息里逐渐勾勒出来。信息中好些字眼是那么敏感，要是在前些日子，看到这些，乐嘉或许会兴奋得秒回杨拓，约见或长谈。可眼前破译出来的数据让她的心里写满了不可言说的字符，她需要冷静。当那些跳跃的字符逐渐变得安静，变得自卑起来，乐嘉把脸转向书架上。一开始，她与杨拓的交往就是建立在别有目的的基础上的，而不是纯粹的、平等的关系。杨拓是个不错的小伙子，就让这种错误的交往方式终止于此吧，从此文学界再没“异域”这个人，乐嘉默默地在心里回复了三个字：“对不起。”

那个蓝眼睛水印像某种神秘的咒语，龚仁川每天都往那个废弃的工厂跑，每次都失望而归。孙炜也陪过几次，但都没有出现奇迹——蓝眼睛水印不再出现，看着龚仁川阴郁的脸，孙炜小声嘀咕：“也许那天看到的只是一个错觉。”“不可能！”龚仁川突然发出的高分贝吓得小车打了个趔趄。他们也去过宏达生物科技有限公司，同样没有任何进展。一晃而过的蓝眼睛水印，究竟是否真实存在过。龚仁川也曾在心里质疑过，但这质疑的念头也仅一闪而过而已。

周末，龚仁川再次只身前往那片废弃的工厂，从门口到每个平淡无奇的转角处，都走出了一条清晰的小路来。“路在脚下，只要坚持走下去，就一定能走出奇迹来。”龚仁川曾告诫自己，一定要坚持把突破口给找出来。可是，今晚他是来做最后的告别了，也许孙炜是对的，不应把精力浪费在虚无的事情上。

电话响个不停，在寂静而空旷的厂房里显得特别大声，安静时光被打碎了，龚仁川再次凝视了几秒钟上次出现蓝眼睛水印的地方，转身往外走。在厂房门口差点撞上孙炜。孙炜拍拍龚仁川的肩：“走，喝两杯，祭奠一下我们在这虚耗的时光。”龚仁川点点头往外走。“往哪走呢？酒都扛进来了。”龚仁川这才看到孙炜右臂弯夹着的一打啤酒。孙炜把酒往地上一放，找来几块砖头，席地而坐。龚仁川也坐下来，两人不说话，一瓶接一瓶地喝着。只剩最后两瓶时，孙炜递给龚仁川一瓶，自己打开啤酒瓶，走到转角处，把酒泼了一半在墙角，仰头喝光剩下的半瓶。

“龚仁川！过……过来！”孙炜突然激动得结巴起来。龚仁川正在卖力地灌酒。“你快……快点儿！”孙炜又催。龚仁川起身慢吞吞地往里走，孙炜眼睛瞪得比铜铃还大，仿佛看到了不可思议的天外来物，顺着孙炜的目光，龚仁川手中的啤酒瓶差点掉地上。蓝眼睛水印！非常清晰的蓝眼睛水印！他闭上眼睛，摇摇头，再睁开眼睛，蓝眼睛水印仍在。龚仁川立刻拍照取证，孙炜也赶紧掏出手机，两人激动得互锤彼此。

待他们冷静下来，蓝眼睛水印渐渐淡化了。“难道又是一场虚幻？”孙炜指着正在淡化的蓝眼睛水印。龚仁川看看孙炜，看看地上的易拉罐，突然把剩下的酒悉数泼向蓝眼睛水印，奇迹出现了，蓝眼睛水印又逐渐清晰起来。原来酒是催化剂！他们为这个发现而兴奋得满脸通红。

顺着蓝眼睛水印摸下去，龚仁川慢慢摸着了藤，也牵出了瓜。

简博弈投资资金盘被人割了韭菜，钱包瘪了，人也跟着瘪了。曾经信誓旦旦要在老爸面前赢回一点颜面，让蓝心怡过上好日子的他，被现实响亮地掴了一记大耳光。简易眼见简博弈整天蔫巴巴的，更加冷言相待。

简博弈为了钱豁出去了，他自己做资金盘，没想到钱袋子还没捂热，事情就败露了，人家找上门来追债。情急之下，简博弈把希望寄托在直播上，为了讨得一点打赏钱，他在直播间卖惨：“年复一年，为了碎银几两把颜面卖尽。”那晚北北被史冬琦狠狠呵斥了一回，一个人在家喝闷酒，正好刷到直播间，昏昏沉沉的，他误以为是简化，嘲讽：“虚伪！嘚瑟！一部小说不止100万元了！”

人在穷途末路时，哪怕遇到独木桥也当阳光大道走。简博弈私加了北北。问他一部小说怎样才能搞到100万元。北北加了微信，直言不讳："你小子春风得意，别忘了'木秀于林，风必摧之'，请顾及我等小辈的感受。"简博弈何其聪明，尤其是在涉及金钱的问题上。他感觉到对方强烈的妒忌。对方误以为他是简化了，简博弈对简家特有的五官还是有着非常明确的认识的。

简博弈没有挑明身份，他问："想超越简化吗？见面聊。"

北北没有回复，简博弈也没有过多期盼。

三天后，北北回复：晚上9点，聚城文化公园转角咖啡店，初次见面的包间。

在咖啡店昏暗的灯光下，两个陌生人不消一个小时就完成了一桩交易。80万元基础金换取尚未发表过的长篇小说《前夜》底稿，必须抢在《江岸》第一期连载之前到手，在《文荟》杂志上先行连载。但是，两篇文章内容相似度不能超过70%，在文章风格上如果能比《前夜》稍胜一筹，而且对简化造成极大冲击力的，将加20万元奖金。先给30万元诚意金，事成之后给50万元，20万元奖金视结果而定。

这无疑是简博弈挽回颜面和自尊的最有效的办法。简博弈抓住了激流中的这根水草，这根水草是他上岸的希望。拿《前夜》底稿应该不成问题，就算多绕几个弯，他也能把它从电脑里绕出来，可是修改文章，再多9个简博弈也断然无法完成，急得他恨不得把大脑解剖了重组。

陈楚江瞄了很久中国电子智能部办公厅主任这个位置，在换届前期做了很多铺垫工作，半个屁股都坐到板凳上了，没想到却让人捷足先登，换届时，曾伟亮妥妥地坐稳了办公厅主任的位置。陈楚江殚精竭虑谋划了那么久，最终竟是一场空，他不甘心。

从保研到工作，没有哪样是称心如意的。愤恨烧毁了他的理智，他旧账新账一起算。陈楚江把不能顺利上位的账算在郑雪松头上——虽然他早已经病逝。如果当年他陈楚江获得保研，今天就算轮也轮到他坐那个位置了。死人的账活人来扛，郑雪松的账就由他妹妹郑东东来买单。他要让曾伟亮和郑东东身败名裂、万劫不复。

陈楚江永远忘不了保研名单公示前两晚，郑雪松凌晨2点未回宿舍。陈楚江担心郑雪松连续奋战身体吃不消，去图书馆找他，路过女导师房间，听到了他不该听到的，他在罪恶的声音中听出了保研结果。所谓的公平竞争，只不过是身体与灵魂的买卖。他的心在炎热的夏夜紧缩到冰点。

最信任的人亲手撕毁了信任，让陈楚江在无数个长夜里失眠，他怎么也想不通是哪个环节出现问题了。毕业后，他果断退出班级群，断了与郑雪松的一切联系，可即便如此，他还是断断续续地从同学圈里知道了一些郑雪松的消息。他不想知道这些，每知道多一点，他感觉他的心就多堵一点，他恨这些面目可憎的生活真相，可他再也拿不回属于他的那50%机会。这种状态成为他进步的绊脚石，陈楚江始终无法摆脱它，直到突然听到郑雪松的死讯。他一个人哭了又笑，笑了又哭，不知道哭谁笑谁，他买了酒，到郑雪松的墓前，一个人大醉了一场。

此后，陈楚江似乎找到了一点存在感，他有了进步的欲望，工作也日渐顺心起来。他在基层锻炼那几年，挂点的村有一户林姓人家发生了意外，只剩一个17岁的女孩，女孩名叫林佟。看到万念俱灰的林佟，他仿佛看到当年出身寒门的自己，他决定资助林佟读书。他对林佟的感情是纯粹的，是发自内心的关爱与怜悯，林佟在巨大的人生黑洞里沉沦了一个多月，决定好好活着，把父母的血脉延续下去。她求救般抓住了陈楚江这一束光，用尽洪荒之力拼搏高考，如愿考上哈尔滨工业大学，在哈尔滨工业大学连年拿奖学金。

上次换届，陈楚江志在必得，论专业、学历、年龄、经验，他都占优势。明里暗里的功夫，他都做到家了。可终是一场空。他心里的天平严重倾斜。他想到了林佟，毫不夸张地说，没有他就没有林佟的今天。他要用好林佟。

林佟进入生物机器人工程研究院是第一步，林佟设法取得郑东东的信任，成为她的助理是第二步。陈楚江成功了，林佟成为研制那对孪生机器人的核心人物，也是为数不多的能自由进出总控制室的人。林佟在Loka正式投入市场之前，暗地里改写Loka内部一组数据，成功地控制了她，也巧妙地避过总控制室的监测。

偏执的意念就像一道无法解除的黑色符咒，Loka死心塌地地认为，乐嘉的存在对她是一种威胁，她俩注定无法共存在这个世界上，有她就没乐嘉，有乐嘉就没有她，这一天迟早会到来。乐嘉成了一个“肿瘤”，在Loka的躯体、脑袋里野蛮生长。Loka固执地认为，乐嘉也时刻算计她。她和乐嘉只不过是人类强强较量的一个阴谋，遵循优胜劣汰的原则。她们都心照不宣地知道、守护并憎恨这个秘密。

Loka傲慢地认为，她的岗位和她的社会接触面在竞争中是有绝对优势的。

陈楚江发现了一条很有“钱途”的渠道——买卖客户商业信息。他利用Loka的专业技术和职业便利，窃取企业、客户的商业机密，秘密售卖。Loka

负责拿到信息，交易由其他人进行。物色“其他人”初步人选由Loka通过数据分析筛选出，根据设定的条件，筛选出来符合条件的有5人，简博弈是其中之一。

简博弈正为那笔看似唾手可得却又遥不可及的交易愁断肠时。Loka“意外”邂逅了简博弈，在龚县县郊的一个尚未开放的山野外露营地里。Loka自我介绍，并开门见山地说明来意，提出合作方案。她需要简化电脑的IP建立一个虚拟IP，往别的电脑植入窃取商业秘密的程序，植入的程序，可以掳掠到他们想要的，线上的操作Loka来完成，线下的操作简博弈对接。简博弈拿到Loka提供的信息后，以线下蓝眼睛水印为向导，送到指定地点，获取相应的报酬，报酬根据信息量的多少和价值量的大小而定。

钱要找上门的时候，果真是躺在床上也被钱砸中。但是，简博弈也盘算过了，这生意不好做，对接面广，人员复杂，风险太大。他窃取简化的文章，对象单一风险小，一次性能拿下100万元的话，他和蓝心怡就可以在龚县购房落户了，不管简易认不认可，他在简易面前也能挺直腰杆了。

简博弈身陷困境，对钱没有什么免疫力，他欲擒故纵，吊Loka胃口：“你凭什么认为我会与你合作，而且不会出卖你。”

Loka没看他，目光飘向远方，红润的嘴唇吐出一个字：“钱。”

简博弈的肩顿时矮了下去，仿佛被很大一捆钱给砸中了。他沉思了一会儿，问：“你会写小说吗？”Loka搞不懂他的意图，双唇紧闭，目光闪烁地望向他。

简博弈本想再卖个关子，却被Loka那种不可描述的气场给镇住了。他带着讨好性质的笑再次问：“你会写小说吗？”

“这跟我们的合作有关系吗？”Loka反问。

“当然，如果你会写小说，这笔交易就成了，如果你不会写小说，那么，我很抱歉！”

“你可能不知道，我的脑最大的优点是数据共享。只要我想做的事，没有不会做的。但得看有没有价值，价值的大小决定效果。”

最终合作方案改写如下：Loka代为修改《前夜》底稿，在《江岸》首次刊载之前必须以别的题目、用陌生的笔名在《文荟》杂志刊载出来。修改前要先熟读《前夜》初稿，了解《前夜》的创作风格，修改后的文章相似度不超70%，风格要凌驾于《前夜》之上。简博弈则负责提供IP并协助完成10次商业信息交易工作，所得报酬抵《前夜》的改稿费，《前夜》的改稿和发表要求在第5次交易前完成。10次商业信息交易完成，合约自动终止。

为了稳住简博弈，Loka不动声色地接受了当前条件，她深信，他们的合约不会那么快终止。

《前夜》修改后以《误会到底》刊发出来，作者为“古木”，刊发后，Loka按要求让“古木”人间蒸发了。北北办妥了这事，第一时间向史冬琦汇报。“胡搞！”史冬琦佯装生气，转身就打开邮箱审稿，他对《误会到底》赞赏有加，确定“古木”这人可以进一步“培养”。看到史冬琦眼底不易察觉的喜欢，北北在心里直呼万岁。

《文荟》是史冬琦的毕生心血，纵然他的名字没有出现在《文荟》编辑群里，不出现才是生钱的最佳途径，他太清楚“幕后”两个字的重要性。北北为了讨好史冬琦，秘密会见简博弈，让他把作者介绍给史冬琦，并承诺再加10万元。简博弈承诺给Loka10万元，前提是去见一下史冬琦。Loka为了后续的合作，非常大度地同意免费完成任务。

简博弈拿到了80万元，填了资金盘的坑，余下的他不动声色地存起来，目前还不能暴露，尤其不能让卢丽妮知道。卢丽妮抠下来给他填资金盘的坑的钱，到时候就一并拿去买房。他是真心实意想让蓝心怡过舒心日子的，不管是物质还是精神上的。简博弈想偷偷做好一切，再给蓝心怡一个大惊喜的，没想到最后给的竟会是这样的惊喜。

让史冬琦意外的是，古木居然是女的，行文风格豪放程度不输男子。他原来想“培养”古木为《文荟》所用，见到人之后，他只想“培养”为自己所用。为了“培养”Loka，他列了A方案、B方案、C方案等N个方案，最终确定1个、备用1个。他煞费苦心，就差没把他写作上那点天赋转化为讨她欢心的天赋。哪怕他知道了Loka只是一个生物机器人，想占有她的兴致仍丝毫不减。

简博弈才参与交易商业信息7次，就被警察盯上了。他被盯上不是因为交易商业信息，是因为他在私底下贩卖个人信息。贩卖个人信息是他的朋友诱惑他做的，他拒绝过，但后来还是被高额利润给迷了心窍。突然被上百万元砸中，有这等“好运气”加持相当于给未来上了一道保险杠。侥幸心理养肥了他的胆，他决定再捞一把，凭借盗卖商业信息那点经验，把事情干得特别漂亮。

蓝眼睛水印虽然做了技术处理，终端显示简化电脑的IP，但Loka还是小心谨慎地层层加密了，暴露地址的时机还不到，她要积攒够足以致命的证据，一旦让人“破解”出来，乐嘉将陷入万劫不复的境地。乐嘉是背锅侠，必须是。人类在她俩身上设置的游戏规则让Loka别无选择。

陈楚江买卖商业秘密，特别是拿到宏达科技有限公司研发核心技术后，轻易获得了巨额财富，可他并不满足于此，他认为财富称霸还不能算是真正的霸主，权力也不是，在这个法治社会里，权力搞不好就是时代的泡沫，信息时代电子智能才是真正的王者。金钱和权力不过是铺路石。

为了成为真正的王者，陈楚江创建了一个隐秘的工作室。这个隐秘的工作室藏在他家后山的地下——一个费了很多精力打造的地下王国。他要林佟务必把生物机器人工程的核心技术拿到，林佟内心挣扎了很久，她非常清楚这个“拿”是什么意思，可是她也非常清楚，当初万念俱灰的自己是怎么活过来的，激烈的思想斗争之后，林佟还是向记忆中那张略带忧郁的憨厚的脸，那份让林佟死而复生、看到光明和希望的温情投降。

陈楚江又让林佟设套诱惑麦皓天，设法拿到麦皓天的生物反攻技术。看着陈楚江越来越陌生的脸，林佟痛苦而坚定地摇了摇头。她避开陈楚江那线条扭曲的脸，明确而决绝地表示干扰生物芯片已经是她最后的底线，希望陈楚江收手，她不想在这条岔道上越走越远，最终成为历史的罪人。欠陈楚江的，她会用别的方式来偿还，希望眼前的陈大哥，仍是当年资助她的那个陈大哥。林佟拿出她这两年工作的积蓄，3倍奉还当年陈楚江资助她读书的钱。陈楚江可怜巴巴地讲他的童年，他家境的贫寒，这些是他当初资助林佟的原委。看着林佟不为所动的脸，他把钱撒到地上，没想到亲手培养的人竟也要弃他而去。

陈楚江虽然很愤怒，但不敢过于强求，毕竟林佟是郑东东身边的人，万一把握不好，就等于惹火上身。为一片不可控的叶子放弃一整片森林，不是陈楚江的作风，尤其不是现在的陈楚江的作风。放虎归山，也绝不是陈楚江的作风，任何一颗不为他所用的棋子，早晚都得毁掉它。

陈楚江把所有的希望都寄托在Loka身上。他软硬兼施，让她去窃取生物机器人工程的核心技术以及反攻实验室的核心技术。可Loka并不笨，窃取这两项技术对她百害而无一利，这和自动送死只差一个行动的距离。她很为难地说：“陈厅长，在您的领导下，生物机器人工程研究院的保密工作是出了名的严，研究院各个机要部门戒备森严，比针还细小数百倍的东西，也难以找到缝插进去，您这不是让我这一个大活人为难吗？”陈楚江冷笑着说：“识时务者为俊杰，我可不想把你窃取商业机密的事揭发出去。”Loka冷哼一声：“敢情陈厅长打算搬起石头砸自己的脚?”“任何一件事的发生都是有概率的，这得看外界的诱因。”陈楚江阴冷地盯着她。Loka是个执拗性子，偏不吃威胁这一套，她冷冷地看着他，大有鱼死网破的决绝。

陈楚江不甘心。他煞费苦心地算计，斥巨资修建的设备先进的地下工作室，还没捣鼓出一点正经的东西，绝不容许半途而废。他三番四次找Loka，对她威逼利诱。Loka每次都一口回绝，干脆利落。陈楚江威胁不成，歇斯底里地扬言要毁了Loka。

陈楚江铁了心要拿到生物机器人工程的核心技术以及反攻实验室的核心技术，他要控制所有的生物机器人，他要成为电子智能领域的主宰，他要成为这个世界的王。林佟与Loka的逆反让他始料不及，他无法接受一切终成空的现实，近乎疯狂地采取补救措施，然而他没能成为智能时代的王，却成为了法治社会的阶下囚。

史冬琦因组建《文荟》利益链、包庇纵容北北以及生活作风问题，被判处有期徒刑3年，并没收违法所得。北北操纵盗版一案被判处有期徒刑1年半并处罚金。简博弈、陈楚江、林佟分别被判处有期徒刑20年、30年和10年。Loka被送回生物机器人工程研究院，并在3年内禁止使用，3年后重新改写数据，经检测合格才能唤醒。

生物芯片是在植入人脑后才被林佟在芯片源数据上写入排异性数据的，她在研制时已经做了手脚，用特殊的生物涂层成功避过机器的检测。郑东东含泪把所有改写的数据恢复默认值后，公开向单位和社会道歉并引咎辞职。

植入生物芯片后的大量对象出现排异反应，让简单的头发白了一半，他对把心思动到人体总开关大脑上来感到后悔，用组装配件换原装生物腱，犯了生物体自然规律之大忌，那可是一条条鲜活的人命，万一再有什么差错，他简单这辈子的造化都作了孽。

简化被文学界神一般供到了神坛上。郭小丹也是信奉者之一。《江岸》杂志的粉丝一下子成倍暴增。在简化生活圈里消失了很久的墨扬突然送来几句体面的恭维话，微信里无数个“@”和无数个道喜，简化迅速往上划拨屏幕，没有找到娟子、柳岩和田男的信息。他突然觉得兴味索然，所有的聊天对话框他都没有打开来看。

曾经牢不可破的信仰就在那么一瞬间崩塌了。简化觉得他有必要给程熙一个像样的交代了。他直飞杭州，找到程熙爸妈原来的住处，却已经物是人非。他在杭州住了半个月，几乎把整个杭州城都寻遍了，却没有得到程熙的任何消息。

乐嘉原来投的稿又先后发了两篇，但发表的愉悦体验并没有如期而至。她无数遍问自己，也想问Loka：“这真的是你想要的生活吗?”“是”或“不是”都让人心情异常沉重。人或许都这样，在经历了一些人、一些事之后，就完全改变了。乐嘉眺望着东方，那是杭州的方向。乐嘉删了所有的文友，退出了所有的文学群。像“古木”一样，“异域”也人间蒸发了。这在文坛上成了热议的话题。杨拓从此绝口不提“异域”。

简化从杭州回来，乐嘉正在不紧不慢地敲着键盘，续写他的另一个长篇，是《人民文学》约的稿。看着这熟悉的背影，简化觉得他对生命价值的取向应该做个微调了。

郑东东的辞职没获批准，中国电子智能部办公厅认为，生物机器人工程研究不仅包括机器人的研制，还包括后续管理、升级和维护等系列服务，在郑东东没有正式培养出比较牢靠的接班人之前，是不被允许辞职的。但是，她作为研究院的主要负责人，研究院出了那么大的娄子，她负有不可推卸的责任，被党内警告处分，扣1年绩效工资，连续3年不得评优和晋升，并且公开发文通报。

“妹，这真的是你想要的生活吗?”这话似乎成了一个咒语，陷入无休止的循环。在完成了第二次升级之后，这个发问更加深刻地嵌入了乐嘉脑部的主分区里，甚至成为某种操作系统。

乐嘉在悄然改变着，是那种细微得难以察觉的变化，这种变化可能是正在匀速或者变速。

生物机器人完成了第三次全面升级后，简化和乐嘉生活在一起了。“你又走神了!”“你能不能再陪基基一会儿?”察觉到乐嘉的改变，内心的安全系数降低了，简立基不断用言行来引起乐嘉的关注。

乐嘉几乎成了一个写作机器人，简化从乐嘉身上看到曾经的自己。简化把乐嘉的变化归结为Loka事件的影响，他没有过多干预。不得不承认，乐嘉在文学方面的悟性、天赋与笔力是无与伦比的，即使她和简化混写同一篇文章，也没有谁质疑文风或者思维的不同，但简化总觉得乐嘉的文字缺少了某种应有的温度。对文学界的失望让简化心灰意冷，代写是排解内心郁闷的方式，也是简化逃避生活的方式，苟且活着似乎也没有什么不好。

在生物芯片被改写，导致人体出现排异反应后，置换记忆创新疗法一度遭心理学界诟病，他们认为解铃还须系铃人，人的心理黑暗区主要还得靠自已走出来，通过生物芯片来直接置换心理黑暗区，只是短暂地缓解痛苦，但后患无穷。这是一门关于治标与治本的哲学。

尽管如此，仍有越来越多的人选择置换记忆创新疗法，这个疗法不费时间，在高速运转的时代，用脚指头算算都知道时间是最贵的。植入生物芯片后不用住院，观察一天后就可以和正常人一样去工作，而且状态极佳。

随着地球气候的不断变化，人体内温度、酸碱度以及代谢系统的改变，导致生物芯片时常出现不匹配，大脑思维时不时出现暂时中断的情况，纵然郑东东和整个研发组不断升级和修补生物芯片的漏洞，仍难以阻止它再次出现不匹配问题，而且外界能影响或干扰它的因素越来越多，专攻生物芯片技术的流氓软件也层出不穷。

生物机器人也出现状况了。有的情感觉悟过高，蠢蠢欲动要反过来控制人类，更多的生物机器人融入了人类后又逐渐剥离出来——它们并没有真正融入人类，这也许源于它们是机器人的本质属性，也许源于它们的觉醒。这个发现让郑东东担忧不已，可是她无法阻止这种可怕的现象蔓延，也不知道还会出现什么新的状况。

中国电子智能部办公厅也意识到了电子智能似乎正在进入一个越来越不可控的阶段，他们积极研究对策，一方面从导向上来纠偏，限制了生物机器人的应用度和应用面；另一方面他们把更多的财力、物力投入反攻生物研究室，把扭转局面的希望寄托在这，并停止对生物机器人的升级，加强对已经投放到社会各个领域的生物机器人的监测和控制。

简化的日常清单越来越简短，比他原来所践行的最简生活“吃饭、洗漱、睡觉和读写”还要简短。然而，经历了《前夜》的风波之后，简化对文学变得若即若离起来。兴致来时，简化还会敲几个文字，偶尔也翻翻书，大多数时候一本书读不了几页就搁一旁。以前简化生活的目的是集中时间用脑，如今是集中时间废脑。

乐嘉的行文风格已经写到以假乱真的地步，只是文学界不再有异域。简化成了文学界的神，文学作品产量高、质量佳，多部作品被翻译成多国文字，还被拍摄成影视剧。没有人知道，简风已经不再是真正的简风，连郭小丹这种严谨又挑剔的编辑都看不出来。读者们并不知道，他们所敬仰、崇拜的简大作家，在多年前敲出最后一段极具冲击力的文字之后，已经消亡，只剩下一具躯壳了。他拒绝参加所有的文学活动，评论家对他本人的评论又添加了“品行端正，为人行事低调”等内容。

太阳日复一日地升起又落下，简化感到日复一日的寒凉。他不知道是他改变了乐嘉，还是乐嘉改变了他，或许是他们谁也没有改变谁，甚至是谁也没有真正融入谁。也许他与乐嘉之间，准确来说是他与生物机器人的世界之间隔着一道异域的樊篱。在他看来，生物机器人结构属性决定了他们的行为方式、风格与思维模式。

乐嘉有着理性而精密的思维网，行事风格凌厉，像金属——冷而硬。简化的感性思维在乐嘉看来是多么可笑。乐嘉在文章里表现出来的温热的情感，几乎从不会真实地呈现在乐嘉身上，偶尔展现一回的柔性，可以用医学术语“假性”来解释。

闲来无事躺在床上，忆及当年床单上的不明物和那一夜的梦，书房里那个烧脸的瞬间，简化仍会觉得身体某个部分像是被春天的风和柳絮轻柔地抚摸着。但他这些回忆——也许只是当年的幻觉，没有真实地发生过。简化感觉到身体各个器官的变化，某些功能的妥协以及记忆力的退化是最典型的表现。

乐嘉活成了一个名副其实的写作机器人，那句灵魂拷问像咒语一样如影随形。简化一天天的颓废让她加剧了对自己灵魂的拷问。

Loka被重新唤醒后，没有哪个公司哪个人聘用她。郑东东把她安排在生物机器人工程研究院里非保密部门负责一些无关要紧的杂工。

简化和乐嘉的女儿简小玑刚出生时就有很多异常行为，医学影像显示她的脑结构居然比常人的简单多了，出现了芯片式的异化，这大大地减弱了简化对于新生命的期待，他害怕而又无法抗拒那些金属的冷。简化曾经多么热切地希望，把对缺席简立基陪伴的遗憾全部弥补到新的小生命上来。可如今，他无法说服自己真正从心底接纳这个异化的女儿。

2053年，简小玑15岁了，但她与简化之间，似乎总隔着一个维度的距离。她崇拜她的母亲乐嘉，包括乐嘉的才情、乐嘉对于世界的认知。但她对乐嘉似乎也没有过多的依恋。

简立基已然成为生物机器人世界的一分子。他们之间是融洽的，哪怕是彼此之间无话可说，也没有违和感。可他们仨与简化之间存在着肉眼看得见、目光却量不到尽头的距离。

同年，简立基在外地结婚，没有邀请简化出席婚礼，而是弄了个线上结婚仪式。视频里乐嘉年轻如昔，简化看着意气风发的新郎——那个从他的身体剥离，延续着他的生命又从他的生活里剥离的少年郎，以他难以接受的模式为人夫为人父。简化熟练地摸出一支烟点燃，像看一部与自己无关的电视剧。他曾经那么热切地爱着这个世界，热爱着文学，他曾经简化掉日常一切琐事，用尽时间的边边角角，用独特的视角去窥视世界，去表达对世界的热爱。如今，他简化掉日常一切琐事，用尽时间的边边角角，用极简的方式表达对世界臣服和妥协。回顾这一生，他像个傻子一样，一个人走了一趟与自己无关的旅程。

简易夫妇已经老到走不动了，简易的思维经常会出现短暂的中断，像是电脑系统卡顿了，关键时刻就算急死人他也动弹不得。绿植庄园的日常管理主要由蓝心怡负责。简博弈在服刑期间被磨平了棱角，他甘于给蓝心怡打下手。让生物机器人为简博弈夫妇生了一个小孩，已经3岁了。孩子容貌俊俏、聪明伶俐，但生性有些冷漠。

简单夫妇退休后，对他们曾经倾尽全部心血去研究的项目避而不谈。他们也不支持简方向把精力放到科学研究的领域，但简方向认为，只有投入研究，个体生命才是活的，如果不投入研究，个体生命只不过是限于字面意思的一个词语。简方向是不婚主义者，他的"U伴"已经老掉牙了，他自己摸索着重新组装了一个"U伴"，新的"U伴"无疑是老"U伴"的升级版，功能更齐全，思维更缜密。

麦皓天工作上和郑东东时有来往，后来意外发现竟然是一家人。简婕自从参加父亲的葬礼之后，就再也没有回来过。这些年，家里发生的那么多事，她断断续续从麦皓天口中得知一些。忆起从父亲的葬礼回来时，动车上的那两本书以及陌生人的那通电话，她想她当时或许应该打个电话告诉简化或者程熙的，这样也许后续故事会完全不一样。

简化的脑袋和身体争先恐后地退化，身体一天比一天虚弱。在一个深冬的夜，他在房间悄无声息地病逝，第二天早餐时间乐嘉才发现僵硬了的简化。他们把简化的葬礼给简化掉了。

麦皓天的反攻实验室已经扩大为反攻生物研究院，林佟出狱后在反攻生物研究院上班，专注于解决当前生物机器人与生物芯片存在的技术问题，并取得突破性的进展。

麦皓天工作之余的精力都用来经营自己的小家庭，他时刻告诫自己的孩子：人是一种野心勃勃的动物，一边构建复杂的世界，一边简化生活日常，期盼在最奢华的世界里，享受最简单惬意的生活。这个想法本身没有毛病，但请谨记，极简与极奢是一对挂在杠杆两端的产物，中间的支点必须是你的脑袋。

读者评论

作者以天马行空的想象力写出了这部非常具有超前思想的作品。作品的故事性极强，可视化效果极佳。小说以冷静的笔触讲述了在人类的进化之路上人工智能的异峰突起，故事结构框架完整，作者充分表达了“人工智能虽然可以从身体到心理无限接近人类，但是其自我进化的最终方向仍掌握在人类手中”的中心思想。作品前后呼应，主题突出，构思巧妙，读来甚好。

小说梗概

该作品讲述了未来世界中简家三兄弟的人生经历。小说以简家三兄弟的人生经历为线索，围绕人工智能的生成与进化的整个过程而展开，未来世界衍生出了与人类外形无异的“生物机器人”和可植入人脑的“生物芯片”。由于技术的不成熟，20年后，两者同时出现问题：“生物机器人”意识觉醒拥有人类思维；“生物芯片”出现不匹配导致脑系统运行中断。简家三兄弟的生活因此发生巨大变故。

二等奖

《爱修斯里弗的小人》

获奖理由

该作品以奇特的想象力创造了一个名为爱修斯里弗的小人国，将种种的爱恨放置于爱修斯里弗学校中，立意独特，情节饱满，悬念迭起，是一部引人入胜、发人深省的好作品。

《无尽夏》

获奖理由

该作品突显了探险队员们在极端恶劣环境下展现出来的团结合作精神和崇高的献身精神。文字流畅，故事新奇，情节跌宕起伏，具有可读性及市场开发价值。

爱修斯里弗的小人（节选）

张肖军

作者简介

张益，热爱剖析文字与人性的90后青年作家，曾获第四届广西网络文学大赛小说类三等奖、第六届广西网络文学大赛小说类二等奖和第三届红棉文学奖小说组三等奖，著有网络长篇小说《爱修斯里弗的小人》《倒颠之城》《迷路人间》《爱你的人生十年》《悬崖上的毒蜘蛛》《离成长最近的距离》《父子装》《掌中舞》，中篇小说《天人的继子》《夜半天堂》《十年度》。

（本文节选该作品第一章至第八章）

第一章

爱修斯里弗没有冬天，爱修斯里弗人都知道的。

校长瓦特坐在窗前，看着窗外的风景，这是他在爱修斯里弗的最后一天。明天，他因为在毕业考泄漏题库而受到的惩罚就结束了，他就可以正大光明地离开爱修斯里弗了。瓦特不喜欢爱修斯里弗学校低矮的门楼，不喜欢低矮的走廊，更不喜欢爱修斯里弗没有冬天，当然最不喜欢的是爱修斯里弗只有六七十厘米高的小人。

教务主任库特莎敲门走了进来："瓦特校长，您在校的最后一天，学校纪律严明、整顿有序，这是您的功劳啊！您看这些可爱的学生，都是您的心血啊！"库特莎指着窗外热闹的操场，想要再说出些瓦特的什么功勋来。可是，整个爱修斯里弗的人都认为瓦特校长无功无过，匆匆三载碌碌无为。

“终于离开这个地方了!”瓦特重重吸了一口气，看着矮于普通世界的校园，他觉得压抑，现在他终于可以说出这句话来。

“瓦特校长，您可得记住当时的承诺啊!”库特莎想起很久以前和瓦特的约定，那是她一直心心念念的约定。

“你放心，到外面我就给你张罗一份普通的工作!”

库特莎笑了，“那我就不妨碍您收拾东西了”。库特莎说完退出门外，关上了门，她看着走廊，自己的身材只比那个矮子瓦特高上那么几厘米，可是长年在这低矮的走廊里走动，她也觉得压抑，她想，能够出去看一看外面的世界，真好!

房里的瓦特笑了，心想：真是个可笑的女人!

库特莎是属于爱修斯里弗的，至少大家都是这样以为的，但是库特莎不这样觉得，因为她1.65米的身高让她觉得爱修斯里弗只是个容纳低矮、小人的地方，她有别于爱修斯里弗的小人，可是她又是小人的后人。

这事儿说来也奇怪，库特莎的父母可是地道的爱修斯里弗人，父亲身高63厘米，母亲身高71厘米，这个高度在爱修斯里弗绝对算得上高个了，老天爷似乎为了显示公平，库特莎母亲的容貌也是爱修斯里弗一顶一的。库特莎的父母从恋爱、结婚到生子，一切水到渠成。库沙特出生的那天全家都高兴坏了，因为爱修斯里弗又多了一个像库特莎母亲一样的美女。

库特莎出生之时和爱修斯里弗的婴儿一般无二，只有普通人的中指那么长，可爱的小脸，大大的眼睛，可是在库特莎满月之后就不得了了，她开始迅速生长。

库特莎六个月时，她的身高就长到了15厘米，那是爱修斯里弗5岁孩子的身高，可是她不像爱修斯里弗的孩子那样，5岁学会说话、走路。

库特莎1岁时就学会说话、走路，这时她的身高已经长到了40厘米，和爱修斯里弗12岁的孩子一样高了，而这时的她却只会说话、走路。

那段时间，库特莎的父母找了很多医生，但是他们也没能看出库特莎究竟是有病还是正常。

在库特莎出生的第二年，库特莎疯狂地生长让整个爱修斯里弗的人震惊，库特莎的父母别无他法，只能由爱修斯里弗当时的校长牛至文，带着库特莎去正常人的医院进行全面检查。

检查结果出来的时候，库特莎已经没有像之前那样疯狂地生长了，可就算是这样，库特莎的父母也不能像抱娃娃一样抱她，只能找个担架，两个人艰难地抬着她，因为她不仅仅长得高，而且体重也变得像正常婴儿一样。

库特莎的父母等来的检查结果是正常，这个婴儿没有任何问题。

这简直给库特莎的父母重重一击，库特莎没有任何问题，那问题到底出在哪里?

库特莎一天天变得更像正常人了，这让人怀疑库特莎的母亲是不是和牛至文有什么不正当的关系，于是库特莎的父亲开始无休止地质问库特莎的母亲和牛至文，直到这件事从人们的闲言碎语到众人瞩目的时候，牛至文忍无可忍，带着库特莎一家去做了亲子鉴定，一切才真相大白——库特莎属于库特莎的父母。

一时之间，这些证据让库特莎的成长更显得神秘。有人嗤之以鼻，指责库特莎一家偭规越矩；有人心生羡慕，暗中探听库特莎的母亲是用什么方法让库特莎变得像正常人，期望可以让自己的孩子像正常人一样，不用待在矮小、憋屈的爱修斯里弗。

库特莎的母亲倒是讲了一件库特莎出生前的怪事。那时正值农忙，库特莎的母亲准备在秋收之后在后山的一片野地上开荒种植。一天，她在收拾后山荒地时瓢泼大雨突至，慌忙间她躲进了一个山洞。因为大雨迟迟没有停的迹象，她就在山洞里的干草堆里休憩了一下，直到听到有人的声音，她才醒来。那人并非爱修斯里弗人，他有正常人的身高，在生火烤淋湿的衣物。库特莎的母亲因为害怕所以一直躲在干草堆里，不敢露面，等到雨停了，衣物烤干了，那人才离开。这时库特莎的母亲又饿又冷，就待在火堆旁等库特沙的父亲来接她，可是左等右等也没等到人，她就自己走回了家。本来还有两个月才出生的库特莎却在那日后的第三天出生了，而那个山洞，库特莎的父母和库特莎后来都去找过，再也没有找到。

爱修斯里弗除了库特莎再没有其他孩子长成正常人的大小。

所以，库特莎认为自己是传奇的，是独一无二的，既然独一无二又像正常人一般，她当然就不属于爱修斯里弗。

库特莎像是正常人世界里的遗孤，待在这个矮小的世界里，处处都有房梁碰鼻。屋顶限制了她的自由，可是她又不敢掀翻屋顶，那样只会让她风餐露宿。

当然库特莎也没有勇气只身走入正常人的世界，在爱修斯里弗有父母照顾，即使自己从小在他们眼中是巨婴。无可否认，库特莎的父母砸锅卖铁把最好的都给了库特莎。库特莎是他们的异胎，也是上天给予他们的恩赐，即使他们不知道这个恩赐到底能给他们带来什么。

库特莎慢慢长大，除身形外，她和爱修斯里弗的孩子简直一模一样，接受学校的教育，毕业后因为身形巨大又聪明，所以在爱修斯里弗谋了一份差事。一开始，库特莎在学校当老师，可是身形太大，小小的讲台容不下她，她就变成了学校的教务主任，也正因为身形巨大，她能够震慑学校所有的人无论是老师还是孩子，这个职位仿佛是为她量身定制。

谁都不知道库特莎心中的秘密，就连她亲爱的父母也毫不知情。他们只是将她的房子建高扩宽，将她的床做得能让五个爱修斯里弗人躺下才心满意足，可是对她的心事他们也不敢过问，毕竟库特莎再怎么庞大，那也是他们的女儿。父母不管女儿的心事，无论是庞大还是矮小，无论是年幼还是成年。

库特莎在学校做了三年教务主任之后开始厌恶爱修斯里弗人，那时库特莎的同学大都已经结婚，有的甚至已经为人父母，成了老齐沙、老文瓦，可是她还是一天一天被父母叫着“小库特莎、小库特莎”。

库特莎感受到前所未有的寂寞，从小到大的寂寞。

第二章

那种寂寞是嵌在骨髓里的、从小就携带的。在库特莎小时候，那些身高在三十几厘米的小人会呼朋引伴去后山撒野，去小溪边钓鱼，相互追逐、打闹、摔跤。可是库特莎不行，因为每当她想要和街上的孩子一起玩时，他们总是会害怕，不敢和库特莎去小溪边，因为她踏进小溪里，鱼虾就会四散奔逃；也不敢和她打闹摔跤，因为和她来个过肩摔，那简直像从自家楼顶摔下来一样，会伤得不轻；甚至库特莎在学校的最后一段时间都是站在教室的走廊外面听课的，因为那时她长得太高了，简直就要顶到教室的房梁了，所以只有这样才能让她舒服，也为其他人节省下空间。

人们开始回避库特莎，库特莎也渐渐学会了骄傲地放下，她对自己说：“我才不需要这些小个子。”其实她的内心是需要的，而且是很需要。她只能在别人打闹正酣的时候躲在角落里独自品尝着异人的寂寞和孤独。

这种孤独一直持续到库特莎参加工作之后，邻居家说亲的人都要踩断门槛了，而库特莎的家却异常的清冷。

库特莎的母亲也尝试着替库特莎说了几门亲事，可是对方只要一听是库特莎，就会直摇头说：“库特莎那个大姑娘啊，不用见，每天看朝阳的时候就看到她的脑袋尖了。”

后来这句话落在库特莎的耳朵里，她哭了两天两夜，眼睛都哭肿了，那时候她下定决心要离开爱修斯里弗。

瓦特是库特莎的第一个男人。牛至文是义务来爱修斯里弗学校做校长的，这校长他一当就是30年，奉献了自己的青春，贡献了年华，爱修斯里弗的学校也变得正规有序，只是牛至文老了，在库特莎当教务主任两年后他就退休离校。

瓦特是一所正常人就读的重点高中的校长，教育部门为了找人顶替牛至文的空缺，就派瓦特去了爱修斯里弗学校。

瓦特在爱修斯里弗外有家，踏入爱修斯里弗打破了他心中立下的丰碑，应该说，在他为了利益而泄漏毕业考题时，那座誓要在教育界立下的丰碑便轰然崩塌。他无奈地留在爱修斯里弗这个狭小拥挤的地方，寂寞、难堪。每周一他在全校大会上讲话时，都会盯着这些学生：“嘿，年轻人，注意你们的一言一行，我在盯着你们。”瓦特指了指自己的双眼，表示会时刻关注他们。

“白痴！”瓦特小声的咕哝声被库特莎听见，她知道最后一句是牛至文最喜欢且最常引用的一句话，可是在瓦特这里却变成了白痴的发言。

库特莎笑了笑，却被瓦特看在眼里，于是这两人相识了，在爱修斯里弗，两人本就会成为亲密的人。

瓦特走了，学生被强制要求来送行，没有人喜欢他，就像没有人喜欢后山的苍耳，粘在身上都会被扎出伤口，人人避之唯恐不及。可是学生还是要站在冷风里摇摇自己的小手，说一句“校长保重”。所有人都因为他的离开长舒一口气，无论是学生还是老师，只有库特莎望着远方笑了，她满怀希冀地笑望远方，觉得自己马上就可以离开爱修斯里弗了。

第一天，库特莎心怀期待地梳洗打扮到了学校，甚至已经将行李打包，准备随时随地，只要听到消息，拎起行李就走，可是直到晚上她也没有等到她想要的消息。她有些沮丧，可是又想：瓦特一定是刚刚到家，正在自己家里酣睡，没顾得上自己呢。

第二天，第三天……库特莎在愉悦的希望和黯然的失望里往复，直到行李中的衣服发臭，她才拿出衣物，将它们一件一件撕成了碎片。

“瓦特是个老混蛋。”这是瓦特走后在爱修斯里弗留下的“圣名”，每当库特莎听到这句话，她总想管他是不是老混蛋，只要他能把自己弄出这个鬼地方，他就算是只狗也和自己没关系。可是今天她脑海中回荡着一句瓦特是个老混蛋。

瓦特走了很久之后，爱修斯里弗学校都没有校长，没有校长，年轻的库特莎就是校长，可是年轻人的心啊，总是随风飘扬，怎么能管得好偌大的校园。虽然库特莎的身材高大，虽然她站在国旗旁讲话，但是她的一举一动都像极了在模仿牛至文。老师们暗暗地说她被外面的世界同化了，可是却不得不待在这里，做一个不伦不类的爱修斯里弗人。有的学生，不知内情，在她面前毕恭毕敬地喊上一声“老师”，背地里却在议论她来自一个地道的爱修斯里弗家庭。

久而久之，库特莎就放任自流，她也懒得去和老师、学生们争辩，学校变成一个自由散漫的学校。

过了很久之后，这种状况才因为有了新的校长而发生改变，新的校长名叫尼奥，是个货真价实的大帅哥，库特莎见到尼奥的第一面就觉得他是如此的面善。这就是她期望的正常人的生活，有安定的工作，有比自己高的帅男人，而不是像瓦特那样矮小的老男人，库特莎那颗攀墙而出的心越来越活跃，恨不得随着尼奥一起走出这矮小的牢笼。

第三章

今天爱修斯里弗的天气是雾蒙蒙的，看不到一点阳光。

简衣衣听说新来的校长已经到爱修斯里弗学校三天了，而她一直声称有病在家休息了四天。今天好像说什么都躲不过去了。

“衣衣，你快点起床收拾，今天说什么也得去学校。”妈妈已经开始催促。

“为什么今天非要过去？我身体不舒服。”今天已经是周五，再熬一天简衣衣就一周没有去学校，破了自己的纪录。

“你哪里不舒服？哪里不舒服？”妈妈已经拿着锅铲站在她的床头，“周一你说头痛，周二你说牙痛，周三你说腿痛，周四你说肚子痛，那你今天哪里痛了？”

“我……我心痛。”

“别没事找事，今天你是脑袋痛、牙痛、屁股痛，不管哪里痛都得去学校。”

简衣衣起床，收拾书包，吃过早饭，走在上学的小路上。

爱修斯里弗学校真是糟糕透了，简衣衣心想。学生糟糕，要在学校上十五年的学；老师糟糕，一遍一遍教授像爱修斯里弗生存指南一样的知识；校长糟糕，无论是先来的牛至文还是后到的瓦特。但是，最糟糕的还是库特莎这个女人，虽然所有的人都说她是地道的爱修斯里弗人，可是简衣衣就是看她不顺眼，爱修斯里弗哪里会出这样的巨人，一个人顶三个人的身高。爱修斯里弗学校怎么会有这么狠毒的教务主任，打在学生的身上，完全不考虑学生是否能承受，这也是简衣衣一直“生病”的原因。当然，爱修斯里弗更不会有这么不知廉耻的女人！

库特莎的狠毒应该放在她的不知廉耻之后。那是一个炎炎夏日，瓦特校长刚到学校不过两个月，那时简衣衣刚上五年级，不过10岁。简衣衣嫌上课无聊，偷偷地往教学楼后面跑。学校里最大的四合院是教学楼，是学生上课、玩耍的场所；往后是办公楼，教师办公的地方；再往后就是教师的宿舍和学生的宿舍。可是学生恋家，所以学生宿舍的房间很多都空置，有几间便打通扩建给校长做宿舍，另外又打通几间给库特莎夜巡时用来休息。

简衣衣想要看看这里面是否有因员工疏忽导致房门没上锁的房间，自己就能趁机从房间的窗户逃走。上课时这里真是空空荡荡，就连前面教师的办公楼里都看不到几个人影。

简衣衣一间一间寻找，可是怎么也没发现没上锁的房间，即使她上了二楼，再检查了几个房间也没发现。

她经过校长的房间时候居然听到了房内有声音，“我真是讨厌透了爱修斯里弗……”这是简衣衣清楚听到的一句话。她心中“咯噔”一下，整个人如同触电，想也不敢多想就接着往前跑，她当然没有听出来那是谁的声音，在这慌乱的时刻她也顾不上琢磨那声音到底是谁，因为此刻最重要的是简衣衣没有退路了。

前面没有楼梯下楼，后面的校长房间内传来收拾停当的声音，这个走廊一览无余，连躲都没个地方躲藏，真是走投无路了。简衣衣忽然后悔了，早知道就钻狗洞溜出去了，也不用为了什么尊严遭受这么大的罪。

校长房间传出响声，似乎门马上就要被打开，简衣衣身边也只剩最后一道门了，“天灵灵，地灵灵”，简衣衣心中默念，她转动着门把手，门开了，简衣衣抑制自己心中的狂喜，她回头看一眼，正巧对上库特莎的眼睛，她一下子就清楚了，对啊！不是库特莎还会是谁呢？

库特莎的眼神慌乱闪躲，看到简衣衣比看见怪物还要害怕，这要是放在平时，库特莎早就大喊大叫了，可是现在她握着校长房间的门把手，喊一声自己都心虚。

简衣衣一头钻进那道门，眼前是个废弃的房间，她没有任何犹豫打开窗户就跳到屋后的草地上。她不敢回头望，只是一个劲儿地往前跑，像是后面有坏人要抓住她一样。后来，简衣衣生病了，三天没有上课，待她去上课的时候才知道，学校教师宿舍的窗户已经全部加了铁丝网固定。她见到库特莎之后总是低着头，怕被库特莎认出来，可是同是爱修斯里弗人，谁不认识谁呢？库特莎早将简衣衣那惊悸的小脸蛋熟记在心里。

过了很长一段时间简衣衣才知道，自己害怕的不是撞见校长瓦特和库特莎那一档子事，而是库特莎说的那句话“我真是讨厌透了爱修斯里弗”，库特莎可是个地道的爱修斯里弗人啊，真是忘恩负义、不知廉耻呢，简衣衣给库特莎暗暗贴了个标签。

这次“生病”的事件就更和库特莎脱不了关系了，周一的升旗，库特莎作为代理校长发完言，开始检查学生们的仪容、仪表，说道：“明天就是新校长来上任的第一天，你们打起精神来。”

“你看你的头发，真的是该剪剪了，男生不要留太长的头发，回头让你爸给你剪了。”那是爱修斯里弗理发师的儿子。

库特莎检查完十二、十四、十五年级，所有人都松了一口气，因为按照惯例，库特莎每周只抽查三个年级，但是这次他们失策了。“来，米安，带着你们班的人过来。”库特莎说道。

米安是十二年级的班长，也是简衣衣的班长。简衣衣心头发慌，因为今天她起了一个大早去后山河塘里挖蚯蚓，准备在周末和父亲一起去钓鱼，可是挖蚯蚓时，她被绊倒摔了一跤，摔进河塘里，搞得满身是泥，虽然泥风干了，可是衣服上还是会有些泥印，然而这对马上就要迟到的简衣衣来说，不算什么，她一向是最不讲究的，无论别人怎么说她，她那满后山跑的劲儿也消停不下来。

“这次可算是完了。”简衣衣想。

“哎呀，这是哪里来的小泥人，吴老师，是你们班的吗？”吴双双是简衣衣的班主任。“这么好的‘典范’，可是要让大家都看一看呢。”库特莎说道。

“简衣衣，你站到旗台上去。”吴双双下了命令。

这是简衣衣最难堪的一次，简直无比难堪。她乖乖地走上旗台，360度旋转，给全校的师生看了个遍。

“谁让你动的，你以为是走秀吗？”库特莎的声音变得尖锐而严厉。

“不是……不是……要让大家看一看吗？”简衣衣小声嘟囔，错愕不已。

“你还有没有羞耻心？我罚你今天去把所有教师宿舍，特别是校长宿舍打扫一遍，没打扫完就不要上课了。”简衣衣不知道库特莎这样做的目的，是单纯为了惩罚自己还是要戏弄自己。

其他人都回到教室，只有简衣衣拿着扫帚、抹布去了教师宿舍。

空荡荡的一整栋楼就只有自己一个人，简衣衣拿着扫帚、抹布左扫扫右擦擦，最终放弃打扫的念头，她丢抹布玩，几块湿抹布被扔在墙上，看哪块抹布停留的时间最长，白色的墙被搞得湿漉漉的，没有了最初的样子。她把头抵在门上，感觉有一些滑稽。

“你很开心啊！”库特莎突然出现，看到一屋子的狼狈，气得快要爆炸。

简衣衣收起自己的东西，说：“那……那墙上有蜘蛛网。”她看了一眼墙壁，又觉得解释不通。

“你不是挺能跳窗的吗？你这次怎么不再跳一次给我看看？”库特莎藏下自己的愠怒，仔细地看着眼前这个女孩子，7年了，因为她，库特莎胆战心惊，就怕她嘴巴不严，导致自己成为爱修斯里弗最不堪的那个人。

“不……不敢！”简衣衣红着脸说。心中想要不是有铁丝围栏，自己早就跳了十次八次了。

“我看，没有你不敢的事情。”库特莎扔了一块抹布在简衣衣脸上。库特莎的体形，加上她的劲道、力量，这么一块抹布扔过去哪是只有她三分之一高的简衣衣能承受得住的，简衣衣当即倒地。

简衣衣从地上站起来，她依旧恭敬，只是“恶毒”这个词成为她脑中挥不去的标签，印在库特莎的脑门儿上。

“今天你不打扫完，上午的课就不要上了，中午饭也不要吃了。”库特莎说完就走了。

简衣衣真的没去吃中午饭，米安去送饭的时候才发现简衣衣晕倒在校长宿舍里。简衣衣被安排送回家中休养，只是这一休养简衣衣便不愿再去学校上课，不愿再见到库特莎的嘴脸。

简衣衣心想，不如就把自己7年前看到的都说出来，我不舒服，那个恶毒的女人也别想舒服。可是她没有，她可不想像某些老太太一样，嘴里都是又臭又长的八卦，她最在乎的不过是那么一点点自由而已。还好还有3年她就能毕业。如果不是校长尼奥的话，简衣衣就顺顺利利地毕业了。

第四章

米安走进教室的时候简衣衣正病恹恹地趴在桌子上，米安走到她身边问：“你身体怎么样了？”

“还是那样吧。”简衣衣懒得抬头。众人不知道的是，简衣衣身体强健得可怕，一般的高烧她只要休息一天就完全康复了，简衣衣可不能把自己的秘密告诉别人，要不然她就请不了病假了。

“那天可把我吓到了，你躺在地上全身滚烫，看起来很难受。”米安是个细心的女孩，和简衣衣完全不同，她家是爱修斯里弗有名的富户，仅她家门前种的那棵银杉树就区别于其他人的家门，更不要说那雕梁画栋一般的青色门楼。传说米安的父亲曾经在外闯荡过，这里的“外”当然是指爱修斯里弗之外，当时只有20岁的他在后山迷路，不知不觉间就走出了爱修斯里弗，这一出去就找不到回来的路了。

但是米安的父亲还是机灵的，凭借着自己68厘米的身高，在外面也很是吃香，他先是上了一艘巨大的船，躲在船的夹板里，每天靠吃船上的鱼食为生。某一天，米安的父亲无意间上了岸，那船没等他回去就开走了，他很失落，似乎失去生活依靠一般失落。在码头，米安的父亲遇到了正在装货的木工师傅，那木工师傅倒是什么也没说，带着他回家了，这本是一件幸运的事情。米安的父亲跟着那木工师傅学习雕刻木柱飞檐，再细小的地方因为他小小的身体和视角都能雕刻得完美无瑕，几年间那木工师傅便因为出神入化的雕工和精美有趣的造型远近闻名。接下来的事情就不可思议了，那木工师傅居然数落起米安的父亲，嫌他雕得慢，又嫌他手脚不利索，甚至嫌弃他矮小的身高。在一个月黑风高的夜晚，米安的父亲一气之下就跑了出去，再也没有回去。

米安的父亲无意间遇到了表演杂耍的戏班，因为身材矮小，被招进戏班，给人逗乐、打趣。人们拿着米安父亲的身高进行打趣、嘲笑。戏班是流动的，人来人往，四处奔波，倒是为米安的父亲省去寻找爱修斯里弗的力气。结果偏偏有这么一日，米安的父亲遇到要赶往爱修斯里弗的牛至文，就这样一来二去之间，米安的父亲就被牛至文带回爱修斯里弗，那牛至文也因为这样的缘故当上了爱修斯里弗学校的校长。

回到爱修斯里弗之后。米安的父亲重操旧业，开启了雕刻生活，把在外这几年学到的本事发挥得淋漓尽致，摸索到一条发家致富的好通道。但是，米安的父亲并不感谢外面的世界，反而在谈起这几年的遭遇时满腹怨言，连连道起外面世界的不是。于是，这样的评价在爱修斯里弗越传越广，那鱼龙混杂、黑暗腐朽的外面世界就在爱修斯里弗人心中留下了阴影。

米安是从小被教育长大的，文静安恬、知书达理，在这几年的学习中简衣衣领教过米安的厉害，她的成绩年年都是排在班级第一名。

“米安，我看这简衣衣啊，好得不得了。”是傅丽宛的声音，傅丽宛是简衣衣最讨厌的人。

简衣衣不知道自己的母亲非要让自己今天到学校的原因，反正她就无精打采地在学校待了一天，既没有遇到让人厌烦的库特莎，也没有遇到传说中高大帅气的尼奥校长。

放学时，简衣衣第一个冲出教室，她也不知道是什么让她如此着急，可是她就是不想待在学校，一点也不想。

简衣衣一路小跑，跑进后山，那是除了家里的被窝，最让她开心快乐的地方，她可以摘下一朵花，采下一捧草，欢脱地在绿意中跳来跳去，偶尔到了草高的地方，她便钻进那草窝里，看看那里面是不是隐藏着奇异的世界，如果遇到兔子、老鼠之类的小动物，她也不害怕。就算是家中昂起头和自己一般高的狗，简衣衣也敢骑上去踢它的肚子，虽然狗子会识主、开玩笑似的把她扔在床上。

有一次，简衣衣在后山的树林里遇到蛇，她一个人，找了两根树枝，一根插进蛇的七寸，另一根在蛇张口想要咬她的时候，狠狠地插进它的嘴里，就这样她制伏了一条蛇。当简衣衣架着蛇在爱修斯里弗大道上大摇大摆地走着的时候，却被米安的父亲一把拦住。

“你背上是什么?”米安的父亲问，他身后的米安看上去很害怕。

“是蛇啊!”简衣衣自豪地回答，似乎是在炫耀自己的战绩，看啊，多么勇敢的小姑娘。

“这蛇是你杀的?”米安的父亲端详那条耷拉着的蛇。

“当然了!”

“这是一条毒蛇!”米安父亲的话可吓坏了简衣衣，米安的父亲一把拉上简衣衣回了她家，联合她母亲把简衣衣说教一通，结果简衣衣被禁足了一个月。这些都是简衣衣不过大脑的行为。

可是，这次简衣衣没有想抓条鱼或者摸只虾，因为没有了心情，她只想找个舒适的地方，安静地靠一靠、躺一躺，在偌大的后山有这么一个好去处。

后山的树丛中，有一片地方既通风又向阳，还不容易被耕田播种的人发现，那里是简衣衣的专属地。可是，这次简衣衣走到那里，发现她的专属地被人占了。

“你是什么人？”那个男人坐在地上，简衣衣只能站在他的后背讲话，如果简衣衣站到他的身后，估计只能到他的肩膀的高度。

那个男人听到话语声转过身来，目视着简衣衣，真是一个可爱、勇敢的小女孩！那男人心想。

简衣衣看着这个身穿白衬衫的男人，居然想起米安给她形容新校长的模样，“高大英俊、挺拔身姿、气质不凡”这几个词用在他身上确实也不为过。

“你从哪里来的，不是爱修斯里弗人？”简衣衣硬着头皮问道。

那个男人倒是不以为意，一把抓住了简衣衣的胳膊，弯腰打量着她，简衣衣只觉得对方很无理，就用了更无理的方式回应，她抬起自己8厘米的脚重重地踢在那人的手腕上，说道：“看什么看。”

“你叫什么名字。”那个男人似乎不以为意，他没有感到疼痛，反而笑嘻嘻地问。

简衣衣没有理他，只是趁他不注意时偷偷地跑走了，那个男人也没有站起来追她，简衣衣脸上扬起得意的笑容。只是一想，这个男人可能是爱修斯里弗学校的新校长，就让人感慨。

简衣衣又寻了另一处地方躺下，想起刚刚的那个男人，实在奇怪得没有道理。简衣衣在心中抵触校长，牛至文任校长时她年纪还小，对牛至文没多少印象，到了后来的瓦特校长，就只剩下“瓦特是个老混蛋”这一印象，加上当时撞见瓦特和库特莎那一档子事更让她无比坚定地鄙夷瓦特。现在碰到了这个穿白衬衫的男人，想起他刚刚看自己的眼神，简衣衣心里有些害怕。可是毕竟校长和自己并没有太大的关系，想了一下，便将其抛之脑后了。

第五章

又是一个星期一的早晨，简衣衣站在国旗的背面，她的左手边是杨冬冬，右手边是米安。这是新的一周，同样新的还有站在国旗边上的那个男人，虽然那个男人背对着简衣衣，可是她一眼就能认出这个背影，这个白衬衫，这个身高，不就是上周五她在后山碰到的那个男人吗？

果然没错，那个男人环视一圈的时候，简衣衣正好看到他的脸，他现在站在国旗边上，是学校的新校长尼奥。

“咳咳。”尼奥试了试话筒的声音说，“各位亲爱的同学，大家好，我是你们新来的校长尼奥。”尼奥停顿片刻，库特莎便带头鼓起掌来，接着是学生们稀稀落落鼓掌的声音。

“今天是我们认识的第一天，当然你们有的已在上周认识了我，也有的没有认识，我可是结识了几个新的朋友，十三年级的伍沙，十五年级的森森，还有十二年级的米安，当然还有一些见过面，却不知道名字的同学，还有今天站在这里的所有人，我们都将会成为朋友。”尼奥点名的三个人无一例外都是女孩，漂亮的女孩。

“在开始正式的讲话之前，我作为你们的朋友。先来讲述一下，我原来的校园生活，那里和这里截然不同！那里除了教学楼还有一个巨大的操场，供学生运动，保持健康的身体，还有一栋三层高的文艺楼，在那里有热爱表演、热爱钢琴的学生，大家活泼向上，快乐成长，这是我希望爱修斯里弗校园成为的模样。那问题来了，要如何才能让我们的校园变成那样的校园呢?”在场的每个学生似乎除了上课学习便是下课跑去后山，这种生活早就已经让学生心生烦腻了，对于尼奥描绘的这一幅画面，学生们当然是心向往之，眼神都不自觉地流露出渴望。

“难道你们不想要除了上课以外更丰富的校园生活?”库特莎顺着尼奥的话说。学生们都站在那里左右摇摆，你望望我，我看看你，似乎在找不愿意改变的那个人，而且那个人正死死地盯着尼奥，就像尼奥死死地盯着她一样，她就是简衣衣。她当然不希望改变，她爱爱修斯里弗，爱它的一草一木，一花一果，她不觉得后山无趣，反而觉得尼奥说的表演、弹琴和运动才无趣，可是简衣衣的意见根本无足轻重。

“我们当然希望看到，我们的校园欣欣向荣、团结愉快得像一个大家庭才不枉费我们在这里的十几年啊！对不对？那么，我的问题来了，我计划把学校的左侧那一片荒地开垦出来，给大家建造一个操场；在学校的最后面，也就是我的宿舍后面再造一栋楼，用来设置演播厅和器乐间。如果不出意外，等到今年冬天过去，明年开春的时候，大家就可以享受到上面我所说的一切了。”全员都静默了，因为所有人都知道爱修斯里弗没有冬天，这个新校长尼奥的到来却要给他们带来一个冬天。

“我对我所说的都信心满满，同学们，我们要一起努力啊！”尼奥所说的话亲切又和蔼，在最后一刻得到了大家的掌声，他没有说以前牛至文校长留下的最后一句“嘿，年轻人，注意你们的一言一行，我在盯着你们。”简衣衣却觉得不舒服，不是因为尼奥没说最后那句话，而是因为这个人拿腔作调的语气和上星期五他在后山看她的眼神让她不舒服。

散会后，库特莎走到尼奥的面前，她和他说话甚至需要仰视，那是库特莎从来没有尝试过的视角。在爱修斯里弗，从来没有人让库特莎仰视，库特莎估摸着尼奥的身高，1.85米？最少也得有1.8米了吧！库特莎又估计尼奥的年龄，从他的样貌上看，大概也是30岁的样子。“尼奥校长，你讲得真是太好了，我感觉经过了一番洗礼啊！”库特莎说。

尼奥当然知道库特莎这扭捏的姿态、说话的腔调是什么意思，问道：“库特莎主任觉得我的计划可行吗？”

“当然可行，这几年我做代理校长竟是白费了，怎么也没有这样的眼界和见识，看来还是需要尼奥校长来才行啊，把爱修斯里弗学校交到您的手上，不仅我放心，就连爱修斯里弗所有人都觉得放心。”库特莎这样的腔调让她和尼奥之间充满了暧昧，可是抛开库特莎的出身不说，她也算是爱修斯里弗的美女了，若不是身高，怕是要娶她的人从东市口排到西门楼去了。

“库特莎主任可是说笑了。我看时间也不早了，我还要把每个班级都巡查一遍，你和我一起吗？”

“当然，这可是我的职责，也是我的荣幸。”他们两个便快快乐乐地去巡查教室去了。

不到三天尼奥的计划就成了城中热门话题，无论是孩子还是大人都纷纷开始同意这样有利后代的事情。

以前的爱修斯里弗暮气沉沉，最热闹的不过是孩子们上课的声音，下课后整个城都寂寂无声的，只有到晚上，繁忙的人从后山到家才在家门口小街道上说话聊天，可是话总有说完的时候，家长里短说多了也会厌烦，黑夜再美也不能指着那几颗星星入睡。厌了倦了，爱修斯里弗人便有了向外面看齐的心思，这不是谁根深蒂固的思想，而是整个爱修斯里弗根深蒂固的思想。

所以不过几日，人们便自发聚集在爱修斯里弗学校的左边空地和后面空地，左边空地开了荒、推了土，贴上些草皮，可是运动的设备却犯了难。而文艺教学楼自然也有自己的难处，楼建好了，空房间有了，座椅也摆满了，可是表演的道具和演奏的乐器从哪里来呢？

“我来为大家准备！”尼奥校长拍着自己的胸口保证。自从他提出这个计划开始，可真是第一次为这个计划付出一点行动了，而不是每天坐在后山和库特莎谈情说爱了，简衣衣心想。简衣衣想的没错，因为那两个人将她在后山的专属地变成了他们专用的谈情说爱的地方。

第六章

简衣衣感觉自己神圣的后山遭到了践踏，她愤恨又郁闷，惶惶不可终日，可是又不能将他们赶走。所以她常去听他们两人说话。

“这个爱修斯里弗真的是个好地方啊！”尼奥声音懒懒的。远处爱修斯里弗学校的第四栋楼还只有个雏形，爱修斯里弗的小人们都在积极建楼，而这个夸奖着爱修斯里弗的“大人”却不去帮忙，简衣衣觉着他这一句话简直是虚伪极了。

“您喜欢就留在这里啊！”库特莎觉得尼奥不同于瓦特，甚至更高于牛至文，如果他能像牛至文一样把爱修斯里弗当作家，那自己去不去正常人的世界倒也是无所谓的。库特莎觉得自己喜欢上了尼奥，是第一次这么喜欢，但是她也不知道是怎么个喜欢法，因为对爱修斯里弗人她无法喜欢，对于她曾见过的两个正常人她又喜欢不来，所以她觉得自己喜欢尼奥。

“哦！当然要留下来，不为了爱修斯里弗，为了库特莎小姐你，我也应该要留下来。”尼奥说道。真是花言巧语，简衣衣心想，这样想着自然心中就泛起了恶心。

“是吗？”库特莎整个脑袋都红了，她万万没想到尼奥会说出这样的话来，真是甜入心脾。

“那些学生真的是又可爱又美丽！”尼奥又是一声赞叹。

“是啊，他们最调皮了，现在操场和文艺教学楼建起来，倒是可以管束管束他们，让他们收收性子，这么爱玩的学生，怕是只有爱修斯里弗才有吧！倒是让校长您见笑了。”库特莎依旧红着脸，两只眼睛都不敢直视尼奥校长。

“他们这样就很可爱！”尼奥说道。

尼奥要帮助大家筹备乐器、道具和体育用品的事情算是应承了下来，也算是为爱修斯里弗的教育事业尽心尽力了。这件事情倒是快，不到三天，文艺教学楼里便堆满乐器和道具，体育场上也有了体育用品，乐器是标准的，可是演出道具和体育用品却是按照爱修斯里弗人的尺寸定制的。

“您是怎么弄来的？”库特莎觉得尼奥神通广大，这世间像是没有他办不成的事情，想到自己以后的伴侣这样的能干，自己倒是心中一喜。

“以前的老朋友，打个电话就送来了，不是什么难事。”尼奥不以为意地说。

库特莎倒是留了个心眼，电话？自己从来都没有听说过呢，那是个什么东西？一定是个神奇的玩意儿，她怎么也没想到是瓦特枕边那个“滴滴”响的玩意儿。自此，电话便像是个神物一样被传得神乎其神，只有米安的父亲嗤之以鼻。

尼奥倒是没有想到会是这样的结局，这样倒是也不错，能让自己想做的事情更加容易。

操场和文艺教学楼落成的那天，整个爱修斯里弗的人都聚集在学校见证这一盛况，似乎人们日盼夜盼的就是希望学校能够勇往直前、推陈出新。当教学楼里传出钢琴声的时候，人们觉得这琴声优美极了，世上简直没有比这个声音更动听的了；当人们看到学生编排的小戏时，都鼓掌呐喊，觉得在教室里排戏的那些孩子就是爱修斯里弗的明星。操场上传来闹声，是学生运动的声音，这一天真的是热闹得有点不太像爱修斯里弗了啊。

库特莎激动地鼓掌，似乎见证了什么大事件一般，她走到尼奥身边，说：“尼奥校长，您真是太棒了，学生们的生活一下子就丰富起来了！”

“不枉费我教他们那么久，你看那个弹钢琴的女孩子，我可是教了三个月呢，她能弹成这样真的是不可思议；这些小演员也只训练了一个月，戏剧表演的效果也是很好啊！”尼奥颇为满意且自豪。弹钢琴的是森森，今天她一袭白裙，真是太漂亮了，她马上就要毕业，这次的钢琴演奏可能要改变她的一生，但是改变她一生的可不只是这次的钢琴演奏。参加戏剧表演的是米安和伍沙，还有几个临时的演员，他们乐在其中、引以为荣。

“所以只能说尼奥校长是个天才啊！”库特莎阿谀奉承。

“可不是我！是我们爱修斯里弗的孩子聪明啊！”尼奥笑看这一切，只是这一群人里似乎少了谁，他左寻右找地要找到那个身影。

那个身影早就坐在后山上了，简衣衣可是找准了机会从那场热闹的真人秀里面逃了出来，她今天来后山，是和自己的专属地做道别的，这些日子以来，简衣衣都没有好好地去道个别，现在趁着学校忙大事的时候，她可算是找到了机会呢！

“大树啊大树，你看到了，这个地方被坏人占领了，我又得去寻新去处，可是总没你这里舒服。”简衣衣抚摸着大树说着，迷迷糊糊之间就睡着了，睡得正香，就梦到了尼奥校长和库特莎，他们两人坐在自己的专属位置，那又大又肥的屁股要把自己精心移植过来的花给坐坏掉。做着这样的梦，简衣衣对尼奥和库特莎的讨厌更加深了一层。

“真是令人讨厌的人啊！”简衣衣一边这么琢磨着，一边往回走。在路过自家菜地的时候，简衣衣发现了事情有点不对劲儿。菜地上的大脚印是谁的？简衣衣暗自嘀咕，尼奥校长的脚可比这个大多了，而且他今天鞋底的花纹可不是这个样子的，而库特莎的脚也没这么大，这可真是奇了怪了。简衣衣正安静思索，突然，一个响声打断了她的思路，她四处寻找，没发现人。她顺着声音的来源摸索过去，在自家菜地的沟渠子里找到了一个发光的物件。那物件十几厘米长，怎么也比得上简衣衣的半条胳膊了，正在发出奇怪的声音，倒是像森森弹奏的钢琴声。

简衣衣把那个物件捡起来，说：“又是个新奇物件！”她心中一喜。

钻进半人高的草丛里，简衣衣想看看这到底是个什么东西，却听到了脚步声，这声音不像是爱修斯里弗人发出的声音，因为爱修斯里弗人矮小，走不出这么铿锵有力的步伐。简衣衣猜想是尼奥或者库特莎，可是等那人走近，她看到那是一张陌生、正常人的面孔。一个陌生的男人，长得比尼奥矮一些，头发蓬松，双眼无神，一脸络腮胡，看起来很邋遢。简衣衣心想，爱修斯里弗来了陌生的正常人，这可是个大事，要和大人报告的，因为爱修斯里弗是有边界的，除了特定允许的事情，是不与外界交流的。虽然这样想着，但是简衣衣不敢动，怕这个陌生的闯入者不怀好意。

不多时，又有一个脚步声，这次是尼奥的脚步声，这声音简衣衣还是听得出来的。“你来这里干什么？”尼奥的声音响起来了，这个人似乎认识尼奥。

“我的电话似乎掉在这里了，我来这里寻寻看。”那人的鼻音很重，似乎在捏着鼻子说话。

“幸亏今天爱修斯里弗人都在学校，这里没人，要不然你闯大祸了，你现在马上给我出去，你的电话我来给你找！”尼奥下了逐客令，那人似乎理亏的模样，也不和尼奥争辩就灰溜溜地离开了。尼奥环视了四周，确定再没有其他人就走回学校了。

过了很久，简衣衣确定再没人出现才从草丛里出来，把那个物件裹进自己的衣服里一溜小跑回家了。

第七章

晚饭时间，简衣衣的父母还沉浸在今日的欢喜里无法自拔，还在兴致勃勃地讨论着白天学校的盛事。

“真是不错，今天你们班里的米安好棒啊，我简直以为她就是那个罗密欧了!”米安在小戏里反串了罗密欧。

“对啊，对啊，什么时候我们衣衣也能去那个小剧院表演一回，我也来看看她有什么天赋!”简衣衣的妈妈说。

“啊？我能有什么天赋!”简衣衣听到自己的名字回过神来。

“要说啊，这个尼奥校长真的是不错，他一来就让我们跟上了外面世界的潮流，连米安的爸爸都觉得他是个人才!”简衣衣的爸爸止不住地夸奖尼奥校长。

“衣衣，你怎么心不在焉的？”妈妈注意到了简衣衣今天有些奇怪，问道。

“妈妈，今天我在后山看到一个外面的人!”简衣衣放下手中碗筷，说道。

“什么？陌生人吗？”爸爸正色道。

简衣衣点点头说：“我还看到尼奥校长和他讲话!”

简衣衣的父母对视一眼，哈哈大笑：“听你说这句话可见你是在瞎说，今天尼奥校长在学校忙了一天，哪有时间去后山，你肯定是不想让我追究你去后山贪玩的事，所以才编出这么个瞎话。”简衣衣的妈妈似乎已经把简衣衣给看穿了。

“我……我没有!”简衣衣又气又急，却又不知道该怎么解释，“你们爱信不信。”她丢下这么一句话，回自己的房间去了。

简衣衣摆弄着自己今天捡到的物件，铺在床上简直和枕头一般大小，心里想道：“这么大个物件，硬邦邦的，有什么用处呢？”她第一次见也不会使用这个东西，怕是整个爱修斯里弗也没人见过这个玩意儿吧，简衣衣看了很久也没有看出个所以然来，于是一把将它扔进自己的衣柜里，扑到床上睡去了。

第二天，简衣衣就忘记了那个物件的存在，可是她不能忘记的是尼奥校长和那个陌生人的会面，她感觉爱修斯里弗好似受到了侵犯一般，尤其是在自己最爱的绿草地上。她心中着实意难平，可是又没有什么确凿的证据，自己也不好把事情闹大。

“昨天，尼奥校长一直都在学校里吗？”简衣衣问米安。

“当然了，表演结束后，尼奥校长可是鼓掌最热烈的呢，其次是库特莎教务主任，我觉得库特莎教务主任爱上了尼奥校长，可是在我看来，库特莎是配不上尼奥校长的。”米安说道。只是让米安做了一次主角，看来尼奥在她心中已经立下了一座丰碑。

“一直都在吗？你一直看着他在？”简衣衣问道，她不关心尼奥和库特莎是不是般配，只是想弄清楚一件事情。

“我想是在的吧！”米安认真思索。

“他那么大个人，在不在你肯定能注意到啊，什么叫‘你想是在的’？”简衣衣问，她不知道米安下台之后，收到了多么热烈的掌声和多么悦耳的赞美，弄得米安的心神游荡了好久，那个时间米安当然顾不上别人，也不管那人的个子是自己的几倍、干了什么大事呢。

“你怎么稀奇古怪的？问这个干什么？”傅丽宛凑过来问，“不过我可是听到你说库特莎配不上尼奥的！”

简衣衣才无心理会傅丽宛，这个女人说话尖酸刻薄。可是傅丽宛却自以为抓住了简衣衣的弱点，自顾自得意。

傅丽宛转头就问迎面走来的库特莎：“老师，请问今天是要面试小剧团的小演员吗？”

库特莎倒也不好拂了傅丽宛的面子，傅家人可是住在自己家隔壁的隔壁，库特莎说：“对啊，你们都要加油啊！”

“您看我能不能做个小演员？”傅丽宛倒是没有客气。

“那要看你有没有天赋了，到时候校长和我还有你们班主任会给你们评分。”库特莎说。

“刚刚我们班的简衣衣说您配不上尼奥校长，在和米安出鬼主意，想拆散你们呢！”傅丽宛倒是没有思索就说出了这句话。

“什么？”库特莎做梦也没有想到会有这种事情。

“是因为您和尼奥校长约会的地点原来是简衣衣的专属地，她就怀恨在心了！”傅丽宛无意听到简衣衣对自己后山专属地点的怀念，这样倒是把自己的话给圆上了。

“这两个人！”库特莎对简衣衣的恨又加深了一层。

“老师，我可是您和尼奥校长忠实的拥趸，在我眼里可没有比你们更完美的一对了。”傅丽宛说，“我可以帮您消除她们这些障碍啊！”

“你去上课吧，我会看着办的。”库特莎说，因为她不能明着对付简衣衣，保不准她会将自己和瓦特的事情说出来，自己就是哭也没个地方，她要好好地想个办法，所以下午来小剧团面试的傅丽宛就成功地成了女三号小演员。

每个学生都要来面试小演员，这是老师给的任务，也包括简衣衣在内，当她走上面试台的时候，她是极不情愿而且完全无准备的，她一心只想蒙混过关，才不要与文艺教学楼和运动操场扯上什么关系呢。可是人算不如天算，当她把今天上午学习的课文朗诵一遍之后却得到了尼奥校长的赞赏。

“声情并茂，我觉得你很有潜力。”尼奥校长出口称赞。

完全看不出简衣衣的表演哪里声情并茂的吴双双听到校长这么说又怎敢违逆。“是啊，我也觉得衣衣不错，以后真的要让她在课堂上多念念课文呢。”吴双双说道。

那么现在反对的就只剩下库特莎了，她说：“我觉得衣衣还是要再回去多修炼一下，多多去体会这篇文章究竟想要表达什么，还有，你的成绩很差，我也希望你不要分太多的心在别的事情上。”

是啊，这正合简衣衣的心意，早拒绝早撤退，她还在心中暗自庆幸。

“是啊，你这段时间多努力，因为我想把下一部剧的男主角给你，还有一段时间的空余，你就好好准备学习的事情。”尼奥校长说。

“什么?”库特莎和简衣衣几乎是一起发出的声音。

“我觉得很好，到时候会让你试戏，没通过也是不行的!”尼奥校长说完就朝着库特莎笑，笑得库特莎脸泛桃红，便也顾不得追究这件事情了。

简衣衣灰溜溜地跑下面试台，似乎因为这一次面试而感到愧疚，这样是毫无道理的，自己已经做到最差了，却还是要和水安一较高下。

这天晚上简衣衣又在自己的专属地看到了尼奥校长和库特莎教务主任，她愤愤地看着他们的背影。

“库特莎老师，我觉得你是整个爱修斯里弗最棒的人了，似乎没有人能更明白我的心意。”尼奥说，似乎是真心话一般，还摸了摸自己已经变红的脸。

库特莎简直不要太幸福，从她泛红的脸上就能够看出来她的羞怯，快30年了，还没有人对她说过这样让人心驰神往的话。库特莎说：“尼奥校长，您说笑了，您才是整个爱修斯里弗最棒的人。”可是话说到这里，库特莎终于意识到尼奥根本就不是爱修斯里弗的人。

“我们现在在做对爱修斯里弗最好的事情，我们一定会把爱修斯里弗学校办得让全世界都知道。到那时，我想就是我们最开心的时候。”尼奥似乎说漏了什么，“哦，不对，我们两个最开心的日子还在后头。”

这一句似明示似暗示的话说进了库特莎的心坎里，快乐的日子总在后头，那是什么日子，那当然是他们结婚的日子，这样一想，库特莎更像是醉了一般，正眼都不敢瞧尼奥校长一眼，说：“都听您的!”

是啊，都听尼奥校长的，现在似乎整个爱修斯里弗的人都听尼奥校长的，他排的三个小戏可是排进了大家的心里，似乎每个人都打心底里对尼奥校长肃然起敬起来，可是简衣衣并不，她的直觉告诉她，这个年轻帅气的校长的心似乎并不像他的外表这般坦然。

现在，简衣衣就是想看看这个校长是不是会遵守他和那个陌生人的约定，帮他找到他要找的东西，可是尼奥和库特莎在夕阳下耳鬓厮磨了一晌就肩靠肩地向学校的方向走去了，似乎并没有把那个陌生人的委托放在心上。而那个陌生人也再没有出现过，若不是那放在衣柜里的那个物件，简衣衣真就当那天的事没发生过。

第八章

米安对于小剧团的事不像森森那样表现得很淡定，她根本不懂反串的要义，特别是对她这种性格温柔的女孩子来说，但是简衣衣告诉了她反串的特别要义。米安真得感谢简衣衣那种直来直去、敢爱敢恨的性格，让她把“犹豫”的罗密欧演成了“坚定果敢”的罗密欧。所以对于这次简衣衣能拿下下部剧的男主角，米安不觉得她是在抢戏，反而觉得那是天经地义的事情。

米安从小享受大小姐的待遇，她的父亲有头有脸，家中有粮有地，而且只有这么一个女儿，当然就宝贝很多。她从小在温室里长大，父亲每天都会给她讲外面的世界，所以她不仅对爱修斯里弗，对外面的世界也有自己的一套见解，她认为文艺教学楼这个事情对于整个爱修斯里弗来说出发点是好的，可是在尼奥校长实施过程中却出现了问题，很大的问题。

尼奥校长总是冲着那些演不好的小演员咆哮，小演员对于尼奥校长的咆哮难以接受，越难以接受就越演不好，最后恶性循环。米安见过尼奥校长情绪最差的一面，他并不像大家表面上看到的那样平和宁静，他发怒时既狰狞又可怕，米安没有在任何一个人身上见到过他那样的发怒方式。

明息不知从哪里听说小剧团有人被教育批评了，就跑来问米安：“你没事吧？听说你们小剧团排练的时候可出了大乱子。”明息是米安和简衣衣的男同学，有一副好相貌，写一手好字，在他的眼中，米安的事就是大事，风吹草动都是大事。

“我没有关系。”米安回答，在她看来，明息是个美好的少年，可是这个美好还要经得起时间的考验才行，她可不想像库特莎一样看到尼奥就绽放得像一朵花一样，任谁都看得出来这朵花想要被摘走。

“今晚我有重要的事情和你商量，去你家！”简衣衣说。

“什么事情？需要我出力吗？”明息问，似乎很殷切地希望米安说“需要”。

“不需要，谢谢!”简衣衣替米安回答了。

米安吃惊简衣衣似乎与她心有灵犀一般，能听懂她的想法，可让她更吃惊的是，简衣衣带到她房间里的这个东西。米安早就该想到简衣衣能带来的绝对不会是寻常的东西。“这是什么?”米安有些疑惑地问。

“我就是不知道才带给你看。”简衣衣看了它两天，看不出个所以然来，还怕一不小心把它搞坏了，“不过我知道的是，这是个舶来品，是外面世界才有的，你听你爸讲了那么多外面世界的东西，我猜想你肯定会知道的。”

“这我哪里知道啊，要不然我去帮你问问我爸爸?”米安看着也好奇。

“那就不必了。”米安的爸爸和简衣衣的父母关系密切，要是被自己父母知道自己弄了这么个东西，指定又会以为自己跑到哪里玩儿去了，到时候免不了又是一顿批评。“我听那个陌生人说，这个东西叫电话!”简衣衣说。

“不会是尼奥校长依靠电话找来那些乐器、道具、体育用品的那个电话吧?”米安倒是点醒了简衣衣，确实从库特莎的嘴里大家都知道电话这个神奇的东西了。

“那你晚上和你爸打探一下电话是什么，我再来考虑拿这个东西怎么办。”简衣衣匆忙之间要把那东西往上衣里塞，可是不巧按到了什么，那东西就在简衣衣的衣服里发光了，简衣衣匆忙把它拽出来扔在米安的床上。

“这东西怎么还会发光啊，就像家里的灯泡一样。”米安说，看着那发亮的地方显示出一个画面，就像图书馆里会发光的名画一样，明晃晃地在那里。米安看着简衣衣被当前的画面迷惑得眼睛都移不开了，原来那画面上显示的是一把弓箭，一把简衣衣从小就渴望得到的弓箭。

那画面只亮了几十秒钟就又暗了，简衣衣又将它收进自己的上衣，依样画葫芦，可是那东西也再也没有亮起过。这是个新奇的物件，对简衣衣来说，她一定要弄清楚。不过在弄清楚之前，她还有一件事情要做，不!是一系列事情，她要把自己从小到大的愿望都实现。

出了米安家，简衣衣就直奔自己家，把那个东西锁进自己的柜子中，就慌忙地向后山跑去了。

吃晚饭的时候，米安是心怀忐忑的，因为她知道父亲在做文艺教学楼后期的修缮，忙碌了一天，而自己本来答应要去帮忙的，却因为简衣衣爽约了。

“赶快吃吧，吃完饭就早些睡觉吧。”米安的妈妈说，今天她可是陪着米安的爸爸一天了，也没喊半句累话。

“你今天不是没有排练吗?”米安的爸爸问。

“对啊，衣衣和我出门有些事情，所以就没去帮忙。”米安没去的原因还有一个，就是今天是明息打篮球的日子，她在文艺教学楼一定会被明息看到，到时候就有些尴尬了。

“哦！是这样啊。”

“米安爸爸，我们家衣衣到你家来了吗？”已经入夜很久了，简衣衣的妈妈打着手电来寻找衣衣。

“一个小时前衣衣已经回去了啊。”米安回答。

“那我再去找找！”简衣衣的妈妈走远了。

“这个衣衣真是不让父母省心，你可不能像她那样疯疯癫癫的。”米安的妈妈说。

“知道，”米安点点头，“爸，电话是什么？你在外面见过吗？”

“电话啊，那是20年前的东西了，那可是有钱人家才有的东西啊。”米安的爸爸说，他想做女儿眼中的英雄就要把自己毕生所见都讲给她听。

“电话会发光吗？”米安问道。

“傻丫头，电话是用来说话的，怎么会发光呢！”米安的爸爸说。米安沉默了，看来那个东西不是电话啊。

米安失望了，因为没有得到任何有用的消息，自己这边一无所获，也不知道简衣衣那边有没有什么收获。

简衣衣那边当然不会有什么收获，因为她不是去寻找那东西的线索的，而是去寻找制作弓箭的材料。

夜色深沉的时候，简衣衣才回到家，她把收集的可用的材料都扔到后院，才敢进家门，而简衣衣的母亲寻找了整个爱修斯里弗都没找到她，当然不会那么轻易就放过她。

读者评论

《爱修斯里弗的小人》里强大与弱小在形体上得到充分体现，黑暗与童话在爱修斯里弗外与内的背景下形成强烈对比。而我最爱的角色是爱修斯里弗的小人简衣衣，虽然简衣衣是一个渺小的爱修斯里弗人，但是她却有着异于常人的胆识，在面对外来者的入侵时她沉着冷静，在面对外来者庞大的身躯时她又勇敢无畏，也许没有这个优秀的角色就不会有爱修斯里弗最终的胜利。小说角度清奇、角色饱满，是作者对新风格的尝试与创新。

小说梗概

该作品讲述了小人国里的爱修斯里弗人自我觉醒、面对强权奋起反抗的故事。爱修斯里弗人身材矮小，唯一被允许进入的外人就是当地学校的校长尼奥，但是校长尼奥试图统治、奴役爱修斯里弗人，致使越来越多外面世界的人知道这个小人国的存在，他们与尼奥密谋要将爱修斯里弗变为一个猎奇的景点。尼奥校长卑鄙的意图被学生简衣衣发现了，她暗中取证，揭发了尼奥校长的真实意图和丑恶面目。觉醒的爱修斯里弗人终于决心奋起，他们组建了一个反抗小队，历经重重阻挠，最终在简衣衣的带领下取得胜利。

无尽夏（节选）

王　智

作者简介

王智，广西崇左市宁明县人，笔名晓风晴岚，就读于桂林师范高等专科学校中文系，是一个爱做白日梦的大学生，喜欢骑行、摄影、登山等户外运动，秉承贴近自然、贴近生活的原则进行写作。在校期间一直坚持写作，擅长写诗歌和散文。

（本文节选该作品第六章至第七章、第三十章至第三十一章）

第六章　女神的裙摆

顾不上说话，周悦宁麻利地穿好了装备。因为是晚上的缘故，周悦宁不能单独出门，便在门口等着后面的三人。张洵分别递给陆嘉屏和乔威廉一件大品牌的硬壳抗寒服，说："虽然这两件不是专业的保暖户外硬壳抗寒服，但是也比你们原来穿的那件要高上一级，穿好内搭，你们能在外面扛差不多一个小时。"两人迅速接过抗寒服穿上，再穿好雪地靴，戴上针织帽和围巾就往前走，刚要戴上雪镜的时候就被周悦宁拦住。

周悦宁说："你俩真笨啊，现在是晚上，雪镜派不上用处，而且，会影响你们看那个场景的……"说罢，她便推开了门。在那个厚重的隔温门被推开之前，陆嘉屏并不知道外面发生了什么，更不知道周悦宁所说的“那个场景”是什么。

当隔温门被推开的那一瞬间，本来在众人印象中，极地的夜里应该也是黑暗无际的，最多有那么些点点的星光点亮平原。但是今晚的夜空和平原格外明亮，整体呈淡青色，远处的松林像披上了一层薄薄的纱衣一样，在这无边无际的夜里轮廓清晰可见，等众人走出门，才清楚地看见那场景，天上满满当当地挂着几百条深青色、发亮的光带，在夜空缓缓移动。

这些光带貌似离地面很近，以至让地面上的人们都能看清楚它们的运动。像是带着荧光剂的蒸汽，四人的身上都映着与夜空一样的淡青色，夜空也被光带装点成明亮的画板一样，还有清晰的繁星倒挂，那光带变幻莫测，像是一条能够覆盖整个夜空的长裙，它的边缘以最轻薄的淡青色丝绸作为装饰，时不时还发出了混乱的爆裂的声音。

周悦宁在基地前面50米的平原雪地上安静地伫立着，她望向头上的场景，自言自语地说道：“女神的裙摆。”

陆嘉屏等人走在被极光照得明亮的雪地上，不用打灯就可以轻松行走，张洵说：“果然是极光，还是这么大范围的极光，难怪我们的设备接收不到消息……”

原来，极光是由太阳发出的带电粒子在地球磁场作用下折向南北两极，在南北两极附近地区的高空停留，使高层空气分子或原子激发或电离，才会产生这般绚烂至极的场景。这一次的极光现象可以算是爆发级别的，而由于极光本身是一种极其强烈的大气电离现象，所以在爆发期间，极光严重扰乱电离层，从而破坏短波无线电信号的传播，对通信、交通带来严重的影响。

陆嘉屏微微地皱眉道：“这次极光，形成了这么强的电离现象吗？”乔威廉从后面走来，走到陆嘉屏的身边，一只手拍着陆嘉屏的肩膀，一只手指着夜空，说：“她的比喻很妙，这确实就像是……女神的裙摆。”

张洵对他们说：“其实‘女神的裙摆’不单单只是一种比喻，它也概指极光的一种，这种罕见的现象被北极的爱斯基摩人称为‘女神的裙摆’，一般的极光不够格用这个名字，必须是漫天的极光，而且以接近静止的状态长时间留存，恰似女神的长裙悬挂在夜空中。”

此时那几百条深青色的极光挂在天空，时不时发出噼啪的爆裂声，就像是女神在罗斯高原的夜空上行走，裙摆落在了人间。周悦宁回头说：“这就是我们不能接收到消息的原因，电离干扰太强了。”“所以我们该怎么办？”陆嘉屏问道。

“只能……静观其变……但是……”张洵还没说完就被周悦宁打断：“没办法了，面对无法改变的现实，我们只能欣赏今晚的景色。”她回头对三人这样说。

天上，“女神的裙摆”依旧存在，周围的雪山被映射上了淡青色，随着风过，不光是雪与松树发出声音，那些电子与粒子也似乎有了生命一般，仿佛在对到访者进行某种神秘仪式，四周越来越亮。四人的衣物在风中猎猎作响，今夜的罗斯高原似乎失去了之前那狂傲不羁的性格，在这绚丽到极致的极光与不算得很猛烈的冰风中多了一分美丽和神秘。银河就倒悬在雪山之巅，星光闪闪，极光照亮了地面上的一切，四人的脚印不出3分钟就被风雪重新覆盖。

周悦宁一身暗色的衣服遮盖住了她曼妙的身材，但是她那一头秀发却没有被帽子完全盖住，露在脖子以下的发丝随着风儿飘摇，她的身上零零散散地也被极光打下了美丽的淡青色。在这般景色之中，她仿佛就是整个世界最被女神所青睐的对象，按道理来说，她应该是幸运的，但是今晚接收数据的失败，她却认为自己是个倒霉的人。

周悦宁转身取下背包，拿出了一些记录的设备，诸如摄影机和录音笔，一边记录一边说道：“2027年晚8点45分，罗斯高原Z9区域，数据接收失败，大气电离异常，极光出现……”张洵也拿出了记录设备，分发给另外两人，缓缓地说道：“我们毫无办法，只能选择去记录这一幕，你们应该也和我一样，没有见过如此大规模的极光吧……”

于是，四人分别记录了5分钟，便返回了基地。回到了二楼，周悦宁通过一些特殊的算法，依旧是得到了一部分的数据，现在这般境况，大家只能等待，等待两天后Team1探险队的归来。

四人坐在原来的岗位上，张洵还在努力地处理着数据，周悦宁也还是如同刚开始那般坐在前方，只是这一次，她没有再工作，只是呆呆地坐着，手上看着刚刚从摄影机里面导出来的画面，望着那绚烂美丽的“女神的裙摆”陷入了沉思。

过了一会儿，周悦宁抬起头，问：“自从我们进入罗斯高原以来，从来没有见过如此强大的大气电离现象，为什么偏偏是今天晚上呢？”乔威廉扶着额头缓缓地说道：“用你们中国人的话讲应该是‘天意’吧。也许……罗斯高原想要告诉我们……它并没有那么容易被征服，它的全貌并不是那么容易被看清楚，不是吗？”

张洵皱了皱眉，回答道：“确实是这样子的，从我们进入罗斯高原以来，好像一切都是那么的一帆风顺，今晚发生的事，才是我们遇到的真正的难题。”周悦宁起身看向不透明的隔温窗口，仿佛她能看见外面绚丽的一切，她用那轻灵的声音缓缓说道：“女神啊，希望这场极光，给我们之后的工作带来好运，而不是像今晚一样……让我们失败。”

周悦宁深吸一口气，又轻轻地吐出一道白气，似乎隐隐约约间，藏着一声哀叹。陆嘉屏远远地看着这个与他同龄的美丽女孩，心里五味杂陈，安慰的话就在嘴边，但他却说不出口。室内很安静，机器已经关闭，只听见张洵手指在键盘上飞舞的声音。

最后，还是陆嘉屏打破了沉默：“博士，Team1探险队的数据传输，只有今晚这一次吗？”张洵头也不抬地回答：“是的，我们为了保持SRS数据传输的特殊性和完整性，整个队伍使用的都是微波电磁信号传输。Team1探险队只是一支小队，携带的能源设备也有限，所以只有这一次数据传输机会。不过你们也不用担心，Team1探险队再过两天就会回来，数据的现实储存硬件依旧可以导出的，只是在解码这个问题上，会麻烦些。”陆嘉屏不再发话。

第七章　迷梦

夜深了，大家回到了休息的位置，一楼里，火炉又被点亮，暖色的灯被关掉，只剩下火光在黑暗的室内独自摇摆。陆嘉屏与乔威廉并未入睡，两人坐在火炉前，乔威廉的手里摆弄着一根火柴梗，陆嘉屏就坐在他身边，看着火炉里噼啪作响的柴火，两人的身影在火苗的映照下摇曳，如同漆黑的鬼魅一般。“陆，今晚你和我都是第一次看见极光，不是吗？”乔威廉依旧把玩着那根火柴梗，陆嘉屏也还是看着火光，说道：“是的，美丽得令人窒息……”

忽然，乔威廉转变了语言，用拉丁语与陆嘉屏说：“我知道你在担心什么，他们的队伍，很有可能回不来了，异常的电离现象由太阳风引起，磁场忽然变强，有可能会导致气候突然的恶劣。”陆嘉屏侧脸过来，看着乔威廉，小声地也用拉丁语说：“乔，我是在担心这件事，但是你要明白，南北磁极的不同，也导致了发生意外气候概率的不同。严格意义上来说，这边的概率要低。”他死死地盯着乔威廉的眼睛，似乎要诉说什么。

这时，张洵坐了起来，挨在墙上，朝两人道：“但也不是完全不可能，不是吗？”陆嘉屏和乔威廉立即露出惊讶的神情，因为张洵此时回答他们，使用的语言，竟然是拉丁语。

张洵戴上眼镜，走了过来，坐在两人中间，只是更靠近火炉，这时他们才发现，张洵手里拿了一盒烟。张洵一坐下，便撕开包装，抽出一根烟，把烟靠近火炉，点燃了它。他深吸一口，随着一缕烟雾冒了出来，他又用中文，淡淡地回答了两人："拉丁语……很少有人会说这种语言了，你们应该很好奇吧，我在大学主修的语言是俄语与英语，但是我的俄语老师非常博学，我向他学习了拉丁语……但是我从未见过像你们这样能这么流畅地用拉丁语交流的人。"张洵把手里的烟盒分别递向两人，表示分享，两人都拒绝了。陆嘉屏又看向火炉，有些失意地也用中文回答着张洵："对不起，博士，我们的语言课，也不仅仅是修中文……"张洵没有说话，乔威廉把手中的火柴梗丢入火炉中，对张洵说："博士，既然您也知道磁极与气候的关系，那不妨直说，为何不提前展开营救活动，以防万一呢?"

张洵又吸了一口烟后，把烟夹在手指上，缓缓地回答："看来你们不仅仅小瞧了我这个地质学博士，小瞧我不知道磁极学说，这个其实我能接受……因为我也小瞧了你们，我也认为你们对磁极学毫无接触……甚至你们还会拉丁语，呵呵……但是啊，你们不应该小瞧另一个人……"张洵抬头看了看天花板，烟雾在他的面前弥漫……

楼上，周悦宁躺在床上，她明白，以他们的能力，想要做到营救深入腹地的一支小队，根本就是无稽之谈，他们能做的，只有等待，或者是祈祷。

楼下，张洵缓缓地吐出最后一口烟，看着火炉里摇曳的火焰，自顾自地说："愿今夜的女神能给他们好运，而不是死亡。"众人默然，没再说话……

沉默良久，最终还是陆嘉屏打破了尴尬的局面："博士，恕我直言，我们还是得面对这个事实。您认为，意外气象发生的可能有多大?"张洵又从烟盒里抽出一根烟，继续按照刚才的方法，把烟靠近火炉，点燃后小口小口地吸了起来，说："不好说，今夜那么强烈的电离干扰，证明地球磁极作用肯定会变强的，但是我们身处的这片高原本来气候就已经足够恶劣了，我想，应该不会再出现什么更加离谱的气象。但，也不是全无可能……"乔威廉不耐烦地问道："博士，如果真的出现了那种情况……我是说如果……Team1探险队的生存概率有多大?"张洵默默地回答道："基本为0……"

听到这个消息，两人都倒吸了一口凉气，虽然他俩也经历了一次危险而生还，但是那次生还，只不过是好运的眷顾罢了，他们是应该死在冰雪里的人，两人清楚地明白罗斯高原的恐怖——那致命的冰风，那极寒的暴雪……

张洵默默地低头，自顾自地抽着烟，一会儿，又抬头问道：“你们知道为什么周悦宁对待这件事这么认真吗？”见两人默然，张洵又回答，“Team1探险队的副领队叫周远思……是周悦宁的哥哥。”两人震惊。“不过你们放心，周悦宁绝对不会做出任何影响判断的举动，她是我迄今为止见过最理性的人……”陆嘉屏淡淡地说道：“就像一个干练的女武士一样……是吗？”张洵不再说话，抽完了最后一口烟，独自走回了他的床位。

“晚安，两位先生！”他这样说。“祝您好梦，博士。”乔威廉躺下，留下陆嘉屏独自坐着，看着火光跃动……

陆嘉屏来到了一个一直在下雪的街道上，一切都是那么陌生，街上走的人们都没有撑伞，雪花落在他们的肩上，他们默不作声，只是行色匆匆。陆嘉屏漫无目的地走在街上，灯光暗淡，他的心绪此时是一片空白。乔威廉与他擦肩而过，同样也是默不作声，陆嘉屏也不回头，就这样漫无目的地走着……忽然，他的心里忽然冒出来一个人名……他立即回头，发现身后的街道仍然只有行色匆匆的人们，他赶忙跑回街道，想要找到那个人，但是毫无结果。人们面色呆滞，好像那场雪剥夺了他们的生机一般。他感觉到冷，便跑到一个屋檐之下，抬头望去，本来是阴云密布的铅灰色天空忽然转变为紫色，随后便是满天的星光如同宇宙大爆炸那时候的景象，从一个奇点炸裂爆射出来，只是一眨眼的工夫便铺满整片天空，绚丽至极。

雪依旧在下，落在人们的肩上，陆嘉屏的肩上，人们似乎没有察觉到天空的变化，陆嘉屏想伸手去拍掉身上的雪花，但是发现它们好像是印在了身上一般，怎么也弄不掉……他又感觉不到冷了，又再次抬头，发现前方有一个穿着绿色长裙的女人，精致的五官之外，她的脸上又富含着生机，在这一片死寂的地方，女人好似昨天夜空中身穿长裙的女神，是这里唯一轻灵的东西，她的身上没有雪花。她伸出手，把陆嘉屏拉了起来，用同样轻灵的声音说：“我知道你在寻找什么，睡去吧，你要找的人在梦中……”

换作平时，陆嘉屏肯定不信，但是女人的声音似乎有着魔力一般，在这片死寂的街道不断地回响，陆嘉屏的心忽然安静下来，困意涌上，他就这样沉沉睡去……梦中，陆嘉屏不记得发生了什么，只有碎片化的回忆在脑海中不断放映，男人的追逐、女人的声音和一闪而过的脸、跌落的瞬间、把他拉起来的那只女人的手……又不知道过了多久，陆嘉屏隐隐约约听见有人在喊他的名字，他奋力想清醒过来，但是并没有什么用，仿佛自己跌入了黑暗中……痛感从脸部袭来，他的眼前忽然一片明亮。

“陆嘉屏！陆嘉屏！你怎么回事……”眼前是一个女孩的脸，精致的五官和微微生气的神情，漂亮的眼睛和眉毛皱着，陆嘉屏闻到了一股淡淡的香味，像是暴雨过后的蓝风铃味浅浅地萦绕鼻尖，这时候他才真正清醒过来。

第三十章　相遇与危机

早上7点，陆嘉屏和乔威廉准时发动了车辆，两人驾驶两辆雪地车出发了，顶着清晨的冰冷的风雪，乔威廉看着身前激动的陆嘉屏说不出话来。他们只得不断地在崎岖的地面上来回躲避，天色蒙蒙亮，前方的道路尚未能看清，陆嘉屏就已经迫不及待地提速。

“乔，你看这样子的环境，让你想起了什么？是不是我们那天去营救的场景？”陆嘉屏在无线电频道里说话，乔威廉跟在他的身后，时不时有些积雪落在他的护目镜上，陆嘉屏的车灯明亮，引擎声震落了积雪……乔威廉加快速度赶在陆嘉屏前方，说：“陆，你未免也太快了，虽然我们熟识地图，但也不能这样莽撞啊……”陆嘉屏识趣地降低了车速，他也知道虽然再度出发，激动的心情难以言表，但是在罗斯高原上确实要以自身安全为第一的。虽然说今天的风雪依旧不大，在冬季，现在的罗斯高原的风雪真可谓是温柔至极，想必今天依旧会是一个不错的晴天。

他们降低车速，一路行进了将近一个小时，忽然，在经过Z6区域的时候，乔威廉大喊道：“陆……那是什么……”乔威廉就在陆嘉屏的左边驾驶着车。看着前方一道浅浅的车辙印，陆嘉屏瞬间明白了。由于今天的风雪很小，张洵小队的物资车自身重量很大，在雪地里留下了一道很深的车辙印，没被雪覆盖完全。

陆嘉屏瞬间警惕起来，对乔威廉说：“乔……那应该是人类活动的痕迹，车辙看起来不是很新，但是也旧不到哪去，而且看情况……他们应该和我们一样，是去S区域的……”乔威廉再度放缓了车速，犹豫地对陆嘉屏说：“那我们……”

“好事，沿着他们的车辙印走，我们就不用担心了，但是可能会遇见他们，让我们看看，是哪来的初出茅庐的科考队！”说罢，陆嘉屏加速驶过车辙印，乔威廉茫然地看着陆嘉屏，也跟着加速驶去。

此时的罗斯高原刚刚进入白天，明亮的天际线开始放晴，将一切都照得明亮，无论是远处的山，还是近边的小树林，明亮得就像是一幅美丽的山水画，大部分的留白就是雪，而除了白色，只有前方的山脉显现出深邃的黑色。

在高速驾驶车子将近两个小时后，因为有着最新装备的加持，陆嘉屏和乔威廉两人并没有像昨天的周远思那般处在失温症状的边缘，只是感到四肢的末端不可避免的冰冷。陆嘉屏和乔威廉两人抵达了Z2区域的尾端，再往前走，就是Z1区域，那是整个S区域的缓冲区，而陆嘉屏顺着刚才的那道车辙印一路追踪到了Z2区域，也就是张洵小队营地的后方不远处。

陆嘉屏停车，下了车看着地面上的那道浅浅的车辙印直接通往了前方的山林内，不禁眯了眯眼，摘下了护目镜。乔威廉在车上说："应该……就在里面……"陆嘉屏再次戴上护目镜，说："我们只能小心，他们可能来者不善，在这种未知的环境下，我们能做的就是小心再小心。但是我们也需要休息补充了，这样一天跋涉进入S区域，肯定不是什么好事，只能……"

"去Z1区域探探吧，不行我们还可以回头。"乔威廉提出了这个意见。陆嘉屏也点点头，说："只能这样了。"他们发动车子，远离了车辙印的位置，驾驶着车子往左边驶去。此时，在腹地内的张洵小队，听力异常好的李尚贤早就醒了。他坐在天幕之下，对着站在远方的周远思问："你有没有听见一点奇怪的声音……就像是……一个高频的声音？"周远思摇摇头说："可能是天幕被风吹动的声音，是炉子的声音？"李尚贤摇摇头。

李尚贤打开了手表的地图，此时，两个神秘的光点像鬼魅一样出现在他们的左侧，并且在不断地移动。

李尚贤站起来，小声地在麦克风里说道："各位，我发现两个未知的目标……"

越接近Z1区域，地面上的积雪就越发深厚，地形越来越不可预料……陆嘉屏刚刚想降低车速，乔威廉驾驶的车子就直接从他的身边飞驰而过，由于左边的地形偏向一个斜面，一个不高的凸起正好被乔威廉高速行驶的车子侧边硌了一下，由于速度过快的原因，乔威廉径直地从那个凸起的斜面上横飞了出去，雪地车直接撞上了坡面，翻滚起来。

"糟了！"陆嘉屏惊呼。随着一阵巨大的碰撞声，乔威廉在雪地上翻滚了两圈，失去了意识，好在那套厚重的防寒服提供了缓冲，让乔威廉没有受什么大伤。陆嘉屏急忙停下车，快步跑向乔威廉，不断地摇晃着乔威廉的衣襟，让他醒来。这个动静，实实在在地惊动了山林深处的众人，原本还在犹豫的李尚贤听见声响，立即带上手枪，叫上了陈岩和周远思，他们急匆匆地开车赶往那个地方。

经过3分钟的呼喊和急救，陆嘉屏可算是将乔威廉弄醒，乔威廉缓缓地睁开自己的眼睛，迷迷糊糊地问："怎么了，陆，发生什么事了……"

随后乔威廉痛苦地站了起来，好在戴了头盔和穿了防寒服，他并没有受什么伤，只是在强大的离心力下被摔得暂时昏迷。他说："我是不是翻车了啊？可恶啊……我开得太快了。"

乔威廉缓缓地走向车边，想要把车拉起来。也就在这个时候，几声引擎声传来，几辆车停在了坡上，为首的李尚贤看见这一幕，立刻跑下了坡底，用英语大声问道："怎么回事？你们是谁？请立即表明身份和来意！"但是陈岩竟然直接掏出了枪，跟着李尚贤迅速跑了下去。

李尚贤戴了围巾和帽子，把自己的脸遮挡得严严实实，而陆嘉屏就直直地站在李尚贤的面前，车上的另外两个人也迅速跑了下来。

陈岩看着眼前这两个身穿连体灰色防寒服的人，举起了手枪对准他们，直接大喊警告道："现在，把你们的手放在地上！"陆嘉屏看着眼前气势汹汹的陌生男人，不予理睬。在防寒服和全封闭式头盔的装扮下，陆嘉屏和乔威廉就像奇怪的宇航员，同样没露出脸。

这时候，陈岩看见陆嘉屏并没有搭理他，紧张地将那支黑色的伯莱塔92F上膛，并从李尚贤的前面走了过去，将手枪直接抵在了陆嘉屏的头盔上。

陆嘉屏既不逃避也不闪躲，任由神经紧绷着的陈岩用手枪抵着他的头盔。

两人的身高有些差距，陆嘉屏显然比陈岩要高一点，再加上他穿着防寒服，气势上就好像压着陈岩。现场的气氛非常紧张，冰雪就这样落在他们的头上，冰冷的不仅仅是气温，还有紧张的局势。

这时候，乔威廉缓缓地转身，看着前方的动静，他只感觉有些眩晕。看向前方剑拔弩张的场面，他更加头疼了，因为他们没有枪支。陈岩看见缓缓爬起来的乔威廉，迅速将枪口从陆嘉屏的头盔上挪开，指向乔威廉。

就在那一瞬间，陆嘉屏抬起自己的手，然后反身扭曲，用腰部力量带动手部，精准地打在了陈岩持枪的右手上。陈岩吃痛，手不由自主地放下了紧握着的伯莱塔92F，陆嘉屏见状，一把夺过陈岩手上的枪。陈岩被瞬间发动攻势的陆嘉屏打得生痛又发愣，等他反应过来，陆嘉屏已经夺过他的手枪对着他了。

"攻守互换。嗯哼，别拿枪对着我朋友！"陆嘉屏冷冷地用中文说。

只是一瞬间，场面就更为紧张起来，看到陆嘉屏夺过手枪，李尚贤也站不住了，立即掏出手枪对准陆嘉屏，因为他听见了陆嘉屏说的中文，也立马用中文回答道："我不管你们是谁！先生！放下枪！立刻放下！"

“是你的朋友先把枪对准我的！就算这个问题另外说，他都更不应该，把枪，对着我的朋友！”陆嘉屏怒吼道，话语里充满着威严。

就在这时，乔威廉站了起来，他似乎听见了熟悉的声音，但现在的场面气氛实在是十分紧张，双方都拿着枪，紧张地对峙着。

但是等乔威廉定睛一看，立刻用疑问的口气问了一句：“李尚贤？”李尚贤很意外，而周远思瞬间明白过来，在陈岩的身后对着乔威廉大声喊了一句：“雪地车可没那么好开吧……乔威廉！”

陆嘉屏听见这个熟悉的声音，将紧绷的神经放松了下来，周远思走上前，将陈岩从身前拨开，并按下了举着手枪的李尚贤的手。双手抬起立在胸前表示并无敌意。周远思走到陆嘉屏面前，陆嘉屏也立即放下了手里的枪。李尚贤对着身边的陈岩说：“没事，算是自己人……别紧张。”周远思和李尚贤在一脸疑惑的陈岩面前，与陆嘉屏进行了交谈。交谈过后，陆嘉屏把枪还给了陈岩。陈岩一脸错愕地看着眼前这个奇怪的男人摘下头盔，露出亚洲人的面孔，还有那个说着一口流利中文的金发男人。一番交流后，他们帮助乔威廉将雪地车扶正，邀请其一起回到腹地。

回到了腹地，周悦宁疑惑地看着带回来了两个“宇航员”的周远思质问道：“哥，你去了一趟太空？带来了俩……宇航员？”

乔威廉虚弱地抬了抬手，对着周悦宁打了个招呼：“嗨，悦宁，没想到吧，是我们俩……”周悦宁听见熟悉的声音，惊讶了一下，又笑了笑：“怎么你们穿得跟宇航员一样……”

此时的腹地内，风不大，陆嘉屏和乔威廉两人的到来似乎很突兀，但是又很自然，陈岩不解，许佳更是不知道发生了什么，只得呆呆地看着眼前两个“宇航员”脱下头盔，自然地跟队伍里的人交谈了起来。再次确定了乔威廉的伤势后，张洵才跟陈岩和许佳解释了两人的来历。在腹地内，张洵和陆嘉屏、乔威廉交谈了一下，张洵惊讶于两人的财力和勇气。虽然同为探险，但是两人的勇气非凡，竟然打算只身前往未知的S区域，并且拥有更高规格的装备。

乔威廉看着天幕下的张洵，等着众人穿戴装备的同时，还是小声地问出了他心里面的担忧：“博士，您觉得S区域，有没有可能拥有……一个强力的磁场？以至于出现一系列的电离现象和奇怪的……非自然现象？”

一旁的陆嘉屏惊讶地看着乔威廉，他太想探索S区域了，以至于忘记了用自己所接受的教育和知识的储备来分析现状。这时候陆嘉屏才知道前些日子为什么乔威廉对探险的事情显得有些犹豫不决，一点都不像之前无畏的他。

张洵和闲着坐在身边的周悦宁对了一下眼，无奈地吐了一口气，说："这件事，昨天晚上悦宁就和我说过了，本来今天也想和大家一起说的，没想到……你们俩属实是让我太意外了……我不得不重新审视你们了……所以，能告诉我你们俩到底是干什么的吗？"

乔威廉无奈地回答："博士，我们真的只是普通的大学毕业生……只能说，我有点小钱。"陆嘉屏也回答道："博士，我们是塞尔学院的学生。"张洵再次惊讶地说："原来是……塞尔学院吗……如果我没记错……我记得有关罗斯高原的第一篇推测性论文，就出自塞尔学院的一个教授。"

"他叫弗拉梅尔，是我俩的导师，上次接电话的那个老人就是他。"乔威廉淡淡地回答。张洵和周悦宁都沉默了，随后张洵唤来了队员们，解释了关于磁极的一切和对探索S区域的担忧。

只有陆嘉屏还在解释："我相信诸位也是来探索S区域的吧，我想，我们还能合作……毕竟我们有着共同的目标，我们不会放弃的，这样子我们才能有足够的底气去迎接一切的未知。"

短暂地沉默了一会儿，其间张洵用眼神征求了众人的意见后，缓缓地说："欢迎入队，陆嘉屏，乔威廉。"中午的罗斯高原很明亮，乔威廉笑着说："幸运女神会站在我们这边。"

在简单地处理了一下乔威廉的伤后，探险队的其他人在感慨乔威廉的幸运的同时，也惊讶地看着那件像宇航服一样的防寒服，研究起了它的做工和设计，很快，时间悄然而过。

到了晚上，当众人昏睡的时候，守夜的李尚贤也在座位上昏昏沉沉地睡了一会儿，全然不知就在他睡着之后的两个小时里，罗斯高原出现了比上次的极光现象还要强大数倍的电离现象，漫天都是绿色的极光，它们横挂在夜空中，将所有生灵全部染上了淡淡的神秘的绿色，其间隐隐约约的爆炸声不绝于耳，只可惜众人在物资车内睡得正香，又由于腹地遮挡住了绝大部分光亮，因此没有一个人察觉到极光现象的出现。幸运女神悄然而至，也给他们留下了致命的危险。

第二天，周远思看着迷茫的李尚贤，按照程序问了一下李尚贤昨天晚上有没有发生什么事，但是李尚贤说自己小憩了一会儿，没发现什么。就这样，探险队在毫无觉察的情况下，开动着车子，离开了腹地，对S区域进行了最终探索。

第三十一章　狂妄的雪与不屈的人

Z1区域果然很难行动，在Z1区域驾驶，就连李尚贤都收敛了很多，因为地图上根本没有Z1区域的地形剖面图，大家只得缓缓前进，终于在小心地穿过了那片树林后，众人抵达了地图上标注的最边缘。再往前看，地图上已经是空白了。

在进入S区域前，张洵就像是演讲家那样，在众人面前说出了那番话："进入这里之后，会发生什么事情，我们都无法预料，我们能做的就是保持勇敢，并听从命令，大家都是经过严格训练的人，希望你们都能在危险面前保持理智。到最后，我希望大家都能平安归来！"

随着引擎声再度响起，大家就这样踏过了地图上标注的边缘线，看着眼前一望无际的平原和高山，许佳惊叹于前方的寂寥和寒冷，一直在看着前方不见尽头的地平线，S区域相比Z区域算小，但是其四十公里的边界也给大家带来了十足的困难。当导航显示他们行进到S区域的中部时，李尚贤停下车开始摆放SRS数据收集装置，这已经是第三个了，只要在S区域的尾部再摆放一个，整个S区域的全部数据就能开始自动获取，在几分钟内形成一个完整、新的地图。

经过了差不多一个小时的探索，许佳没了之前的那份惊讶，所谓的S区域，竟然只是一片荒芜的平原和几座高山吗？许佳不解，她在物资车上凝视着新地图，而周悦宁也在雪地车上看着自己的耳麦频率，喃喃道："果然是强磁场，我们的无线电频道开始有很大的波动。"

随着"滋滋"的电流声响起，无线电频道内有一个声音说："诸位，我是周悦宁，监测到有强磁场的存在，通信可能会不稳定，大家收紧队伍，保持联络。"周悦宁提醒着众人。就在这之后，随着一些"滋滋"的电流声从无线电频道里传来，磁场对无线电频道的影响越来越强，原本刚刚进入S区域的时候感受到的那微小的风力在众人感觉不到的地方悄然变大，低压气流逐渐悄悄地流了过来，并交汇成为一个恐怖的气旋。随之而来的还有致命的大雪。这诡异且夸张的意外气象情况就出现在队伍的左边，它悄然形成，就像收割生命的死神忽然出现在你的视线盲区。

在前面的乔威廉抬头看见身边的那一幕，宛若看见了死神一样，在无线电频道里大喊："快撤！10点钟方向有巨大的云墙，很有可能是暴风雪，是暴风雪！"

而乔威廉手指的那边，黑色的云在天边缓缓地聚集，风力也渐渐大了起来，原本明亮的天空变得越来越暗沉。张洵看着这一幕，脸色平静地在无线电频道里命令着众人："大家快撤，行动取消……立即执行命令！重复，撤退！"

就在众人开始撤退的时候，乔威廉和陆嘉屏却驾驶着车开往前方，张洵连忙呼叫他们："你们在干什么！疯了吗！快撤啊！"

周远思看见天边的那片黑色的云墙，被震惊得说不出话来，那从心底而生的恐惧和失温感瞬间席卷了他的全身。

他整个人就像一摊烂泥，从刚才的活力十足的探险队员，变成了一个完全使不上劲的废物，创伤后应激障碍的症状让他精神开始混乱，他只觉得冰雪开始席卷原野，漫天的雪在扑向他单薄的身躯……

周悦宁立马将车驶来，搀扶住了摇摇欲坠的周远思，而此时的前方，只见乔威廉和陆嘉屏两人迅速地将车往车队撤退的反方向驶去。

无线电频道里，众人都在尽力呼叫着前方的两人，全然不知他俩的前方还有着一个更为疯狂的人——李尚贤。李尚贤直接驾驶着车，顶着巨大的风雪冲向数据设备安放区，背上还背着那个最为关键的SRS数据收集装置，只要在前方安装最后一个装置，S区域的全部数据就能自动形成，他们的行动就还没算失败。

得益于新装备的加持，乔威廉和陆嘉屏两人并没有受到太大伤害，但是由于云墙的逐渐加厚，越来越大的风雪开始从四面八方袭来，直冲云墙里，风速越来越快，席卷了整片平坦的S区域。地面上的雪被狂风卷起来，形成了一片一片白色的墙，可见度骤降，众人只能看见前面不远处的情况，超过7米就看不清了。李尚贤驾着车顶着雪白的天幕前进，他已经看不清前方的情况，全凭着自己手表上显示的方向前进。李尚贤并没有像陆嘉屏和乔威廉那样子的高级装备。

李尚贤靠着自己的行驶技术一股脑地向前冲，迎面打来的风和雪扑在他的身上，在他的体温迅速降低的同时，雪还遮住了他的雪镜。一切都糟透了，每开出去不过10秒钟，他就得用手擦掉雪镜上的雪，不然，他什么都看不见，他就真的是无头的苍蝇，只能高唱战歌，横冲直撞了。

乔威廉的声音在无线电频道里传来："李尚贤……李尚贤去了。"

只见李尚贤一个人开着车冲进了暴雪中，身影消失不见。

而在无线电频道里，李尚贤对着众人说："各位，暴风雪的形成时间还够我摆放装备，我只要10分钟……这次行动再取消，我们就再也没机会了，我相信幸运女神是眷顾我们的。诸位，你们先撤，我一会儿就来。陆嘉屏，你们俩别追了，你们追上来只会拖累我，我们还在S区域，胜利就在眼前，我们还不算失败！”

张洵和众人听到李尚贤的这番话都震惊得说不出话来，陆嘉屏愤怒地拍着自己车的把手，看着前方远去的李尚贤，他深知自己完全追不上李尚贤，他只得和乔威廉继续前进，乔威廉看着远去的李尚贤，在无线电频道里淡淡地说：“别让我们再去把你拉回来。”李尚贤没有回应，无线电频道里除了沉默，只有“滋滋”的电流声。

磁场的影响越来越大，李尚贤唯一的方向指示也开始模糊不清，指针乱动的同时，前方的云墙的风也越来越大。李尚贤本来扣得紧密的防寒服下摆早就被冻住，挂上了厚厚的冰碴，在风的作用下，下摆被吹开，呼呼地灌风。就在这时，忽然一阵侧方向暴冲过来的风雪，将李尚贤从底到头来了一个掀翻的动作，李尚贤只感觉自己被一股强得出奇的力量推翻……随后便失去了意识。

“呵呵，我就说吧。”一个冷笑的人就在李尚贤昏迷后的30秒内赶来，拾起李尚贤的SRS数据收集装置，“出发，陆！为了弗拉梅尔，为了毕业！”乔威廉站了起来，迅速驾驶着车，继续疯狂地向前驶去。

原来，众人的位置共享信息传输是由一个实时的卫星共享信号组成的，乔威廉在追逐李尚贤的时候想起来，他们在基地内获得了那套先进装备。

乔威廉在途中输入了团队的频道，成功用卫星定位到了李尚贤的位置，乔威廉拿起李尚贤的设备的同时，还给李尚贤戴上了自己的表——那块定位功能依旧在发挥着作用的表，那块曾经也救了陆嘉屏和他自己的表。

“李兄，你的身体素质那么强，可千万要撑住啊。”陆嘉屏看了昏迷不醒的李尚贤最后一眼，不再回头，继续驶向被雪雾遮挡的前方。

经过了4分钟的跋涉，他俩抵达了S区域的边缘，陆嘉屏已经看不见前方还有什么了，雪越来越大，风也是，乔威廉停下车，站在平原上。顶着寒风和暴雪，此刻他们灰色的防寒服早在风雪的影响下沾满了雪花，成为白色。在乔威廉安装好SRS数据收集装置的同时，张洵的电脑上开始了数据的传输。张洵惊讶地在无线电频道里面大喊：“他们成功了！快，减慢速度，我要他们活着回来！不能让他们孤立无援！”

陆嘉屏和乔威廉迅速地驾着车，在已经开始袭来的暴风雪前沿疾驰，他们的雪镜上已经完全是雪，看不清路了，他们只能凭借自己的经验和技术来进行逃亡，而暴风雪带来的低温也同样席卷着李尚贤。陆嘉屏的头盔开始不停地闪烁着红光，一个女声用英文播报："警告！当前气温过低，有死亡风险！"

他俩只能将油门死死踩住，加速再加速地驶离暴风雪。

前面的3分钟都很顺利，但是随着暴风雪的速度越来越快，李尚贤还是被暴风雪吞没了，风力很大，就像刀子一样，他快撑不住了，原本还残存的意识也开始逐渐消亡。

这时候，陆嘉屏的车子开着明黄色的大灯，过热的发动机融化掉了落在车上的雪，在车前散出一道道水蒸气，而明黄色的大灯照得空气中的水蒸气和雪花形成了丁达尔效应，看得见光束。

陆嘉屏迅速下车，通过手表的定位系统，一把将埋在雪里昏迷了的李尚贤拉了出来，抱上了自己的后座，乔威廉将李尚贤紧紧地绑在陆嘉屏的背上，并大声喊："李兄啊！千万别死，别乱动啊！"随后，他拍了拍陆嘉屏的肩膀，竖了个大拇指，示意可以出发了，他跟在陆嘉屏的后面，启动车辆死死加速。

这时候，探险队其他人已经开始慢慢地后撤了，周悦宁担心地看着那不断翻滚的暴风雪，她始终看不见那几个她所期待的身影。但在云墙的中央，逐渐形成了像那天在米-26上看见的，类似人形的狰狞云雾在流动，她大声示意："大家快看，果然强磁场就会形成这种奇特的现象。"只见那里的云雾开始从人形模样缓缓变成了流动的雾，又化为了其他形状，那奇怪的云雾随着暴风雪融为一体，被暴风吹散，又如同鬼魅一般再度形成，整片灰白的暴雪就如同地狱的迷雾一样，狰狞无比。

风雪中的引擎声逐渐传来，随着引擎声而来的，还有原本沉默的无线电频道里面的电流声，刚刚将周远思安定好的陈岩立即将麦克风的声音调到最大，呼叫着众人："有人，是他们来了！"

风雪越来越大，那致命的风暴开始向车队席卷而来。乔威廉看着身前疾驰的陆嘉屏，不由得激动起来，大声喊叫，并挥了挥手。

就在这时，乔威廉由于短暂地偏移了注意力，被狂风吹得偏移了车身，防抱死制动系统瞬间生效，将他的车稳定了下来，没有发生侧翻的情况，但是他的身后，更为迅猛的疾风吹来，把他的车径直掀翻，只见他的车在雪原上不断地翻滚。

车上的周悦宁不顾一切，立马调转车头冲进了狰狞的风暴中。众人只看见她的车后扬起一阵雪白的雾，随后身影便消失在风雪中。

周悦宁在掉头之前，在无线电频道里大声地说了一句话：“都别退……我会把他们都带回来的!”

暴风中，不屈的人类凭借着勇气，似乎在对狂妄的大自然说：“你还不够格。”

读者评论

作者描写罗斯高原这片未知领域上的极地风光的手法令我着迷，我很喜欢他对于“女神的裙摆”这一章节的叙述，他的笔法空灵而细腻，让我仿佛身临其境地看见了那美丽的极光。同时，探险队众人在雪地奔袭中、在莫斯科的相处中，我都能感受到人物的性格特点。故事的矛盾安排得也比较合理，特别是在最后的行动中，李尚贤面对危险身先士卒，让我看得非常激动。探险过程中的任何艰难险阻都阻挡不了人类探索未知世界的激情，阻挡不了人类迈向全新领域的脚步。读者们可通过作者笔下的文字体验时空交错、震撼奇幻的未知世界探险旅程，从而对大自然产生敬畏。总的来说，这是一部引人入胜的小说。

小说梗概

小说讲述陆嘉屏和乔威廉等一群勇敢的年轻人突破极限对未知雪域——罗斯高原的深入探索过程，其间有成功的欣喜，也有失败的悲壮。当寒风和暴雪在异常的磁场干扰下形成了极其恐怖的暴风雪袭击众人时，李尚贤冒着生命危险，身先士卒地安装数据设备，队员们齐心协力克服困难，凭借智慧和勇气，顺利完成科研考察任务。

三等奖

《灯缘》

获奖理由

该作品题材比较新颖，围绕主人公谢震环的人生轨迹，展现了手工艺人与时代发展、科学技术、传统文化等因素的复杂交织。灯笼承载着厚重的文化内涵在小说中得到体现。

《代号“龙舌草”》（该作品同时获得“最具IP价值奖”）

获奖理由

该作品架构完整、逻辑严密、扣人心弦，基于特定时代的大事件展开叙述，文字简洁，人物塑造立体突出，故事冲突激烈，情节跌宕起伏，是比较成熟的小说。

《我心永恒》

获奖理由

该作品讲述在基层一线奋斗坚守的水文人的故事。作品从平凡中生发出伟大，有现实主义风格，语言简洁有力，文学性比较强。

灯缘（节选）

何朝东

作者简介

何朝东，笔名东鸿，四川南充人。曾参与《回顾与展望，面向新世纪》《四川经济文化博览》等大型著作的编撰工作。

（本文节选该作品第一章至第六章）

第一章

清朝中期，釜溪河由东向西流淌着。那河面上一只只繁忙的运盐船向着沱江方向缓慢地行驶着。不时传来阵阵的船工号子声，回荡在蜿蜒的河道上。远处，那一座座高耸的天车上的辊子不停地转动着，远处的盐场厂房上面冒出了一团团的白色盐雾让满城飘着盐卤的味道。

自流井老街的石板路上人来人往。盐担子挑夫们挑着箩兜，箩兜的盐巴撒在这条不宽的石板路上。从他们忙碌的穿行中，就可以看出这个川南盐都的繁华。

在一条不宽的石板路上的青瓦小楼旁边，可以清晰地看见门口那盏耀眼的红灯笼。红灯笼的上面清晰地写着一个“谢”字，这就是自贡的彩灯制作名匠谢震环的住宅了。说起这座住宅，还有一段让谢震环终生难忘的故事。

谢震环出生在一个盐工家庭，从小就十分聪明。当他第一次来到自流井灯杆坝的时候，就被那灯杆上面高悬的红灯笼吸引住了。他反复地观看那一串串红灯笼，觉得这些红灯笼十分好看，便对身边的父亲谢耀廷说："这个灯杆怎么这样高啊？"

谢耀廷望着这个高高的灯杆笑着说："这个灯杆上悬挂的灯笼里面装的是蜡烛灯，用来照明的，透过红色的罩子，便显得十分漂亮！"

谢震环听了父亲的话，便产生了仿制这种红灯笼的想法。谢耀廷看着儿子对红灯笼有兴趣，便笑着对他说："震环啊，这样的灯好看是好看，你能做出来吗？"

谢震环望着那灯杆上面的红灯笼，立即笑呵呵地对父亲说："难道这灯不是人做出来的吗？只要弄清楚了它的制作方法，就可以仿造出来！"

谢耀廷听了儿子的话，便随意地笑着说："那你就做出来我看看吧！"

谢震环一直盯着那串红灯笼看。之后，他对父亲说："这些红灯笼就是用几根篾条制作出来的，外面蒙住的就是红绸，里面的灯亮起来以后啊，这样的灯笼便可以照亮好远的地方呢！我能做出来！"

他们回到家里后，谢震环找了一些竹子，自己划起了篾条。比照灯杆上面红灯笼的样子，做出了灯笼的骨架子。然后，他找来了红纸贴到上面，一只红灯笼便被他做出来了。当他拿着红灯笼找到正在抽水烟的父亲，问道："爸，你看看像不像啊？"

谢震环的父亲看见儿子做的红灯笼，睁大了眼睛笑着说："真没有想到啊，你硬是仿造出来了啊！真是聪明啊！"

此后，谢震环便迷上了制作红灯笼。他将自己制作的红灯笼高高地挂在了自己的屋檐下面。过路的人看见红灯笼后，都十分好奇地过来观看。久而久之，谢家能够制作红灯笼的消息便传开了。每逢过年的时候，一些盐商们也慕名前来购买谢震环制作的红灯笼，将他制作的红灯笼挂在自己的家门口。从此，自流井的盐商们的家门口都挂上了谢震环制作的红灯笼。谢震环制作的红灯笼便畅销起来。谢震环一家再也不用到盐场去做小工了，专门在家里制作红灯笼出售。

久而久之，"谢灯笼"的名声便响遍了整个自流井，谢震环的生意也红火起来。几年下来，谢震环便凭着制作灯笼的手艺赚到了不少的钱。有了钱以后，他想到了自己要成家的事情。于是，他对谢耀廷说："爸啊，我现在手里已经有了一些钱，我想成家！”

谢耀廷望着儿子认真的样子，便哈哈一笑说：“是啊！你现在已经是大人了啊！应该有自己的家庭了！父亲支持你！”

为了尽早拥有自己的新家，谢震环努力地制作灯笼出售。当他手里积攒了足够购买房屋的银子后，他便向父亲提出了要购买自己的房屋的想法。他找到父亲高兴地说：“爸，现在的灯笼生意可以让我们的生活一天天地好起来！我准备购买自己的房屋。到时您老还是与我一起住！这样，您就可以和我一起制作红灯笼，拿去卖了，怎么样？”

谢耀廷听完谢震环的话后，笑呵呵地对谢震环说：“孩子啊，我当然愿意一直与你在一起啊！现在你妈妈的身体也不好，大家生活在一起，可以相互照应。”

谢震环的母亲谢王氏是一个贤惠的女人，在家独自操持家务。父亲谢耀廷则在外面打工来维持这个家庭的生计。

谢震环的父亲从农村出来的时候，就是一个专门编制竹篾器具的匠人，是一个划篾条老手。现在儿子既然做了这个灯笼的生意，那就听从儿子的话，一家人都来制作红灯笼。他笑了下说：“现在这个红灯笼的生意这样好，看来这是我们发家的一个好门道啊！那好，我就跟着你做这个生意吧！”

此后，谢家便成了自流井有名的制作红灯笼的人家。“谢灯笼”名号也被人们越喊越响了。

每当谢震环听到人们叫他“谢灯笼”时，都要高声哈哈大笑一番，于是他对父亲说：“你看，我们干脆就将‘谢灯笼’作为我们的商号怎么样？”

谢耀廷一听儿子的话，便说：“好啊！看来我们这是制作灯笼出名了啊！那就将‘谢灯笼’定为我们的商号！”

谢耀廷听了父亲的话后，便在自己家门口挂上了标有“谢灯笼”三个字的商号。从此，自流井的第一家专门制作红灯笼的家庭作坊诞生了。

第二章

自流井是盐产地，这里以盐巴而闻名天下。同时，也造就了一批富裕的盐商。在这里，有名的盐商有“王三畏堂”和“李四友堂”。每年节庆的时候，他们都要将自己的宅子布置得富丽堂皇的。如果在门口挂上大红灯笼的话，就更加喜庆。在得知谢震环家里能够制作大红灯笼后，他们每年都专门前往谢家定制大红灯笼布置自己的豪宅。

转眼春节又到了。谢灯笼的生意更加兴旺起来。这天，谢震环在家里与父亲划篾条，穿着讲究的盐商王云来到他的家门口。王云望着谢灯笼门口的那盏高高挂起的红灯笼，便喊了起来："谢灯笼在家吗？"

谢震环听到门口有人叫，便立即与父亲一起迎了出来。当他们看见王云的时候，父亲吃惊地问道："王老板啊，您怎么到我这来了啊？"

王云望着曾经在自己盐场打工的谢耀廷，便笑呵呵地对他说："你怎么不到我的盐场做工了？"

谢耀廷笑着说："儿子叫我帮他制作灯笼啊！既然现在大家这么喜欢我家制作的红灯笼，我就在家里干这个事情了！"说完便拉着王云的手说："王老板，请进来坐一下，您有事情找我？"

王云望着谢耀廷那笑眯眯的样子，对他说："今天我是慕名而来的啊！看来，你们爷俩这个生意是做对了。"

谢耀廷笑着说："小本生意，算是一个混饭吃的手艺！"

王云与谢耀廷坐下以后，谢震环立即为王老板送上了香茶说："请王叔喝茶！"

王云望着谢震环笑着说："听说你小子十分聪明！居然看了看那灯杆上面的红灯笼就仿制出了这么漂亮的红灯笼啊！"

谢震环显得有些腼腆地对王云说："比照框框画鸭蛋！"

王云听了谢震环的话后，马上对他说："你小子既然能够制作红灯笼，那也可以制作其他的灯笼吧？"

谢震环说道："这个灯笼嘛，其实都是这样做的，只是样子不一样罢了！王叔今天来我们这里是不是要让我们为您制作灯笼啊？"

王云立即对他说："聪明！无事不登三宝殿，我有事才到你这来的！事情是这样的，现在春节临近了，我们要按照老传统制作一些灯笼敬灶神。你知道，这些灯呢，与你们制作的红灯笼不一样。我要的款式是在春节敬灶神的漂河灯、牛儿灯和孔明灯，你也见过这些灯的。其实，这些灯的制作方法都是万变不离其宗。所以，我想请你们爷俩帮我制作一些这样的灯。怎么样？"

谢震环听完王云的话，便对父亲说："其实这些灯只是形式上不一样，制作方法上都是差不多的。王老板既然这样相信我们，那我们就试一试吧！"

谢耀廷听了儿子的话后，心有顾虑，对儿子说："王老板可是一个十分讲究的人啊！我对制作这样的灯笼有些担心啊！如果制作不好的话，那就有伤王老板的面子啊!”

谢震环听了父亲的话，马上转身对王云说：“王老板啊，你这样相信我们，我就先制作几个样品让您看一看。如果您满意的话，我就按照样品为您制作。怎么样?”

王云听了谢震环的话，想了想说：“那就试一试，先做几个样品，明天我来看看再说!”

谢震环听了后，对父亲说：“那我们今天就为王老板做几个样品吧!”

谢耀廷望着信心十足的儿子说：“那就仔细一些啊！我们的王老板可是一个十分讲究的人!”

谢震环立即笑呵呵地对王老板说：“那您就明天来看看吧!”

王老板此时从口袋里面摸出了几两银子递给谢耀廷说：“也不让你们父子两个白忙活！这是一点定金。明天我就来看看再说下一步吧!”他说完这句话，便转身走了出去。

当谢耀廷和儿子将王云送走后，他便对儿子说：“这些灯笼可是放到河里去的，如果用红纸制作的话，只怕一下水，就出问题了啊！你有把握吗?”

谢震环想了想后，笑着说：“如果说红纸怕水，那就用红绸做面子，这样灯笼不就不怕水了。”

谢耀廷一听儿子的话，笑着说：“还是你想得周到。那好，就用红绸代替红纸制作。不过，这样的成本就要高一些，价钱嘛……”

还没有等父亲说完，谢震环就哈哈一笑说：“难道这些大盐商还少得了那几个钱吗?”

父亲立即笑着说：“那好！就按照这个办法办!”

第三章

当谢震环将王云要求定制的灯笼样品制作出来后，父子俩便望着这些灯笼反复地看了又看。谢耀廷望着这些用红绸做的灯笼，高兴地对儿子说：“这下灯笼就不怕进水了！我看行!”

当父子俩在欣赏自己制作的这些灯笼的时候，王云地走了进来。他一进门看见这些用红绸做的灯笼时，兴奋地走到灯笼面前，看了又看，说：“哎哟！震环老弟啊，你脑瓜子灵光啊！竟然想到了用红绸制作灯面啊！这样好啊！在里面点上蜡烛灯以后，放到河里顺水漂流那才漂亮呢！漂亮！漂亮！就这样制作吧!”

谢耀廷见王云这个高兴的样子，立即笑眯眯地对他说："只要您看得起，那就这样制作了？"

王云笑着说："就这样制作！我说嘛，这个震环老弟真是脑瓜子灵光啊！"他走到灯笼的面前，提起一个灯笼看了看后对震环说："这么漂亮的灯笼如果不用篾条，用木头做架子的话，那就更加牢实了啊！"

王云的一句话立即引起了谢震环的注意，他想了想，笑着对王云说："王叔啊，您这个建议真是好啊！如果说用木头架子的话，的确是更加牢实！"

王云想了想，便对谢震环说："我那宅子呢，每年都是挂这个用篾条制作的灯笼，今年呢，如果老弟能够用木头架子帮我制作灯笼的话，那就更加好了！我看，你的脑瓜子这样灵光，一定行的。"

谢震环想了想，便说："那也要试一试才行啊！"

王云立即说："试一试？试啥子啊！凭你那手艺，我看没有问题！那就快一点制作几个用木头架子制作的灯笼吧！今年我家门口就要挂这样的灯笼！"

谢震环笑着说："那就要等几天了！"

王云地说："只要能够赶上春节挂就行！"

谢震环说："没有问题！"

等王云离开后，谢耀廷便对儿子说："你娃娃真是有些胆大啊！这个用木头制作的灯笼和用篾条制作的灯笼可不是一回事情啊！你学过木匠手艺吗？"

谢震环哈哈一笑说："木匠手艺有啥子难的啊！我现在马上就去找到那青木匠来，按照我说的样子，让他来制作木头灯笼的架子，那不就更加保险了吗？我学啥子木匠呢？"

谢耀廷听了儿子的这番话，立即笑了起来说："你娃娃真是会想啊！这个青木匠的确是一把好手！我晓得这个青木匠是井场上出名的木匠，他制作的木器家什啊，那真是说得上精细啊！你找他是找对人了啊！"

谢震环为什么突然就想起了这个青木匠呢？原来，他与青木匠的女儿小珍认识。他和父亲进城后在六月六王爷庙灯会上就认识了。

这天，王爷庙正好在庆祝镇江王爷的生日。庙内正在举办盛大的庙典，祭祀神灵，宴请宾客。王爷庙外人山人海。大家都争相前来这里看热闹。

那次谢震环为了去看庙会，便独自来到王爷庙。当他进入庙内的时候，看见一个年轻美貌的女子与一个中年男人一起走在前面。当他跟随这个女子进去后，就看见那中年男子的脸色有些不对，身体一下子弯了下去，便不停地叫唤了起来。这个女子望着中年男子这个样子，一坛子萝卜——抓不到姜（缰）了。她望着四周，拉着中年男子的手，真是有些无助。此时，谢震环几步走上去对她说："幺妹啊，他是你的父亲吗?"

女子立即点了点头说："是啊！我们出门的时候他还是好好的，现在怎么会这样呢?"

谢震环看了看弯腰在地上的中年男子，立即对女子说："他是受热中暑了！快点，将他带到旁边的护栏椅子上坐下，我来为他看看!"他说着便将她的父亲背到了旁边的栏杆椅子上面坐下。然后，马上为他解开上衣扣子。同时，从旁边的水缸里为他盛来一碗水。先在他的额头上冷敷了一阵，同时，让他喝了几口水，她的父亲竟然一下子好了。中年男子望着这个十分帅气的小伙子，笑着说："多谢你了啊！小伙子叫啥名字啊?"

谢震环立即显得有些腼腆地对他说："我叫谢震环。"

中年男子笑着说："我姓青，是个木匠，这是我女儿小珍。你也是来看庙会的?"

谢震环笑着说："是啊!"

青木匠立即望着自己的女儿小珍说："还不赶快向这个小伙子道谢啊?"

小珍害羞地看了看面前这个帅气的小伙子，立即向他弯腰道谢说："多谢你啊!"

谢震环立即摇着手说："不用谢！不用谢!"

从那以后，谢震环与小珍成了朋友。他们经常约在釜溪河边的张家沱牛骨头市场见面。

青木匠见小珍与谢震环好上以后，心里十分高兴。他没有想到赶庙会的同时还为自己的女儿相中了一个满意的夫婿。虽然他想向谢震环提出提亲的事情，但是又碍于面子一直没有说出自己的想法。他当然知道自己的女儿也喜欢谢震环，便准备在适当的时候，请一个媒婆前往谢耀廷家里提亲。

这天，谢震环突然来到了小珍的家里。青木匠望着笑嘻嘻的谢震环，马上对小珍说："难得震环来到我们的家里做客，你今天一定要出去买些好吃的来酬谢小谢啊!"

小珍带着父亲给的钱，对着谢震环做了一个鬼脸，就跑出去了。这时，谢震环才将邀请他一起制作木头骨架灯笼的事情向他说了。青木匠一听是为自己的老板王云制作灯笼，立即笑着说："好啊！我答应你！不过，这个事情可要等到我收工才行啊!"

谢震环见青木匠答应了自己的邀请，马上笑眯眯地对他说：“伯父啊，这个事情不是白干的啊！是要付工钱的哟！”

青木匠一听谢震环要给他付工钱，马上摇着手说：“哎呀！老弟啊，怎么这样说话呢？我们之间哪个是哪个啊！不用！不用！”

谢震环听了青木匠的话后，对他说：“伯父，你弄错了啊！我们这次制作的木头架子灯笼是王老板定制的灯笼，他是要付钱的！这样的生意怎么会不给你工钱呢？再说，一分劳动一分代价！俗话说：亲兄弟明算账。虽然我们之间说是这样的关系，但是也不能够亏待伯父你啊！”

当青木匠弄清楚了这个情况后，便笑着说：“那就按照你们的要求来办吧！嘿嘿！你还帮助我弄到了一个找钱的差事。那好，我也想到你们家里去看看！”

第四章

谢震环带着青木匠来到自己的家，正巧盐商王云也在谢震环家里。谢震环进门后，便对青木匠介绍：“今天真是巧啊！正好王老板在我家里，就是他希望我们能够制作几个木头架子的灯笼。我已经与我的父亲商量好了制作方法。大家今天就按照王老板的要求来制作吧！”

此时青木匠看着王云便高兴地说：“王老板啊，你还认识我吗？”

王云看了看青木匠，立即哈哈一笑说：“青木匠！哎呀，怎么会不认识呢？去年我们家里的神龛，不就是请您来制作的吗？”

青木匠笑着对王云说：“是啊！你们家里的那个神龛真是让我费尽了脑筋啊！神龛上面的雕花让我费了好几天的时间呢！”

王云笑着说：“是啊！特别是在这个神龛里面的财神菩萨，那是让你费心了啊！”

青木匠说：“幸好我是这个行道的老手了！不然的话，这个财神菩萨啊，那是不好让您满意的啊！”

谢震环一听青木匠的话，立即高兴了起来，说：“真没有想到啊，我们的青大叔还是一个雕工呢！”他转身便对王云说：“王老板，我们就在原来设计的灯笼骨架上面雕花，这样灯笼就更加漂亮了！”

王云听了，笑呵呵地说：“好啊！既然能够雕花，那就再弄巴适（四川方言，意为合适、舒服）一点点。你们能不能在这个雕花骨架上面镶金嵌玉呢？这样的话，那就更加巴适了啊！”

青木匠说："这个不难，当年修建王爷庙的时候，我就是做镶金嵌玉的活。"

王云一听青木匠的话，立即兴奋地对他说："看来，我王家门口将挂上这自流井上最漂亮的灯笼了啊！这样的灯笼一挂出来啊，就会让那些观看的人啊，大大地吃惊一番了啊！"

青木匠笑着说："王老板啊，那就等着让那些观灯的人吃惊吧！"

王云高兴地走到青木匠的面前说："这个灯笼呢，一定要做得巴适！不要考虑钱的问题！只要能够做出来，再多的钱我出就是了！"

青木匠立即拍着胸口对王云说："那好！王老板你就放心好了！一定会让你满意的！"

谢耀廷听了青木匠的话，笑着对王云说："王老板啊，这个事情就这样定下了！"

他们送走王云以后，谢耀廷便拉着青木匠说："老青啊，这个事情可不是儿戏哟！如果弄不好啊，那就丢面子了啊！"

青木匠哈哈一笑说："当年修建王爷庙的时候，我整的那些雕花啊，比这个灯笼骨架上的雕花要复杂多了啊！这个小小的灯笼雕花有何难？小菜一碟！"

谢耀廷见青木匠这么有信心，便笑呵呵地拍着青木匠的肩头说："这次就全靠你老兄了啊！"

此时青木匠拉着谢震环对谢耀廷说："老兄啊，你这个儿子真是一个不错的小伙子啊！这么年轻就成了远近闻名的制作灯笼的师傅了啊！我从许多盐商口中听到了他制作灯笼的故事，真是一个名副其实的谢灯笼啊！"

谢耀廷听了青木匠夸奖儿子的话，笑眯眯地对他说："是啊！我这个孩子竟然有这样的脑筋！也是我没有想到的。"

青木匠走到谢耀廷的身边悄悄地问："老兄啊，这个孩子今年贵庚啊？"

谢耀廷望着青木匠这个神秘的样子，显得有些不解地对他说："震环啊，今年恰好20岁。不知道怎么的，他娃娃居然暗自学习了文化，是一个脑瓜子灵光的小子！"

青木匠悄悄地对谢耀廷说："孩子现在这个年龄，是不是应该考虑成家的事情了啊？"

谢震环一听青木匠的话，立即摇着手说："不敢考虑啊！现在这个世道，没有钱接啥子婆娘啊！有谁看得起他啊！"

青木匠听了哈哈一笑说："看你老兄啊，怎么这样看不起自己的儿子啊？我家那小女啊，已经看上了你这个儿子了！"

谢耀廷听后吃惊地对他说："老兄啊，这个事情可不是儿戏，不要开这样的玩笑，你的女儿看得起我的这个儿子？"

青木匠对他说："何止看得起啊？其实他们已经悄悄地来往了。今天我到这里来不是专门说这个制作灯笼的事情的，而是另有一件重要的事啊！"

谢耀廷望着青木匠那神秘的样子，笑着说："啥子重要的事啊？"

青木匠笑呵呵地对他说："我这个人啊，就喜欢直来直去！不喜欢弯山绕水的！明人不说暗话。明说吧，我是听了我的女儿的话，前来向你老兄提亲的！怎么样？"

青木匠将这个话说出来后，谢震环已经按捺不住地走到父亲的面前说："爸啊！这事本来是应该我们上门提亲的，现在人家反倒来主动提亲了！这可是拐棍倒起杵了啊！"

谢耀廷哈哈一笑，对儿子说："原来你娃娃自己找到了心上人了啊。这当然是好事情啊！我怎么会不答应呢？"他说着马上牵着青木匠的手笑着说："老兄啊，这个事情真是让我们有些惊喜啊！既然他们已经好上了，那就听一听你老兄的意见如何？"

青木匠笑着说："我们两家呢，也算是门户相当了啊！既然孩子们都自己好上了，那就准备准备他们的事情吧！"

谢耀廷真没有想到，儿子居然自己找到了心上人。他既高兴又吃惊地对青木匠说："老兄啊，既然你和你女儿都看得起我的儿子，这个事情我还有啥子话说，那就商量商量他们的事情吧！"

青木匠见谢耀廷点头同意了，便高兴地对他说："我们两家看来是有缘分啊！既然老兄你同意了这门亲事，那就这样吧！现在我们要为王老板制作灯笼，那就等这个事情完工以后，就办他们的事情吧！这样他们成婚的钱不是也解决了吗？"

谢耀廷听了青木匠的话后，立即对他说："我这里呢，是有些寒酸的啊！这个房屋，也显得有些陈旧。如果他们要成亲，那就必须将这个房屋翻修一新才对得起你的女儿啊！"

青木匠笑呵呵地说："这个有何难，包在我身上，保证将这个房屋翻修得漂漂亮亮的。"

谢耀廷望着青木匠，心里真是高兴极了。他立即拉着儿子的手走到青木匠的面前说："还不向你这个老丈人行礼跪拜吗？"

谢震环立即走到青木匠的面前，"扑通"一声跪在了青木匠的面前向他磕头行礼。青木匠立即扶起谢震环笑眯眯地对他说："孩子啊，以后啊，只要你对我的女儿好，我就放心了啊！起来吧！"

谢震环望着慈祥和蔼的青木匠，心里真是如同灌进了蜜糖一样的甜蜜。

第五章

按照自流井的习俗，女方在与男方订婚的时候，要办订婚酒席，酒席一办就基本上确定了双方的婚姻关系。

在举办订婚酒席的当天晚上，谢耀廷便将儿子叫到自己的房间。他叫谢震环坐下以后，才将自己的夫人谢王氏叫到了自己身边坐下，然后对她说："夫人啊，现在儿子找到女子了。他们双方自愿地结为夫妻。我们现在的条件还是有些寒酸的。我这个人一辈子都讲究面子，虽然说我们家的经济条件不好，但是人家女方也不计较，这样的亲家我看是难找的啊！我想，为了双方有面子，我还是准备为他们举办一个热热闹闹的订婚酒席。你看，我的这个想法怎么样？"

谢王氏望着丈夫，小声地说："你是当家人，你既然决定了，那就这样办好了！我没有啥子说的了！能够有这样的亲家，那是震环的福气啊！我看这个女子模样儿长得不错！而且，从待人接物方面看，她是一个有家教的女子。谢震环能够娶到这样的女子那是他前辈子修来的啊！"

谢耀廷听了夫人的话后，笑着说："你那眼睛啊，硬是看得准的哟！在小珍进门的时候，我就看了看她的长相，的确是一个漂亮、文静的姑娘啊！"他说完这个话后，便转身对着一直埋着头的谢震环说："震环啊，你说一说自己现在的打算吧！你妈妈现在也在这里，你的要求是啥啊？"

谢震环此时双手紧紧地握着，听了父亲的话，才将头抬起来说："儿子现在还有啥说的呢？全凭你们两老做主了啊！"

谢耀廷听了震环的话后，便对他说："那就这样定下了！不过，我们给女方的彩礼怎么考虑啊？"

谢震环想了想后，便说："我在与她谈起这个事情的时候，就向她说了，我们家庭经济条件就是这个样子。彩礼方面呢，就显得有些寒酸的。她听了我的话后，便对我说，他们不是为了这个彩礼才与我成亲的，而是要与我们成为一家人。她说，如果拿不出啥子彩礼的话，这个事情就免了。"

谢耀廷一听儿子的话，立即摇着头对他说："你娃娃丢得起这个脸，老子们丢不起这个脸！老子们再穷也要给人家女方拿出像样子的彩礼！这个事情你娃娃就不要考虑了！让我和你妈妈一起来考虑这个事情！"

谢震环听了父亲的话后，心里热烘烘的。他知道虽然家里十分贫穷，可是父亲从来都是讲究面子的人。他立即对父亲说："我们不是为王老板制作灯笼吗？这笔钱还是比较多的，父亲是不是想拿这个钱做彩礼啊？"

谢耀廷立即笑着说："你娃娃想到了？人家王老板啊，昨天听说你要定亲，提前将礼品送来了啊！这样的大户人家就是会处事啊！出手就是一百两呢！当然，这礼品不是白给的，是要我们为他家制作春节的大红灯笼的！所以说，我现在手里有钱为你置办彩礼了！"

谢震环听了父亲的话后，才放心下来。他笑着对父亲说："还是父亲考虑得周到啊！那您准备向他们家送多少彩礼钱呢？"

谢耀廷想了想说："至少五十两还是应该给人家的，他们养大一个闺女也是不容易的啊！你说是不是？"

谢震环立即说："那是！那是！"

谢耀廷一家商量好后，已经是半夜时分了，他们各自返回自己的房间睡觉了。另一边，小珍望着那房梁上面挂着的几个红灯笼，自言自语地说："谢灯笼啊谢灯笼，你以后啊，可要教我制作红灯笼，让我也成为制作灯笼的匠人才行啊！"她说着便迷迷糊糊地进入了梦乡。

小珍进入梦乡后，发觉自己好像走进了布满大红灯笼的广场，她看见谢震环手里正抓着几个大红灯笼。当她正要走上前去的时候，只见那几个大红灯笼竟然飞了起来。谢震环双手抓着那几个飞向空中的大红灯笼，身子竟然腾空起来。她望着正飘向空中的谢震环，立即惊叫了起来："震环啊，危险啊！快丢下灯笼！"

谢震环不仅没有丢下手里抓着的大红灯笼，反而对着她笑着说："这样飘荡真是好要极了！你也试一下吧。"

小珍吃惊地望着空中的谢震环说："快下来！快下来！飞高了以后会更加危险啊！"

谢震环此时望着那些大红灯笼，便使劲地将这些灯笼往小珍这边拉，可他却没有办法将这些灯笼拉到小珍的身边，只能顺着灯笼向着高空飘去了。

小珍望着升到高空中的谢震环，心里害怕极了，她担心震环有啥子危险。于是，她使劲地跟随着灯笼飘的方向追去。追啊，追啊，一直都无法追赶上那些飘向高空中的灯笼。终于，那几只灯笼从谢震环手里飘走了，谢震环也消失在空中。小珍望着空中飘走的灯笼和谢震环，大声地哭了起来。当她哭醒后，才发觉自己刚才是在做梦。她望着梁上的灯笼，笑了下说："真是吓死我了啊！"

第六章

春节到了，在王云的宅子大门口聚集了好多的人，都是前来观看他家悬挂的红灯笼的。此时，红灯笼里的蜡烛灯火明亮，透过那层红艳艳的薄纱，看上去十分耀眼。红灯笼里的几根木头柱子组成了一个六角亭子般的形状，撑着红色薄纱。在那层薄纱面上，硕大的"王"字清晰可见，就是站在远处的人也看得十分清楚。

穿着大圆小钱花纹长衫的王云，带着自己的夫人笑呵呵地走了出来。当他看见门口站满了看热闹的人群的时候，便笑呵呵地对大家说："乡亲们啊，这个红灯笼怎么样啊？"

此时，自流井分县令走到门口，仰头望着这盏红灯笼，吃惊地对王云说："王老板啊，你这个红灯笼啊，简直是稀奇玩意啊！你看，到这里来看热闹的人好多啊！这个灯笼好特殊，不会是自己制作的吧？"

王云听了分县令的话后，走到他的面前指着灯笼笑呵呵地说："这个灯笼啊，就是出自我们自流井有名的谢灯笼之手啊！"

分县令望着红灯笼吃惊地说："我只是听说这个谢灯笼能制作红纸篾条灯笼啊，真没有想到他还能够制作这种木头架子的灯笼啊！看来，他制作灯笼是出奇了啊！"

王云立即靠近分县令说："是啊！这种灯笼可是按照我的要求制作出来的啊！你想想，那谢灯笼能够制作最漂亮的灯笼，加上他的朋友自流井有名的青木匠的木匠手艺，所以，就制作出来了这样的新玩意了啊！怎么样？你那县衙门是不是也要弄一个呢？"

分县令说："啥时候啊，这个谢灯笼能为我赶制出这样的灯笼？"

就在分县令讲话的时候，谢震环从人群中走出来了。他笑着对分县令说："县太爷是不是想要一个？"

分县令欣喜若狂地拉着谢震环的手笑着说："看来，我那县衙门是应该有一个这样的拿脸的灯笼了啊！那就劳驾你老弟帮我弄一个？"

谢震环笑了下说："没有问题！"他说着便转身对身边的小珍说："小珍

啊，现在你就赶回去为县太爷提一个灯笼来吧！”

小珍当然知道，自从王云对灯感兴趣以后，谢震环就预计这种灯笼肯定会受买主的欢迎，所以，在制作完成王云的这个灯笼后，他便与青木匠一起赶制了几个这种木头架子的灯笼来。没有想到，今天到王云家里来取灯笼钱的时候，竟会遇到自流井分县令也想要这种灯笼。谢震环高兴地拉着分县令的手说：“县太爷啊，你这大县衙门难道只挂一个这样的灯笼吗？会不会有些单调呢？”

分县令望着谢震环，显得有些吃惊地说：“怎么？你现在这个时候还能够赶制出来几个这种复杂的灯笼不成？”

谢震环立即哈哈一笑说：“几个有何难哉，出在手里嘛！要几个？您就开口吧！”

分县令一听谢震环的话，立即哈哈一笑说：“你有几个，我就要几个了！银子嘛，不成问题！”

谢震环没有想到自己预先制作出来的几盏灯笼竟然在这里一次性就卖出去了。他立即对小珍说：“小珍啊，赶快回去叫上你爸爸和我爸爸一起为我们的县太爷送灯笼！”

王云见谢震环竟然按照自己的灯笼制作出来了几个一样的灯笼，笑眯眯地对他说：“小伙子啊，我真是服了你了啊！您这样的生意脑壳真是一个干大事情的人啊！那好！既然你这个小子脑瓜子这样灵光，那就赶快进来。我还有灯笼要制作呢！”他说着便拉着谢震环和县令一起走进了他的宅子。

当他们坐下以后，王云便对谢震环说：“老弟啊，现在春节到了，我们按照老祖宗的传统准备在张家沱搞一场迎春灯会。灯会期间，准备放河灯。其中，就要弄一些牛儿灯、孔明灯、荷叶灯等，还准备在张家沱搞狮灯场市。所以，要的灯笼品种多、数量多，你们能够赶制出来吗？”

那谢震环一听王云的话后，马上就高兴地对他说：“没有问题！我们现在制作灯笼的人手增多了，所以，您准备什么时候要呢？”

王云想了想说：“正月十五就要！时间呢，只有十多天了，比较紧！如果你们能够赶制出来，那今天我就让我的管事向你提出具体的要求！怎么样？”

谢震环哈哈一笑说：“没有问题！请您的管事与我一起到我家商量这件事情，怎么样？”

王云见谢震环答应得如此干脆，马上对身边的随从说：“赶快叫王管事到我这里来，我有事情安排他！”

没多久，随从便带着王管事来到了王云的身边。王云立即对他说：“你是晓得的，今年我们王家准备在张家沱搞一场迎春灯会。所以，需要许多灯笼。现在谢灯笼也来了，你马上随他一起到他家里去，将我们灯会所需的灯笼要求与他们商量好。商量好后就回来向我汇报。我立即拨出银子给他们，让他们迅速地制作灯笼，赶在灯会用。就这样吧，赶快与他一起去吧！”

那王管事得到王云的吩咐后，立即随着谢灯笼一起向他的家走去。

谢震环的家就在那老街不远的地方。当他们上桥的时候，就看见小珍与谢耀廷、青木匠提着灯笼向自流井县衙门赶去。

谢震环走到父亲的面前，笑嘻嘻地对他说：“生意又来了啊！”

谢耀廷听了儿子的话，吃惊地说：“现在年边期了啊！这个时候揽啥子生意啊？”

谢震环立即对他说：“这个生意啊，也是王老板的，他家要在春节的时候举办迎春灯会，还要在张家沱搞狮灯场市，他将这样一大笔生意给我们，那是对我们的信任啊，怎么好推辞呢？虽然说是年边期，但是我们几个人只要努力地干上几天，我的婚礼钱、过年钱不是都有了吗？这样的事情恐怕打着灯笼也难找的啊！”

虽然谢耀廷同意儿子的想法，但是担心时间紧，要制作出来那么多的各型灯笼，是有些难度的。他想了想，问道：“还是那些红纸灯笼吗？”

此时，王管事立即靠近谢耀廷说：“样式对得很啊！我们东家说了，他这次一定要弄得与往年不一样。所以，专门想了一个点子。让我到你们这里来商量。”

谢耀廷听了王管事的话后，便对谢震环说：“那你们先回去商量商量吧！我马上就赶回来，和你们一起商量这个事情！”他说完便转身对青木匠说：“看来，这个事情还要你老兄出大力了啊！”

青木匠笑着说：“啥你啊，我啊的！我们不久就是一家人了啊！还说这些做啥？”

听了父亲的话，小珍显得有些羞涩地对父亲说：“爸爸，看您——”

青木匠见女儿这个羞涩的样子，马上说：“本来嘛！这个事情有啥子笑人的嘛！女大当婚，男大当嫁嘛！”

青木匠话一说完，大家便哄堂大笑起来。那青木匠此时才感觉到自己把话说错了。他立即改口笑着说：“说反了！说反了！”

读者评论

作者叙述了自贡灯王家族几代人做灯笼的故事。时间跨度大，既有地方特色，又有历史背景，是一部讲解自贡花灯产业历史的长篇小说。作品脉络清晰，立意积极，展现了匠人们为传承中华民族彩灯文化做出的努力，凸显了主人公勇于创新的品质、改造灯笼的智慧，是一部具有正能量且弘扬中华优秀传统文化的作品。

小说梗概

主人公谢震环出生在一个盐工家庭，凭着自己制作灯笼的手艺开创了名为“谢灯笼”的商号，历经清末、抗日战争、改革开放等时期，将商号发展成为四川自贡数一数二的灯笼制作公司，通过努力改进技艺，将红灯笼改进为彩灯等新样式，反映了四川自贡彩灯艺术的兴起、发展和壮大的过程。

代号“龙舌草”（节选）

赵凤玲

作者简介

赵凤玲，笔名东方了了，70后，天津人，山西省文学院签约作家，天津市作家协会会员。作品散见于《天津日报》等报刊，著有十余部长篇小说、诗词千余首。有30多篇（首）短篇作品在全国征文活动中获奖。

（本文节选自该作品第九十章至第九十六章）

第九十章　代号“龙舌草”

“早上看你出来得匆忙，我叫你，你都没听到，知道你一定有急事，我不放心便跟着你出来，后来看到你被一群人围攻，没想到璃米小姐还有一身好功夫。”何子艮谄笑着说道。见璃米没反应，何子艮知道此时不是拍马屁的时候，便接着说：“后来看到他们把你押上一辆车，我拼命地追，便追到了这栋荒废的房子，本来只是想试试看，没想到真的见到你了。”

“外面没人看守吗？”璃米提出疑问。

何子艮眼珠一转说：“有……有七八个人。”

“原来何长官的功夫更不简单。”璃米猜不出这个姓何的是怎么搞定这七八个人的，看来人可不貌相。

“刚才我用调虎离山之计才进来的，待会他们发觉中计了肯定会折回来。璃米小姐，你现在没事了吧，能走吗？咱们得赶快离开这里。”何子艮的语气匆匆，似乎外面的人马上就要冲进来。

璃米半信半疑，站起身打量了一下屋内，屋内四壁皆空，自己的身上沾了一层的灰尘，阳光从一扇破烂的窗子照进来，窗外一片荒凉。

“璃米小姐，你是不是不相信我？”何子艮见璃米的神情犹豫，追问道，他真怕自己的伎俩被璃米看穿。

“何长官，你怎么知道我的病？这药瓶又是从哪里得来的？”璃米盯着何子艮，试图从他的眼里看到答案。

“等我们到了安全的地方再说好吗？这里实在太危险，万一他们回来，咱们就走不了了。”何子艮急得抓耳挠腮。

“好吧。”璃米不再坚持，心想或许是自己多疑。

何子艮在前面带路，璃米在后面紧跟，两人约莫逃出千米，璃米才喘着气停下来。

何子艮左右看了看，指着一处小树林说：“那里比较隐蔽，或许能安全些。”

璃米点点头，硬撑着身体，跌跌撞撞走出20多米后，瘫坐在地上。

何子艮凑过来，他要继续杜撰，不然发生的这一切无法自圆其说：“璃米小姐，其实我一直在关注你，那次你晕倒就是我通知的骆主任，后来我才知道你有哮喘病，猜到这瓶药水可以在你发病时救你一命。之后，我无意中在骆主任的房间看到他收藏了许多这样的小瓶子，我就偷偷地拿了几个。不瞒你说，我暗恋你很久了，可我有自知之明，知道你不会喜欢我，所以我没事就看看这个小药瓶，你别生气。”

何子艮的这一番话打消了璃米的顾虑，“谢谢你，何长官。”

“璃米小姐，你别怪我多事，我想多问一句，你和骆主任是不是有什么瓜葛？不然，骆主任怎么每次看到你就像丢了魂似的。”何子艮得寸进尺地问道。

闻言，璃米沉默了下来，脸上没有任何表情。

何子艮讪讪地给自己找台阶下：“听骆主任的口气，他开始怀疑你的身份了。”

“哦？”璃米抬眸，清澈碧透如潭水一般的眼眸令何子艮心中一动。

“怀疑我？为什么？”

“哦……”何子良稳了稳心神，“你是日本人派来的，可你却是中国人。你明明是汪伪政府里的机要秘书，可我却听到有传言说你经常出现在达官显贵的豪府奢宅甚至津城。”何子良试探着，权当赌上一把，如果璃米不能给出一个合理的解释，那么自己的判断就没错。

“看来何长官眼观六路，耳听八方呀。”璃米的话中不乏揶揄。

“听说……听说而已，我可不是长舌妇，没事瞎打听散闲话，其实，我这是关心你。”何子良讪笑着，试图为自己开脱，“现在世道这么乱，你一个女孩子，又长得这么漂亮，万一出事……”

“出事，你以为我会出什么事？”璃米挑起眼皮，一反刚才的柔弱。

“我的意思是‘万一’，这不怕一万就怕万一嘛，万一有什么事，依你的身份，我们无法向日本人交代，也会耽误了任务。”何子良躲避璃米犀利的眼神，在话里挖着陷阱。

“任务？呵呵，何长官，你可真会给我扣帽子，我自己都不知道的事你居然比我还清楚。”璃米逼近何子良，说：“那你就说说我有什么任务？”

一丝淡淡的药香，加上丝丝缕缕的女儿香气，何子良简直有点不能自已，他向旁边挪了挪，璃米的香艳加上逼问让他感觉呼吸艰难。

“何长官。”璃米向何子良身边挪了挪，扳过他的脸，“你怎么不敢看我呢？”

“没，我……”何子良的大脑瞬间空白，平时伶牙俐齿的他此时却词句匮乏，甚至大脑缺氧。

“璃米久居日本，又涉世尚浅，对万一呀，任务呀什么的都不太明白，请何长官明示，指点一二，如何？”

璃米吐气如兰，这让何子良越发失魂落魄，“璃米小姐，你……”

“何长官有什么指教？”璃米注意到何子良的手足无措，但此刻情况特殊，对于他的身份，她不敢确定，也不敢妄猜。

何子良叹了一口气，早知这样，不如刚才……但转念又为自己打着气，身为国民党军人，要时刻以党国利益为重，美人计算什么，又不是没接触过女人。他千万不能被眼前这个女人迷惑，不能被她牵着鼻子走，要变被动为主动。

“我听说璃米小姐身上藏有一张关键的名单，不知道是不是真的？”何子良决定破釜沉舟。

“你是说‘樱花一号’名单？”璃米干脆捅破窗户纸。

“这么说是真的?”何子艮内心一阵狂喜，这个女孩到底是嫩了点，几句话就露馅了。

“曾经有过，不过交给日本人了。”璃米淡淡地回应着，眼神飘向远处的天际。

何子艮站起身，表情难看得有点扭曲，说道：“璃米，我不得不说你一句，身为中国人，你居然为日本人做这种伤天害理的事，古人尚且有‘先天下之忧而忧’的境界，难道你连最起码的爱国都做不到吗?”

“我想听一下何长官是如何爱国的?”璃米不急不缓地反问道，到现在她还不能断定他的身份，到底是敌是友呢?

“日本已如日落西山，但他们试图做最后的挣扎，只要拿到名单，把名单上的人全部干掉，他们的绞杀计划便会不攻自破，把侵略者赶出去，还我们一个和平中国。”何子艮说得热血沸腾，脸上也因此绯红一片。

“你是?”璃米对何子艮的身份越发怀疑了。

“我只是一名爱国人士。”何子艮觉得自己瞬间高大，“就是那张绞杀令里要对付的一个目标，当然，也许是我的运气好，或是日本人的情报不到位，才让我好好地活着，难道璃米小姐反对?”

“你?”璃米仍然不敢断定，但心中的天平却已经向何子艮倾斜了。

“我的公开身份是汪伪公署的一名赈济科科长，实际上是为同盟国传递情报的谍报人员，比如有关这次日本法西斯有违和平的绞杀计划，也是我传递的重要消息之一。”何子艮开始睁着眼睛瞎编，“虽说人各有志，可国难当头，国家有难，身为一个中国人怎能袖手旁观。”

“我急需一种药材，不知你有没有货?”璃米小心翼翼地说出暗号。

“什么药材?”何子艮心里一喜。

“龙舌草。”璃米淡淡地说出三个字。

何子艮一愣，说：“你要多少?价钱如何?”

“价钱好商量，只要你有，我全包了。”璃米有些激动，“同志，你让我找得好辛苦呀。”璃米说着话，伸出手。

“你是?”她的一句话，让何子艮陷入莫名其妙的境地。

“我是中共地下党员，代号‘龙舌草’。”璃米兴奋地把底细和盘托出，她心里认为终于找到了自己的同志，自然是高兴，“老许在哪里?是他派你来保护我的吗?”

第九十一章　顺手牵羊

何子艮的内心狂跳不止，他伸手按在胸口上，生怕心脏因激动而跳出来。事情来得太突然了，惊喜来得太意外了，军统和日本人一直苦苦寻找的“龙舌草”原来远在天边，近在眼前，竟是一名柔弱的小女子，这真是“踏破铁鞋无觅处，得来全不费工夫”。这是上天对他的青睐，还是命运之神对他情有独钟？这是时来运转的一刻吗？他何子艮终于等到这一天了，他不得不承认戴局长的眼光的确没错，他也说过一定不会辜负戴局长的重望。何子艮强迫自己压抑情绪，到手的鸭子不能让她飞了。

“我是奉上级命令与你接触，只是你隐藏得太深了，直到前两天我才弄清，本想潜伏在你身边保护你，可没想到还是让你出现了意外，是我的工作没做到位。”

“谢谢，谢谢。”璃米竟像孩子似的激动得眼中晶莹闪动，却没发现何子艮的嘴角闪过一丝狡黠的笑意。

而此时的骆一觉得自己的心就要裂开了，身体像是一块即将融化的冰块。他心想：我的米米不见了，她一定是出了意外，如果她离开人世，我一定会追随她而去。

骆一落寞地走在回办公室的路上，突然肩头被人拍了一下。骆一转身，何子艮正满面春风地站在身后。“骆主任，怎么像霜打的茄子？‘有美人兮，见之不忘。一日不见兮，思之如狂。’”何子艮的语气中充斥着兴奋，“现在不是春天呀，怎么听到猫叫？”何子艮的话没说完，就被骆一捶了一拳头：“你小子胡说什么？”

“是不是没看到你的小美人，相思病又犯了？我的大情种。”何子艮不无揶揄道。

“没什么。”骆一只想一个人静静，对何子艮的话极其不感兴趣，说着就想转身，突然，他眼角的余光看到一个熟悉的身影，他立即抬头，没错，是璃米。骆一几乎不敢相信这是真实的，揉了揉眼，再看去，璃米正含笑看着他。骆一推开挡住视线的何子艮，眼睛发直，僵硬地迈着机械的步子走过去：“米米。”

“骆主任。”璃米依旧弯腰施礼。

“哦，璃米，半天不见，你去哪儿了？”骆一心神恢复，他想知道璃米究竟去了哪里？那只被打碎的小玻璃瓶是怎么回事？

“我出去转了转，呼吸一下新鲜空气，整天闷在这里，人都快发霉了。对了，骆主任，你有时间也出去转转吧？”璃米笑靥如花，看得出来，她心情不错。

“哦，只是转转吗？”骆一不相信这两人前后脚出现，只是在外面转转这么简单。

“是呀，这不，在门口遇到何长官，闲聊了几句。”璃米看着何子艮，眼神里带着骆一看不懂的东西。

骆一扭头看了一眼何子艮，一副敢瞎说便灭口的架势：“是吗？看来你们还挺有缘的。”

何子艮知道骆一的脾气，为了不引起骆一的猜忌，赶紧找借口走人：“你们聊，我还有事，先走一步。”

骆一拉过璃米快步走到机要室。一进门，他扳过璃米的身体，盯着她的眼睛：“告诉我，你究竟发生什么事情了？”

璃米想甩开骆一的束缚，可骆一的劲太大，没挣开。璃米颓然地垂下手，语气冷淡：“我刚才说过了，我只是出去转了转。”

“那发报机上的碎片怎么解释？”骆一觉得心在滴血，他能感觉到璃米在撒谎，而让他愤怒的是，这竟然是为了何子艮。

“哦，你是问这个呀，早上出门时心急，不小心撞到发报机上碰碎了，还没来得及收拾。”璃米轻描淡写地解释道。

“你知道我有多担心吗？我怕你万一，万一……”骆一说不下去了，眼中闪着泪。

璃米在心底叹了口气：骆一哥哥，对不起，现在还不是与你相认的时候。“谢谢骆主任的关心。”璃米强装平静。

鬼脸神偷吃了药，处理了伤处，静静地躺在床上养伤，一边感慨着世事无常，一边叹着人心难测，虽然说乱世时期人心不古、世态炎凉已司空见惯，可是那天自己偏偏遇到了一位好心人，真是没想到衣冠楚楚的人是道貌岸然的伪君子，反倒是街边要饭的叫花子有着一颗悲天悯人的心。如果不是那个叫花子，自己恐怕还要躺到大街上，估计小命也早玩完了。当叫花子喂自己喝水时，鬼脸神偷便想到要拿出家中最珍贵的东西来表示自己最诚挚的谢意。鬼脸神偷不想显摆什么，只是单纯地表示谢意，仅此而已。可是当他看到叫花子进屋看到自己的宝盒，眼中泛起光亮时，他明白了，原来一切都是因为利益的驱使，原来欲望才是真正的动力。什么好心、坏人，原来世上本没有好坏之分，“好”是因为坏的筹码还不够多，而“坏”则是好的筹码还不足以达到预想中的程度，仅此而已。那天鬼脸神偷让叫花子从柜子里找出治跌打损伤的药，帮自己抹上。这药可真是立竿见影，不出几分钟，他的气力就恢复了六成，在吃了几颗药丸后，鬼脸神偷的脸上已现出血色，俗话说：“痛则不通，通则不痛。”在药物的作用下，他的全身血脉顺畅。鬼脸神偷感激地看着叫花子，从墙上掏出那个宝贝盒子，拿出一个从日本人那偷来的古董花瓶：“恩人，我历来知恩图报，这花瓶可是价值连城的古董，你要妥善保管，适当的时候找个好买家，保你下半辈子过上滋润的小日子。”

叫花子眉开眼笑说：“谢谢，谢谢！”

“应该是我谢你才对，如果你不管我，说不定我现在都不喘气了，见阎王都赶不上热乎的。”鬼脸神偷说的是心里话，更是大实话，他的这句话完全基于感激。当然，如果没有后面发生的事，他会把感激之恩记一辈子，俗话说：“受人滴水之恩，当以涌泉相报。”他鬼脸神偷扪心自问是个有仇必报，有恩必还的主儿。

叫花子把鬼脸神偷扶到床上。“以后有什么事招呼一声。”叫花子说的不是客气话，如果说刚才救人是看其可怜，完全出于怜悯的话，现在则是看在那个花瓶的份上，这真是意外之喜，说什么救人一命，胜造七级浮屠。他不想死后去享受什么极乐世界，只想现在活得有人样。要知道这叫花子实在不是人当的，没饭吃不说，没水喝也还不算啥，可随时会丢命才是让人最担心的。既然人能来世间一趟，既不能吃香喝辣，又不能左拥右抱，着实是白活了一圈。不知道是自己上辈子造了孽，还是祖上没积阴德，自己这辈子活得生不如死。本以为今生无望，却没想到无意中救了一个半死的人却好运降临，这是不是应该叫“否极泰来”？叫花子没有机会更没有钱去学堂，每天忙着温饱和住处才苟延残喘至今，为了能讨到饭经常去有钱人吃喝的地方，所以好歹也学了几句词，至于用得是不是合适，他才不管。

鬼脸神偷点点头，眼里闪着一种光亮。

叫花子知趣地退出屋，外面还有一位拉车的兄弟等着他呢。

鬼脸神偷在家安稳地养了两日，精力也恢复得差不多了，突然想起张尤给自己捎的话——别再偷日本人的东西。哼，这个张尤怎么了，日本人多行不义，他们的东西全是从中国老百姓手中搜刮来的，他偷日本人的几件东西只不过是九牛一毛——微不足道。这个张尤多半是被日本人给收买了，不行，一定要见见他，告诉他其中的利害关系，顺便再看看日本人那还有什么好东西。那天从二楼出来，鬼脸神偷无意中拐到一楼的一个房间，发现这个房间简直就是个聚宝盆，墙上挂的、桌上摆的画，无一不是真迹，看来财运来了挡都挡不住。鬼脸神偷想着此次再去的话又可以来个顺手牵羊了，看着那个装着整个身家的宝贝盒子，鬼脸神偷不禁一乐，乖乖地等着我，回来再给你们添上几个兄弟姐妹。

鬼脸神偷看中的那房间是千叶雄的，但丢了东西的千叶雄，没像高木太那样大喊大叫，这些东西对千叶雄来说，都是身外之物，难道还有比生命更珍贵的吗？正因为千叶雄无所谓的态度，所以高木太也无从得知，而张尤更没想到鬼脸神偷会把高木太的房间一洗而空又外带瞄上了千叶雄的宝贝。

第九十二章　揭开面具

其实，千叶雄根本不在乎什么金银珠宝，让他气愤的是贼人竟然偷到他头上，这就好比一个战场上的军人挨了一发冷枪，倒下了，却不知道对手是谁。怒火中烧的千叶雄瞪着眼、踱着步，恨得牙根痒痒，但又别无他法，总不能也像高木太那样哭号一通吧。碍于自己的身份，又顾及还有比这些更重要的事情在等着他，所以千叶雄只能哑巴吃黄连——有苦说不出。

鬼脸神偷起身整装准备与张尤见面，才打开门便觉得有一丝异常，他所在的这条街道因地处偏僻，平时很少能见到人，而现在，门外不远处零星有八九个人。鬼脸神偷假意关门，眼睛却四下里搜寻着，发现街道不远处也有人把守，看这情形，他已经被人监视了。此刻鬼脸神偷的大脑快速运行，从接触过的人里面筛选着是谁会这样干，除了张尤，再就是常去的酒馆，难道是昨天那几个打架的无赖？不像。会不会是叫花子？可他救了自己，也不可能告密。

大街上，二子和六子对视了一眼，又同时瞥向墙角，那里有小杨在指挥。

不多一会儿，一列抬着棺材的队伍出现，二子和六子凑上前问道：“三道弯，进行得顺利吗？”

三道弯向后挥手，示意有情况，要停下来。

四户人家同时出殡很难不引人注意，更会让人怀疑，二子问：“是不是太招摇？这么多会让人起疑心的。”

“放心吧，”三道弯拍着胸脯，“刚才我已经分配好了，出了这个巷子，我们兵分四路，这么一分散，就是神仙老子也看不出来。”

“事不宜迟，马上行动。”二子下达命令。

“别急，小杨还没露面呢。”三道弯拦住心急的二子。此次行动，小杨是主谋，三道弯是策划，其余几个人不过是执行。主谋还没表态，执行人怎么能擅自行动呢？这太不成规矩了，无规矩不成方圆，是会坏大事的。要不怎么说见识广，主意多呢，这个三道弯曾被日本人抓过壮丁，看到气氛不对，凭着一身蛮力和智谋，最终从日本人手上成功逃掉。所以，三道弯提起日本人就破口大骂，因而才被二子等人拉进伙。也正因为他的加入，才让他们这伙人有了一名出谋划策的智囊军师。

“半天没看到小杨露头，不会出事了吧？”六子有些不放心。

“没事，兴许上茅房了吧？咱们先行动，到地方了给他一个惊喜。”二子催促道。

何子良回屋迅速掩好门，又侧耳听了听，确定没人注意到自己，才坐下来拿出纸笔，自从得知璃米的真实身份后，他便打好了一份邀功……不，应该是向上报发出紧急情况的电报文稿，趁骆一与璃米都不在机要室，钻了进去，向师兄火速报告，虽然明知此举不可为，但是形势逼人，只能冒一次险了，成败在此一举。电报发出去的同时，何子良接到了方易捷传来的回复——原地待命，不要有任何行动，我向戴局长请示。

满怀兴奋的齐明远想象着上峰会传来喜讯，一想到这，他的心里像有一只小猫在挥舞着毛茸茸的爪子左一下、右一下地挠着，一阵心痒难耐后，齐明远决定去一趟福岛街86号。

福岛街曾是日本租界。1943年，日本将各地日租界交给汪伪政府统管，但实际仍维持其原有体制。所以，齐明远放心地来到福岛街86号。这里一如往常的平静，丝毫看不出异常。就在齐明远失望又失落地准备离开之际，突然背后有一只手拍在他的肩上，齐明远大骇之下扭头：“老许，是你。”

“齐明远，呵呵，我就说吗，难怪看着面熟，果然是熟人，你来这里干吗？”许思远打着哈哈。

“咳，”齐明远压了一下加速跳动的心脏，大脑里快速分析着现状，许思远来这里干吗，难道是巧合？“老许，我也正想问你，好久不见，怎么样？”

好狡猾的狐狸。许思远见齐明远打着擦边球，知道他启动了反侦查，便道：“我路过，看到一个身影眼熟，便过来看看，没想到真的是你。”

齐明远左右看了看，还好，没人注意，便拉着老许进了福岛街86号，说：“有话进来再说。”

“你怎么会有这里的钥匙？难道你就住在这？”许思远打量着这里。这是一栋似乎很久没人住的小洋楼，五六米见方的小院里荒草长势疯狂，墙壁上爬满绿色的藤蔓植物把墙体本来的颜色完全遮盖住，空气中充斥着一种久久见不到阳光的霉味。

“行动计划进行得怎么样了？”齐明远迫不及待地问。

许思远看着这个一直被公认的积极分子，才一张嘴便露出了马脚，他还是这么心急地想知道有关计划的内容，看来，再狡猾的狐狸也有疏于防范的时候，便故意装糊涂：“什么计划？”

是他的记性不好，还是他真的不知道？齐明远大脑里快速分析着，他听出老许的话里有一丝敌意，难道他在怀疑自己？“哦，我是说，我住在这里也是行动计划的一部分。”齐明远说。

“哦？”许思远越发起疑。

“老许，你怎么这么看着我？我有什么不对吗？”在老许咄咄逼人的眼神的注视下，齐明远有些心虚了。

“齐明远，如果我没认错的话，你的代号叫‘青蛇’。”一把枪抵在齐明远的头上，许思远的话像一把利剑割开了齐明远的伪装面具。

“嘿嘿！”看着对着自己的黑洞洞的枪口，齐明远竟然咧嘴笑了。

“你笑什么，难道我叫错了吗？”许思远了解狐狸的狡猾。

“我不得不承认你很聪明，不过你现在的举动却不是明智之举。能知道你的代号吗？”齐明远把沮丧隐藏起来，希望从许思远嘴里听到那个预想中的答案。

“我看不必了吧，青蛇。”许思远没满足他的要求，“一个败类叛徒，有什么资格和我讲条件，我看你还是省省吧。”

“你就是‘龙舌草’？”齐明远不甘心地猜测着。

“不，‘龙舌草’另有其人，但正是‘龙舌草’送来情报说，你就是‘樱花一号’名单上的第七个神秘人。青蛇，我只问你一句话，老农是你出卖的吗？”

“如果我说不是，你一定不相信。”看着眼里燃起怒火的许思远，齐明远语调悠然，完全不像临死囚徒的口吻，倒有种与老友茶后闲聊叙旧的轻松自在，“我知道早晚会有这么一天，只是没想到会这么快。既然落到你手里，任凭你处置吧。”齐明远摆出一副滚刀肉的架势。

许思远眼睛瞬间蒙上一层水雾。

就在许思远犹豫之际，齐明远趁机从那堆荒草中捞出一支枪，当他举起枪对准许思远时，许思远已经扣动了扳机，一颗正义的子弹射向了一个满是罪恶的灵魂。

第九十三章 最新任务

看着二子、六子等一行人抬着棺材远去，躲在拐角处的小杨转身撒腿急跑。他——杨昊，中统少校，名义上是津城警察厅稽查科科长驰仲午的属下，实则直接向戴笠提供情报。在接受这项任务之时，戴笠那副眼镜后面隐藏着深不可测的计谋："少校，现在党国大业正被内部的蛀虫啃噬得浑身伤痕，我早注意到你这位忠诚的国民党军人，现在，党国需要你去做一件事。"

杨昊立正，敬了一个标准的军礼："局座尽管吩咐，杨昊自穿上军装那天，便以效命党国为重，以报效党国为荣。"

"好，果然不错。小杨呀，只是这个小小的少校军衔太委屈你了，等完成任务，我一定向委座请示，好好嘉奖你。"戴笠沉稳的语气像是将一颗定心丸抛给了杨昊。

杨昊再次立正表示谢意："谢局座看重，杨昊定当竭尽全力，一定不会辜负局座所望。"

一想到那张闪着金光的嘉奖令，杨昊便浑身是劲，他跑起来的速度更是有如神相助。六子、二子、三道弯，不好意思，这次利用你们了，希望你们福大命大，有菩萨保佑你们。杨昊在心里暗暗祈祷着，利用童年伙伴的信任算不算龌龊，他此时已经无暇去理会了，人生在世，谁还没有一点追求和上进心，目前所做的一切只是为了让生活更美好，至于手段卑鄙与否不属于自己考虑的范围。

鬼脸神偷关上门，暗自思忖，不管是谁泄露了自己的行踪，当务之急是怎么才能逃离这个鬼地方？走大门是不可能了，那么多人在门外盯着，真若强行出去，自己这副小身板非被打成蜂窝煤不可，到时，别说全尸，就是想喂狗都不能了。鬼脸神偷打了一个哆嗦，恍若已经看到自己浑身枪眼的惨状。现在只能祈祷在自己的屋里院内能突然出现一个地道，哪怕一个狗洞也好。可事实上，这座小平房就如同它的表面一样，中规中矩，一没什么保护措施，二没挖地道天井。鬼脸神偷拍脑门，张尤呀张尤，都说共产党神通广大，真希望你像观音菩萨一样突然降临来救我。说什么救苦救难观世音，我现在已经走投无路了，为什么你还不现身？失望之中，鬼脸神偷四下里搜寻着可以逃命的通道。一棵距房檐一米半远的合欢树引起了他的注意，这是一棵有着五十多年历史的老槐树，粗壮的树干一个人抱不过来，枝杈众多，伸向四面八方，如果攀着枝杈能跳上房顶，那接下来的事情就简单多了。只要能出去，便能甩掉这些尾巴，到时再寻一处小窝，便可继续享受自己的小日子。手随心动，鬼脸神偷抓住树干，才爬两步就溜了下来，不是他有功夫，其实鬼脸神偷之所以能飞檐走壁完全靠着一种叫“软竿子”的工具，这种工具由头发或丝线编织成长绳，然后在一头系上用金属做成的钩子，作案时，把钩子抛上墙头牢固的地方便可攀援而行。平时这个软竿子缠在腰间，用时轻轻一抖即可。鬼脸神偷突然意识到这个宝贝的存在，解开腰间的软竿子，不禁心花怒放。

许思远在离狗不理包子店不远的小胡同里晃荡，他希望璃米能出现，一是想知道日伪的最新动态，再者告诉她内奸已铲除，既是宽慰她，也是对已被抓住，不明生死的老农一个交代。许思远没进包子店，尽管店里人多，但谁知里面有没有别人的眼睛，为了保险起见，他躲在外面隐住身形。

狗不理包子店的包子香味飘过来，许思远发着感慨，如果不是战争时期，如果不是时局动荡，这里的生意恐怕还会好上几十甚至几百倍。百姓安居乐业，国泰民安，四海升平，到处一片其乐融融的景象。不过，相信这种日子已经不远了，日本战败投降，国际形势日趋平稳，看来天下太平指日可待。

正在神思云游的许思远，突然只觉眼前身影一闪，定睛，璃米正浅笑幽然地看着他。

许思远收回心神，说道：“璃米，走，我有话跟你说。”

两人一前一后走向另一条偏僻的小胡同。看看左右没人，璃米说道：“老许。”

许思远转过身说：“璃米，现在真正考验你的时候到了。”

璃米眨着一双清澈的眸子，等着许思远的下文。

“上级指示，鉴于骆一的表现，现在他已被正式列入策反名单中，你与骆一的关系，上级已经知道。所以，这个任务便落到你的肩上，希望你不要辜负上级期望。”许思远像看着自己的孩子一样，怜爱之情溢于言表。

“这……”璃米犹豫了一下，“这么说来，我要把真实身份向他坦白？”

“对，只有取得他的信任，任务才能顺利完成。”其实，许思远并没谈过恋爱，战乱时期，哪有工夫顾及儿女私情，他的座右铭是孙先生的那句：革命尚未成功，同志仍需努力。

“可是，为什么是他？为什么是我？”璃米对这个任务有疑问，当然也掺杂着喜悦。能把骆一拉进革命队伍，那么，自己与他便是同一阵营里的战友，等到战争结束，与他相亲相爱、双宿双飞……璃米一时心神飞驰。

“因为我们了解到，骆一虽然身在汪伪政府，但是他却有着一个中国人的良知和进步的思想，再加上他对亲日反共的厌恶……所以说，这样一个军人理应有着光明的前途，若把他争取过来，我们的队伍将会多一位将帅良才。”

看着璃米似乎仍在犹豫，许思远长话短说：“能看到一对璧玉佳人结成金玉良缘也是党对你们的祝福和期望，希望你抓紧时间，好了，时间紧迫，有事再联系。”不等璃米再说什么，许思远转身走出了小胡同。

回到机要室的璃米仍没有从许思远的话中走出来：他有着一个中国人的良知和进步的思想……这样一个军人理应有着光明的前途。

骆一哥哥，你愿意走向光明吗？骆一哥哥，你愿意与我并肩战斗吗？骆一哥哥，如果你知道了我的真实身份还愿意与我相认吗？

第九十四章　邂逅前缘

“笃笃笃”，轻轻的敲门声打断了璃米的思绪：“进来。”

骆一手上拿着一串五颜六色的丝线进来，眼中是兴奋与欣喜：“璃米，你看看这是什么？”

“呀，你编的吗？”璃米眼中跳动着意想不到的喜悦。

“嗯，一辈子也不会忘记的，喜欢吗？”骆一垂下眼皮，高大的身躯一俯身便将璃米包围起来，璃米仍如幼时一般娇小，让人忍不住想去怜惜去疼爱去呵护。

“嗯，喜欢。”璃米在一缕熟悉的气息中迷失了。

骆一眼角眉梢舞动起来：“璃米，你……”

璃米知道他想问什么，点点头说：“我是米米。”

璃米纯净无瑕的眼神中那一丝恳求让骆一无从拒绝，骆一说：“天涯海角我也愿意陪你。”

骆一张开怀抱，揽过璃米。

“骆一哥哥，其实从第一次见面我就认出你来了，可我身负使命，在不知道你真正的身份和目的之前我不能暴露，你不会怪我吧？”

闻着心爱女孩的气息，骆一一阵迷离，他把璃米的一缕青丝轻轻缠绕在手上：“米米，你知道吗，当初你从我的生活中突然消失，我用了整整十年也没有办法忘掉你，可就在快要忘掉你时，你却出现了，我开心极了，心想这一定是上天体察到我对你的真情，受到了感动，可没想到你居然浑身散发着日本的味道……我真的以为是自己认错人了，直到那次在你的柜子里翻到小玻璃瓶，我才确认你就是我独一无二的米米。”

璃米微微一笑，在骆一的怀里拱着，像一只寻求安全感的小猫，说道：

“原来那几次是你进了我的房间，是不是还翻看我桌上的文件了？如果我没猜错的话，窗外那双眼睛也是你吧，骆一哥哥。”

“哈哈，我只是对一个长相与我女朋友一模一样的女孩感到好奇。”骆一实话实说。

“除了小玻璃瓶你还看到了什么？”璃米俏皮地问他。当然，也是想确认一下自己的判断。

“呶。”骆一说着从兜里拿出一大把由五彩丝线系着的小玻璃瓶，“我还看到了这个。”

“怎么这么多？”璃米一把抢下来，笑靥如花，“骆一哥哥，你的手还是这么巧，配的药方还是那么精心。”

“因为我在为我最心爱的女孩做这一切，所以，我会付出我全部的身心。”骆一看着怀里的可人儿，“米米，你可知道，其实，你早已融入我的生命。”

暧昧的气息流淌在两人周围，四目对视之中，一丝灼热与久违的柔情弥漫开来。

那盈润丰泽的唇一定是香甜柔软的。骆一的眸中映出一个比花娇艳的可人儿，有一丝羞怯，一丝迷离，还有一丝慌乱。

骆一伸出一双大手，将抓住丝线的纤纤玉手握在掌心，将一片热唇贴在了曾无数次幻想过的香泽上。

天地间，仿佛没有了战争，也不见了血腥，一切的一切都停止在这一刻。

“啊！”璃米突然一声轻呼，让沉浸在温柔浪漫中的骆一惊醒，他首先想到的是璃米的哮喘发作，赶紧松手去找小玻璃瓶，又急急地寻着璃米的鼻孔。“米米，别急，药水在这。”骆一却发现璃米羞答答地低着头。

“米米，怎么了？”

骆一抬起璃米的俏脸，吹弹可破粉嫩晶莹的肌肤让人有一种想咬一口的冲动，可不合时宜的是，她的嘴角有一丝血迹。“米米，你的病？”骆一问道。

“没。”璃米躲闪着骆一的眼神。

“这明明是血，是不是哮喘严重了？”骆一的心都提到了嗓子眼，突然分别让人度日如年，天涯相隔让人望眼欲穿，见面却不能相认更是命运的残忍，现在，难道又要我们阴阳陌路吗？他刚刚才与璃米相认——老天爷呀，你千万不要再捉弄我们了，都说有情人终成眷属，求求你发发慈悲，不要拆散我们。

“骆一哥哥，是你刚才……刚才吻时太用力了。”说完，璃米扎进骆一的怀里不再抬头。

“啊？哦……”骆一恍然大悟，他摸了一下自己的嘴角，又用舌头舔着，果然，舌上有一丝咸腥的味道，“米米，对不起，痛不痛？”

璃米任他怎么喊也不说话，也不抬头。

骆一俯身抱起璃米，时值盛夏，郊外杨柳依依，碧桃浓荫，便喃喃道：“难怪古语说‘有缘千里来相会’。”

何子艮给自己倒了一杯茶，抑制不住兴奋，没想到自己真的等到了时来运转的这一天，更没到的是，身边的小美人璃米竟然是军统和日本人都要抓的共产党特工“龙舌草”。真是人不可貌相，没想到这个弱不禁风的小女子竟然就是破坏日本人计划的中心人物，更没想到的是，她竟然撞到了自己的手里。何子艮实在忍不住大笑了几声，在龙井茶氤氲出的香气中，他似乎看到了那张金光闪闪的嘉奖令。突然窗子外面“啪”的一声，何子艮立即推开窗子，一把匕首扎在窗子上。何子艮嘴角轻轻一颤，师兄就爱玩这个。

果然，匕首上带着一张纸条，展开来，上书——密切监视“龙舌草”行踪，严守秘密，不得向日本人通风报信，嘉奖令已颁布，你已荣升军统南京站专员，不日，戴局长将亲自携委座嘉奖令与你见面。方。”

一阵由心底发出的笑声再次飘荡在房间。

第九十五章　移花接木

璃米恢复过来，正襟危坐，说道：“骆一哥哥，现在我传达上级领导的指示及有关我的身份信息：我党针对日本的绞杀计划特意组建了一个代号为‘龙舌草’的秘密行动小组，我就是这次行动的中心人物，我的代号是‘龙古草’。”看着骆一吃惊的神情，璃米赶紧解释，“骆一哥，你别怪我隐藏得深，事关整个行动的安全，所以，我不得不这样。”

骆一深吸了一口气，虽几番猜测璃米会有特殊身份，可万没想到的是，她竟然就是眼下炙手可热的特工“龙舌草”，他摇摇头，有些自嘲：“你是不是在暗地里看我的笑话了？”

“骆一哥哥，我们这次行动还要请你多多配合。”璃米泪眸闪动，极其真挚。

“我？我对你们有用吗？”骆一没想到这里还会有自己的用武之地。

“当然，你是这次行动中不可或缺的一员，你的重要性与我有过之而无不及。”

“哈哈，别说得这么严重，我还不认为自己有这么重要的价值，你看我。”

骆一说着，站起身，拍了拍军装，露出苦笑，“身为一个军人，把理想和激情全都演化为美化汪伪政府的事务上，眼见得战争由风生水起到暗地里较劲，可我……”他捶了一下桌子。

“骆一哥哥，你的能力在战场才能发挥出来，在此太委屈你了。”璃米是最了解骆一的，从小时候看到骆一制作小玻璃瓶项坠时起，璃米就看出他的聪明才智。如果在汪伪政府里，骆一充其量不过是个政务处处长，可眼见共产党深得民心，其他势力只是硬撑着的纸老虎而已，如果此时不做出明智的选择，势必会悔恨终生。“我们知道你这个政务处处长的权力，只有你才能把汪伪政府私吞日本抢来的文物和国际援助物资移交，也只有你才能把日本炸毁津城的弹药分布图和藏匿大型武器的地图搞到手。”璃米说道。

骆一蹙起眉头，接过话茬：“这些我可以做到，只是这些情报不止我一个人知道。”

“放心，你不是一个人在战斗，共产党在军统、中统和日本队伍里都有耳目，说不定现在他们正在行动中。而我的任务就是随时配合你。”璃米想起驰仲午签下的那张协议，但大脑里随即浮现出那张泛着油光的胖脸，一阵恶心令她几乎作呕。

“米米，你没事吧？”现在，骆一对璃米的每一个举动都很担心，生怕她会再次犯病。

千叶雄像头饿狼似的来回踱着步，这个“青蛇”怎么回事？报纸上刊登消息后一不见回话，二不见人，好像突然人间蒸发了一样，套用中国话，真是烂泥扶不上墙，关键时刻掉链子。不，好像哪里有些不对，难道，他出事了？千叶雄不愿意相信这是事实，他回身招呼着：“巽子，刊登消息。”

“已经在报纸上连发两次了，还是没回话，我估计‘青蛇’已经出事了。”巽子扬起那张肤若凝脂的俏脸。

“高木太在吗？”千叶雄脸上不动声色。

“不在，他和张尤去什么饭店了。”巽子嘴角露出一丝不屑，“这两个人整天吃喝玩乐，活得倒是潇洒自在。”

千叶雄一皱眉：“山村大合最近有什么动向？”

“他呀，整天揣着那只碗四处闲逛，说什么好事成双，没准还能遇到另外一只。”巽子的话纯粹是挑拨离间，“千叶君，我替你抱不平，同样是军人，可你看人家几位游山玩水，优哉游哉，过得多惬意，可瞧你，整天考虑什么绞杀计划、炸药分布，再这样下去，恐怕你这个总指挥只是一个干活的奴隶，一副空架子。”

千叶雄盯着巽子：“你这样认为吗？”

“这是摆在眼前的事实，不得不承认。”巽子看着千叶雄，一副先知先觉的口吻，“我早说过，您的人生将无法圆满。”

千叶雄不相信预言，根深蒂固的军国主义思想让他以为用手中的那把战刀向世界挑战便可以得到想得到的，也可以改变命运，但现在他不得不承认巽子的话是对的。时局至此，他的确形同一副空架子了，一种空虚的感觉让他颓然地跌坐在椅子上。

璃米那天因躲避何子良的跟踪而意外闯入千叶雄的房间，在没话找话闲扯了几句后，璃米发现千叶雄正在临摹徐渭的字。她知道千叶雄多疑，对那张名单一刻也不会放松戒备的，所以，当她表示对暗室里的那幅王羲之的字感兴趣时，便猜出千叶雄一定会把名单另换他处。果然，那天看到墙上挂着徐渭的字画时，璃米一眼便看出了破绽，所以璃米奉承了他几句，最后提出要收藏的要求，而千叶雄居然点头答应了。璃米趁千叶雄转身找装书法作品的盒子时，趁机把那张隐藏在徐渭字画上的小纸条揭了下来。至此，“樱花一号”名单稳落共产党手里。所以，当许思远对齐明远的身份无法确认之时，璃米及时送来消息，齐明远就是日本安插进共产党内部代号“青蛇”的内奸，所以才有了许思远与齐明远在福岛街86号门前上演的一幕。

津城警察厅内，驰仲午在为杨昊的表现大放厥词：“小杨呀，整天跑东跑西的，真是难为你了，待这一切都顺风顺水以后，我也不再做这个上校、科长了，咱们找两个美人游山玩水怎么样？”

杨昊点头哈腰：“谢谢驰科长，当初如果不是您，也没有小人的今天，您就是小人的再生父母，叫小人做什么小人绝无二话。”

“哈哈哈，好！重情重义，我就喜欢这样的人。”驰仲午点点头，止住话头，想起什么，“那些文物和物资转移得怎么样？”驰仲午最关心的是物资，那可是他下半辈子的保障。

“科长，你就放心吧，全都安排好了。”杨昊拍着胸脯打包票。

“好，你小子果然会办事。”驰仲午对自己的眼光很满意，对能发现杨昊这个人才甚为得意，幸亏没被付博文挖到，不然，真不知道自己会有多大损失。

第九十六章　掉进陷阱

桌上的电话蓦然响起，把正在打瞌睡的胡飞探长吓得嗖地站起身，待发现是电话响起时，气得他大声叫骂："混蛋，吓跑了老子的美梦，还以为被打了冷枪呢。"接着没好气地拿起听筒。

"探长，报告你一个好消息，那个鬼脸神偷已经被我们控制住了。"对方是派出去的便衣。

"好，抓准时机抓捕归案。"胡飞心里一阵兴奋，棘手的案子就这样轻松完成了，是自己的幸运呢，还是这个小偷倒霉？或者说是租界里的洋人的福气？看来二狗也使上力了，不然，仅凭自己那群饭桶手下根本办不成事，不是不相信他们，是他们平时只知道吃喝玩乐，叫他们训练吧，才拿起枪往那一站，便一个个东倒西歪，不是喊累，便是叫疼，每次只能不了了之，这时间一长，人都养成了惰性，再提训练根本就没人听了，他也索性乐得清闲。

没有了压力，胡飞重新坐下来，跷起二郎腿，哼起小调，脑子里计划着要不要去邀老驰喝几杯。

张尤与许思远成功接上头后，精神十足，信心倍增，离成功的日子不远了，一定要坚持住！

高木太仍像往常一样缠着张尤不放，非要去看什么遗址，实在没办法，张尤便陪着高木太去了趟铃铛阁，其实这里已经被一把火烧成了一片荒地，可高木太坚持说要感受一下气氛。

张尤指着地上的残砖断瓦向高木太讲解："这里原是正殿，建有一座藏经阁，因为附近的木料场着火而被殃及，所以就成了今天这个样子。"

高木太瞪着眼："圆明园？"

"不，这里叫铃铛阁，圆明园在北平，那里比这里还荒凉，到处都是残垣断壁，唉……"张尤叹了口气说，"中国历史上最美丽的一座皇家园林却毁在一群盗贼的手里。"

"张尤，我们有时间去看看好吗？"高木太丝毫不懂张尤的心理，提出了一个不合时宜的建议。

张尤不再说话，站在这片了无生机的残砖断瓦之中，他似乎看到了火光冲天，听到了一声声哀鸣，一阵阵惨叫，还有一群野兽在疯狂嘶吼，狂妄地叫嚣。

终于结束了一天的行程，张尤躺在床上，思潮翻滚，正当意识蒙眬之时，窗子上发出一个轻微的响声。如果说张尤做梦都睁着眼，那不现实，但他的确是支棱着耳朵，任何一点细小的声响都逃不出他的耳朵。他佯装不知道，约过了半分钟才伸着懒腰起身走向洗手间。眼角的余光却瞥到窗子玻璃上画有一个鬼脸的图案。是他！张尤快步走向窗子，打开。一个黑影闪了进来。

“鬼脸神偷。”

“是我。”对方的回答瓮声瓮气。张尤知道这是他戴着面具的原因。

“我给你留话，不要再来这里作案，怎么不听？你知道这样会耽误多大的事吗？”张尤实在担心这个偷盗上瘾的小偷的生命安全，更为他的冥顽不灵感到失望，关键时期，能拉拢一个侠盗固然是不容易，但如此一来，他只记得偷盗是本行，却忘了自己的另外一个身份，那就是听从上级指令，执行并严格遵守。可这个鬼脸神偷却是一而再，再而三地出现错误。唉，张尤在心里叹了口气，看来，要改造一个人不是短时期能够做到的事。万幸的是，他没有去祸害老百姓。

“我有急事找你。”面具遮盖下，张尤看不到鬼脸神偷的表情，但语气却是焦急万分。

“发生什么事了？”张尤心里一紧。

“我被人监视，可能暴露了，如果不是我身手不错，恐怕这会儿已经变成一摊肉泥了。”

张尤一惊：“是什么人发现你了？”

“看不出他们的身份。”

“你是不是最近又作案了？”

“嘿嘿。”鬼脸神偷挠着头，“就是那天顺手牵羊偷了一个玉瓶。”

“你呀。”张尤戳着鬼脸神偷的脑袋，“玩物丧志，这没准就是人家设的一个圈套，就等你去钻，有勇无谋，不动脑子，就会蛮干。”

“咦？”鬼脸神偷低头思索着，突然好像悟出什么，“是有点不对劲，从来没看过谁在酒馆里摆摊卖古玩，听你这么一说，果然像是一个圈套，那我现在怎么办？”

“你确定来这里没被人跟踪？”

“被我甩掉了。”

“那好，你把这个捎到墙子河15号。”说着，张尤快速写了一张纸条塞到鬼脸神偷手里，“地址记住了吗？”

“我就住在墙子河，这里离我家不远。”

“那好，事不宜迟，记住，看到什么都不要动心，你现在的任务就是送纸条，其他的事不要去做。”张尤嘱咐着。

“好。”鬼脸神偷那张骷髅面具下的眼睛闪出一丝乖巧。

许思远在床上躺着，虽夜色深沉，可心里烦乱，一点睡意也没有，只好瞪着眼，大脑里整理着最近发生的事情。

突然院里“啪”的一声，像是有人扔进一块石头。许思远掏出枪，从门缝向外面窥探着，没人。他小心翼翼地走出来，院中，赫然出现一块拳头大小的石头。许思远拿起石头翻来覆去地研究着，一条小裂缝让他心中一动。许思远打开大门，他左右扫视了一圈，偏僻的街道，清冷的月色下看不到有人路过。进屋后，他用刀把石头撬开，一张纸条展现在眼前。他打开纸条，上面写着几行地址和一张画成蜘蛛网的涂鸦，最后署名：012。瞬间，他明白了，这是日本人准备用来藏匿武器的地址及炸津城的弹药埋藏图。

鬼脸神偷从张尤处回来，乖乖地把那张纸条送到墙子河15号，可接下来的去处却让他犯难了，有家不能回，那帮人一定还在门口等着抓自己呢。去哪儿呢？想起那天酒馆大展销时还有几件名人字画，趁着这夜黑风高，何不去那里走一遭，既可一饱口福，又能捞得一笔意外之财。刚才张尤说可能是人家设的圈套千万别动心，姑且不管什么局、什么计，东西是真的，拿到手就是自己的。想到这里，鬼脸神偷转身直奔昨天挨揍的小酒馆。

来到酒馆后门，冷冷的月色下，高墙黝黑，树影在风中晃动着，显出几分诡异。鬼脸神偷顾不得考虑其他，从腰间掏出软竿子甩到了墙头上，试着拉了一下，挺结实，便攒起劲一鼓作气登上了墙头，才要喘口气，一张大网把他紧紧罩住。鬼脸神偷一愣，坏了，掉进人家陷阱里了。

读者评论

这是一部典型的抗日谍战小说。作品以抗日战争中日本投降前期为背景，讲述了一个关于黎明前最后与黑暗做斗争的爱国和正义的故事。小说情节丰富生动，剧情富有吸引力，语言表达准确，结构完整，结局不落俗套。

小说梗概

该作品讲述了1945年中共党员璃米加入一个代号为“龙舌草”的秘密行动小组，并奉命潜伏进汪伪政府内部窃取情报，及时捕捉日伪动态的故事。在这场正义与邪恶的较量中，璃米怀揣着爱国之心，在黎明前的黑暗中与敌人斗智斗勇，最终为中华民族的解放和共产主义事业献出了年轻的生命。

我心永恒（节选）

黄坤安

作者简介

黄坤安，笔名流石。出生于广西桂林市阳朔县，文学爱好者，喜欢描写市井生活。曾获桂林市“弘扬长征精神感党恩跟党走”主题征文大赛（小说组）三等奖。

（本文节选该作品第一章至第五章）

第一章　洪水的突袭

厚重的黑云像盖子一样将大地捂得严严实实。

黑云下，天仿佛破了洞一般，下起了倾盆大雨。

噼啪，一道淡红色的闪电突然撕裂黑色的苍穹，仿佛一个树巨人挥舞着全身的根须狠狠地刺向大地，在天地间迅速完成了一个仿佛由极夜到极昼，再由极昼到极夜的转变后，一切又重新陷于无边的黑暗中。震耳欲聋的雷鸣声中，远处村庄的土狗蜷缩在主人家的屋檐下瑟瑟发抖，将头深深地没入前腿下，彻底失去了往日的警觉和嚣张。这一刻，世界仿佛临近末日一般令人战栗，偏偏在此时，在无边的黑暗和倾盆大雨中，在惊心动魄的闪电和震耳欲聋的雷鸣声中，却有一个渺小的身影顶着天威在天地间艰难地跋涉前行。

黄土生脚下的小路已经彻底变成了黄泥路，落脚下去，浑浊的黄泥浆从脚趾缝间拼命地穿透，淤泥竟然冲到了脚踝上面，加上积水几乎没到了小腿的一半，而烂泥下面却时不时能踩到坚硬甚至是锋利的碎石，这让黄土生在庆幸没有穿新鞋出来的同时，也不得不忍受极大的痛苦。

当然，这还算不上黄土生遇到的最大的困难，最令他无奈的是他手上没有任何照明的工具，只能靠不时光临头顶的闪电肆虐天地的瞬间亮光，透过白茫茫、雾蒙蒙的空间记住模模糊糊的小路，一路慢慢地试探着往前挪。

在这种情况下，黄土生既希望闪电离自己近一些，以便于更好地确认模糊的小路，又害怕闪电离自己太近，毕竟如果被闪电击中可不是那么好玩的，在这荒凉的地方，那肯定是就此“报销”了。

再慢的时间也是时间，再远的路也有尽头。经过漫长的艰苦跋涉，胆战心惊、饥寒交迫的黄土生终于走到了河边的一块高土坡上，而在其脚下不远处，浑浊的河水咆哮着一路向前冲，河面上不时冲过来一株株被连根拔起的大树或一根根张牙舞爪的竹子，隐隐约约，浮浮沉沉，翻翻滚滚，更增添了洪水的气势。

黄土生站在大雨中，通过观察已被河水淹没的小灌木来估算洪水上涨的速度，如果涨到自己栖身的小庙，大概要到明天中午12点以后，看来今晚是暂时安全了。

心中大定的黄土生借着闪电的亮光，在摸索着往回走的时候，突然想起村里张富贵家的地势比小庙低很多，且更加靠近河边，他家会不会进水呢？想到自己从张富贵那里借来的草席、煤油灯，以及戴在头上的斗笠，晚餐吃得十分香甜的红薯，还有张富贵热情好客、豪爽的面孔，黄土生掉头就朝他家摸了过去。

又是一段艰难的跋涉。

噼啪，一道震天响的闪电仿佛在头顶咫尺处炸响，黄土生的眼睛在刺目的白光下不由自主地闭了起来，耳朵嗡嗡作响，心脏猛地收紧，脖子也不由得缩了缩，随后一个踉跄，脚下一滑，“扑通”一声，整个人趴在泥水里，头上戴着的斗笠也咕噜咕噜地划着水花滚出了老远。

顿时，黄土生狼狈不堪，前胸浸满了泥浆，再加上一个大花脸；至于后背，由于摔了一跤后完全暴露在天地间，而倾盆大雨却不会轻易放过这等绝好的机会，所以只一会儿工夫，后背就湿透了。

黄土生双手支撑着抬起头，然后用手臂后面干净但湿透的衣袖在脸上胡乱地抹了抹，起身，嘴里咒骂老天的同时，慢慢挪到远处将斗笠拾起戴上，又坚定地向张富贵家摸索着前行……

历经千辛万苦，黄土生终于来到张富贵家门前，心里不由得一阵庆幸。

只见洪水已经淹到了张富贵家的门槛下，最多只要半个小时，张富贵家里就会进水，而现在是凌晨2点左右，估计他们还在熟睡，等天亮起床指不定已经发生什么事情了。

“真是来得很及时啊，一路的艰辛，值了！”黄土生这样想着，同时毫不犹豫地敲响了大门。

咚咚咚，咚咚咚，“张大哥开门，张大哥开门……”

可是电闪雷鸣声和狂风暴雨声掩盖了敲门声和呼喊声，屋内毫无动静。

看来顾不了这么多了，黄土生大声叫喊的同时，用力地拍打着结实的木门。

嘭嘭嘭嘭嘭……“张大哥开门……”

在哗哗哗的暴雨声中，骤然响起了急迫的拍门声和叫唤声。

“来了，谁啊？”黄土生用力拍打了一会儿门，门内终于传来了动静。

“张大哥，是我，白天一起回村的小黄。”

“吱呀——”伴随着磨牙的开门声，木门被迅速打开。

一位青年汉子的古铜色脸出现在眼前，由于刚从熟睡中惊醒，他双眼眯缝着，身上随意披着一件蓝布单衣，露出内里的白色背心。

青年汉子右手拉开门，左手压着伞柄使其斜靠在肩膀上同时拿着一个手电筒对着门外人脸晃了晃，嘴里还在快速说着：“是你小子啊，怎么一身水一身泥的，快进来，快进来，半夜三更的，这雨大得要命，你怎么过来了，是不是有什么急事啊？”

“张大哥，我到河边发现涨水了，想起你家地势比较低，就过来看看，你快准备搬东西吧，水已经涨到你家门口了！”

闻言，张富贵立即用右手接过伞柄，同时用左手的手电筒对着大门外仔细照了照，立即跳脚了，一边吧嗒吧嗒地趿拉着拖鞋快速往回跑，一边大声叫道：“老婆，老婆！快点起来搬东西啊，涨大水了！”

“张大哥，我进去帮你搬东西吧。”黄土生站在门口，进也不是，退也不是。

“不用了，你赶紧通知周围的村民搬东西，不然就来不及了。对了，电筒给你！”张富贵嘴里说着话，同时穿着拖鞋快速大踏步完成了一个来回冲刺。

等黄土生反应过来的时候，手上已经多了一个手电筒。

马上，黄土生迅速地冲向不远处的民房。

不一会儿，小村沿河一带便是鸡飞狗跳，喧闹不已。

继而，整个村庄仿佛一瞬间从沉睡中惊醒了过来。

人流迅速涌向河边的村民家，人来人往，上至古稀老人，下至10岁儿童，更不用说汉子和妇女。人们一边大声呼喊着小心，一边或怀抱，或肩扛，或背在背上，或手提，甚至放在头顶，将一件件电器、家具、衣物、生活用品等，似流水一般从河边村民家分散转移到地势较高的村民家。

一眼望去，村民摩肩接踵、忙忙碌碌好像蚂蚁搬家似的。面对这样一种氛围，黄土生早已顾不得身上的泥和水，奋力投身到搬运大军之中……

忙碌了一个晚上，直到日出东方，疲惫不堪的黄土生一屁股坐在地上，完全顾不上此时自己仿佛一只刚从泥浆里拎出来的落汤鸡，看着眼前虽一浪一浪向前冲但速度却宛如蜗牛一般的洪水，黄土生知道，这是洪峰要到了，心里不禁长长地松了一大口气。

山里的洪水来得快，退得也快。不久后，洪水就开始退却，村民们又都忙着清理垃圾和淤泥，继而往回搬运家具和电器，于是黄土生又投入劳动大军之中。此时村里的小孩也在忙碌，不过他们却像放了羊一样，又仿佛过大年般的快乐，他们三五人一伙，嘻嘻哈哈地跑到不远处的河边，手里拿着七拐八弯的树枝，好奇地拨弄着洪水冲下来的各种稀奇古怪的物件，如一片奇形怪状的树叶、一粒古里古怪的果实、一截笔直柔韧的竹鞭、一只筋疲力尽的青蛙、一群翻着肚皮的小鱼、一窝粉嫩无毛的幼鼠、一条伤痕累累的青蛇，等等，都能引起孩子们一阵欢呼雀跃或惊慌失措四处逃散。

看着欢乐的孩子们，黄土生不由自主地露出了笑容，浑身的疲劳酸痛仿佛也轻松了许多。

“彻夜的努力和劳累，真的值了！”放松下来的黄土生，默默地走回自己的落脚点。

这是一个叫作张家村的偏僻小村庄，在村西头远离人烟的地方有一座小庙。庙顶残破的瓦片使劲压着黑褐色的油毛毡，但收效甚微，随着一阵狂风咆哮经过，油毛毡上下剧烈地甩动，发出啪啪啪的声音几欲乘风而去。而庙顶的四个飞檐，则只剩下右后的一个在默默地承受着岁月的孤独。

小庙的外墙布满裂痕，颜色斑驳，看起来沧桑而残败，而经过暴雨一夜的蹂躏后，似乎有了随时倒塌的迹象，仿佛一个历经磨难而奄奄一息的老人。

黄土生推开残破不堪的庙门，里面的面积约为10平方米，正对着大门的是一座没有上半身的神像，这不知名的神像虽高高在上，但是其下半身却已经被火烧烟熏得只剩下黑炭头般的土疙瘩。

神像前面没有供桌，更不用说供品，地上一层厚厚的稻草上面铺了一张旧草席，草席的右边放着一个橘黄色皮箱，要知道那年头的皮箱那是罕见的，更不用说出现在这穷乡僻壤里的破败小庙中了。

没错，这就是黄土生的落脚点了。

第二章　社会初体验

庙里的墙壁亦如外墙一般斑驳：左边墙上那一块半人高的黑迹和上面云遮雾绕的熏痕，想来是路人在墙壁边生火取暖所致；右边墙上残留的红色斑块则在诉说着小庙过往的辉煌。黄土生走到小庙右墙边，将头上戴着的斗笠摘下来甩甩水，挂在斑驳的墙上，顿时，斗笠落下似珍珠一般的水珠，滴滴答答地打湿了下面斜靠着墙的水尺——一把扎紧的以红白油漆喷有相间刻度的长条形铁皮圆弧板。

庙的屋面是用木板瓦片搭成，间杂有油毛毡补漏，但显然年久失修，屋面布满了大大小小的窟窿，间杂着纵横交错的蜘蛛网。如果是在晴朗的夏夜，人在庙里大概可以直接欣赏璀璨的星空吧，但此时屋面的瓦片则是由于雷鸣振动而簌簌地往下播撒灰尘。同时，不断往下落的大小水滴，或似绣花针一般不知疲倦地在疙疙瘩瘩的地面上进行着永不完成的画作，或似利箭一般一往无前地冲出一个个小坑，然后向四周飞溅。

黄土生避开雨滴，走到草席上盘腿坐下，后背倚靠着残破的神像，看着眼前破败的一切，感受着这极其简陋恶劣的环境，黄土生双手不停地挥舞，驱赶着仿佛隐形者一般的墨蚊子，思绪却是神游天外，脑海里反复浮现出这两天的经历，内心激动兴奋不已。

这两天的经历无疑是自己人生的最大转折点。直到现在，黄土生都难以置信，只要一闲下来，他就不由自主地回想起初涉社会的经历。

经过两年水文专业的学习，前天黄土生怀里揣着毕业分配书，带着美好的愿望和憧憬，怀着忐忑的心情，来到了全国闻名的城市——H市，准备到工作单位报到。

可是真到了H市，黄土生不禁傻眼了。地图和电话号码本上没有工作单位的信息，市委机构编制委员会办公室没有工作单位的机构设置，黄土生到地委行政公署询问，同样工作单位相关的信息。找人询问，所有人都对这个单位一无所知。

如果不是学校开的毕业分配书上明明白白、清清楚楚地写着单位的名字，黄土生都怀疑自己是否记错单位的名字了。

南方八月闷热的天气，人会莫名其妙地生出无名的烦恼和郁闷之情，性格也会变得火暴而冲动，更何况站在地委行政公署门外树荫下近一个小时还是茫然无措的黄土生，感受门卫和路人异样的眼光，内心说不出的羞涩、无助、迷茫、苦恼，使得社会经验如同一张白纸一般单纯而无知的他，早已处于崩溃的边缘。

可就在他叫天天不应、叫地地不灵，茫然无措的时候，在地委行政公署门口，黄土生惊喜地看到了一辆防汛指挥车开过来。

在学校学习时，黄土生就已经知道自己的专业和防汛工作息息相关，此时能看见防汛指挥车，心里不禁升起巨大的希望。

黄土生急忙跑过去一问，原来是地区水电局的车子，令人惊喜的是地区水电局和他工作报到的单位关系很密切，而且两个单位几乎挨在一起。

于是，经过漫长的等待，黄土生终于搭顺风车到了其工作报到单位——H市水文分站。

H市水文分站由省水文总站管辖，除在市一级设有分站，还管辖设在县、乡、村的水文站、水位站及雨量站等，由水文系统属垂直管理，是省直属公益事业单位。

“原来是省直属单位，管理体制更是历经了省管和市管的‘三上三下’变更，而且还曾是地区水电局的内设机构，难怪在市委机构编制委员会办公室和地委行政公署都找不到这个单位的信息！”黄土生在庆幸自己进了省管直属单位工作的同时，不禁默默地想。

H市水文分站没有门卫，不过从挂着的牌匾看，还是来对了地方。楼道和办公室的外面也没有挂指示牌，黄土生茫然地望着三层的火砖楼房，看来只好找人询问了。

“您好！请问人事科在哪里？”这里的工作人员不多，大家都在埋头干活，黄土生好不容易逮住一位貌似出来上厕所的中年男子问道。

“人事科？我们这没有人事科，你是不是走错地方了？如果是到地区水电局的话，出大门右转就到了！”

中年男子倒是很和气，这不禁使黄土生暗暗松了一口气，否则刚刚鼓起的勇气就会泄掉了。

“我就是到水文分站的。那请问人事是谁管的呢？噢，我是刚从学校毕业，来单位报到的。”

“那得找办公室，办公室管人事……”

“你不熟悉，我带你去吧！”中年男子只是稍稍迟疑了一下说道。

“谢谢您！”黄土生急忙致谢。

于是黄土生跟随热情的中年男子到了位于二楼的办公室。

办公室主任姓刘，是一个50多岁的中年人，听说是来报到的，就热情地接待了黄土生。在办好相关手续后，刘主任又带着黄土生去见单位“一把手”。

H市水文分站的一把手是一个姓廖的站长，听刘主任介绍说是处级干部，其衣着朴素普通，皮肤黝黑，理个小平头。廖站长待人很和善，满脸笑容，性格直爽，说话中气十足，嗓门很大，通过握手黄土生能感觉到其手指粗大有力，手掌布满老茧。同时廖站长烟瘾很大，手指上夹着的香烟几乎没有断过。刚刚接触，廖站长给人的感觉就不像是国家干部，而像是辛勤劳累半辈子却又睿智的乡村老农，这不禁使刚从大山深处农村出来的黄土生感到十分亲切，内心的羞涩感也无形中消除了很多。

廖站长首先介绍了单位情况和水文工作情况，对黄土生提出了一些工作的要求和希望，并详细地了解了黄土生个人及家庭的情况。

随后，黄土生接到了报到后的第一个任务，就是到一个流经县城的河流上游新设立一个水文站，以及在水文站上游流域设立雨量站，以便为县城以后的经济社会发展收集水文资料，并为县城的防汛决策提供科学的水文依据。

通过此前的谈话，黄土生知道，所有到H市水文分站工作的新同志，都必须到基层一线工作，哪怕是文秘、会计等非水文专业毕业的，也要到基层锻炼。因为廖站长说，只有了解、熟悉基层水文工作，才能在分站机关更好地指导、服务基层水文，才能促进水文事业更好地发展，更何况黄土生就是学水文专业的，那就更应该到基层水文站工作了。到基层水文站工作，黄土生丝毫也不感到意外，也不会拒绝，毕竟此前在学校时已经了解到水文的工作性质，心里也已经有了充分的思想准备；况且，黄土生单身一人，又年轻，到哪里工作都无所谓，反正自己是农村出来的，什么苦没吃过。而让黄土生感到意外和吃惊的是，他竟然当场被任命为正科级水文站的负责人。

最后，刘主任还带着懵懵懂懂的黄土生到水文分站的各个科室转了一圈。一方面是让黄土生熟悉各科室和科室领导，方便以后办事；另一方面也让各位干部职工认识一下水文专业的新人。据说，这是单位长久以来形成的优良传统。

走出水文分站的圆拱门，黄土生大大地松了一口气，此前紧张和忐忑的心情也不由得放松了起来。

虽然是第一次和水文人接触，接触到的人也不多，整个分站机关也才十几位同事，但是黄土生还是充满了感激和喜悦，对未来也充满了期待和信心。因为不管是带路的中年男子，还是刘主任、廖站长，都是那么和蔼可亲，没有一丝老同志及领导的架子，仿佛自己是他们熟知的亲朋好友一般；而水文分站的其他同志，虽说只是匆匆打了一个照面，但经过刘主任介绍后，大家不约而同地鼓掌欢迎他，通过他们开的一些小玩笑来看，这是一个非常融洽及和善的集体，这对毕业后曾经拼命钻研所谓单位人际关系和交际经验的黄土生来说，是值得高兴的。

而且，刚毕业参加工作就当上了领导，真是不可思议！于是黄土生就乐滋滋地走马上任了。

虽然这个新设立的水文站还没有建立，目前也只有他一个人，既是领导又是兵，而且这个所谓的负责人还是没有行政级别的，也就是没有科级相应工资和福利待遇的，但对于初入社会的黄土生来说，这仍是一个美好的开端。

由于设立新的水文站要沿河考察，黄土生前晚到县城后，打听到昨天刚好是县城的圩日，河上游各乡镇早上会有船搭客来赶圩，下午返回去。于是黄土生昨天下午搭船一路察看河道状况，最终选定了一个最佳水文监测断面，也就是这个小庙对着的河段，而下游不远处有一个叫作张家村的小村庄，在同船回来的村民帮助下，黄土生在昨晚天黑前终于在小庙安置了下来，并且啃了老乡给的几个红薯，算是解决了晚餐问题。

半夜，瓢泼大雨还在固执地敲打着人们的心房，雷公电母也还在兴奋地叫着玩着夫唱妇随的即兴游戏。一直难以入眠的黄土生决定出门看看，毕竟小庙离河边不远，如果真的涨大水，可没有地方跑。他起身穿上鞋子，尽可能地避开屋顶的滴水走到墙边，取下挂在墙上的斗笠戴在头上并仔细系好带子，移开临时充当大门的一块木板，顿时狂风裹挟着雨水扑面而来，看来单凭一个斗笠是不可能遮挡雨水的，弄不好全身都要被淋湿。

迟疑了一会儿，黄土生立即返身回到草席边坐下，脱下专门为参加工作而新买的鞋子和袜子，小心翼翼地放在不漏雨的地方，然后将裤腿高高卷起，起身，戴上斗笠，打着赤脚毫不犹豫地冲出了小庙。

于是，昨晚黄土生便有了第一次面对暴雨洪水突袭的遭遇。还好，洪水带来的下马威并没有吓退黄土生，他应对得还算及时合理。“应该算是成功的吧”，黄土生给自己鼓劲。

作为一个在大山深处土生土长的农民儿子，虽然一直怀着跳出农门的想法去拼命努力念书，但是当这一切来得这么突然、这么幸福的时候，当一切都远远高于自己跳出农门的最大期望的时候，黄土生不禁幸福得呆了、痴了、傻了，过了很久才从憧憬中回过神来，嘿嘿嘿，他傻笑着抬手擦了擦嘴角并不存在的口水，看着这简陋的一切，顿时也觉得顺眼了许多。

“幸好有这座无人的无名小庙，至少可以避免在野外淋雨，而且还可以作为接下来一段时间的住所，真是太幸运了！”这般想着，黄土生露出满足的笑容。

“我是国家干部了，还是领导哩！”一想到这里，黄土生便有满满的自豪感和幸运感。此刻他心中充满了斗志，紧握拳头暗暗下定决心，这辈子誓要与暴雨、洪水拼搏到底，同时努力把水文站建好，完成好自己的第一个工作任务，顺利迈好进入社会的第一步。

第三章　万事开头难

不知不觉，已日上三竿。

“小黄，吃早餐了！”坐在小庙里斗志昂然的黄土生被一个大嗓门惊醒了，顺着推门声一看，原来是张富贵。

早已饥肠辘辘的黄土生跟着张富贵往他家里走。黄土生迈步跟随，心里却想着不能老是这样在张富贵家蹭吃蹭喝，毕竟现在刚承包到户，他家才摆脱饥饿，没有多余的存粮。

来到张富贵的家，黄土生第一次见到了张富贵的老婆和儿子。

张富贵的老婆个子不高，身材娇小，脸上最有特色的是大大的眼睛和薄薄的嘴唇。

张富贵的老婆手脚很麻利，力气也不小，做事干脆利索，只是几句话的工夫，就整出了一大桌早餐。虽然受家里食物匮乏的影响，餐桌上只有红薯、小芋头、白稀饭、辣椒酱、酸豆角，再加上一人一小碗的咸豆浆，但是这也令习惯于早餐只啃几个红薯或喝一大碗寡淡稀饭的黄土生惊叹不已，佩服不已，羡慕不已。

张富贵的儿子，名叫张家兴。小家伙长得虎头虎脑，身材敦实，遗传了父亲的优点。至于五官，比较协调，也比较平凡，总之没什么特别突出的地方，唯一让人印象深刻的是憨厚的笑容。

小家伙怕生躲在父母的身后，但因为好奇又不时探出头来偷偷打量着黄土生的一举一动，被黄土生发现时，马上露出羞涩的神色将头缩回父母的身后，可是不久又好奇地小心地探出头来，重复着这不是游戏的游戏，令黄土生哭笑不得的同时，也感受到他的可爱之处。

张富贵的家还有一个特点，就是整齐、干净。一家三口身上穿的衣服虽然有不少的补丁，但是衣服洗得很干净，补丁的针脚也很整齐；头发梳得很齐整，手和脸都洗得很干净。再看家里的摆设，虽然东西很破旧，但是收拾得井井有条，表面一尘不染，就连下地干活的工具都收拾得妥妥当当、干干净净。

黄土生也是在农村长大的，深知村民家里面由于生产、生活物品繁多，再加上平时干农活辛苦，所以一般人家没有空也没有心思去拾掇，家里都是比较乱，只要习惯了就好了，特别是家里如果有一个懒婆娘，那就更看不成了。

此时看见张富贵整洁的家，令黄土生不禁在心里感叹，娶妻如此，想不发家都难啊。

吃过早餐，千谢万谢的黄土生又被张富贵说了个狗血淋头：“因为你昨晚及时通知，减少了我们多少损失啊，还不能给你准备点吃的？而且以后你要在这里建水文站，咱们还是邻居呢，就不兴互相帮扶一下，你小子拎得这么清干吗！”

得，惹不起咱躲得起，答应这两天在张富贵家吃饭后，黄土生一溜烟跑回了自己的落脚点，否则还不知道要吃多少“瓜落”。

没办法，谁叫张家村交通不便，出行要么翻山越岭走5个小时的路程，要么乘坐三天一班的赶圩船40分钟到县城，此外，别无他法。加上黄土生来得匆忙，原以为只是查勘断面，又没有什么生活经验和常识，导致他什么生活用品都没有准备，谁知道水文站的站址就这么顺利地确定下来了，所以这两天的伙食只能如此了。

雨过天晴，艳阳高照。

挪走两扇木板门的小庙顿时亮堂了许多。

黄土生盘着腿坐在草席上，将皮箱横卧在前面，铺上几页信笺，右手拿着一支钢笔，在纸上规划接下来的工作和生活。

要建水文站，首先要尽快设立水文监测设施设备，以便及时观测记录到水文监测数据。水尺板（就是那些有红白相间刻度的铁皮圆弧板）已经有了，只要找几根木头做成水尺桩就行了，如果有钢筋水泥做成水尺桩更好；雨量计没有，要去领；水准仪没有，要去领；虽然目前无法引测高程，不过可以先设水准点，假定一个高程来使用；流速仪没有，要去领，再说没有船，即使有流速仪也无法施测流量。而办公用品，黄土生抬头看了一眼小庙，算了，有啥用啥吧，反正也没地方放这些东西。

至于生活用品，锅碗瓢盆刀刨篮、柴米油盐酱醋茶，以及砧板、水缸、灶台等需要的东西多了去。黄土生感觉头大，毕竟是第一次独自生活，没有丝毫的生活经验，只能是需要什么就买什么，慢慢配齐了。

看着纸上的规划项目，黄土生此刻像一位胸有成竹的大将军，自己当家做主的感觉真的太爽了。

趁着天气好，说干就干。

有困难，找富贵！黄土生兴冲冲地冲到了张富贵家，不料却扑了个空。

经过一路询问，黄土生终于找到了张富贵，原来张富贵和他老婆到地里干活去了。

一问，傻眼了！

原来张家村虽然靠山面水，但是靠的是石头山，本来树木就不多，能够成材使用的更是少，加上村民建房子要用木材、家里打造家具要用木材，所以对位于大山深处的张家村来说，木材竟然是稀缺物品，大部分村民只在结婚的时候才能用有限的木材打造新家具。而现在，即使有准备结婚打造新家具的，也都是将木材锯成木板阴干，等合适的时候，再找木工师傅上门打造，又哪里有多余的木材存放。

至于钢筋、水泥更是没有，村民建房子都是用木头建的泥砖瓦房，甚至是泥砖茅草房，谁用得起钢筋、水泥啊。沙子嘛，河里倒是很多，自己去捞就行了，那玩意儿随用随捞，没人管，也不用申报。

黄土生不禁急得抓耳挠腮。没有合适的木材，就没办法设立水尺，没有水尺，水文站的建设也无从做起，因为水尺是水文站最基本、最基础、最重要的水文设施，没有水尺，一切免谈。更不用说观测水位，收集水文资料，为防汛决策提供水文信息了，那自己的第一个工作任务不就失败了吗？

“万事开头难!”看来古人总结的经验还是很靠谱的。这不，黄土生要建水文站的第一件事就卡壳了。

第四章 艰难的水尺

“你需要多大的木头?”一筹莫展的黄土生正暗自着急，听到张富贵询问，下意识地回答：“最少要直径0.15米、长度2.5米的木头。”

张富贵在心里盘算了一下，说：“那大概就是比小腿粗一些吧!”说罢，犹豫良久，张富贵最后一咬牙说，“跟我走。”说着将手上用来除草的锄头往地上一扔，拉着黄土生就要走。

“当家的，不要啊!”这时张富贵的老婆却大声喊着。她赶紧跑过来，紧紧拉住张富贵的衣角，不让他走。

“一边去，别耽误大事!”张富贵厉声喝道。

傻眼了的黄土生反应过来，连忙劝道：“嫂子别急，有什么话慢慢说。”又瞪了张富贵一眼，“张大哥，别对嫂子凶，有什么事可以好好说，现在可是男女平等!”

在黄土生的调和下，虽然张富贵不再呵斥老婆，但是仍梗着脖子，一副不达目的誓不罢休的样子；而他老婆，则紧紧拽住丈夫的衣角不依不饶，一副坚持到底毫不妥协的样子。

见局面僵持住，黄土生连忙询问具体缘由。

张富贵的老婆一边紧紧拽住丈夫的衣角，一边诉说着缘由。原来他们夫妻俩在山上分有几棵杉木，现在也长得差不多有大腿般粗了，但这几棵树木，早就计划好了用途，就是准备成材后，给儿子张家兴结婚打造家具用的，如果现在把树给砍了，可就再也来不及种出合用的木材了，到时可怎么办?

了解缘由后，黄土生顿时急了，可不能做这缺德的事。要知道，这年头家里没新房、没新家具就没人愿意嫁你。结婚可是人生大事，一点儿也耽误不得的。

黄土生急忙对张富贵说：“张大哥，你家的树可不能砍啊，水尺桩的事我自己再想办法解决就是了。”

张富贵将黄土生全身上下看了一遍，笑着说：“自己想办法？来，说说看，你身上有多少钱，看够不够买木头或钢筋水泥。”

黄土生理直气壮地说：“扣除已经花掉的，还剩30多元，够不够?”

张富贵顿了顿，说：“钱倒是差不多了，一根大腿一样粗、长2.5米的木材，在县城买了再运回来，大概也就4元。可是你只买一根就够了？哪怕只买一根，只剩几元钱怎么生活，要知道你现在可是一穷二白，什么都没有，你小子可千万别告诉我，这个月要一直在我家蹭吃蹭喝。”

黄土生闻言，顿时脸涨成了大红布，支支吾吾说不出话来。要知道，黄土生毕业后从家里拿的这20元可是父母省吃俭用好不容易积攒下来的，母亲还咬牙卖掉了一只下蛋的芦花老母鸡，家里小妹因为自己从小喂到大的芦花鸡被卖掉还哭了半天咧，据说还因此闷闷不乐了好多天。

也就是因为黄土生有工作了，父母才舍得拿钱出来给他安家用。因为一旦他领工资后，还是要补贴回去的，家里买种子农药化肥、弟弟妹妹上学可都指望着这点钱。

“小子，无话可说了吧，别磨蹭了，赶紧跟我走！”张富贵说完，拉着黄土生就走。

可张富贵的老婆紧紧拽住他的衣角，哪怕被他拖着一路滑行也不放手，反正死活不让他去砍自家的树木。

张富贵立即大怒，大声呵斥：“快松手，这是国家大事，哪里容得你叽叽歪歪！再说了，昨晚全靠小黄报信，不然咱家都给洪水冲走了，那不是更惨？而且建好水文站以后，遇到洪水也能提前知道，不是一辈子享福的事？这是好事啊，你还拦着！”

张富贵的老婆也是怕了发飙的丈夫，又见丈夫说得有理，只是小声地嘀咕：“那是全村都受益的事，凭什么要我们一家吃亏？”但拽着丈夫衣角的手依然不肯松开。

黄土生见张富贵又要发飙，连忙劝说道：“嫂子放心吧，我只是暂时借用一下，等你们需要的时候，一定补上！毕竟水文站也是国家单位嘛，不可能白拿你们的东西。”

张富贵也趁机说：“看咧，只是暂时借用的。再说了，等家兴结婚的时候，兴许已经住上水泥火砖瓦房，用上现成的家具了，哪里还稀罕我们的几根木头！”

张富贵的老婆也不想再落丈夫的面子，一边松开手，一边大声地说道：“当家的，我不管了！反正以后家兴结婚的事全由你负责，到时候儿子埋怨，可不怪我！”

张富贵摆摆手，嘴里说着：“好了，好了，你就别瞎操心了！”急忙拉着黄土生直接上山砍树去了。

依靠斧头、锯子等工具，费尽了千辛万苦，张富贵和黄土生终于将两株大树放倒，修整了枝丫，锯成几段和割掉树皮后，拉到了小庙前的小地坪上。

至于枝丫和树皮，张富贵大手一挥，直接友情赠送了，毕竟以后黄土生也是要生火烧水做饭的，晒干了正好可以用。

等忙完这些，天也已经黑了，直到现在两人才记起午餐都忘了吃，看来可以节省一餐，午餐和晚餐一起解决了，至于剩下的工作也只能等明天再做了。

晚餐黄土生吃得很尴尬。因为张富贵的老婆还是不言不语，独自生闷气，而张富贵除了偶尔和黄土生说几句话，也对老婆板着个脸。用他的话说是轻易不要对女人认输，否则她们就会蹬鼻子上脸，无法无天了。

至于张家兴，这会也没有这么怕生了，只见他快速地往嘴里扒饭，也不知道是饿的，还是要赶着做作业，或是约好了小伙伴出去玩。

昨晚因为洪水来袭没有休息，今天又劳累了一天的黄土生早早就睡下了。

一夜呼呼大睡，任蚊子轮番吵闹和吸血也毫无感觉，虽然第二天早上起来黄土生身上多了好多蚊子包，但是总算又可以活蹦乱跳了，用本地话说就是“精神抖擞了”。

年轻就是好啊！

张富贵先将锯好的木头削尖一头，然后垂直大力捶打进地里，最后将黄土生带来的水尺板一片衔接一片地钉在木桩上，就完成了设立水尺的任务。

有了张富贵这个熟练木工加壮劳动力就是不一样，只用一天，就已经将5根2米多高的水尺全部布设好，其中还有一根是直接打在水里的。

看着河岸边垂直河流方向高低错落、整齐排列的5根水尺，黄土生不禁豪情万丈，眼中的水尺仿佛一队整齐威严的士兵，时刻等待着接受冲锋陷阵的任务，而自己，就是那个指挥的将军。

面对洪水，自己不再是光杆司令了！水文站的建设，也正式迈出了关键的第一步。黄土生兴奋地想，并按观测规范郑重记下了水文站的第一份水文监测数据。

“张家水文站基本水尺断面，1982年7月12日20时00分，第5根水尺读数为0.65米，水势退。”

“张家水文站的名字是我起的哩，张家水文站的第一份水文监测资料是由我观测记录的哩！”想到自己开创了一个水文站的监测记录，并且大名将永远留在张家水文站的水文监测资料档案里，黄土生不禁兴奋得咧着嘴傻笑。

可惜只有水位监测这一个项目，看来得加快水文站的建设才行。

又劳累了一天的黄土生早早就休息了，一夜呼呼大睡。

“喔喔喔喔，喔喔喔喔……”雄鸡一唱天下白。

被大公鸡打鸣及狗叫声、鸟鸣声吵醒的黄土生，抬手看了一眼手腕上的廉价电子手表，5点25分。

被吵醒的黄土生再也睡不着了，离吃早餐的时间也还早，不如到河边转转吧。

到了河边一看，只见薄雾缥缈、朦朦胧胧的河边，水尺桩还是恪尽职守地站得笔直，可河水早就退下去了，远离了水尺的监测范围。

敌人都撤退了，你傻站在那里还有啥用?!

尤有一丝睡意的黄土生立即跳了起来。“完了，完了。”黄土生心里哀号着，迅速往张富贵家冲去。

于是，鸡飞狗跳，生拉硬拽，汗流浃背……经过两人近两个小时的使劲折腾，早上8点前，终于又在水里立下了一根一米多高的新水尺。

为啥要赶在早上8点前呢，因为根据水位监测规范要求，每天要根据水位变化情况观测水位一次以上，其中早上8点是一定要观测的，雷打不动。

“张家水文站基本水尺断面，1982年7月13日8时00分，第6根水尺读数为0.80米，水势退。”

放下观测记录的黄土生，心里不由得叹道：“不容易啊，差点就错过了观测，而水文监测资料不连续，会使其作用差得很远，甚至无法使用，看来以后得注意点了。”

明天就是赶集的日子，黄土生将明天要带进水文站的东西仔细地列了一个清单。

真是期待啊，水文站的工作马上就能走上正轨了。

第五章　美好的预期

第二天早晨，早早来到观测断面的黄土生随意坐在河边的一块平整石头上，迎着旭日，欣赏着清晨的那一抹美丽。

河水像一条青绸绿带，飘绕在亭亭玉立的万点峰峦之间，奇峰迎客，碧水萦回，山环水转，渔船在青山间穿行，山影在碧波中变幻。

碧波红日，更是如梦如幻，深红色圆盘似的朝阳，半边脸从东面山峰上慢慢探出，身影在江水流淌荡漾中，不断变换着身姿，仿佛在试穿一件美丽的新衣。周围的山水、林木等，也似镀上了一层金色，使得整个世界金灿灿的，但却柔和而不耀眼。

江上日出，只是一眼，你就会被深深吸引住，并凭空升起浓浓的希望情愫。

而清晨的薄雾，仿佛轻纱般随风飘舞于碧水青山间，来去变幻无常，神秘新奇。有时又让你伸手可及，或将你拥入她的怀抱，带给你清新泥土和青草的气息。

绿水、青山、旭日、薄雾的组合，让人如置身梦中，更似仙境。

可惜容颜易逝，美丽的事物常不可持久。

只一会儿，旭日完全跳出了山峰，高高挂在天上，其可爱的深红色瞬间变成了刺目的亮白色，使人无法直视了。江水则换上了一件闪烁着一片白茫茫亮光的衣裳，不复温柔；青山也失去了柔润的色彩，挺起了高高的胸膛；而薄雾，此时却是再也无影无踪了，远远地逃离了太阳的视线。

黄土生遗憾地从美丽的景色中回过神来，记录下早上8点的水尺读数，草草地吃过早餐，并且委托张富贵帮定时观测记录这几天的水尺读数后，就激动不已地登上了开往县城的赶圩船。

顺利到达县城后，黄土生一刻不停地赶往汽车站，坐上了开往H市的客车。

咣当咣当，破旧的客车在弯弯曲曲的盘山路上飞驰，车外树木葱茏，空气清新。但车内却空气污浊，不但充斥着柴油燃烧不充分排出的废气，更可怕的是鸡鸭的排泄物在高温下发酵，再混杂着晕车呕吐物及浓浓的汗臭所散发出来的气味，令人作呕。

剧烈的摇晃颠簸与令人窒息的污浊空气，不但使人无法忍受，就连关在客车过道鸡笼里的大公鸡也失去了平时的趾高气扬，双脚虽然仍站得笔直，脑袋却无精打采地耷拉着。至于母鸡，则集体卧倒，鸭子也集体失声了。

在车内每度过一分钟，黄土生觉得就是自己的最大成功；又或是时刻感觉下一秒，自己就会晕倒。

或是因为晕车，或是因为缺氧，或是因为异味浓烈等原因，整个行程黄土生的脑袋都是晕晕乎乎的，一路上还要强忍着呕吐的冲动，好不容易熬到了H市汽车站，感觉像是丢了大半条命。

黄土生冲下客车做的第一件事，就是张大嘴巴大口呼吸，仿佛离开水的鱼一般，恨不得将世间的空气一股脑地全都吸进嘴里，从而将体内污浊的空气和血液全部更换一遍。

还是那间办公室，还是廖站长。黄土生在庆幸廖站长没出差的同时，仔细地向其汇报了张家水文站断面选择及设立水尺、居住等情况，并将工作需要用到的设备及物品清单交给了廖站长。至于生活条件，那是暂时没办法解决的，黄土生也不想给领导添麻烦了，不说也罢，自己慢慢解决吧。

廖站长将清单放在办公桌面，同意了张家水文站的取名，并对黄土生积极的工作态度和所取得的成绩表示了肯定，勉励他再接再厉，克服困难，加快建成水文站，争取早日发挥作用。

“小黄啊，我们这里的水文工作算是好的了，虽然条件和环境艰苦了一些，但是你要知道，在北方开展水文工作不但要住窑洞、趴冰窝，还要应对危险重重的凌汛，大冬天的还要在冻结的河面上打冰洞测流，而打一个冰眼就要一两个小时，如果一不小心掉到冰面下可就没命了。而且在冬天开展水文工作，测验时经常要接触到冰冷刺骨的冰水，如果不注意保暖和防护的话，耳朵、手指、脚趾等整个都会被冻成冰疙瘩。更不用说，在有些地方开展水文工作，要骑马、要扛枪，时不时会遭遇到狼群的围攻、熊瞎子的追击，或是偷猎者、偷渡者的武装袭击，不知道有多危险！可就是在这样危险的情况下，为什么我们水文站的同志还是能够前赴后继地坚守和努力？就是因为我们担负着神圣的职责和使命。可以说，我们就是一场没有硝烟的战场上的战士，这场战斗，关系到国家和社会的健康稳定发展、关系到千千万万人民群众的生命和财产安全，所以，决不允许我们退缩半步！”廖站长在肯定成绩的同时，也没忘记敲打敲打黄土生，坚定他扎根基层的信念。

对于在极端艰苦和危险的环境下，仍坚持为国家、为人民的人，黄土生还是很敬佩的，所以他点头应是。

对于工作需要的设备和物品，廖站长大手一挥，慷慨地决定，只要分站有空余的，一律可以调拨，不过没有车运送，得自己拿下去。

至于办公经费，以及给老百姓的补偿，买水泥做水准点、做水尺桩等需要的钱，一分钱都没有。

“小黄啊，不是不想给你钱，也不是我抠门，实在是没钱啊！要知道，每年十月以后的职工工资我们都没钱发，还得厚着脸皮去地区水电局等单位借钱发工资，哪里还有多余的钱啊！”廖站长一脸的无奈。

得，办公经费没有，那工资总该发吧。

黄土生却无奈地得知，这个月的工资已经在9号发完了。况且他的工资还要向上级申请追加经费，现在是不可能补发了的，至于什么时候能发工资给他，只能等上级相关资金的下发。

最后，考虑到黄土生的实际情况，廖站长只能特批了几张副食品购买券、一张收音机购买券给他，以表达自己的遗憾和无奈，并鼓励他再接再厉、安心工作。

摸着口袋里剩下的10多元，黄土生软磨硬泡，最后只能是以预借的方式，预支了大约两个月的见习期工资55元，加上车船住宿费报账，以及前两天的差旅费补助3元，口袋终于又鼓了起来，差不多有了80元。

巨款啊！黄土生在家里就从来没有见过这么多的现钱，看来现在可以好好地补贴一下家用，可以为家里分担部分压力了。

心情大好的黄土生大方地花了二两粮票外加0.12元吃了一顿豪华的大碗肉面，算是对自己第一次领工资的犒劳。

既然单位没有钱，那就领东西！

领完所有物品后，看着摆在地上小山一般的设备及物品，黄土生不禁傻眼了，这可怎么带回去？但这些都是需要的东西，一件也不能少啊。

一咬牙，黄土生好不容易找了两个化肥袋打包起来，决定一股脑地全带走。

于是，现实版的行者出现了。黄土生背上背着水准仪和流速仪，两个仪器的木箱捆在一起超过了半人高；右肩的扁担挑着两个化肥袋，一头是雨量筒和各种水文监测规范、记录本，另一头则是温度计、量杯等测验用品及各种办公用品；左肩上则扛着两把3米长的水准尺，以及水准仪的三脚架；连脖子上都挂着一副随着走动而荡来荡去的望远镜。

一路走走歇歇，歇歇走走，黄土生终于艰难地挪到了H市汽车站。

他的东西太多，司机不让上公交车。甚至在乘坐回县城班车的时候，还因为东西太多太占地方，被多收了半个人的车费。这让黄土生心疼了好半天，因为这多收的车费是没有车票的，不能报账，只能自己填了，这可是0.8元啊！

一路心痛，一路颠簸，一路憋气，晚上9点黄土生又回到了县城。

一天时间，从村庄到县城，再到市里打一个来回，回来的时候还带着这么重的东西，等到黄土生将自己抛到旅社床上的时候，真的是吃也吃不下、动也不想动了。

黄土生睡前，小心翼翼地将钱贴身藏好，毕竟旅社是要和三四个陌生人一起住一个房间的，可不能将钱弄丢了，否则麻烦就大了。

一夜呼呼大睡，满屋子的如雷鼾声都无法造成睡眠困扰的。

第二天清晨，黄土生一觉醒来，只觉得腰酸背痛。他顾不了这么多，立即掀开身上盖着的油腻薄毯，摸出胸口里藏着的布包，打开瞄了一眼。

还好，钱还在。

花了0.03元，吃了两个大馒头外加一碗白开水后，黄土生开始跑各个部门办理户口、粮油证等手续。

办事很顺利，花了0.14元的工本费，黄土生就落好了户口，拿到了粮油证，领到了布票、豆腐票、猪肉票、煤油票等各种票据。

一夜无话。

第三天，钱包鼓鼓的黄土生首先在邮局寄了40元回老家补贴家用，然后在县城逛了起来，了解生活用品的价格，以便做好采购。

芦笛牌12寸黑白电视机，好东西！要400元，还要凭票供应？

佛山牌电风扇85元，这个终于不要票了，但是太贵了啊。算了，还是花0.01元买把老葵扇吧。

牡丹牌收音机29.5元。好在黄土生有一张收音机购买券，终于可以购买了，但他盘算了一下口袋里剩下的钱，还是决定暂时不买，等存几个月工资再说。

……

逛了一圈后，黄土生傻眼了。原以为自己一下子有了这么多钱，应该够花一阵了，再不济起码也能配齐生活用品了。可是郁闷啊，想要的好东西太多了，但是钱不够啊！况且很多物品都需要凭票购买，这些票黄土生别说见过，就是听都没听说过。

算了，还是老老实实地买些生活必需品吧，至于烟酒等副食品，那个太贵了，等回老家的时候再买回去孝敬老爹吧，自己可不敢独自享用。

大米每月定额30斤，需要3.6元；大豆油每月定额8两，需要0.68元；煤油1斤，需要0.35元；肥皂1块，需要0.31元；香皂1块，需要0.36元。这些都是每个月必须买的，合计5.3元，加上这次三天的住宿费9元、两天的伙食费0.5元、渡船费0.5元，再扣除下个月的固定生活费5.3元，以及来回的渡船费1元，黄土生合计了一下，口袋里就只剩下17.3元可以动用了。

愁啊，这点钱根本就不够买锅碗瓢盆灶、油盐酱醋茶，以及支付每天的伙食开支。要知道，单是一口炒菜的铁锅，或者一只煮饭的鼎锅都需要3元多。

“还是先回村里吧，再问问富贵他们，看来只能买最迫切需要的东西了。”这样想着，毫无办法的黄土生就这么浑浑噩噩过了一天。

读者评论

小说的人物形象生动。平凡的水文人不仅藏着人性的真与善，还有对工作的认真与执着。通过对人物生平的描述，也道出了水文系统日新月异的发展变化。时代变迁，人物的初心始终不变，很多地方看着让人热泪盈眶，不愧是一部好作品！

小说梗概

故事发生在二十世纪八十年代，作者以水文人艰苦平凡的生产生活为背景，以改革开放以来水文的现代化发展为脉络，以黄土生一生平凡而又坎坷的经历为主线，讲述了吃苦耐劳、爱岗敬业的水文人黄土生扎根偏僻的基层水文站默默奉献的故事。他在经历抗洪抢险、水文深化改革浪潮和脱贫攻坚战役后，积劳成疾，怀着对事业的满腔热情和依依不舍离世，演绎了一曲“我心永恒”的人生之歌。

优秀奖

《锦绣之缘》

获奖理由

该作品人物刻画比较有特色，人物形象有立体感，“青春是用来奋斗的”这个主题与大赛贴合，又有广西元素，是值得推荐的作品。

《狼洞沟》

获奖理由

该作品讲述老猎人老侯的抗日之路，主人公勇敢、坚毅、有智慧。文字简洁，立意明确，行文简练，刻画了在中华民族生死存亡的危急时刻，挺身而出担起救国大任的英雄形象，故事有感染力，可读性较强。

锦绣之缘（节选）

黄莉莉

作者简介

黄莉莉，笔名水纤纤，广西南宁人，广西作家协会会员，南宁市作家协会网络文学委员会主任，文学创作三级。作品散见于《中国艺术报》《广西文学》《红豆》《西部散文选刊》等报刊。已出版长篇小说《凤凰纪事》《一代女御厨》，散文集《7招唤醒女神气质》。长篇小说《凤凰纪事》《宛如重生》已改编成多人有声小说在喜马拉雅平台上线。有多篇散文作品在各类征文比赛中获奖。

（本文节选自该作品第二十七章至第二十八章、第三十六章至第四十二章）

第二十七章　当上服装设计师

蓝翾花了一个星期的时间，绘制了一系列有着壮锦元素的服装设计图。设计图上服装的面料采用了牛仔布料，上面绣着各种壮锦图案的装饰。

她信心满满地把这些设计图拿去给叶岚看，想让她给点建议，没想到却被她浇了一头冷水。

“你这设计的是什么东西啊?！简直俗不可耐。”叶岚只是大致看了一眼这些设计图，就把它们丢过一边，眼中满是鄙夷。

“岚姐，我这是在比较硬朗的服装中添加了壮锦的元素，您不觉得挺特别的吗?”蓝翾很不解地望着叶岚。

“这哪是特别！根本就是不伦不类。”叶岚不留情面地诋毁蓝翾的设计作品，又愤愤地嘲讽道，“你来公司这么久了，设计水平怎么还是一直停滞不前，我看你就只能永远当个助理了！”

“岚姐，您能不能帮我把这些服装设计图拿去给老板审批？或许小批量生产几件看看销量再说。”蓝翾仍不死心地请求。

“小翾，不是我说你！我问你，这些服装上的壮锦图案是用手工织，还是用机器织？如果是用手工织的，我们的工人哪里会织？而且还要耗费不少时间，人工成本无形中就要增加。若是用机器织的，我们的工厂岂不是还要买机器回来，试问老板又怎么会同意呢？”叶岚厉声说道。

“这些图案是用手工织的，我妈妈已经传授了我这方面的技艺，我会培训服装厂一部分女工掌握这门技艺。”蓝翾目光灼灼地说道。

“为什么一定要绣这些壮锦图案？绣别的简单图案岂不是更好吗？”叶岚又问道。

“因为壮锦是中国四大名锦，起源于宋代，是中华民族文化的瑰宝，壮锦的壮文意为天纹之页，它也是我们广西民族文化的骄傲。我不想让我们广西的这一文化消失，制作过程再烦琐，我也要让更多的人知道它的美！”蓝翾不惧叶岚的反对，振振有词地说道。

“蓝翾说得没错，我支持她！”蓝翾的身后突然传来李仪希的声音，李仪希其实已经站在蓝翾身后有几分钟了。

“小翾，让我看看你的服装设计图。”李仪希走过去，拿起叶岚随意放在桌面上的设计图。

“李经理……”叶岚有些尴尬地叫了一声。

李仪希仔细地看完服装设计图，他赞赏地说道：“每一件服装的壮锦元素都添加得恰到好处，而且民族风的牛仔服饰有一种特别的韵味。”

“仪希，谢谢你的鼓励。”得到李仪希的认可，蓝翾脸上露出喜悦之色。

“呵，仪希……！蓝翾，你不要仗着自己是李经理的学妹，就不用尊称了，越来越……”叶岚愤怒地说道，她认为蓝翾是恃宠而骄，目无尊长。

可是叶岚话还没有说完，就被李仪希厉声打断：“我的女朋友在公司里当然可以叫我的名字！”

“女朋友？你们……”叶岚很意外，瞪大眼睛看着他们。

“没错，我们在一起了。叶小姐，请你以后对我的女朋友说话客气一点。”李仪希严肃地说道。

“嗯，我知道了……”虽然叶岚在心里骂了一万句，但是在表面上却要装作恭敬的模样，谁让李仅希是自己的上司呢！

这个蓝翾！勾引男人可真有手段。想到这里，叶岚恨得牙痒痒，心里更加瞧不起蓝翾了。

李仅希拿起那几张服装设计图，转头对身旁的蓝翾说了句：“你跟我来。”

“仅希，我们去哪里？”蓝翾在李仅希身后追问。

“我去找刘总，把你的服装设计图拿给他审批啊。”

李仅希让蓝翾在刘总的办公室外等他的好消息，他亲自去跟刘总谈。

“刘总，您在忙吗？我想打扰您一下。”李仅希对刘总说道，随手掩上办公室的门。

“哦，是仅希啊。你有什么事就说吧。”刘总停下手头的工作，望着李仅希。

“我先给您看一下蓝翾最新设计的系列服装。”李仅希说着就把服装设计图呈了上去。

“这些图案是壮锦上的花纹？”刘总看了一下，又指着设计图问道。

“没错，牛仔布料上绣的花纹是壮锦图案。”

“这些服装的设计很特别，也颇具个性。可是，我看每一件服装的成本也会花费不少，单件定价多少啊？”刘总若有所思地问道。

“我们可以把这些服装定义为高端消费产品，每件衣服的定价为1000多元，连衣裙的定价为2000多元。因为服装上的壮锦图案是手工织的，完全可以走精品路线，同时也让我们的民族技艺也得到弘扬。”李仅希滔滔不绝地说了起来。

李仅希见刘总还在沉默，又继续说道：“我还有一个大胆的想法，就是把有壮锦图案的服装和配饰创立成一个品牌；而另一种更大胆的设想则是与国际知名品牌联手，推向更为广阔的市场，让广大消费者接受。比如，我们国内的某品牌鞋子，通过与法国设计师的合作，在欧洲成了新锐时尚品牌，卖出了超过50欧元一双的价格。我们创立壮锦服装品牌的内涵就是手工、民族、原生态和自然，这些词不仅能抓住国人的眼球，还能吸引那些渴望了解中国文化的外国人，这也不失为一种壮锦复兴之路啊！”

“仅希，你的设想很好。可是你要吸引外国人与我们合作，他们必须看到确切的经济前景才行。不如先在国内创立一个有壮锦元素的服装品牌试一下水，如果销量可以再与国外的设计师合作。”

“您的意思是同意我先在公司创立一个新的服装品牌了？”李仪希兴奋地问道。

“容我再考虑几天吧，必须要花费很大的成本投入，可能还需要做一下市场调查，以保证公司资金的安全。”刘总仍然犹豫不决。

“刘总，现在最大的问题是不是在资金的投入上？”李仪希的眼神又黯淡下来。

“没错，商人一般不会轻易冒险，采取谨慎的态度是我一贯的作风。”

李仪希犹豫了一下，终于下定决心说：“刘总，那我以李氏投资集团的名义投资创立这个品牌可否？你找人做一个方案，看看需要投资多少钱，再发给我。”

“李氏投资集团的董事长李源生跟你是什么关系啊？”刘总一惊，急忙问道。

“他是本人的家父。”李仪希如实说道。

“啊！想不到李总竟然是你的父亲。可是我不明白，你父亲有这么大一个家业，你怎么不去他的公司帮忙，却要跑来我这个小公司当一个经理呢？”

“因为我不想依靠父亲，只想靠自己干出一份事业来。”李仪希坦言。但他为了实现蓝翾的心愿，不惜破例动用到父亲的关系。

“你真是一个有志青年，也是一个令人佩服的富二代。”刘总开怀大笑起来。

“刘总，给贵公司注入资本，我还有一个条件。”李仪希突然又说。

“说吧，是什么条件？”

“我要蓝翾担任这个壮锦服装品牌的服装设计师。”

“完全没有问题啊！这个系列的服装设计本来就是她的创意，她当之无愧啊。”刘总答应得很爽快。

“这个服装品牌不如就叫‘梦锦’吧。”李仪希又说道。

“既然你是这个品牌的投资人，当然是你说了算！”刘总又拍了拍李仪希的肩膀，笑着问，“你对这个蓝翾那么好，是不是喜欢上人家了？”

李仪希含笑点了点头，黑眸里闪着坚定的光芒。

第二十八章　享受浓情蜜意

李仪希从刘总的办公室走出来，迎面撞上蓝翾期待的目光。

“仪希，事情怎么样？刘总怎么说？”蓝翾紧盯着李仪希问道。

“刘总很满意你的设计图，下一步决定投入生产了。到时候还会创立一个新的服装品牌‘梦锦’，由你担任服装设计师。”李仅希激动地说出这个振奋人心的消息。

“真的？我……我不是在做梦吧？”蓝翾呆滞住了，她感到无法置信！这一切美好来得也太突然了吧。

“小翾，祝贺你！”李仅希双手按住蓝翾的双肩，高兴地说。

“你的意思是，由我担任‘梦锦’品牌的服装设计师？”蓝翾急切求证。

“是的，小翾！千真万确！”

“仅希！太好了，真是太好了！”蓝翾一激动，上前紧紧抱住李仅希，眼里盈满了泪花。

她完全顾不上周围同事的异样目光，只是沉浸在喜悦中。

周末，李仅希提出要为蓝翾荣升为服装设计师庆祝一番，约她出来踏青和吃饭。蓝翾欣然应许，穿上一条白色蕾丝连衣裙，披上一件牛仔绣花外套就出门了。

他们来到青秀山，到桃花岛拍照游玩。

桃花岛的桃花开了，开得满山遍野，红艳艳的一片。每一朵桃花都娇艳欲滴，绽放它们粉红色的笑脸。

蓝翾人比花娇，站在桃树跟前，让李仅希给她拍照。两人还站在一起，头靠着头拍了不少合影，男俊女靓，十分养眼。

“小翾，你别动，你的鞋带开了。”李仅希突然唤了一声。

蓝翾低头看了一眼自己的小白鞋，果然本来系好的鞋带突然散开了。她刚想蹲下，却不及李仅希的速度快。

在她还没有反应过来的时候，李仅希已经深蹲下来，低下头，为她认真地系上了鞋带。当李仅希为她系好鞋带的那一刻，她感受到浓浓的温情，因为从来没有一个男人对她这么好过，快要把她当成女儿宠了。

“仅希，谢谢你。”蓝翾脱口而出。

“以后不要对我那么客气，知道吗？”李仅希捋了捋她被风吹乱的头发，温柔地说。

“我们再去郁金香园看一看，就去吃晚饭，如何？”李仅希又搂着蓝翾肩膀往前走。

“好啊。青秀山的空气真好，走一走便觉得神清气爽。”

“小翾，你妈妈最近如何？在你家住得习惯吗？”

“当然啦。她的心情好了，人也变得年轻不少。我前几天陪着她去商场买了好几件衣服，她不知道有多高兴。”

“嗯，之前你妈妈受了很多苦，我们要好好孝顺她。”

“妈妈老是对我说，她现在是苦尽甘来。可是我爸爸这段时间就像消失了一样，电话都不跟她打一个，也不到我家里来了。”

“唉，你爸爸毕竟有了新的家庭，想必你继母很介意他去看你妈妈吧。”李仪希已经预想到了。

“没关系，我妈妈这么多年一个人过得很好。”蓝翾不以为意地说。

他们在青秀山附近的一家西餐厅吃晚餐。这是一家装修别致的西餐厅，昏暗的灯光下，一对对情侣在私语。

李仪希让蓝翾点了自己爱吃的东西，又让服务员给他们上一瓶有年份的红酒。

“今晚喝点红酒吧，庆祝一下你当上了服装设计师。”

“可是你回去还要开车啊。”

“可以请代驾。”李仪希笑了笑。

李仪希又问：“对了，小翾，你喜欢什么风格的室内设计？”

“我喜欢地中海风格的。你为什么突然问这个？”

“小翾，不瞒你说，我最近购买了一套公寓，将来可做我们的婚房。因此，我想根据你的喜好来设计，你还有什么想法都可以随时告诉我。”

“我们现在谈婚论嫁是不是早了点？”蓝翾想先闯出一番事业，因为她还有心愿没有实现。

“我的意思并不是马上要结婚。但我要为我们的将来做打算，因此就先把房子买下来了。”

李仪希完全是为了蓝翾考虑，其实李宅那么大，他们结婚后也可以跟父母一起住。只是他不希望蓝翾与自己的母亲产生婆媳矛盾，因此想搬出去住，每个周末回父母家一趟就可以了。

“仪希，那你以后介不介意我妈妈跟我们一起住啊？我不想让她又孤零零一个人……”蓝翾有些焦虑地望着他。

“当然不会介意！小翾，如果将来我们有了孩子，有你妈妈帮照看着岂不是更好。”李仪希握着蓝翾的手，真诚地说。

蓝翾眼中泪光盈盈，她很感动，也非常感恩。不知何德何能，上天竟然赐给自己一个这么完美的男朋友，满足了她对男人的所有幻想。

第三十六章　参加服装设计大赛

这天，蓝翾在办公室埋头画服装设计图，突然听见有人敲门，她说了一声请进。

进来的人是李仅希，他神采飞扬，掩不住满嘴笑意："小翾，还在修改设计图呀？"

"是的，有什么事吗？"蓝翾只好停下手中的笔，抬起头望着他。

"刚刚我在互联网上看到中国服装人力资源服务机构携手中国服装设计师俱乐部联合准备举办第三届'CTW 杯'中国服装设计师设计大赛（简称大赛）。获奖者不仅有丰厚的资金，还能送往欧洲一流的设计学院进行两年的深造。"

"你的意思是让我参加大赛吗？"蓝翾听到这个消息也有些激动。

"当然。我觉得你设计的服装很有创意，完全可以试一试。如果你能获奖，也是一次证明自己能力的机会啊！"

"好！我一定会设计出更有特色的服装作品去参赛。还有，我其实也很想到国外去深造。"蓝翾握紧了拳头，瞬间被激起了斗志。

"嗯，我已经帮你报名了，叶岚好像也报名参加了。"

"仅希，我还有多长时间准备参赛作品？"蓝翾开始有了紧迫感。

"还有一个月的时间，其实你以前设计的作品中有两款服装可以拿去参赛。主办方会使用入围大赛前十名的设计师所设计的系列作品，在杭州的某个酒店举办一场大型的服装秀，届时每位入围的设计师要准备六款服装给模特穿。"

"好，那我明白了。"

"小翾，你设计的参赛作品必须紧扣风尚、风格、风采的设计主题，还要有鲜明的时代感、独特的国风元素，以及时尚与个性的气息，最好能在实用的基础上突出服装的艺术性。"

"嗯，我会全力以赴的。"

"对了，我还要告诉你一个好消息。最近你设计的'梦锦'牌服装有了业绩，销量还不错。"李仅希又兴奋地说道。

"那还要感谢你运营有道，为宣传'梦锦'品牌想尽了办法。"

蓝翾很清楚，李仅希为了宣传'梦锦'品牌费了不少心力。他在各大报刊和网络上大肆报道了有关壮锦的传统文化，以及'梦锦'品牌服装的设计理念。

“我不仅是为你，也是为了让我爸爸的投资能赚到钱，这样他就没有理由说我的不是了。”李仅希温柔地笑道。

“仅希，那最近这段时间，我们只能减少约会了。我要在家里专心设计参赛作品，毕竟全国有太多优秀的设计师，我不能掉以轻心。”

“好，我肯定会支持你。对了，明天在会展中心有一场精品服装展销会，有100多个服装品牌公司参加，我们公司也收到了邀请，我把你设计的服装也列入展销的牌子中了。你有空也去参加一下吧，我顺便可以介绍一些同行给你认识。”

“明天几点？我会去的。”

“上午是开幕式，你下午三点半左右过去。”

“好的，我明白了。”

“小翾，你也不要一直这样埋头工作，对颈椎不好。累了就去茶水室泡一杯六堡茶喝，知道吗？”李仅希又体贴地交代。

“知道了。”蓝翾微微一笑，觉得李仅希都把自己当作小孩子看待了。

“你忙吧，我也要回办公室做事情了。”李仅希随即离开了蓝翾的办公室。

蓝翾终于画完了一张完整的服装设计图。她想起李仅希的话，就开门走出去，准备到茶水室泡一杯六堡茶喝。

她才走到茶水室门口，便听到有两个人在窃窃私语，定睛一看，是叶岚和另一个服装设计师雷妮。

“我听说蓝翾也报名参加‘CTW杯’中国服装设计师设计大赛了呢，就她那土得掉渣的设计也想去参赛，真是笑死人了。”雷妮端着一杯咖啡在嘲讽。

“可不是嘛，她就仗着有李仅希在背后撑腰，说她设计的民族风衣服有创意，心就飞上天了。若不是李仅希对她有意思，又怎么会奉承她呢？”叶岚轻蔑地笑道。

“哎，你说那个李经理怎么会看上她呢？”

“他们好像是校友吧。那还不是因为蓝翾装呗，装清纯，整个就一朵白莲花。”

蓝翾听到叶岚的话上升到人身攻击，再也忍不住了，重重地咳了两声，走进了茶水室。

叶岚和雷妮都被她的突然闯入吓了一跳，看到蓝翾，两人的表情都极不自然。

蓝翾根本无视这两个嚼舌根的女人，而是自顾着泡茶喝。

“雷妮，这间茶水室太小，三个人很挤，不如我们走吧。”叶岚扫了一眼雷妮说道。

“岚姐！你似乎也参加了‘CTW杯’中国服装设计师设计大赛。那正好，我们就一决高下吧！”蓝翾突然盯着叶岚的背影，高声说道。

叶岚微微转头看了她一眼，冷哼：“真是不自量力！”

“在大赛结果没有出来之前，请不要妄论别人的作品！否则到时候打脸会很痛。”蓝翾厉声回了一句。

“好啊！评委的眼睛是雪亮的，他们自会灭了你的气焰。”叶岚牵动嘴角笑了笑。

“岚姐，我看蓝翾设计的衣服，估计连大赛的前十名都进不了，你不用跟她一般见识。”雷妮俯在叶岚耳边，肆意嘲笑道。

“当然，我才不会把她放在眼里……”

蓝翾一直看着她们走远，冷笑：“很好！感谢你们又激发了我满满的斗志。”

第三十七章　众星拱月的男人

精品服装展销会在会展中心举办，这是一场服装企业与百货商的大型对接会，展销会上的服装琳琅满目，千姿百态。

蓝翾也来到了展销会场，她在人群中发现了李仅希。

此时李仅希被几个女人包围着，他穿着一件淡紫色衬衫配黑色西裤，犹如众星拱月般，特别亮眼。

那些女人来自各个服装品牌公司，她们都倾慕李仅希的风度与学识，纷纷向他请教有关服装市场的运营问题。

一个长相甜美、身姿曼妙的女孩巧笑盈盈地望着李仅希。她留着齐肩短发，穿着一条名牌、高级定制的连衣裙。女孩跟李仅希挨得很近，总是在不经意间碰触到他的胳膊肘，俯在他耳边说着什么。

蓝翾摇了摇头，她才发现，原来李仅希这么受欢迎。

李仅希也下意识地感觉到有一双眼睛正专注而热烈地望着自己。他一抬眸，便迎上了蓝翾的视线，脸上立即露出温柔的笑容。

那笑容就像阳光猛地拨开阴暗的乌云，温和而又自如地照射开来。

围绕在他身边的几个女人也注意到了蓝翾，纷纷向她投去嫉妒的目光。

因为她们的男神的眼里分明只有那一个女人。

“小翾，你来了。”李仪希目不转睛地望着蓝翾，又继续说，“我来给你介绍一下，这位是远尚服装有限公司的张经理，那位是雅士服饰公司的王经理……”

“还有这位是华昊国际服装公司的周总，名叫周婉。”李仪希最后才介绍那位甜美的女孩。

“想不到周总这么年轻漂亮，幸会幸会。”蓝翾很大方地伸出手去与周婉相握。

“我的女朋友蓝翾，也是我们公司的服装设计师。”当周婉望向李仪希时，他又主动介绍。

“想不到你就是我们李大帅哥的女朋友啊。”周婉似笑非笑地望着蓝翾，手上的力道不禁加重了些。

“周婉的服装公司不仅拥有自己的服装品牌，还代理国外好几个著名的品牌，入驻本市各大商场，是一家实力雄厚的服装公司。”

“嗨！我不过是替父母管理他们的产业罢了。实不相瞒，我12岁就已经认识仪希哥了。我们家与李伯伯家是世交，两家经常聚会或者外出游玩。”周婉得意地说道，似乎在向蓝翾宣告自己的某种优势。

“这么多年了，仪希哥终于有了喜欢的女人。我也为他感到高兴，我原来还以为他不喜欢女人呢。”周婉见蓝翾沉默不语，又自顾地说着。

“不喜欢女人？”蓝翾瞪大眼睛，向李仪希投去疑惑的目光。

“呵呵，周婉！你别胡说八道，是想吓跑我的女朋友吗？”李仪希只当周婉是小女孩开玩笑，伸出手亲昵地摸了摸她的头。

看到李仪希对别的女人宠溺的眼神，蓝翾的脸色瞬间黯淡下来。

“仪希哥，主办方在邕江酒楼设宴，款待服装经销商的代表，等会你也去吃饭吧？”周婉又仰着小脸问道。

李仪希却转头问蓝翾：“小翾，你去吃饭吗？”

“我不去，我答应了妈妈今晚回去吃饭。”蓝翾不悦地说道。

李仪希已发觉蓝翾的异样，也跟着说：“那我也不去。”

周婉噘着嘴，狠狠地瞪了蓝翾一眼。

“仪希，我有点不舒服，恕我先走一步了。”蓝翾是一个心里藏不住事的人，说完就匆匆走开了。

李仪希一直跟在蓝翾身后，并追上她，问道：“小翾，你怎么了？”

“你跟着我做什么？为什么不和你的青梅竹马去吃饭！”蓝翾也不看他，只是一个劲地往前走。

“小翾，等等！你走这么快干什么？”李仪希腿长，三步并作两步来到她的面前，迫使她停下来。

“你是不是吃醋了？”李仪希嘴角含着笑意，双手压上她的双肩。

“李仪希，真不想到你这么有女人缘。”蓝翾带着一丝不满的情绪说道。

“你是说周婉吗？我只是把她当作妹妹。她也说了，因为我们两家是世交，我们很小的时候就认识了。”李仪希看到蓝翾因自己吃醋，其实内心是喜悦的。

“仪希，我突然觉得，周婉与你家世相当，你们在一起才最合适。”蓝翾低下头，幽幽地说。

“你胡说些什么啊！我如果喜欢周婉，早就喜欢了，这跟家世背景无关。明白吗？”

“我刚才看到你摸她的头，举止很亲昵，她好像也很喜欢你的样子。”蓝翾还是酸溜溜地说。

“我知道了，以后我会跟异性保持距离。其实周婉在我眼中，还像一个十几岁的小女孩，我才情不自禁有那样的举动。她在高中的时候，确实有向我表白过，她喜欢我，可我也对她表态，只是把她当作妹妹看待，相信她也明白我的心意了。后来，我还听说她大学时交过男朋友，应该早就把我忘记了。”李仪希认真解释道。

“人家交男朋友会不会只是为了气你？但是其实她并没有对你死心啊。”蓝翾身为女人，很了解小女孩的心思，她看到周婉望着李仪希的眼神，明明还有着爱意。

“小翾，你别胡思乱想。我刚才不是向她介绍你是我的女朋友了吗，她怎么样也会死心了。”李仪希认真地凝视着蓝翾的脸，又哄道，“好了，别生气了，笑一笑……嗯。”

蓝翾被她成功逗笑，娇嗔道：“你不去跟他们吃饭，准备去哪里吃啊？”

“你去哪里吃，我就去哪里吃。我相信杨阿姨也会欢迎我的。”李仪希在蓝翾面前，脸皮变得越来越厚了。

“真拿你没办法！”蓝翾轻轻推了他一下，盈盈笑道。

“走！我们一起回家。”李仪希紧搂着蓝翾的肩膀，一起往停车场走去。

第三十八章　突发身体不适

蓝天翔最近到杨爱莲那边去的次数逐渐多了起来，只因他受不了汤绮总是对自己发脾气，还满嘴牢骚。

自从蓝翾搬出去住后，家里就少了一个做家务的人，汤绮又舍不得宝贝女儿蓝玫在单位忙了一天，回家还要做饭菜。很多家务自然就落在了汤绮的身上，她要教书，还要备课，一忙起来就会数落蓝天翔懒，不帮她做家务。

蓝天翔被汤绮说多了，也主动承担了打扫房间和买菜的活，可是汤绮还是不满意，说他不够整洁，喜欢乱丢东西，搞得家里乱七八糟。

当蓝天翔感到烦躁的时候，他就会借口说单位要加班，或者有应酬，其实是跑到杨爱莲家里吃饭去了。杨爱莲一直都是温顺的女人，虽然她这些年受了苦，可是她从未在蓝天翔面前埋怨过半句。而是站在他的角度，理解他的苦衷。

杨爱莲也很勤劳，所有的家务都是她一个人包揽，以前她住在破旧的小房子里，因此分外珍惜这个温馨舒适的小家，每一处角落都会弄得干净整洁，自己的心情也会变得很好。

蓝天翔明知道自己是有家室的男人，不应该频繁见前女友，但是他还是无法控制住自己，只因杨爱莲这边的小家实在让他感觉太温暖。但他跟杨爱莲绝不会越界，相处模式只是普通朋友那般。

这天下班，蓝天翔又想到杨爱莲那边去吃饭，因为他昨晚与汤绮又吵了一架。他就发了条信息给汤绮，说单位的同事有人请吃饭，今晚就不回去吃饭了。

他走到单位门口，跟门卫的保安老刘随便聊了几句，就想走去地铁站。可还没走几步，他只觉得头重脚轻，一双脚就像踩在棉花上似的，突然眼前一黑，他就倒了下去，之后就不省人事了。

当蓝天翔睁开眼睛，发现自己躺在医院的病床上。轻轻动了动手腕，又看到手腕上还扎着针。

“哎呀！老蓝，你终于醒了！”他耳边响起老刘的声音。

“老刘，是你送我到医院的？真是谢谢你了。”蓝天翔撑着身子坐了起来。

“是我跟老杨一起把你送医院的，我们向单位领导汇报了你的情况，便找了技术部的两个小伙子帮我们看着保安室。但是现在两个小伙子回家了，我和老杨也必须赶回单位上班，你赶快打电话叫你的家人来照顾你吧。”老刘急匆匆地说道。

“老蓝，医生刚才说你是脑部血管狭窄，可能要动手术哦。这事你可得从长计议了。”一旁的老杨也担忧地说道。

“我知道了，你们赶快回单位工作吧，谢谢你们把我送来医院。”蓝天翔淡淡地说道。他也想得很开，生老病死本来就是人生常态。

“也不急于这一时。来，我帮你拿手机，快把你老婆和孩子喊过来。”老刘看到蓝天翔吊针不方便，热心地把手机递到他的面前。

“是啊！没有人看你，我们也不放心。”老杨也补充了一句。

蓝天翔用一只手翻看着通讯录，找到汤绮的电话打了过去，告诉她自己在医院，可能要动手术。汤绮了解到有同事把他送到了医院，还做了治疗，便觉得放心了，说明天跟学校请假了再去看他。

见汤绮不来，蓝天翔面子上有点挂不住，就又拨打了大女儿蓝翾的电话。蓝翾正好和李仅希在家里吃饭，知道了他的病情后，立即就说要一起到医院去看他。

“你们可以安心走了，等一下我女儿和未来女婿都会过来看我。”蓝天翔脸上有了神采，喜悦地说道。

“那就好！老杨，我们走吧。”老刘拍了拍同伴老杨肩膀说道。

不一会儿，李仅希和蓝翾，还有杨爱莲都赶到了蓝天翔所在的病房。

李仅希一进来，看到蓝天翔住在普通病房，不禁皱了皱眉。他连忙凑近蓝翾的耳边说道：“小翾，你先跟伯父说说话，我去找医生问问情况。”

蓝翾点了点头，脸上尽是担忧之情。

最忧心的人还是杨爱莲，她走近蓝天翔的病床，哽咽着问道：“你好好的，怎么会变成这样呢？你的身体不是一向没有什么毛病的吗？”

“唉，年轻时不注意，人老了，病痛就多了。医生说了，我之前晕倒是脑部血管狭窄，动个手术就好了。”蓝天翔对杨爱莲轻声说道。

“做手术？岂不是要开颅，这属于大手术了！”杨爱莲更是紧张得心跳加速，一双手都在微微颤抖。

“妈，你先别担心，我们先问问医生再说。”蓝翾虽忧心忡忡但也劝慰着母亲。

蓝翾刚说完话，就看见李仅希和一位穿着白大褂的医生走了进来。

“医生，我爸爸的情况怎么样啊？真的需要动手术吗？”蓝翾急忙迎上去问主治医生。

“我们给蓝先生做了造影检查，发现他的脑部有一条血管已经堵塞了50%，最好还是要做介入手术，放个支架下去就可以解除病灶了。明天我们还会给他的身体做个全面检查，如果身体状况良好，是可以做手术的。”医生耐心地向蓝翾讲述蓝天翔的病情。

“医生，是不是要开颅啊？这样的手术风险会不会太大了？”杨爱莲很不放心地追问。

“蓝夫人，您放心。我所说的介入手术只是在头部开一个小孔，把支架放下去，手术是很安全的。不过，手术那天你们一定要有人照顾他，是全麻的。”

杨爱莲听到医生叫她蓝夫人，脸红了起来，她连忙说道：“谢谢医生，我们知道了。不过，我不是蓝夫人。”

“哦，不好意思，我以为您是这位小姐的母亲。”医生不好意思地看了一眼蓝翾说。

“我确实是她的母亲。”杨爱莲又一本正经地说。

“那，这……”医生顿时陷入迷茫中。

“张医生，麻烦您给这位蓝先生换到VIP独立病房，好吗？”幸好李仪希在一旁提醒，这位张医生才从尴尬里解脱出来。

“好！我已经安排下去了。等一会儿有护士过来帮蓝先生拔完针就换病房。”张医生和颜悦色对李仪希说。

“小翾，我看你爸爸目前没什么大碍了。你跟仪希先回家休息，你明天还要上班呢。”杨爱莲握着蓝翾的手说。

“妈，那您呢？”

“我留在病房看护你爸爸。”

“杨阿姨，其实不用您这么辛苦。我会给蓝叔叔请一位护工过来照顾他的。”李仪希体贴地说。

“请护工照顾他，我不放心。没事的，还是我留下来吧，反正我也没有什么事情。”杨爱莲很坚持。

“行吧，如果我妈觉得这样做安心，就由着她好了。”蓝翾望着李仪希说道。

“杨阿姨，那就辛苦您了。”李仪希点了点头，牵着蓝翾的手走出了病房。

第三十九章　在医院发生争执

翌日下午，汤绮才来到蓝天翔的病房探望。当她看到病房里多了一个陌生的女人，立即警惕地问道：“蓝天翔，她是谁？”

蓝天翔沉默不语，正犹豫着怎么跟她说。杨爱莲却率先说道：“哦，既然你来了，我就先走了。”

“站住！”汤绮厉声叫住杨爱莲。

“小绮，她就是蓝翾的妈妈杨爱莲。昨晚，小翾和她的男朋友一起来看我了，是爱莲不放心，才留在病房里照顾我。”蓝天翔看到汤绮动怒了，连忙说道。

“她是什么身份？凭什么出现在这里！你眼里还有我这个妻子吗？”汤绮歇斯底里地吼起来，情绪已经到了崩溃的边缘。

“小妹，你误会了。我和天翔没有什么，医生说他脑血管狭窄，需要动手术。我担心他有突发状况，才留在医院里看护他。病房里有两张床，你也看到了，我昨晚是睡在旁边的病床。”杨爱莲耐心地解释。

可是汤绮的声音已经吸引了几个爱看热闹的病人，他们纷纷聚集在蓝天翔的病房门口。

“你无事献殷勤，是不是想跟他旧情复燃啊？”汤绮紧盯着杨爱莲，一把揪住她的衣服质问道。

“小妹，你这说的是什么话！我从来没有这种想法，我来照顾天翔是因为没人照顾他。既然你来了，我就可以安心离开了。”杨爱莲实在没想到汤绮会有这么大的反应。

“我不是什么小妹。你这个村妇，也不照照镜子，你有什么资格来跟我抢老公！”汤绮毫不客气地骂道。

“汤绮！你说的是人话吗？这么多人看着呢，你不嫌丢脸？”蓝天翔听到汤绮无理取闹的话，气得脸都红了。

杨爱莲看到蓝天翔激动，担心对他身体不好，连忙过去轻拍着他的后背说道：“天翔，你别生气啊！生气对你的病情不利！”

“各位，发生什么事了？”

这时，主治医生带着两个护士过来了，因为看热闹的病人越来越多。

“哦，不好意思，打扰到你们了。其实也没什么事，蓝天翔的家属来了，我立刻就走。”杨爱莲知道是自己引起了汤绮的不悦，连忙说道。

“不用你走，我走!”汤绮悻悻地说完，气冲冲地离开了病房。

“你瞧瞧！她就是这样，争风吃醋，一点都不会体谅别人。”蓝天翔气得握紧了拳头，捶在了床沿上。

“蓝先生，您现在不能生气，对你的身体不利啊。”主治医生过来劝道。

“张医生，刚才是我们的家务事没有处理好，没想到给你们添麻烦了。”蓝天翔无地自容地叹息道。

“没事了就好。我顺便告诉您，您的手术安排在下周二，到时候您要通知您的家属来照顾您才行。”张医生说道。

“好的，我知道了。”蓝天翔点了点头。

病房外看热闹的人见没事了，也就散去了，主治医生和护士也离开了病房。

杨爱莲把病房的门关上，坐在蓝天翔的身边轻声说道：“天翔，你手术那天还是让汤绮来照顾你吧，免得她又不高兴了。其实她说得对，我跟你已经没有任何关系了，我是不应该留在医院里的。”

“爱莲，你刚才也看到了，汤绮的脾气不好，到时候我也不知道她愿不愿意来照顾我。”蓝天翔无奈地叹了口气。

“如果她不来，我就过来照顾你好了。在没有动手术之前，不如就按仅希说的，找个护工来照顾你。然后你再发个消息跟汤绮说明情况。”杨爱莲说。

“好吧。爱莲，刚才汤绮骂你的话，你不要放在心上，我替她向你道歉。”蓝天翔握着杨爱莲的手说。

杨爱莲就像被触电一样，连忙躲开，把自己的手抽出来，慌乱地说：“没事，没事！我知道她是太在乎你了，才会把气发在我身上的。”

“哼！她要是在乎我，会等到现在这个时候才来看我吗？她就是不甘心。”蓝天翔埋怨道。

没有对比就没有伤害。从汤绮对自己的态度，再对比杨爱莲对自己的关心，蓝天翔心中的天平第一次产生了倾斜。

“天翔，你也不要想这么多了。你目前要做的，就是好好养病，做完手术就可以回家了。”杨爱莲劝慰道。

“我知道，其实到了我这个年纪，还有什么好想的呢。吃好、喝好、身体好，就已经知足了!”

“好了，我联系一下仅希，让他叫医生安排一个护工给你。时间不早了，我也回去了。”

“蓝先生，您吊针的时间到了。”一个年轻的小护士推门进来说道。

杨爱莲看到蓝天翔要扎针，又改变了要走的主意：“天翔，你要扎针啊？没有人看着不行，我还是看着你吊完针再走了。”

“爱莲，谢谢你。你一直都是这么心地善良。”蓝天翔的眼眶中闪动着泪光，感动地说道。

也许人在生病的时候都是最脆弱的，也很容易被别人的温暖打动。蓝天翔看着眼前的杨爱莲，他的脑海中突然又浮现出自己年轻时在农村插队的点点滴滴，虽然杨爱莲的容颜已逝，但是神态上那份纯真与秀丽却始终如一，令他又陷入从前美好的回忆中。

第四十章　及时替她解围

“CTW杯”中国服装设计师设计大赛入围设计作品名单终于出炉了，并在官网进行了公示。蓝翾凭着独特的服装创意，毫无疑问闯入了前十名，还拥有众多网友们的支持。

澜素服装有限公司的办公大楼。

有好几个服装设计师正围坐在电脑前查看大赛入围的名单，她们心情激动，都希望名单上能出现自己的名字。

“你们看，竟然有蓝翾的名字呢！”米娜娜对身边人兴奋地嚷嚷。

“怎么她设计的破衣服也能入围啊，评委的眼光真差。”雷妮不服气地说了一句。

“咦！岚姐不是也参加了大赛吗？怎么没见她的名字呀。”米娜娜疑惑地望了一眼叶岚问道。

因为叶岚是公司的首席服装设计师，公司很多人都知道她参加了这次大赛。之前她大有势在必得之势，却想不到打脸来得如此迅速！

坐在一旁的叶岚脸色很难看，闷闷不乐地盯着自己的手机看。她也看到了大赛公布的入围作品名单，整个公司就只有蓝翾设计的服装作品入围。

“大赛前不知道是谁说我不自量力来着？”蓝翾走出办公室，听到了她们的讲话，冷嘲热讽地问道。

“蓝翾！你别得意！谁知道这次你能入围，是不是李经理帮你的……”叶岚不甘示弱地站起来，怒视着蓝翾说道。

“看来有的人就是死不服输啊！仅希根本就不认识大赛的评委，试问他怎么帮我？”蓝翾有了底气，也不怕与叶岚互怼了。

以前蓝翾是叶岚的小助理，免不了低声下气。现在她们同是公司的服装设计师，她再也不会受叶岚的欺负了。

“别以为我不知道，李仪希家里有钱，他完全可以用金钱收买评委让你的作品入围。”叶岚冷哼着说，她无中生有的本事真是令人叫绝。

“请问你有证据吗？不要信口开河，胡编乱造，小心我告你造谣！”蓝翾被叶岚激怒了，想不到碰到这种不讲道理的泼妇。

“就是呀，岚姐！你说小翾的男朋友收买了评委，即使收买了一个，也不可能收买全部的评委啊！估计再有钱，再有人脉的人也做不到呀。”米娜娜站在蓝翾这一边说话，其实她早就受不了叶岚盛气凌人，贬低新人的气焰了。

“娜娜，谢谢你。”蓝翾看到米娜娜替自己说话，对她友好一笑。

“岚姐，在服装设计行业你也算是元老了，难道承认新人比你优秀就这么难吗？”米娜娜又“补刀”了一句。

“呸！蓝翾是很优秀，但是她的优秀只不过在于懂得取悦男人罢了！”叶岚完全情绪失控了，撒泼地对蓝翾骂道。

“啪”！一记清脆的耳光声响起，蓝翾狠狠地扇了叶岚一巴掌。

“叶岚，请你说话放尊重点！”蓝翾可不能任由着叶岚肆意辱骂自己，毫不客气地给了她一个教训。

“你竟敢打我！”叶岚顾不上脸颊的火辣，用力推了蓝翾一把，又对蓝翾挥起了拳头。

可是她的手举在半空时，李仪希眼疾手快地拽住了叶岚的拳头。

“住手！你刚才侮辱了小翾，她打你也是情有可原。如果你还想伤害她，就别怪我不客气了！”李仪希恶狠狠地推开叶岚。

“仪希……”蓝翾愣愣地望着李仪希，觉得他这个时候真是宛若天神，帅出了天迹！

“叶岚小姐，我看取悦男人的人是你才对吧！我亲眼看到有一次应酬，刘总喝醉了，你送他到酒店的房间休息，整整两个小时都没有回到饭桌上来。直到饭局结束，我才看到刘总跟你一同出现在酒店的大门口。还有很多这样类似的情况，你想让我再一一列举吗？”李仪希忍不住反唇相讥。

“你……”叶岚自知理亏，气得脸一阵红一阵白。

“啧啧，想不到岚姐是这种人啊……”米娜娜拉着一位女同事议论着叶岚的风流韵事。

“可不是嘛，她还有脸说别人，李经理和蓝翾是正常的男女朋友关系呢。”

另一位女同事也在低语。

“还有，我和蓝翾谈恋爱清清白白，我确实不认识大赛的评委，小翾的作品能入围大赛的十强完全是靠她自己的实力。我也不会傻到为了让她入围，铤而走险去作弊！”李仅希一字一句地说道。

“仅希，我们走吧，你不是要陪我去服装厂一趟嘛。”蓝翾拉走李仅希。她觉得没必要跟叶岚争论太多。

“好！你入围服装设计作品，要去厂里交代工人们尽快做出来。”李仅希不再理睬叶岚，和蓝翾一起离开。

第四十一章　蓝玫争取机会

上岛咖啡馆。舒缓低回的音乐营造了一种浪漫的氛围，空气中弥漫着一股浓浓的咖啡香味。

蓝玫约了李唯珍喝咖啡，她请李唯珍帮约李仅希出来，因为她已经完成了李仅希那套新房子的装修方案，想当面跟他讨论一些细节。之前蓝玫也约过李仅希多次，却都被李仅希婉拒了，说通过网上传送装修设计图给他看就可以了。

李唯珍是个细心的女人，她看得出蓝玫对李仅希有意思。虽然蓝翾和蓝玫是亲姐妹，家庭背景也差不多，但是李唯珍更倾向于选择蓝玫为未来的弟媳，她觉得蓝玫不仅识大体，母亲还是高级知识分子，更重要的是蓝玫单纯得连男朋友都没有交过。

李仅希中午下班后来到了咖啡馆。

“仅希，这里！”李唯珍朝弟弟挥了挥手。她知道，只要她叫李仅希来，他就没有不到的。

“蓝玫，你也在啊。”李仅希看到坐在李唯珍身边的蓝玫，打了声招呼。

“嗯，仅希哥，我们好久不见了。”蓝玫朝李仅希抿嘴一笑道。每次看到李仅希，她都会心跳加速，面红耳赤。

“姐姐，你找我有什么事？”李仅希坐到李唯珍身边的位置问道。

“我就不能纯粹找你陪我吃一顿饭，聊聊天啊？”李唯珍白了弟弟一眼说道。

“仅希哥，刚才我跟唯珍姐聊天的时候突然提起你，她就顺便把你叫过来喝杯咖啡而已。我这边正好拿了你新房的装修设计图，想给你做最后的确认，看看有没有需要修改的地方。”蓝玫说完，就从自己的挎包里拿出了装修设计图。

“行，我看看。”李仪希从蓝玫的手里接过图纸低头仔细地看着。

“仪希，如果你的新房弄好了，是准备要搬过去独住吗？”李唯珍喝了一口咖啡问道。

“我暂时还没有这个打算。”李仪希的视线仍停留在设计图纸上。

“那你急着装修房子干什么？如果只是为了投资没有必要装修，除非你是想租出去。”

“这房子，我是不会租的，又不缺这点钱。只是我以后结婚要有自己的房子，还有和小翾约会的时候，有一个不被外界打扰的私人空间罢了。”

“你现在怎么还跟蓝翾交往啊！爸妈不是说了不喜欢这个女孩嘛。”李唯珍不满地摇了摇头。

“他们不喜欢她跟我没关系，只要我喜欢她就够了。”李仪希头也不抬地说。

“唉，你真是固执！”李唯珍叹了一口气，又说道，“仪希，难道你没有听说过，不被父母祝福的婚姻都是不幸的吗？”

李仪希这才抬起眼帘，目光灼灼地盯着李唯珍说：“任何人都不能阻止我跟她在一起！”

“仪希，你会后悔的！”李唯珍狠狠地说了句。

“好了，我想起下午约了一个大客户，他2点到我的会计师事务所。我先走一步了。”李唯珍看了看腕表，就站了起来。

“唯珍姐，我送送你。”蓝玫也乖巧地起身。

“不用了，你在这里多陪陪仪希说话吧。”李唯珍对蓝玫使了个眼色，示意要她抓住机会。

“好的，唯珍姐，那您慢走。”蓝玫朝李唯珍点了点头。

“蓝玫，我看了一下这个设计图，没有太大的问题。就是这个墙壁的边角线还要修改一下，还有吊顶再换一个简单点的款式吧。”李仪希捏着下巴，认真地对蓝玫说道。

“嗯，我看看……”蓝玫凑近李仪希，她闻到李仪希身上散发出冷冽的松木清香，更令她心如鹿撞。

李仪希这才意识到蓝玫越靠越近，两人的头都快挨到一起了。他直起身子，主动远离蓝玫，轻咳了一声说道：“小玫，不如这样吧。你把图纸留在我这里，我最后给你姐姐看一眼，她认可了就可以定稿了。”

“为什么，为什么需要让她认可……”蓝玫疑惑地望向李仪希。

“因为她是这所房子未来的女主人，我是按照她的喜好来设计的。”李仪希也不怕告诉她。

“仪希哥，你对我姐姐真好。”蓝玫的内心已是满满的醋意。

“你姐姐最近很辛苦，要参加大赛，一下班还要去医院探望伯父，给他送汤。对了，你这些天有去探望过伯父吗？”

“当然有了，前两天我爸爸刚动完手术，我也去了医院，还碰见了姐姐和她妈妈。”蓝玫连忙说道。

蓝玫知道自己的母亲跟蓝翾的母亲在医院发生争执的事情，她也深感无奈，一个是父亲的前女友，一个是现任妻子，难免争风吃醋。蓝天翔动手术的那天，杨爱莲和汤绮在医院里遇到，就像仇人一样，连声招呼都不打。汤绮也才待了一会儿，见蓝天翔没有大碍就走了。

“昨天我也有去看望伯父，给他带了营养品，他恢复得非常好。对了，我下午三点半还要去接伯父出院呢。”李仪希看了看腕表，时间也差不多到了。

“这样啊，你下午不用上班吗？”

“我已经请假了，小翾也请了假，她要帮伯父办理出院手续，因为杨阿姨不懂这些。好了，不多说了，我还要去接你姐姐。”李仪希张大嘴，把最后一口松饼吃完。

“嗯，我本来也请了假，想跟你一起去建材市场看看材料呢。”蓝玫有些失落地说。

“我不用看了，你来选材料就行，我相信你的眼光。今晚伯父就回你们家住了，你不如早点回家，给他炖一锅好汤补补身子。”

“这些事情，我妈妈会做的。从小到大，我都没有进过厨房。”

“可见你母亲非常宠爱你。”李仪希淡淡地笑一笑说，可是他内心却很心疼蓝翾，知道蓝家很多家务都落在了蓝翾的身上。

他默默发誓，以后绝不会再让他心爱的女人受到一点苦了。

第四十二章　蓝翾终获大奖

杭州。

金碧辉煌的酒店大厅里，正在上演着“CTW 杯”中国服装设计师设计大赛的服装秀，婀娜多姿的模特们穿着入围前十名的服装设计师的作品缓缓展示在观众的面前。

她们穿着各式各样的裙子，扭动着纤细的腰肢，向人们款款而来，美不胜收。

李仅希和蓝翾，还有公司的三四个同事也来到了现场观看。他们不仅是来观赏服装表演的，也是来参加服装交流会的，顺便寻找公司的商机。

当蓝翾看到一群服装模特穿上自己设计的服装时，不禁涌上一种前所未有的成就感。因为每一件衣服都像是她的孩子，是她花了不少心血和精力去创作的。

终于等到最激动人心的环节，主持人缓缓上台宣布大赛的最后结果。经过场外若干观众的投票，以及十位评委的打分和点评，蓝翾设计的民族风格现代服装一举夺得了金奖，同时还获得了“最佳创意奖”。

台下顿时发出一阵阵喧哗，蓝翾太兴奋了，激动得与李仅希紧紧地抱在了一起。眼角还滑落出了喜极而泣的泪水。

“小翾，祝贺你！我就知道你一定能得奖，你的作品是最优秀的！”李仅希也替蓝翾感到高兴，眼中闪动着泪花。

周围的同事们在用力地鼓掌欢呼，米娜娜高声提醒：“蓝翾，主持人叫你上台领奖了，快去吧！”

蓝翾抹了抹脸颊的泪水，微笑着点了点头。

舞台上有五位服装设计师，大赛除设置了金、银、铜奖，还设置了“最佳创意奖”“最时尚服装奖”和“最佳人气奖。”

主持人邀请颁奖嘉宾上台给获奖的服装设计师颁奖，还宣布获得金、银、铜奖的三位服装设计师将在两个月后获得去米兰服装设计学院进修两年的机会。

蓝翾取得了金奖的好成绩，服装交流会结束后，李仅希自掏腰包为蓝翾开庆功宴。宴请一同前往的几位同事，还有一些来参加活动的同行和朋友。

饭桌上蓝翾风光无限，在座的宾客纷纷向她敬酒，一个劲地夸她优秀，有天赋，是天生吃服装设计这碗饭的。

“小翾，祝贺你！你第一次参加国内的服装设计大赛就获得这么好的成绩，证明你很有才华。”李仅希也举起手中酒杯，跟坐在身旁的蓝翾碰了碰杯。

李仅希今天穿得很正式，宝蓝色的衬衫加黑色的西装裤，显得格外的优雅。昏黄的灯光下，他温润如玉，脸上带着如沐春风的笑容。

“不是，应该是我运气好。但无论如何，谢谢你鼓励我去参赛。”蓝翾笑一笑说。

“蓝小姐，我是杭州雅各服装公司的总经理张宇，也是李经理的好朋友。祝贺你今天夺得大奖，我敬你一杯。”张宇端着一杯红酒走到了蓝翾的身边。

“小翾刚才已经喝了不少酒，不能再喝了。剩下的酒，我全部替她喝！”李仪希没等蓝翾开口，就先一步帮她挡酒了。

“哟！李经理可真体贴女朋友啊！”米娜娜等人大声起哄。

“那当然，我不体贴她，还能体贴谁？小翾是我终身的伴侣。”李仪希当着大家的面，对蓝翾表达自己的心意。

也许今晚李仪希实在是太高兴，因此与同事们喝多了几杯，脸上迅速涨红。

“仪希，你不要醉得不省人事，我可没有力气扶你回酒店。”蓝翾扯了扯李仪希的衣袖，小声嘀咕道。

“没事，我的酒量很好。”李仪希温柔地笑了笑。

晚宴结束后，他们一行人就回到了酒店。米娜娜知道李仪希和蓝翾是情侣，特意给他们安排了一间套房。

李仪希和蓝翾两人还是首次住在同一间房，以前他们去忻城出差时都是开两间客房，即使他们已是情侣关系。

“你先洗澡，还是我先洗澡？”蓝翾尴尬地问道，她紧张地用力抓住自己的衣角。

“你先洗澡吧，我有点醉了，想再休息一会儿。”李仪希为了缓解气氛，就打开了电视，放一些声音出来。

浴室传来哗哗的流水声，李仪希转头看到朦朦胧胧的人影，不禁喉结滚动，还吞了一口唾液。他喝了酒，感觉到自己的欲望就像一只被困在围栏里的野兽，随时都想破栏而出。

蓝翾洗完了澡，换了一件睡衣缓缓地走出浴室，贴身的衣料把她曼妙的身体曲线完美地勾勒出来。

李仪希只看了她一眼，就不敢再看，低头说道：“好了，到我洗澡了。”

“哎！等等！”蓝翾突然叫住他。

“怎么了？”李仪希不得不回头，眼睛又盯在她的脸上。她此时就像出水芙蓉一样美丽动人，令他全身都紧绷起来。

“你忘记拿换洗的衣服了。”蓝翾提醒道。

李仪希连忙又走出来，找了一条内裤和一套睡衣。蓝翾发现，他竟然连耳根都红了。

蓝翾深吸了一口气，她当然知道男女共处一室意味着什么。大家都是成年人，她很清楚自己的选择，既然认定了他，就可以把自己完全交付给他。

电视里播放的新闻有点吵，她便拿起遥控器把电视关了，然后扯上被子倒头睡了下来。

李仅希洗澡比她还久，足足洗了半个小时。等他出来时，看到躺在床上，闭着双眼的蓝翾，就轻轻问了一句："小翾，你睡着了？"

蓝翾的睫毛微微抖动了一下，又睁开眼睛："没呢，在等你。"

李仅希听到她一句娇媚的"在等你"，心都酥了，情不自禁吻上了她的唇。

"小翾，我怕会控制不住自己。"他俯在她耳边喃喃，滚烫的气息喷在她的颈项。

"仅希，我迟早是你的人……"蓝翾的意思再明显不过了，就是她迟早都会嫁给他，愿意与他更进一步发展。

"不，我不能这么做！"李仅希突然翻身躺到大床的另一边，强迫自己冷静下来。

"仅希，为什么，难道你不想要我？"李仅希的犹豫令蓝翾忐忑不安。

"当然不是！"李仅希对上她的目光，坚定地补充，"我李仅希未来的妻子，只能是你！"

"既然这样，我们先有夫妻之实，也是我心甘情愿。"蓝翾的柔情似的眸子满是深情。

"小翾，可是我不想伤害你，我不想让你受到如你母亲一样的遭遇！其实，我们的现状跟你父母从前很相似，我们的恋爱也遭到我家人的反对。因此，我希望你再给我一点时间，让我说服他们，让所有来参加婚礼的人都能祝福我们。"李仅希信誓旦旦地说道。

"好，我答应你。"蓝翾温柔地笑道。难得有一个男人真心实意地对待自己，她当然会好好珍惜，让她等多久都没有关系。

"睡吧，宝贝，晚安。"李仅希与她盖上同一张被子，伸出一只手侧身抱着她。

"晚安，亲爱的。"蓝翾和他在一起很安心，道完晚安后，她很快就进入了梦乡。

读者评论

看到水纤纤女士的小说稿件，心情是很欣喜的。水纤纤的小说叙述结构清晰，节奏明快，语言优美自然，有时代感，对情感矛盾的书写符合一般戏剧小说冲突的设计。小说有故事起因（妹妹的嫉妒，继母的偏爱），有转折（找工作的艰难，职场潜规则），也有最后的澄清和故事发展，是一部优秀的网络小说，相信能获得更多的年轻一代网民的喜爱。

小说梗概

该作品讲述了一位自强不息的女孩为了追求事业和爱情，勇往直前，克服困难，最终实现梦想的故事。主人公蓝翾从小到大都得不到继母公平的对待。成年后，她通过父亲交给她的一块手工壮锦，解开了身世之谜。蓝翾在挚爱李仅希的陪同下一起寻找生母，为了达成生母的心愿，决定把壮锦手工艺发扬光大，并创立了独具风格的服装品牌。

狼洞沟（节选）

薛立永

作者简介

薛立永，70后，吉林省作家协会会员，中国自然资源作家协会会员、中国报告文学学会会员、中国写作学会会员、中国小说学会会员、中国微型小说学会会员、中国散文学会会员、中国诗歌学会会员、中国网络作家协会会员。《意林》签约作家。中国作家协会《校园文学》签约作家。出版了《展翅吧雄鹰》《龙袍》等书。

（本文节选自该作品第一章至第九章）

第一章

硬朗的风填补了这间草房周围的残缺，也摇得房前那棵大杨树浑身生疼。

枝叶闪过的刹那，便有光芒涌入小院中，砸到老侯的身上。

坐在青石上的老侯有些烦躁。

他不停地弯腰拾起身旁的石子，然后咒骂着扔出去。

这是长白山脚下的一小片空地。

老侯和这间破旧的草房厮守在这里。

已经是1938年5月，冷峻的现实让老侯一个人的生活变得更加沉闷。

连绵的群山毫不张扬地透出绿色的细节，老侯却无心欣赏。

他在想念失踪了三天的猎狗大黑。

三天前的傍晚，老侯在林间布下的铁夹子猎获到一只野兔。

不过这只兔子实在瘦得没有肉可吃。

沮丧的老侯便用它炖了一锅汤。

喝下两杯自酿的山葡萄酒，老侯波澜起伏的思绪越发远离了尘嚣。

皮毛干涩的大黑，表现得异常活跃。

它不时地摇尾乞怜，希望有更多从老侯嘴里吐出的骨头扑面而来。

可令它失望的是，年过花甲的老侯仍有尖牙利齿。

听着从老侯口中发出的嘎嘣嘣的声音，大黑的心彻底沦陷在了松油灯照不到的庞大黑暗中。

灌入老侯体内的烈酒，化作一声声叹息。

老侯也没有力气再和杂乱无章的思绪纠缠了。

他身子一歪，整个人滑入了混乱不堪的寒夜大梦中。

机警的大黑挺了挺脖子，踮起前爪，纵身跳到了土炕上。

它先是小心翼翼地嗅了嗅老侯的脸，然后迫不及待地扑到乌黑的木桌前，将盆里的一碗菜汤舔食得干干净净。

老侯像一具夜的残骸，睡得一动不动，以至于根本没有听见午夜大黑发出的声声惨叫。

第二天黎明，气喘吁吁醒来的老侯没有看见大黑的身影。

他那张仍红彤彤的脸顿时变得扭曲。

平日里，只要听到老侯的口哨声，大黑便准时出现在他的面前，有时还会给老侯叼来臭气熏天的鞋子。

老侯的口哨声开始在草房周围泛滥成灾。

百鸟和鸣，就是没有大黑的狂吠。

莫名的恐惧，在老侯的心中肆意地绞杀了三天。

这是大黑失踪的第四天的正午。

坐在青石上的老侯，终于攒足了力气，回草房取出那杆老掉牙的猎枪，出门向山上奔去。

苍茫的长白山草木重重，隔断了老侯张望的目光。

在这肃杀的坡岭中，有许多捕猎的铁夹子、绳套和陷阱。

这些都是老侯的得意之作，而此时却成了他的心头大患。

老侯担心猎狗大黑饥饿难忍时来到山上找吃的，误被铁夹子夹住，或是不小心掉进陷阱。

那些陷阱的底部都有向上直插的木刺。

想到这里，老侯不禁加快了脚步。

山上除了那些绿意不减的松树，周围仍是萧条的景象。

时不时地冒出几簇野菜，昭示着春天正在这里酝酿。

老侯身上的羊皮袄和羊皮裤都是父亲留给他的遗产，只是这两件宝贝过于肥大，它们实在没有办法将老侯干巴瘦小的身子裹紧。

其实，老侯早就感受到了从四面八方灌入身体的寒风。

他一边握紧了左手的猎枪，一边在逐一检查那些捕物机关。

老侯感到自己有些邪恶，如果大黑真的死在自己手里，他也不想活了。

吊着一把花白胡子的老侯记性越来越差，但他清楚地记得，大黑已经跟了他五年。

大黑是他从柳河镇抱回来的。

大黑不仅身形高，奔跑速度更令老侯惊叹。

一般小猎物只要出现在大黑眼前，就会被它捕获。

有一年冬天，几场冒烟雪过后，长白山一片刺眼的光芒。

那天早晨，靠捕猎为生的老侯不得不硬着头皮上山。

在追赶一只狍子时，老侯失足掉入了一个被大雪填满的深沟。

他挣扎着，于是松散的雪粒子从衣服领子等处钻进来，冷得他直哆嗦。

要不是大黑及时叼来几根树枝，垫在脚下，老侯真的没有办法从那个陷阱中爬出来。

当然，老侯也救过大黑的命。

那是在一处悬崖上。

有一只野猪被大黑逼得走投无路，便发疯一般掉头冲向大黑。

它的獠牙像刺刀一样闪着寒光，当它张开大嘴即将咬住大黑脖子的刹那，老侯的猎枪响了。

野猪应声倒地，大黑逃过了一劫。

想到往昔这些生动的细节，老侯的心变得柔软起来。

第二章

又有一些新绿从残枝败叶下跃出，它们就像闪光的碎片晃着老侯的眼睛。

突然，老侯停下了踉跄的脚步，仔细打量起地上零星的爪印。

尽管这些爪印有些模糊，可是老侯很确定，其中一些爪印就是大黑留下的。

这些断断续续的爪印一直向前延伸着。

它们就像一条无形的长绳牵着老侯的双脚奔向远方。

检查过几处捕猎机关后，老侯悬在心头的石头往下放了放。

毕竟在这些地方没有见到遇难的大黑，也许大黑还活着。

可是没过一袋烟的工夫，老侯刚刚松弛的神经又绷得紧紧的。

因为他看到了被血染红的草尖。

“大黑！”

老侯的叫声带着哭腔。

除了山谷的回响，老侯没有听到大黑的任何回应。

老侯的猎枪已经装好了火药。

此时，他也变成了一个火药桶，只是找不到炸毁的对象。

一阵细碎的声音，加剧了老侯内心的恐惧。

他本能地举起猎枪。

两只活泼的大尾巴松鼠迅速攀上树干，不怀好意地冲着老侯晃动着小脑袋。

老侯缓缓地放低了枪口，同时长舒了一口气，身子还在微微地颤抖着。

老侯不能容忍大黑不明不白地消失在这片荒凉的山野之中。

他需要一个关于大黑或生或死的确切答案。

想到这些，老侯又加快了脚步。

他身后弥漫起一片晨雾。

一大摊血迹十分招摇地涂抹在干裂的树桩上。

在树皮上还挂着一小撮大黑的长毛。

老侯蹲在地上半天没有动弹。

“大黑！”他的呼喊声被风扬到了山下。

老侯查看了所有的捕猎机关，都没有大黑出没的踪迹。

那些血迹也一下子消失得干干净净。

如坠云雾里的老侯，感觉身边的角角落落都隐藏着不可告人的秘密。

当山上的阳光变得黯淡，暮色袭来之前，老侯无可奈何地向山下走去。

那些堆积的厚厚的树叶散发出腐朽的气息，这是老侯早已习惯了的味道。

不过此时，他对这股透着死亡的气息感到厌恶。

精神恍惚的老侯双脚像戴着镣铐一般沉重。

他磕磕绊绊地走回家，肚子饿得咕咕直叫。

他只是往肚子里灌了两瓢冷水，然后重重地倒在了冰冷的土炕上。

大黑的惨叫声一寸一寸抵达到老侯的梦中。

大黑死了，它血肉横飞于林间石上。

它的身旁横七竖八地躺着几匹灰狼，那些灰狼都已气绝身亡。

它们的死相很骇人，尤其向外突出的眼珠，看得人毛骨悚然。

这一切都是老侯梦里出现的情景。

他被吓醒后，全身上下已被汗水湿透。

浮风漫天，刮了多日。

荒芜的世界又一次被染成绿色。

大黑已经失踪了很久。

但它还没有真正离开，因为它把记忆留给了老侯。

最近一段时间，老侯粗糙的心中生出许多仇恨的细节。

他猜测大黑是被狼群吃掉了。

他的眼前多次幻化出这样的场景：绿意盎然的陡坡上，大黑狂奔的身影划过草尖，跃跃欲试的它用尖牙叩响群狼的头颅。它身上的血也飘然坠落，如点点梅花红得扎眼……

这一切，最终都随着老侯微凉的泪花碎落一地。

临近中午，偶有几朵白云沉入密林，惊出一只恶狼。

它竟在慌乱中跑到了老侯家。

怒火攻心的老侯放下手中一捆刚砍回来的柴，接着右手举起沉重的铁斧。

老侯之所以没有去寻猎枪，是因为他相信，这把斧子足以要了这只瘦弱不堪的恶狼的命。

接下来发生的一幕是老侯做梦也没有想到的。

那只皮毛凌乱精神萎靡的狼竟然一下子倒在了门口。

老侯顿时全身发软。

那把悬在头上的斧子带着一缕温情滑落下来。

不过，老侯没有放松警惕，他提着斧子，迈着小步靠过去。

躺在地上的狼像一幅立体的油画，凸起的肋骨和干瘪的肚子形成巨大反差。

原来，这是一只哺乳期的母狼，只不过它的乳房比肚子还要扁。

它的额头上有一块明显的疤痕，看着有些可怜。

它微弱的气息化作丝丝伤感，隐约袭上了老侯的心头。

不知为什么，老侯从母狼浑浊忧郁的眼中看到了大黑的影子。

他狠狠地朝着母狼的屁股踹了一脚，他真希望母狼能顺势跑得远远的。

母狼小声哀号着，试图站起来，可它努力了几次都失败了。

它瘫在老侯的面前，喘气时，肚子现出连绵不绝的褶皱。

“该死的东西。”

老侯一边骂着，一边丢掉了手中的斧子。

斧子落地的声音吓到母狼，它浑身一哆嗦。

它试图用微弱的惨叫和老侯达成和解。

处在斑驳树影中的老侯拿出了烟袋。

火苗闪烁时，母狼身体哆嗦得更加剧烈。

见此状，老侯竟得意地笑了。

他还把烟袋拿到了母狼的眼前。

那烟袋锅里的红色，立即点燃了母狼眼中的怒火。

它呻吟着，又挣扎着试图站起来。

一番折腾后，它又躺在了地上，并闭上了双眼，气息也愈加虚弱了。

老侯的心一下子震颤了。

他喟叹着，吐出一大团呛人的烟雾。

第三章

大黑是不是也这样走向了死亡？

老侯的全身又是一阵痉挛。

自己将来也会变成一堆土。

那时，这个简陋的家将彻底宁静了，一切仇恨也会腐烂。

心情越来越复杂的老侯回到屋中，从那个脱了漆的盆中抓起两个窝头。

他将变硬的窝头掰成一个个小块，用力塞到了昏死的母狼口中。

一只大鸟落在了身旁的白桦树上。

它刺耳的叫声仿佛在呼唤母狼，又像在虔诚地祈祷。

这鸟的叫声也震落了老侯身上原本包裹得严严实实的一层层敌意。

趋向死亡的母狼在小院门口躺了半个下午。

老侯上山砍柴回来时，母狼已不见了。

这天傍晚，长白山被一场暴雨清洗得焕然一新。

世界洁净了，老侯的心情也不再浑浊。

一连两天，老侯没有上山，他在房前屋后忙碌着。

这间残败的草房透风漏雨，老侯想好好修缮一下。

拿草苫房子时，爬上爬下的老侯热得脱掉了叠了几层补丁的褂子，那皮包骨头的上身和干尸无异。

有更多的阳光洒下来。

幸好有几缕山风与老侯擦肩而过。

他不紧不慢地修补着房顶，没有一丝马虎。

毕竟这间草房是父亲留给自己的，老侯早就下决心守护好它。

父亲的身影在老侯的记忆中越走越远。

父亲也是一位经验丰富的老猎人。

当年为了躲避战乱，父亲带着5岁的儿子隐居于此。

老侯对母亲没有一丝印象。

如果说有一些记忆，也是来自父亲零星的话语。

他只知道母亲是一个高个子长辫子的女人，在生他的时候难产死了。

与父亲相依为命的老侯从小就寡言少语。

父亲对他的态度很温和，从来没有打骂过老侯。

老侯很懊恼自己没有遗传父母的身高。

长大后，他的个头还没有超过父亲的肩头。

和父亲站在一起时，他总是自卑地垂下眼帘。

9岁那年秋天，老侯开始跟着父亲上山打猎。

第一次布置捕猎机关时，他猴爪子一般干细的手，根本掰不开铁夹子。

见此状，父亲一把夺过他手中的铁夹子，轻松自如地将它掰开后，埋到了一堆树叶下。

那一刻，老侯的心中充满了对父亲的崇拜。

接下来的一上午，老侯一直紧紧地跟在父亲的身后。

他一会儿激动，一会儿紧张，完全不知道自己该做什么。

让老侯感到纳闷的是长得高高大大的父亲为何双脚走路又快又轻，只发出轻微的声音。

绿树掩映中，突然飞出一只野鸡。

它颤抖的羽毛为这方天地平添了气韵。

父亲已经扬起了手中的弹弓。

有些恐慌的老侯眼中立刻盈满了热烈的悲伤。

他既希望父亲能够一石击中野鸡，那意味着将迎来一顿香气四溢的晚餐。

可他又想这只野鸡飞走，在他身前掠过一道绚丽的光芒。

从弹弓上飞出的石子沾满了空气中的尘埃，不偏不倚地落到了野鸡的头上。

它仰卧在草地上，翅膀在光影中扑打合拢。

“快去。”

草木不语，父亲的喊叫掷地有声。

野鸡的身体还是热热的。

老侯把它紧紧地抱在怀中，心里却没有任何兴奋。

和父亲在一起的日子，老侯渐渐地习惯了各种各样的死亡。

以至于父亲去世时，他都没有过度的悲痛。

父亲去世后，老侯一直独身，直到后来有了大黑的陪伴。

如今，大黑也离开了他。

他只能亲近身下这间草房了。

从房顶回到地面的老侯，仰头看了看悬在头顶的太阳。

已饥肠辘辘的他，准备煮一锅菜粥来充当午餐。

砰！

一声枪响，吓得老侯顿时伸长了脖子。

枪声过后，又有几声鸟鸣在回应苍穹。

自从隐居于此，老侯没有见过太多猎人。

可奇怪的是，最近一段时间，他总能听到骤然响起的枪声。

更让他心悸的是，这些枪声不是由猎枪发出的。

老侯取出猎枪，然后将自己瘦小的身体埋在一堆柴草下。

他在这里足足趴了一个时辰。

再也没有枪声传来，填饱肚子后老侯决定去山上转转。

春花灿烂，草蝶乱飞。

一切都是欣欣然的样子。

和往常不同的是，老侯将步子迈得很轻。

他时刻提醒自己要小心，千万不能发出太大的声响，也许有人正在暗中窥视自己。

老侯这样想着，他提着猎枪的手不由得渗出了汗珠。

丛林中又现出血迹，落在尚未消融的残雪上，那样冷热分明。

一棵棵大树像大自然为长白山编织的篱笆，为老侯的前行设置了重重障碍。

无边的绿色，也不遗余力地隐藏着老侯的身影。

在一条从雪线流下的小溪前，老侯止住了脚步。

他放下猎枪，用双手捧起冰冷刺骨的雪水，很不情愿地喝了下去。

顿时，他打了一个哆嗦。

不是那冷得有些坚硬的水在体内作怪，而是他看到了一只倒在石头上的梅花鹿。

老侯湿漉漉的唇有些颤抖。

他猜这只梅花鹿的死一定和之前听到的枪声有关。

鹿的身下是一大摊血，像绿色的地毯上打了一个红色的补丁。

老侯从头到尾仔仔细细地翻看了一遍。

他只是发现这只鹿的腹部中了一枪。

它应该死了一段时间，全身硬得像结了冰一样。

第四章

意外获取的猎物，让老侯惶恐不安的内心得到了一丝安慰。

在院里分割鹿肉时，一枚弹头赫然掉到了老侯的脚下。

老侯想，先前听到的声音应该是猎杀这只梅花鹿时发出的。

这枚沾血的弹头，也证实了他的猜测，射击用的枪不是猎枪。

到底是什么人在山林中出没呢？

夕阳下，老侯布满沟壑的脸上挤出一片凝重。

忙活了一天的老侯早早睡下了。

他必须攒足体力，因为第二天太阳升起后，他要去一个很远的地方——柳河镇。

每隔半年，老侯都要带一些动物的皮子和一点值钱的山货去六七十里外的柳河镇，换回来一些用品。

柳河镇是老侯从记事起到过的人最多的地方。

他多次说服父亲搬到柳河镇生活。

可父亲丝毫没有动摇。

他的理由是外面的世界兵荒马乱，匪盗猖獗。

在草木枯荣中，老侯也渐渐地安于宿命。

以至于父亲去世后，他都没有再冒出离开这间草屋的想法。

一场罕见的大雾抚摸着长白山腹地。

第二天黎明来得似乎晚了一些，老侯也比平时多昏睡了半个时辰。

铁锅里有几大块昨天烀熟的鹿肉，老侯颔首低眉，大口咀嚼着这顿丰盛的早餐。

负重上路的老侯手中还提着装好火药的猎枪。

毕竟他身上背的是攒了半年的家当，他不想在路上出现任何闪失。

广阔的山野根本没有路。

老侯的脚下是一片苍茫连着另一片苍茫。

也有一条条雪水在白白流淌。

山里的季节和老侯的脚步一样，正在悄然有序地向前行进。

披着万物的山岭古老而神秘。

从山上能看到柳河镇时，日头快要偏西了。

按惯例，老侯今晚要在镇西头胖大嫂家的小客栈住一个晚上。

明天一早处理带来的货物，再买一些东西后，就必须往回赶路，争取天黑前到家。

否则天一黑，长白山里险象环生，他一个人很难应对。

老侯的父亲就有过一次惊魂的经历。

那是腊月的一个傍晚。

西北风夹着雪粒子打在人的脸上生疼。

老侯的父亲从柳河镇回来时，刚一进山，脚就崴了。

当时，年少的老侯正心惊胆战地蜷缩在家中土炕的角落里，竖着耳朵听着父亲回来时的脚步声。

如果不出意外，父亲一定会带回老侯期盼的冰糖葫芦。

老侯期盼的心情变得更加急切。

可他哪里知道，父亲的身影已被夜色和风雪彻底掩埋在长白山原始森林中。

老侯的父亲感觉左脚踝已经肿得令他感到无奈。

他每前进一步，那种彻骨的痛便像一条狂噬的毒蛇在心中肆意蔓延，以至于他的呼吸都变得支离。

夜色渐浓，他身上的布袋子也变本加厉地向下沉。

他不得不走走停停。

一棵树遮蔽了另一棵树。

老侯的父亲只能凭着感觉向前跋涉。

袭上他身体的寒冷，很快凝结成了滚落的汗珠。

疾风吹出一个高大的黑影，它晃晃悠悠地朝老侯的父亲扑来。

情急之下，老侯的父亲扣动了扳机。

一声沉闷的枪声，惊飞了几只刚刚归巢的鸟。

它们惊慌失措的叫声，搅得老侯父亲心中的恐惧一下子沸腾了。

倒在他面前的是一堆深邃的黑色。

他用手一摸，便确定这个黑乎乎的家伙原来是一只黑熊。

森林里又恢复了原状。

老侯的父亲无比牵挂家中孤零零的儿子，但他还是咬紧牙关，决定在山里过夜。

因为这样盲目地走下去，很可能离家越来越远。

如果休息一个晚上，他脚上的伤也能得到一些恢复。

黑熊尚温的身体成了老侯父亲的火炉。

这天夜里，他与黑熊尸体相拥而眠，没有出现一点冻伤。

老侯是在第二天下午听见父亲进院的脚步声的。

让他有些失望的是，父亲带给他的糖葫芦，已在山路上被摔成了一个个散开的冰球。

父亲在家养伤的日子，老侯每天都能听到他很郑重地叮嘱：外出归来，必须在天黑前到家。

平日里，上山打猎的老侯也从不恋战。

只要山里的光线变弱，他会毫不犹豫地舍弃即将到手的猎物，然后迅速下山。

此刻，老侯也不想贻误光阴。

他想尽快到达胖大嫂的小客栈，因为他的肚子太想念胖大嫂做的手擀面了。

打了半辈子光棍的老侯，喜欢看胖大嫂的两根又粗又黑的辫子。

她擀面时，那两根辫子便晃个不停，看得老侯有些头晕。

胖大嫂其实一点儿都不胖，反倒比一般女人瘦削。

她看上去只有三十几岁。

据说她的丈夫很胖，所以大家都喊她“胖大嫂”。

老侯没有见过胖大嫂的丈夫。

游荡在别人故乡时，老侯不敢招惹任何大小是非。

只要能吃一大碗胖大嫂亲手做的筋道十足的面条，他所有的奢望就能得到满足。

从山林里抽身出来时，老侯感到眼前的街景有些陌生。

原本整洁的街面如今一片废墟。

一些大门不知为何被毁坏，许多房舍明显被火烧过。

乌黑的残垣断壁看得老侯心中也生出裂痕。

第五章

让老侯略感踏实的是，胖大嫂的客栈依旧完好无损地立在那里。

他试探着溜进院中，并没有见到一脸笑容的胖大嫂从屋里迎出来。

轻轻地推开那扇褪了色的朱漆大门，老侯看到一些杯盘碗筷被扔得满地都是。

老侯熟悉的那张圆桌桌面，好似被利器劈成了两半。

有几个酒坛子斜躺在角落，地面不湿，可屋子里仍弥漫着浓烈的酒气。

老侯怎么也没想到，这个昔日热闹的客栈会一下子变得如此清冷。

他感觉整个小镇也一下子失声了。

老侯满心疑惑地回到院中，发现院外站着一个十三四岁模样的小男孩。

这个浑身脏兮兮的男孩，瞪大了双眼，打量着老侯。

“人去哪儿了？”

老侯用手指了指客栈，憨憨地问道。

“你是谁？”

小男孩没有理会老侯的问话，而是倔强地反问道。

他响亮的声音将老侯的耳朵胀得满满的。

“我是卖东西的，来这里吃饭住店。”

老侯耸了耸身上的皮子，又抖了抖手上的山货。

“前几天日军来过了，他们杀人放火，还抢东西，很多人都吓跑了，胖大嫂也跑了。”

“你为啥不跑?”

老侯不解地问。

“日军抓不到我。”

小男孩说完，十分得意地跑了。

柳河镇发生的一切出乎老侯的意料。

他要到哪里挨过这个即将到来的黑夜，那些买家是不是也都远走他乡了呢?

一时间，黯然神伤的老侯有些不知所措。

走在街头的老侯身上披着斜阳燃烧的色彩，仇恨的怒火也在他的体内迅速蔓延。

老侯痛恨来这里的日本人。

若不是他们来这里做一些丧尽天良的坏事，胖大嫂就不会远离客栈，他今天晚上的生活仍会像以前一样过得满足。

镇子里剩下的一小部分人。

从他们慌乱的眼神和咬牙切齿的讲述中，老侯知道了这伙日本人的凶残。

幸运的是，老侯在一座近乎废墟的小院中，寻到了一个过去的买家。

这个一说话便不停眨眼的秃顶老头，将双手伸进口袋里，摸了半天，抓出来的钱却少得可怜。

“都被日本人抢走了，就剩这么多了。”

看着面前这个沮丧的旧相识，老侯极不情愿地放下身上的东西。

“胖大嫂能躲到山里吗?”

老侯情不自禁地问。

秃顶老头的脸颊抽动了一下。

他将毛乎乎的嘴巴凑到老侯的左耳边，小声说道:“胖大嫂杀人了，是一个日本兵里当官的。”

这微弱的声音在老侯听来却如同炸弹一般响亮。

他彻底惊呆了。

面对半信半疑的老侯，秃顶老头又靠上来。

“没有想到，胖大嫂居然在客栈里藏了一把长枪，她的枪法可准了。”

坐在流淌的夜风中，老侯吃了一点东西后，在秃顶老头临时修缮的家中挨了一个晚上。

第二天一早，在秃顶老头的张罗下，老侯很快买到了一些东西。

临出发前，秃顶老头的儿媳也给老侯做了一碗面条。

看着碗中摇晃的油腥，胖大嫂的模样又突然一跃，蹦到了老侯的眼前。

人烟稀少的小镇变得清澈而宁静。

一切原本熟识的景象也因战乱而变得面目皆非。

离开小镇时，老侯像个犯狞的孩子，不时地回头凝视着这一片曾令他神往的人间福地。

孤独的老侯一直微垂着头。

那些漫无目的生长的杂树与他擦肩而过。

可它们无法领略老侯心中对柳河镇人的无限悲悯。

在浓密的林间穿越时，老侯感觉自己的世界一下子少了许多光明。

也许是身上增添了许多尘土的重量，没走多久，老侯的双腿便表现得疲惫不堪。

终日与森林为伴的老侯，开始对这片供养他生活的林海产生了恐惧。

那些杀人不眨眼的日本人，会不会钻进这山里。

混乱的思绪搅得老侯的心情就像这山岭一般跌宕起伏。

到达最后一片斜坡时，老侯才放稳了思绪。

一只山雀俯冲下来。

老侯的目光跟随着它，便看到了那间在大山掩护下泰然处之的草房。

离开了一天的草房变得有些潮湿。

老侯丝毫没有嫌弃地躺在炕上，大口大口地呼吸着有些霉变的空气。

如果那些日本人摸到这里该怎么办？

老侯被自己的想法吓得浑身一激灵。

他忙一骨碌从炕上爬起来，刚才还沉重的身体，一下子轻得如在云端。

作为一名经验丰富的老猎人，他想到了“狡兔三窟”这个说法。

当然，这也是父亲讲给他的。

瞬间，老侯脸上堆积了多日的愁容，像秋日的枯叶落了一地。

自己也要像兔子一样，在离家不远的灌木丛里挖一个地窖。

一旦有危险来临，就可以躲到那里避难。

这天下午，老侯开始用锹镐触摸大地的微凉。

他激动得仿佛抓到了一根粗壮的救命稻草。

干劲十足的他，一下子忘记了长途奔波的劳顿。

缄默的大山，静静听着锹镐的叩问。

除了几只蝴蝶在地窖的上空盘旋打量，再也没有什么活物对老侯的行动产生兴趣。

第六章

老侯在这个挖好的地窖里安放了一个新做的木梯。

地窖口被一堆柴草遮掩着。

加上旁边浓密的灌木丛，不知情者实在发现不了这个天然屏障里的藏身之地。

大功告成了，老侯仿佛完成了一个不可告人的大阴谋。

山里的温度在不断升高。

几场雷雨之前，老侯又精心地挡好了地窖口，以免这里变成一个大水坑。

每次干完活，老侯感到脸上、脖子上都有黑色的小溪在流淌。

拥有地窖的老侯，整个人都焕发了精神。

让他情绪越发高涨的是埋伏在山里的那些陷阱和绳套，每天都有收获。

有酒有肉的日子，让老侯的目光中又点燃了对长白山的无限热爱。

抚摸着一张张光滑的毛皮，他干瘪的嘴角就会情不自禁地上扬。

一日清晨，山里的薄雾如玉般渐渐隐去。

老侯双脚裹挟着清爽的霞光，又一次来到地窖前。

让他惊讶的是，地窖口那堆遮掩物有明显被动过的痕迹。

他又悄悄打量了一下四周。

刚长高的野草也被一排脚印踩倒了。

一些草叶上有红色的血迹。

全身一下子抽筋的老侯疯了一般跑回草屋。

他熟练地抓起猎枪，又跑回地窖前。

他用枪管挑开那些干草。

发现地窖内空空荡荡，只有一些血迹和人活动的痕迹。

老侯口中喘着粗气，心跳加快。

这个伤者究竟是何人？

为何没有去草房内求助于他？

而是在暂避之后，选择悄然离开。

更让老侯百思不得其解的是，这个神秘人物又是怎样发现这个隐藏得极不显眼的地窖的。

难道自己挖地窖时，这个人就一直埋伏在暗处观察？

青山隐隐，老侯积攒了多日的安全感统统不见了。

山野寂静，草木安详。

可老侯还在长夜里辗转难眠，他的一呼一吸都带着惶恐。

自从神秘人物光顾了地窖，老侯整个人都处于惴惴不安之中。

他开始强迫自己时不时伸伸疲倦的腰身，来舒缓绷紧的神经。

只要家中尚有食物，老侯便不再上山打猎。

他生怕自己离开后，又有陌生人闯入他的小院，破坏这里他赖以生存的一切。

不绝于耳的虫鸣、鸟叫让老侯思绪更加烦乱。

狂躁的他真想朝着大山开几枪，来震慑一下隐藏于暗处并对他有威胁的人。

风将树梢压低的下午，枪声终于响了。

老侯眼中的蒙眬和倦怠立刻消失得干干净净。

这枪声和他上次听到的一样响脆，也绝不是猎枪能制造出的效果。

枪声的余音挥之不去，仍不知疲倦地在山谷和老侯的耳畔回荡。

会不会是日本人来了？

残存在老侯心底的最后一丝安全感被这个想法碾碎。

不翼而来的枪声，让老侯不得不为自己的处境担忧。

出没于地窖的伤者会不会是日本伤兵？

想到这里，老侯忙抓起铁锹，用了一袋烟的工夫，将自己的得意之作——地窖，填得平整如初。

老侯这样做，就是不希望这个地窖再招来更多的麻烦。

虽然用土石填平了地窖，但沉重的现实并没有被掩埋。

老侯从口袋里摸出了先前从梅花鹿身上获取的那枚弹头。

仔细看了几番又几番，甚至他还嗅了嗅弹头的味道。

要想保全性命，必须寻觅一个新的藏身之所。

此时，老侯又怀念起自己的父亲。

若父亲还活着，一定会为他想出一个万全之策。

安安静静的老侯努力回想着父亲曾经对他讲过的每一句自救的话语。

只是他此时的脑海中一片空白，且白得透明。

无计可施的老侯还是打算挖一个逃亡的通道。

不过，这个新规划好的通道入口在草房内，出口在草房外，连接入口和出口的是长长的地道。

老侯假想自己一旦被恶人困在屋中，他就可以从这个暗道神不知鬼不觉地溜进大山。

只要一进大山，他相信没人能追得上他。

这个新的逃生方案，让老侯一直处于恐惧漩涡中的心，暂时安稳下来。

他背着手在草房内走着，寻找着地道入口的合适位置。

老侯绞尽脑汁地琢磨了半天，他终于在灶前停下了杂乱无章的脚步。

他决定挨着目前做饭的土灶再搭一个假土灶，将地道入口就隐藏在锅盖下。

为了不走漏风声，老侯决定在夜里悄悄地挖掘。

那些挖出的土石也被他穿过夜色，运到了不易被发觉的远处。

一连半个月，老侯俨然成了夜的幽灵。

有时，老侯竟在开凿的地道里睡着了。

白天，为了填饱肚子，他还要弓着腰去山上获取猎物。

繁重的体力劳动致使他的双手像残废一样耷拉着，猎枪的枪口在地上拖着。

在死气沉沉的日子里，求生的信念始终在老侯的心中霸占着。

第七章

地道挖通时，正值午夜。

老侯鬼鬼祟祟地从出口爬出来。

发现这是一个斜坡。好在周围不乏遮挡的树木。

老侯极力克制着内心的激动。

用桦树皮以及杂草将出口迅速挡好后，他急匆匆地溜回草房内。

这一晚，老侯睡得特别踏实，那汩汩冒出的鼾声夹杂着喜悦。

老侯一直睡到了第二天中午。

走出草房的那一刻，迎接他的是浩瀚的山林气息。

他紧闭双唇，张大鼻孔，用力呼吸着长白山赐予他的好味道。

精神抖擞的老侯又背着猎枪上山了。

他偶尔会停下来，站在倒下的树干上，表情生动地俯瞰眼前。

风中翻滚的绿色波涛，这情景美得如画卷。

老侯看得如痴如醉。

他像这片古老的土地上的一个不起眼的精灵，在无比幸福地享受着大山的供养。

一只体型不大的小野猪，以呼啸的方式从老侯身边闪过。

老侯一瞬间从树干上跳下来，尾随野猪而去。

这只尚未成年的野猪，应该没有领略太多尘世的痛苦。

它居然跑跑停停，甚至充满好奇地打量着老侯。

猎枪在树下划过一道弧线，对准了野猪的头。

在老侯扣动扳机的刹那，调皮的野猪身子一闪，又钻进了树丛中。

不肯善罢甘休的老侯飞奔起来。

可令他沮丧的是野猪和他的距离越来越远。

老侯急速的呼吸似在嘶鸣。

那些和他亲密接触的枝条，没能扫去他脸上的阴霾。

气急败坏的他正欲再次飞奔向前时，双脚却被什么东西绊了一下。

若不是急中生智的他抱住了前面的大树，他的脸一定磕在了露出地面的尖石上。

惊魂未定的他低头寻找刚刚绊脚的障碍物时，发现是一堆骨头。

再一看，还有一张黑色的毛皮以及一串铜铃。

看到那串熟悉的铜铃，老侯像遭到了雷击一般，一下子瘫坐在地上。

原来这就是大黑的葬身之处。

老侯干涩的眼角顿时溢出了浑浊的泪水。

他用力抓住那串沾满血污的铜铃，眼前浮现出自己当初在柳河镇为大黑精心挑选铜铃的场景。

黑色的狗皮散发着刺鼻的恶臭。

在污浊不堪的长毛下，老侯看到了无数被尖牙咬出的孔洞。

老侯从这些孔洞的大小，推断出大黑临死前遭到了野猪群的围攻。

大黑为什么会跑到这里？

难道夜里野猪们下山觅食，来到了他的小院，大黑为驱逐野猪才来到这里，不幸的它反被野猪们咬死了？

老侯满心悲痛地思索着。

老侯眼中流淌着滔滔愤怒。

他拔出腰间的牛角弯刀，在地上戳出一个不大不小的土坑。

把大黑的骨头和毛皮埋下后，他累得像独狼一般喘着粗气。

回到家中，老侯将大黑佩戴过的铜铃用水洗刷得干干净净，又系了一条红布，然后悬挂在树枝上。

坐在石头上的老侯一边猛吸着旱烟，一边注视着风中微微晃动的铜铃。

那并不响亮的声音，有些羞怯地加入大自然的合唱之中。

老侯的生活变得越来越忙碌。

捕猎之余，他从山上扛回来一根根胳膊粗细的木杆。

这些木杆一根挨着一根站立着，在草房周围形成一道难以逾越的篱笆墙。

矮趴趴的草房被一天天长出来的篱笆墙遮挡起来。

老侯还重新做了一扇高大沉重的木门。

这个大木门可以在院内用门闩插上。

山风夜以继日地击打着万物。

有一些树叶开始像飘零的雪花般无奈地落下。

老侯忙着晾晒过冬吃的野菜和肉干，并没有让自己的自救行动戛然而止。

他不断地挥舞锹镐，在篱笆墙的里外两侧挖了两排陷阱。

他想，无论是敌人还是其他人，想擅自闯入他的领地，一定会先落入陷阱之中。

在秋天快结束时，老侯又赶制了三张弓和几十支箭。

这些应急的武器被分散到篱笆院内的各处。

老侯担心自己的猎枪在战斗中装填弹药不及时，便可以拿这些武器击退敌人。

季节已经抵达成熟。

老侯也觉得自己原本混沌的脑袋一天天变得灵光。

因为他已经让简陋的家，变成了进可攻退可守的小城池。

已经有很长时间没有听见莫名其妙的枪声响起。

老侯很享受大山带给他的一派安宁。

多年来，老侯一直独享着这份安稳。

可如今，这看似平常的生活，让老侯觉得弥足珍贵。

老天如同割开了血脉，下起了连绵的冷雨。

这种天气在长白山是很少见的。

往年这个时候，早有雪花在山间熠熠闪烁。

老侯骨子里喜欢长白山的冬天。

因为在雪地上很容易发现动物的行踪。

更主要的是在严冬里，动物们都长着浓密的长毛。

这样的皮子要比夏天里值更多的钱。

可是漫天倾泻的雨水，腐烂掉了老侯对冬天的期盼。

从山下俯冲下来的水哗哗作响，仿佛在给即将迎来死亡的绿色生灵们唱着哀歌。

一片铅灰色笼罩着老侯目光所及的世界。

除了白亮亮的水，他看不见任何亮色。

第八章

本是依山而居的老侯，俨然变成了依水而居。

这样的晚秋比冬天更冷。

灶内的枯木一直燃烧着。

老侯的旱烟袋也冒着浓白的烟雾。

快到中午时，正在门口向外张望的老侯听到轰鸣声。

同时，他感到脚下的大地在抖动。

他不顾一切地冲出篱笆院。

循声望去，只见无数乱石在泥水的冲击下呼啸而来。

老侯还是第一次见到这么大规模的山体滑坡。

面对死神伸出的魔爪，他毫不犹豫地选择逃离。

直到跃上远处一块巨石，老侯才回头看。

那些精心搭建的篱笆墙和草房都不见了，老侯的眼前只是一堆高耸的泥石。

瞬间失去家园的老侯，一下子石化在了高处。

刚刚发生的一切带给老侯前所未有的战栗。

他没有心情感叹面前景象的盛大与恢宏。

全身悸动的他想到的第一件事情，便是找到猎枪。

老侯知道，猎枪对他来说是活下去的依仗，所以他必须把它挖出来。

雨终于停了。

那些丧心病狂的雨水和泥石，停止了令人胆寒的咆哮。

沐浴过秋水的皮袄和皮裤散发着腥臭，也变得特别沉重。

行动有些困难的老侯在腐败的树叶深处，寻到一些尚能燃烧的枯枝。

幸亏他皮袄兜的深处藏着一盒火柴。

火光照亮了老侯一脸的麻木。

如今，活了大半辈子的他真正领略到了生活的变幻无常。

浑身干爽的老侯端详起眼前的泥石。

让他稍感轻松的是，这些泥石只是推倒了篱笆和草房，并没有将它们深埋。

据老侯目测，那座小山似的废墟上，覆盖物仅有两三尺厚。

老侯很确定自己找到了草房的原址。

于是他开始用手掀掉那些体型较小的石块。

空旷的地面上，飘着寒气和阴郁。

老侯动作迟缓地挑战着那一块块顽石。

不知从哪儿飞来三只乌鸦，它们煞有介事地哀叫着，气得老侯扬起手中的石块，砸了过去。

石块掠过乌鸦们的翅膀，落到远处的树丛中。

顿时，老侯的眼中浮现出喜悦。

老侯从一片泥泞中挣扎出来，带着满鞋的泥水狂奔到被他遗忘的地道出口。

真是天无绝人之路，这里居然没有泥石经过，一切都保持着原样。

老侯蹑手蹑脚地掀开一层层遮盖物。

终于，看到了干爽的洞口。

喜出望外的老侯点燃了一根松木枝。

他借着这一缕摇曳的光钻入地道中。

在地道内爬行的老侯，全身都变得柔软。

有些土渣洒下来，吓得火花乱飞，让洞中的气流一下子失去了清澈。

前进中老侯的情绪波澜起伏，他最担心位于假灶下的入口会被巨石堵死。

独来独往的老侯像一名孤胆勇士，终于到达了地道入口处。

他将已经熄灭的木棍扔掉，又深吸一口气，用双手去推盖在洞口的木板。

由于用力过猛，那块破木板“啪”的一声翻到了一旁。

这样的结果是老侯没敢奢望的。

带着辛酸与激动，老侯的头探出了地面。

眼前的黑暗尽显神秘。

老侯还是迅速点燃一根火柴。

火光虽然暗淡，但他还是迅速扫遍了周围。

原来草房并没有完全倒塌。

几根立柱和房梁居然巧妙地交叉在一起，在泥石下面支撑起一个足够大的空间。

那把猎枪和一些生活用品也都完好地出现在老侯的视线中。

老侯激动于这一场劫后的相遇。

借着灯光，他仔细清点着那些没有被毁掉的家当。

数着数着，老侯已经按捺不住一颗在胸中乱蹦的心。

草房内的两个瓷碗、一个瓷盘和泡酒的大肚子玻璃瓶被砸碎了。

饭桌也被落下的石头砸扁。

几袋肉干和一摞皮子应该被埋在了乱石碎草中。

其他东西尚在，并且都完好无损。

有了这些东西，老侯又看到了生活的希望。

老侯决定重建家园。

于是他将猎枪、铁锹、锯子等急需的东西拖出地道。

被汹涌的雨水洗涤过的长白山，又呈现出季节交替时的沉静与大美。

老侯要在这美景中寻找一处新的栖身之地。

在一番对比斟酌后，老侯选中了一个好场地。

这里离他原来住的地方大约有200米，是一个内凹的小山崖，高不过3米，三面由屹立的巨石围拢，只需在前方垒起一面石墙，上面扣一个房盖，一个新家便建好了。

锯子和铁锹合奏出的乐章，摒弃着山风的喧嚣。

老侯夜以继日地忙活着，每天收工都很晚。

他必须赶在大雪来临前住进这个新家。

每天收工时，老侯都迈着踉跄的脚步，钻进用树木和杂草临时搭起的小窝。

为了防止野兽的夜袭，他在这小窝旁点起火堆。

漫山遍野的勃勃生机很快在寒流中销声匿迹了。

老侯只好急匆匆地搬进了这个新家。

当然，他也想将这个新家用篱笆和陷阱围起来。

但大地已经冻得坚硬，他的这些想法只能等到春暖花开时再实现。

大雪封山前，老侯又积累了一些动物的毛皮。

他又一次跋涉到柳河镇，换回来一堆过冬用的物品。

长白山变得沉默了。

在不打猎的时候，老侯便躲在宽敞的新家中猫冬。

第九章

在老侯住处附近有一眼很小的山泉。

涓涓泉水缓缓涌出，且四季温热。

在冬季里，还会有一团团白雾在这里舒展升腾。

当年，老侯的父亲之所以选择驻扎于此，也因这里终年有饮用水的缘故。

像每年一样，老侯用石头在屋外的门口处，砌了一个长方形深槽。

在上面淋水成冰，冻得结结实实。

那些猎物的肉悉数藏在这里，并且用冰块封严。

取肉时，老侯便用铁锤凿开上面的冰，拿出肉后，再用冰将上面冻牢。

只要这个冰槽装满肉，老侯就能活过这个冬天。

每隔一段时间，总有一些动物来到泉眼处饮水。

老侯在这里周围布下了许多捕猎机关。

不几日，便有大大小小的动物中招。

每当太阳陷入山林后，老侯生活的小世界便安静了。

通常情况下，老侯都会在天黑之前吃完晚饭。

之后，他用一袋旱烟迎接夜色的来临。

孤独会贯穿每一个完整的夜晚。

老侯不喜欢自己犹如死人被黑暗埋葬的感觉，所以他一直喜欢晚睡早起。

这又是一个飘雪的清晨。

刺骨的冷风将最后一片夜色吹得坠入山谷。

匆匆而来的阳光似乎忘记了携带暖意。

老侯一边咳嗽着，一边提着水桶向那眼飘着仙气的山泉走去。

呜呜，有狼的悲鸣传来。

老侯像被使了定身法一般，立刻停在那里。

前方，有一只幼狼在雪地上挣扎惨叫。

很明显，它已经被老侯布下的铁夹子钳住了腿。

幼狼用它的惨叫问候着老侯。

老侯顺手从地上捡了一根木棍，然后小心翼翼地靠上前。

幼狼的右后腿被铁夹子死死地拖着，雪地上闪着零星的血色。

年幼无知的小狼，应该在寻水的路上踏上了铁夹子。

受伤的它似乎并不惧怕老侯。

见老侯接近它，它顿时止住了狂叫，用乞求的目光注视着老侯。

狼皮并不值钱。

狼肉更无法食用。

所以，老侯打猎时从不主动去追捕狼。

只有受到狼攻击时，他才会狠心将其消灭。

见这只幼狼对自己没有敌意，老侯紧张的心情也放松下来。

他轻柔地蹲下身，在保持着警惕的前提下，卸掉了幼狼的右后腿上的铁夹子。

令老侯没有想到的是，这只幼狼并没有迅速逃窜，而是亲昵地用身子蹭了蹭他的腿。

老侯浸在寒流里的身体霎时流淌出暖意。

他试探着用手摸了摸幼狼的后背。

幼狼的脚伤并不严重，它一瘸一拐地尾随着老侯。

一脸诧异的老侯把它带回家中，并投给它几块野猪肉。

老侯还拿来自己用来治伤的药，给幼狼涂到了右后腿上。

幼狼眼神里的痛苦是温柔的。

它眼巴巴地看着眼前这个陌生人为它所做的一切。

它想伸出舌头舔一舔老侯粗糙得有些皲裂的手背，但它因为畏惧表现得很胆怯，只是将伸出的舌头卷回来，舔了舔自己油乎乎的嘴巴。

老侯的内心也是矛盾的。

他真想把这只幼狼留下来。

但他又担心幼狼本性不改，长大后会对自己造成伤害。

一旦酿成悲剧，将悔之晚矣。

这只幼狼似乎看懂了老侯的心思。

在老侯推开房门的刹那，它很识趣地溜了出去。

看着雪地上留下的有些深浅不一的爪印，老侯感觉自己有些残忍。

雪后的长白山，空气亦如雨后一样清新。

老侯又背着猎枪钻入原始森林。

为了防止迷路，有时他会在树皮上砍一些标记。

几只红尾山雀在枝头绽放着耀眼的亮丽。

它们还用翅膀轻轻弹落树枝上的雪花，于是便有一片晶莹滑落。

老侯高高地举起了弹弓，又悄悄地收回来。

眼前的景色实在太美了，他不忍心破坏。

没有灰尘的大山，任凭老侯尽情漫游。

为了节省火药，老侯身上还带了弓箭和梭镖。

老侯中意的猎物终于出现了，是一只皮毛光亮的狍子。

它正隐藏在一棵红松树旁，伸着脖子向老侯这里张望。

从老侯手中飞出的梭镖，将风刮出一道长长的口子。

风的尖叫声吓跑了狍子。

梭镖刺破了红松干裂的厚皮，然后撞到那块方方正正的石头上。

一脸轻松的老侯没有感到失望。

他也没有冲出去追那只跑得并不遥远的狍子，而是不慌不忙地从皮袋里掏出一些绳套，布设在刚刚狍子出现的地方。

忙完这些，老侯又回到先前扔梭镖的地方，悠闲自得地抽起了旱烟。

老侯了解狍子的天性。

它们在跑走后不久，还会绕回先前出现的地方打探情况。

老侯便安心地等待这只狍子再次现身，走入他布下的一个个捕猎机关中。

从老侯烟袋锅中飘出的白雾，跟随涤荡的山风急着去感受山野的荒芜和苍茫。

老侯却一点都不急躁。

多年的捕猎经验告诉他，这只呆头呆脑的狍子就是他今天的晚餐。

一群群鸟从老侯头上飞过，山中的寒气太重了，冻得这些鸟都张不开嘴鸣叫。

除了老侯制造的烟雾是活跃的，其他一切都显得过于沉闷。

老侯手中的一袋烟，彻彻底底地凋零成了灰烬。

他的下半身已经冻得战战兢兢，可是狍子还没有出现。

老侯在原地踱着步，心中的自信被他的脚步一下下戳破。

在沉默中，老侯的思想在酝酿一个转折——他打算放弃等待。

风掀开了老侯额前野蛮生长的长发，露出了他脸颊上不想昭示世人的惆怅。

读者评论

猎人老侯从一名普通的山民成长为抗日战士，危急关头，他和二锁一起挺身而出，将大批日军引入东北抗日联军封锁的狼洞沟，两人以大无畏的牺牲彰显中国人民不屈的民族气节。小说以小见大，整个故事起承转合比较流畅。写作手法上，人物性格发展比较合理，老侯从二锁口中知道胖嫂身份，第一次听到“抗日”这个词到同情东北抗日联军，从被动帮助东北抗日联军转为主动帮助东北抗日联军并成为东北抗日联军队员，直至为民族解放大业英勇牺牲；情节设置比较恰当，例如老侯第一次杀日寇机会的出现，与东北抗日联军队员发生直接联系的时机等；环境描写与情节发展比较贴合且有地域特色。文字成熟，故事感人，人物塑造到位，是一部值得阅读的作品。

小说梗概

该作品讲述了生活在长白山深处的猎人老侯与意外收养的孤儿张二锁一起打击日本侵略者的故事。本打算隐居逃离战乱的老侯，在张二锁的影响以及日军的不断袭扰下，毅然走上抗日道路，利用狼群消灭了侵略者，最终与二锁一起牺牲在狼洞沟。

散文类

SANWEN LEI

一等奖

《分水岭》

获奖理由

作者历史知识相当丰富，文采底蕴深厚，讲述的故事和内容简练却不失丰富，有思考、见深度。

分水岭

欧华鹏

作者简介

欧华鹏，笔名南岭之楠，现就职于南宁职业技术学院职业教育发展研究院，副编审职称，主要从事高校学报融合出版、新型农民职业教育、村落文化发展等方面研究；曾在漓江出版社工作多年，担任过图书编辑、编辑部主任和出版中心总监等多个职务，参与多个国家级或自治区级的重大出版项目的策划与实施。热爱研究、热爱创作，致力于以文学方式推动科研成果的社会传播与大众普及。

题记：运河之于帝国，着实像动脉之于身体那样，它的畅通与滞塞，往往都足以影响到国运的兴隆。——《唐宋帝国与运河》

一

1764年，17岁的冯敏昌第一次乡试后归家，是时已是深秋，年少的他登上铜鱼山，看到这座依然翠绿的岭南大山，于是写下名篇《铜鱼山》，文章的开头便是“铜鱼山高一百尺，山头井深不盈尺”。铜鱼山对这位12岁考中秀才的天才少年有着深远的影响，在往后余生中，他自称“鱼山”，而世人尊称其为“鱼山先生”。

清乾隆四十三年（1778年），冯敏昌考取进士，他是广西钦州市走出的大儒。冯敏昌出生的马岗村，今隶属钦州市钦北区大寺镇，是一个位于十万大山余脉铜鱼山西麓的小山村，“这里翠山叠嶂、秀水纵横，是一块卧虎藏龙之地”。

后来，冯敏昌官至户部浙江司主事、刑部河南司主事，诰授奉政大夫。他“生平遍游五岳，足迹半天下”，唯对家乡的山川多有赞誉，不遗余力地歌咏。据统计，冯敏昌用了60多首（篇）诗文歌颂家乡的山川草木。在他的诗文里，家乡的山巍峨峻拔，直插云霄，“疑天马踏空行”，字里行间充满了自豪。然而，当我们随他的笔触眺望大海时，看到的却是他对海的微妙态度。北部湾大学教授陆衡认为，这位“岭南三家”之一的大儒，面对碧波万顷的北部湾时，“夹杂些许凶险惊恐和遥不可及之感”。在《龙门》一诗中，他写道：“惊浪到龙门，连山大海吞。楼船撑日裂，火器拼大昏。”大海恣肆，风高浪急，显然缺少山对于他的亲近，于是这位传统的士大夫对家乡的山与海有了不同的态度。

二

铜鱼山延绵几十公里，作为十万大山的余脉，它与九万大山余脉的罗阳山在钦州市灵山县旧州镇一带错落交接。西南—东北方向横卧的铜鱼山山脉是钦州市境内的主要山脉之一，其东南面是钦江，西北面是茅岭江，正北方是西江支流邕江，铜鱼山成为西江水系和钦江、茅岭江水系的分水岭。2022年8月28日动工建设的平陆运河，越岭段正处于铜鱼山山脉末端的“出水坳”位置。

地质学家认为，十万大山生成于二叠纪至三叠纪之间，距今2亿～3亿年。在地质构造上，十万大山位于太平洋和特提斯两大构造域的交接部位，即华南板块西南边缘，是华南印支构造期大地演化的结果。以保存较完整的沉积、岩浆和变形记录为典型的地质特征。

对于十万大山这条峰峦叠嶂的“千里来龙”，北部湾地区民间的另一种解读广为流传。

相传很久很久以前，北部湾一带一马平川，良田万顷，生活在这片土地上的人们过着悠闲自得的宁静生活。有一年，南海龙王突发淫威，下令虾兵蟹将搅起万丈狂澜。于是万顷良田被毁，万千生灵涂炭。作为仙界首领，玉皇大帝见状急忙派出一位手下大将，从遥远的北方搬来十万座大山，以封堵海水。这位大将施行法术，把十万座大山变成十万头大象，挥鞭驱赶，昼夜兼程，浩浩荡荡奔赴海边。经过长途跋涉，克服重重困难，大将终于把十万头大象如期赶到，并把它们化作横亘在大海和大地之间的一条巨大山脉，人们称其为十万大山。十万大山把大海阻隔在山的南边，成功阻挡了滔天海水，保护了山北人民的平静生活。

三

坳，是指山间平地。铜鱼山山脉末端的“出水坳”并非因今天修建平陆运河才闻名，自古这个地方就颇有名气，是历代重要的交通要塞。特别是清代至民国时期，铜鱼山两侧（即广州和广西地区）的大部分人流和物流从此经过，是我国近代区域经济大动脉的关键节点，对形成“西米东盐”的经济格局起到极大的促进作用。

旧州镇的张富业一家和沙坪镇的谭建华一家是友好世家，两家都经商，都有自己的商行。如今，张家主营海鲜，兼营食盐；谭家主营大米和山货。2022年夏天，我有幸拜访这两家人，且足足花了两天的时间来听他们的家族故事。

清朝康熙年间（1662—1722）实行食盐“官督商销”，推行相对开放的贸易政策。1665年，张富业的先辈们从老家广东高州进入钦州地区贩卖食盐，这是张家首次异地运营官督商销产品。历史上，广东盛产盐，广西缺盐；广西盛产粮，广东缺粮。盐课与田赋是历代王朝的财源，清政府为控制食盐，在全国设置十大盐区，区下再分场，《清史稿·卷一百二十三·盐法》记载：“广东二十七场，行销广东、广西两省。”合浦县西场镇名字的来由，就由于该地是著名的“白石盐场”所在地。张家先辈们专营白石盐场的盐，装船后分两路出发，一路从南流江经桂门关再顺着北流河而下，进入西江下游腹地；另一路进入钦州湾后沿钦江、旧州江过出水坳，再顺着沙坪河进入西江上游腹地。张富业一家负责西江上游地区的食盐分销，这位近百岁的老人对出水坳的印象特别深刻。

“船到旧州后，要组织卸货，然后肩挑马驮过出水坳，到沙坪镇后才重新装船。这段路有几十公里，沿途人烟稀少，时局乱时，甚至有土匪出没，是整个贩盐路途中风险最大的地方。”

“但过出水坳也很有趣。行船时，船舱空间狭小，大家都挺闷的。只有过出水坳时，商行员工才可以走走停停，才有心情说说笑笑，在坳顶休息纳凉时还会唱山歌。”

由于商品和运输路线的特殊性，张家和谭家结成了友好世家。谭建华一家是世居沙坪镇的壮族人家，在与张家结识之前，主要以捕鱼为生，自有渔船。张家为了商品的安全和降低运输成本，于是和谭家合作，两家人共同护送食盐过出水坳路段，到沙坪镇后，谭家再用自己的渔船把食盐运至各分销点。

随着合作的深入，两家人发现满载出门，不能空手而归。于是他们开始涉足大米和山货的贩卖，从广西腹地收购谷米、木炭、竹笋、药材等货物，原路运回到广东各地销售，最后竟发展到这些商品的经营规模超过了食盐。这也是他们应对自然灾害和政策变化等不可抗力的策略。走水路经商，常常会遇到洪水、海啸等自然灾害，特别是食盐历来是政府专营商品，受政策影响极大。比如在清康熙年间（1662—1722）实行“官督商销”，雍正年间（1723—1735）改为“官运官销”，乾隆年间（1736—1795）又改回“官督商销”，乾隆以后的“官督商销”又分为“改埠归纲”和“改纲归所”等不同政策；到了民国，旧桂系军阀统治的广西对食盐推行的却是自由贩运政策。政策的变化使很多盐商不得不经营多种商品，以确保商业运营整体有保障。

商业会以自身的逻辑向前发展，并用商业的力量推动地区繁荣。张家和谭家只是个案，在众多的“张家”“谭家”连续几代人的推动下，岭南地区出现了经济史研究学者称为“西米东盐”的经济格局。据《朱批谕旨》记载，清雍正年间广西每年销往广东的谷米“不下一二百万石”，取中间值150万石计，每年“西米东销”至少9000万公斤；另据郑家度所著《广西金融史稿》记载，当时广东销往广西的食盐数量每年也达到9100万公斤。这一格局对广西的经济、社会和文化的影响极为深远，广西腹地的农业经济开始向外向化发展，广西各世居民族的商业观念和生活习俗也逐渐出现改变。

四

铜鱼山以高姿势隔开了钦江流域和西江流域，出水坳却以低姿态手挽钦江支流旧州江和邕江支流沙坪河，它不断满足着大山两边人民的交往需求，也因此成就了自己的盛名。

中华人民共和国成立后大兴水利，1964年西津水库建成，200吨级的货轮可直达沙坪镇，这条古老的商道一度出现前所未有的大繁荣，经出水坳的商客络绎不绝。直到进入二十一世纪，广西陆路交通建设快速发展，这条水运商道才逐渐沉寂。

时间来到2022年，平陆运河“按照内河I级航道标准建设，通航5000吨级船舶”“运河跨沙坪河与旧州江分水岭（即出水坳），连通西江航运干线与北部湾国际枢纽海港，将以最短的距离打通西江干流入海通道”。铜鱼山出水坳将以新的面貌出现在世人面前。

凿山通海，平陆运河跨越铜鱼山，出水坳将不复存在，取而代之的是“马道枢纽”。我们相信，这是另一条“分水岭”，是放弃保守观念通向开放心态的“分水岭”，是内陆经济走向向海经济的“分水岭”，是执着区域发展跃升至构建人类命运共同体的“分水岭”……洞穿铜鱼山物理上的分水岭，平陆运河的一端连接着厚重的家国故土，另一端将延伸至远方一望无垠的星辰大海。

五

著名中国经济史研究专家全汉昇在他的“千古不刊之作”《唐宋帝国与运河》中写道：“开凿运河绝不是偶然的事，它实是时代必然之产物；因为在当日伴着新兴的大一统帝国而生的客观形势之下，有开辟这一条沟通南北的运河之必要。运河之于唐宋帝国，着实像动脉之于身体那样，它的畅通与滞塞，往往都足以影响到国运的兴隆。”全汉昇是岭南人，他对京杭大运河与唐宋帝国的关系有相当精准敏锐的感知，他的研究成果可资借鉴。

后人对另一位岭南人冯敏昌的评价是“诚五岭之鸿儒，非只一乡善士也”。冯敏昌一生诗作2000余首，文章200多篇。以他的才华，一定会在今天为铜鱼山、出水坳写下更多赞美的诗篇，而对于碧波万顷的北部湾，也定会抛却成见，像对待家乡的山川一样，予以热烈而亲切的拥抱。

读者评论

这是一篇优秀的人文地理文章，它让我知道了北部湾地区有着如此深厚的历史文化与壮丽的自然山水，特别是平陆运河沿线的古老商道曾经在区域经济发展中起到如此重大的作用。“分水岭”是双关语，作者创作时的谋篇布局很巧妙，有大开大合之感，看得出这源于作者对创作对象的研究极为透彻，创作过程也极为用心。从冯敏昌写到全汉昇，从分水岭写到平陆运河，从“非向海”写到“向海”，文章的跨度很大，但始终聚焦主题，围绕主题层层推进，从中可以学到散文写作的精髓。

二等奖

《从一棵树到另一棵树》

获奖理由

该作品对父亲的刻画入木三分，笔触饱满，感情真挚，令人读后感慨万千。行文流畅，语言朴实，立意深远，从平凡中表现出父亲高山般坚韧不拔的气魄。

《故乡物语三题》

获奖理由

该作品触及的意象丰富多元，情节与细节处理细腻，场景叙写生动，节奏不急不缓。表达出作者内心深处隐埋的乡愁，带给读者绵密丰富的阅读体验，富有感染力。

从一棵树到另一棵树

韦东柳

作者简介

韦东柳，95后，广西东兰县人，现为西南大学文学院文艺学专业研究生。曾有作品发表于《广西日报》《广西民族报》等，荣获首届广西创意写作大赛一等奖、第二届“重庆地质杯”全国大学生自然文学大赛三等奖等。

秋已深，雨绵绵，我遇见了一棵树。树在风中摇晃，它很高大，朝北倾斜，顽强地朝天空伸展而去。我在风里停下来，触摸那斑驳的树皮，交错弯曲的纹路像一条河流，引着我走进林海深处。从一棵树到另一棵树，从嘉陵江边到红河水边，故乡从指尖流到心间。

一

想起故乡，就会想起那个小村庄。村庄坐落在桂西北群山中。东边有一座山，西边也有一座山。家门口远远望去，前方也是一座山，一座山连着一座山起伏。山上森林密布，杉树上覆盖着厚厚的苔藓，古老的桫椤枝叶宽阔，粗壮的藤条攀缠着挺拔的枫香树、榕树和樟树，松鼠在林间跳跃，鸟群在上空盘旋。

村庄紧贴脚下的土地，倚靠身后的高山，野蛮生长。

村庄叫更旦屯，规模很小，只有三四十户人家。村里的人，大半姓韦。村里没有祠堂，也没有家谱、姓氏或宗支的脉络，整座村庄的历史都无迹可寻。那些过去的人，过去的事，过去的生活，都是老人们口口相传。

那是一座完全木质的村庄。村头村尾、屋前屋后都种满梨树、油桐树、枇杷树、桃树……村口有一棵老榕树，稠密的枝叶覆盖了整个村庄的日出月落，小孩子在树下嬉闹、唱歌、捉迷藏，大人坐在木墩上唠家长里短。老榕树脚下有一个香炉，每到盛大节日，人们会敬上三炷香。出远门，或是遇到难事，人们都会插上一支香，拜一拜。村庄的房子是干栏样式的，房柱、房梁、门窗、墙壁都是用木头做的，就连牌匾上的字、大门上的对联、装饰性的物件都是用实木雕刻的。家家户户的墙角边堆着高高的木桩，水井边斜躺着湿漉漉的木桶和木瓢。每当抚摸那些老物件，闻着木头特有的气息，就像闻到一股源自光阴的醇酿，那是村庄的符号，它们一直在承载着整个村庄的世事沉浮，丰满了几代人的记忆。

二

在连绵不绝的大山中，目光所及皆是山林，树像土地一般，成了父亲的命根子。

父亲是在山林里长大的。他的心灵和性情被森林的强大和深邃所涵盖。林地面积和粗壮的树木是大山儿郎娶亲的本钱。小时候，父亲就跟在爷爷身后，整日整日地泡在山上。稍大些，爷爷带着他开荒种树。从此，他恨不得一天24小时待在那里，浑身有使不完的劲。父亲开辟了几十亩林地，植被十分茂盛，远远看去就像一片原始森林，那片林地成了他的天下。他自己也活成了一棵树的模样，高大、健硕，面对狂风和雨水依旧挺拔。那双布满裂口的手，紧握锄把，将锋刃对准生活，摒弃荒凉，耕种和谐、殷实的生活。

父亲说，一棵树从无到有，是一个漫长的过程。

立春过后，山风依旧低沉，天还没亮，整个村庄还静悄悄地笼罩在迷雾中，父亲早已起身，穿梭在森林里。

以前，树苗不是摆在地摊上任人挑拣的商品，而是自生自长在森林里。父亲会装上一桶山泉水，带上自家林地的泥土和各种不同尺寸的铲子到森林里。父亲会观察自家林地的日照时长、泥土质地和植被覆盖种类，根据湿度和质地，以及树苗的生长状态判断是否可以移植。他没读过什么书，对树木的深情真诚得像个科学家。确定可以移植的树苗，他弓下腰背，扒开树苗下的泥土，先用小铲刀挖开泥土，观察树苗根茎部长势，再用锄头顺着根茎生长的方向挖土，确保不斩断树苗根部。树苗起地后，将水倒入坑中，掺和自家林地的泥土，形成泥浆，涂抹在小树苗根部，用宽大的叶子连同泥浆包裹，草绳绑住，轻放在簸箕里，盖上芭蕉叶，走路都要轻轻地，生怕颠簸了这脆弱的小生灵。挖开小树苗的土坑，要把泥土填回去，将落叶杂草覆盖在上面。父亲说，那是一个伤口，要给大地一份体面。朴素的哲理在沉默的生活中明示。

树和人一样是有情感的。将一棵小树苗从熟稔的土地上连根拔起，带到陌生的地方，要尽快恢复树的创伤。种树要把握好树与树之间的距离——站得挤，会憋闷；离得太远，会孤独。种树的坑要挖深，尺度要掌握，要在新泥和老土相结合的地方停顿，既能保持根系的稳固，又能保证充足的水分。填土完毕，就完成了第一步移植搬迁。父亲呵护每一棵树苗的成长，除草、施肥、扶正树身、掩虚土、压紧土壤，一套重复的劳动程序，在无数的日子里，被他耐心地执行着。

父亲长时间与山林为伴，对森林里的一切了然于胸。他说，松树每生长半年，树干上就会留下一个树结，看树结的数量就知道树的年龄。父亲知道每一棵树的心事，不同的海拔、气温、湿度、水文，树会用身体的表征传达出喜好和情感。父亲还知道森林里的知了会在黄昏之夜发出特别响亮的声音，能分辨出风穿过树叶时，杉树、桦树、楠树、柚树、栗树、松树等树木发出的不同声音。父亲身处丛林中，置身于树木无数丰富复杂的语言网络之中，和它们进行无声的交流和对话，他深入每片落叶纹理之间，从经验中挖掘出刻画经久且内在的生命密码。

三

父亲是一个木匠，他一生的年轮都围绕着木头旋转。

天还是没亮，大地还在沉睡中呓语，父亲轻推木门，木头与木头摩擦发出的声音，在寂静的清晨格外刺耳。他走出村庄，踏过灌木，无数的树、无数的叶、无数的草和无数的花将他包围起来，他在深山里穿行，深山里的一草一木也在他的生活和岁月里穿行。

抵达山顶，父亲在山林绕来绕去，打量每一棵树，就像许久未归家的父亲打量我们个头有没有长高，胖了还是瘦了。打量片刻，父亲在树下点三炷香，鞠三次躬，他坐在树下，拿出腰间那壶米酒，提到嘴边，猛喝一口，再喷洒在三炷香上，细长的烟雾缭绕着朝天际飘去。一切准备就绪，父亲取出寒光闪闪的斧头，咬紧牙根，锋利的斧子富有节奏地砍在粗壮的杉树上，没有电锯的年代，父亲用板斧一斧一斧地砍伐，斧头与树木之间的摩擦发出沉闷的响声回荡在整个山间。

砍树是一个体力活，如何把砍下的树扛回家，是一件更加考验体力的活。父亲除去树的枝条，两手推着刨子，树的满身斑驳变得光滑。父亲将刨好的树一高一低斜放，蹲下，重心放低，咬着牙，手一抬，树沉重地压在父亲的肩上，肩膀上瞬间勒出鲜红的印痕。父亲一步步踩稳土地，缓缓朝山下走去，汗珠早已湿透了他的衣衫。

一年冬天，天早就黑了，父亲却一直没回到家，母亲带着村里人上山找他，他倒在地上，额头上布满了鲜血，身上还有大大小小的伤口，怎么叫他也不醒。母亲露出惊恐的神情，号啕大哭。众人齐力将他背下山，处理好伤口，躺了一夜才醒来。这样的事情数不胜数。长年累月经受劳苦，父亲的双手充满了褶皱，身子骨一日不如一日。

父亲的木匠活做得好、做得细，十里八村的人都知道。不仅村里人找他做活，连隔壁乡镇的人都来找他。因此，伐木归来，父亲又迅速投入了工作中。父亲在自家的院子里干活，整个院子都是父亲的天地。记忆中，总看见父亲站在长条凳的一侧，耳朵上夹着红色的木工铅笔，手里拿着推刨，斜扑着身子，一下一下地刨木头，刨出的卷花堆了一地，雪白雪白的，整个院子弥漫着刨花和木头屑淡淡的香味。父亲的木工工具装在一个大木头箱子，有些工具是他亲手做的，如锛、锉、推刨、墨斗、锯、木钻之类。那些工具暗藏的锋利和父亲手臂的力量达成了某种默契。他马不停蹄地忙碌着，我深夜从睡梦中醒来，锯子发出的“吱吱”声，刨在愈渐光滑的木头上发出的“嚓嚓”声，回荡在我耳边。躺在床上的我一个翻身，“吱吱”的响声也跟着带入梦里。

一觉醒来，院子里有各式各样的木制物品。木制的烟管、木凳、木马，还有木柜、桌子、红箱子等新婚物品，踏碓、马鞍、牛轭等农具，就连女人用的木簪、梳子也是父亲亲手做的，甚至连为逝去的人置办的棺材也能刨制。

日复一日，年复一年，父亲的背弯得更低了，手臂上的肌肉硬邦邦的，手掌又厚又阔，长满了一颗颗老茧，摸上去就像小石头一样。他一头牵着大自然的手，一头牵着对某种更好生活的渴望，以埋进泥土的姿态，匍匐向前。

四

时代的洪流裹挟着每一个普通人，打工的浪潮席卷到寂静的小山村里，大家朝着相同的方向迅疾奔涌。父亲也离开了村庄，脚步声渐行渐远。山风依旧在林间闯荡，我和母亲站成一棵树的模样，向上生长，枝叶朝天空延展，朝更远的地方张望，渴望见到身在远方的父亲。

父亲外出打工，他依旧和树木纠缠在一起。父亲在老乡的介绍下，进入一家木材加工厂工作。在充斥汽车尾气的城市里，桦木的清香，松木的浓香，整齐码放堆积如山的原木，唤醒了父亲心底久违的味觉记忆，那熟悉的木香抚慰了父亲一颗身处异乡孤独的心。

城市里的木材加工厂对木材的处理加工方式和父亲以前的做法大相径庭。父亲说，木匠除了有一双巧手，更需要一双慧眼。要根据不同材质的木材做不同的家具，这样才能发挥木材的真正价值，加工厂都是用同一种木材。父亲还说，木匠干活前，脑子里构思制品，实际操作时不断调整校正每一个细节。而工厂车间的工人都是按照预先设计的图纸，根据图纸切割、刨边、打眼，木材的大小、长短、宽窄不再是木匠所能控制的。天黑了，望着故乡的方向，他听到了雨穿过树叶的清脆水声，灌木丛里虫鸣唧唧，那些声音盖过了窗外的鸣笛声和呼啸声，他在梦中回到了那片林荫莽莽、苍茫广阔的山山岭岭。

关于父亲在外打工的过程，我并不详知。他本就沉默寡言，不会主动提及他的经历，只报喜不报忧。我曾问过，他搪塞敷衍。我发觉他在有意地模糊记忆，生活的碎片被他扔在城市的角落，然后封上封条。无意间，记忆的碎片又无处不在，像是不死的活物，长着针芒的眼睛时刻在注视着他，滚烫而犀利。我能从他的只言片语中捕捉到一些碎片。他在那家木材加工厂待了四年，工厂就倒闭了。后来，他又辗转去别的城市。曾在工厂流水线当工人，切割机切断了他的小拇指。曾睡在满是尘土、水泥和钢筋的工地，尘土中没有故乡的清香和湿润。在大街上，他先后五六次被抢劫，一次被摩托车拖行十几米远，沙砾揉进他的肉体。

父亲在走南闯北中慢慢变老，额头上深深的皱纹像波浪一样摇动。他离村庄越来越远了。没有什么能阻挡他赚钱养儿育女的决心，对他来说，城市的灯红酒绿只是照亮了黑夜的路。多年来，我从来没有为学费发愁，饿了有饭吃，冷了有衣服，双手柔软，皮肤白皙，性格天真烂漫，这一切，是父亲从牙缝里抠出来的，是父亲一件衣服穿了五六年省来的，更是父亲日夜艰辛劳作换来的。父亲就像那棵生长在森林中的树，远离那片熟悉的土地，流浪他乡，他有过水土不服、孤独无助，在与生活的博弈中身心满是伤痕，但他依旧将根深扎在泥土里，强忍疼痛破土而出，长成一棵参天大树，硕大的枝干和茂盛的枝叶，遮住毒辣的阳光，挡住粗暴的风和冰冷的雨，我这棵小树苗得以慢慢长大，父亲在慢慢老去。

五

在外打拼的人，时间长了，有点积蓄了，纷纷到城里买房子，把老婆孩子接到城里，把户口转到城里，过上了城里人的生活，很少再有人回到村里。父亲越走越远，我随着父亲的脚步，越走越远，故乡被遗弃在记忆中。

今年春节，村里一位老人走了，他活了99年，是村里最长寿的人，也是村里最后一位老人。他一个人守在村庄里，见证一个个人离开。年轻人离开村庄，到城市里生活；老人离开村庄，长眠在森林里。去年冬天，老人打电话给父亲，叮嘱父亲要给他制作一具棺木，这件事一直成为父亲心里的牵挂。父亲特意提前两个月回家，给老人制作一具棺木。

父亲还是和以前一样，天还没亮就出门了。如多年前一般，爬上弯曲的山路，走过七弯八岭，回到那片森林。点香、洒酒、砍树，曾经一幕幕又在眼前浮现。不同的是，曾经的斧头变成了一把电锯，父亲曾经浓密乌黑的头发，此时已爬满白发，嘴角两旁的皱纹宛如桦树皮上的纹路。岁月的幽深和强势，像车轮子一样骨碌碌滚过他的身体，滚过他的一生，留下弯曲又明晰的辙印。电锯声响彻山间，大树轰然倒下。父亲除尽枝条，用黑布包裹上，将树扛到肩膀上，一步步朝山下走去。父亲显得有些力不从心了，刚走两步就气喘吁吁，曾经一个小时就能走到山下，那一天他走了整整三个小时。夜晚，院子里又传来了有节奏的刨木声，木屑在灯光下飞舞，我闻着熟悉的木香，感受来自草木生命磁场的吸附，陷入梦中，梦中有青山、大树、鸟鸣、溪流和父亲。

两个月后，一具黑色棺木静静地伫立在院子的角落里。老人抚摸着棺木，整只手颤颤巍巍地，眼里满是浑浊的泪水。老人说，手艺不比当年了。父亲说，多年没做了，手生了。老人反复呢喃，知足了，知足了。后来父亲说，老人一直怕死，村里没人了，他怕死了没有人知道。一个月后，大年初一的凌晨，老人永远闭上了眼睛，再也没有醒来。父亲与乡亲们高高托起棺木，往森林深处走去。原本就很冷清的小村庄，愈加安静了，天空下，只有风吹过的声音。

春节过后，父亲再也没有走出小村庄。他养了一条大黄狗。每天，迎着第一缕阳光出发，大黄狗在前边探路，父亲优哉地在后面跟着。父亲有时带把锄头去除草砍枝。有时拎着新买的小树苗，重新栽种一棵棵树。有时两手空空，朝森林深处走去，腰间的酒壶当啷作响，埋没在杂草丛中的坟冢重见天日。父亲没有让自己闲下来，每天过着日出而作日落而息的生活。

父亲常坐在村口那棵老榕树下，眯缝着眼睛晒太阳，他坐在那里，就像一座雕塑一样。我坐在他身边，他总说一些以前的事情，沉潜在过去的岁月里，将记忆的褶皱展开。他说，以前森林有一棵百年老樟树，树干粗壮，几个人都围不住，树心是空的，却还活着，有树神庇佑。他说，森林里的树很高、很大，抬头望天，终日不见阳光，潮湿的泥土或树干上撑开形色各异的菌盖。林中有各种各样的鸟，乌鸦、麻雀、百灵、喜鹊以及各种叫不出名的鸟，有时候，一棵树就有好几种鸟在枝头叽叽喳喳，它们白天在林子里飞来飞去，夜晚在林子里睡觉，林子里可热闹了，死后埋在林子里，就不会孤单了吧。

我看着父亲，我看到了一棵树，父亲变成了一棵树，他在山风中摇摆，弯腰，再摇摆，再弯腰，像是进行某种古老神秘的仪式，以谦卑的姿态叩拜脚下的大地。

读者评论

作品表面写树，实则写人，通篇用朴实而富有感情的语言，刻画了像树一样坚毅挺拔的父亲形象，采用了前后呼应的布局安排，突出了文章的主旨，升华了文章的情感。

故乡物语三题

钟志红

作者简介

钟志红，四川乐山人，出生于二十世纪六十年代。爱好文学与读书，先后在国内外数百家报刊发表小说、报告文学、散文、诗歌、杂文等千余篇，共计百万余字，先后获奖百余次，有50余篇入选各文集和学生教材。

一

每每回到茅坪老家，我总会凝视着老宅前的池塘遐思。

是的，五谷认真比画四季，时光继续惯性流逝，就连邻家那位鼻涕眼泪揩了一衣袖的小家伙，也屁颠颠地围着新婚娇妻转悠了，可池塘依然如故，素处以默，仿佛在问责我久违的归来，延展我从来就没能捋顺的乡愁……

读着素面朝天的池塘，追怀的是不可抗拒的情结。我虽不知塘水的源流，却感知到一滴滴叮咚作响的时光，滋养和丰腴着一颗颗圆润甜蜜的橘柚；塘边小径，收藏我或有童年蹩脚的恶作剧，或有刻骨铭心的失恋短语，只有那不懂绝情的树木草丛，恪尽职守一池水色月光。

池塘见证的童年，清澈又不明事理。春雨淅沥，布置屋檐一滴滴、一串串雨水，步调一致地向池塘汇集的跫音，引领我从蹒跚学步到健步如飞。待到阳光初醒时，一抹和风殷勤地揉搓花蕾的眼睛、剥开嫩芽的外衣，不经意地搭建起水波的舞台，任我自导自演：小脚丫烙在春水的声音，邀来小伙伴欢声笑语，仿佛在水上手舞足蹈，客串一颗颗飞溅的露珠。还记得守着爷爷垂钓，任凭烈日暴晒的肌肤告别乳白；或缠住母亲浣衣，以为肉墩的小手定能劈波斩浪……待到疲倦而归后，我枕着池塘递来的夜曲梦见周公，让甜美的呓语编织翌日七色的阳光。

池塘映像的少年，顽皮仍琅琅读书。夏阳的热情，执着地穿透树梢花草，虔诚地披在池塘身上。流深的静水低吟浅唱，从来没有放弃讲述美丽的传说，游弋在故乡线装书里的银鱼，不知收藏多少暴风雨的斑驳鳞屑，定格先辈们筚路蓝缕的背影。其实，课堂就是一口偌大的池塘，老师的乡音来自这里，同学的异口同声惊扰不了一株水草的正襟危坐。写着池塘的繁体，照着水面的镜子，唱着乡人的歌谣，燃着呛喉的灶火，明晰的是辽远的心愿：世界有多大，江海有多深，可与池塘比肩？

池塘常扰的中年，习惯性地触痛心底。虽然成家立业于千里之外的他乡，也摆脱不了咫尺之距、魂牵梦萦的池水塘影。捉不住的秋风，抚拭时光的泪迹，尽情采撷落叶的剑胆琴心，有意把天与地衔接得决然。深居简出的唢呐声平添新的词语，洞穿山水亘古不变的音律：塘边的农家小院又翻新了，池水在小车驶过的颤动中荡起不易察觉的涟漪……风雨浣洗男人的血汗，在震天撼地中挥挥洒洒，无声的劳动号子被镀刻得壮怀激烈；静水倒映女人的妩媚，在稀薄晨雾里隐藏牵挂。还有，不老的池塘窖藏一行行爱的诗句，紧拴村人留守家乡的信念，延展儿女孜孜以求、开创未来的筚路蓝缕。

日月轮回，白驹过隙，池塘陪伴的老年，讲述蝶变的传奇。叶落归根岁月老矣，染白双鬓儿孙绕膝。在井冈山下的任何一口池塘边，衔一杆烟叶、沏一碗茶水，悠闲品味一生五味；怀揣一颗童心永葆不老的心灵；用踱步丈量池塘的周长，感慨人生苦短，珍惜情谊无价，唯有高高悬挂的冬月，因了池塘的存在而触手可及。霜天摇曳的草木，助威氤氲的升腾半径，树梢的轻盈，闪烁着少女羞涩的表情；撩开薄霭，掬一汪沦肌浃髓的塘水，捧一颗清华明净的月亮，将它安放在最是柔软的心底，照明回家的小径，大写温暖的牵挂、家灯的亲情……

近池塘而居，城里人只能望其项背。碧水在枝头泛绿招展，鱼虾像动感十足的精灵，每次返乡的耳濡目染，恰是一枚枚崭新元素的闪亮——我的父老乡亲在月下挥洒一幅立体和彩色的油画：

民俗舞龙灯，只是池塘的一首插曲；

井冈红米酒，仍是池塘的一行诗句；

金桂猕猴桃，也是池塘的一抹风景；

美丽新农村，还是池塘的一本史记……

眷恋似水柔情，乡音如山见棱。福地茅坪，或因池塘这个分母，托举青山绿水的高海拔，辽阔无上荣光的奏鸣曲。

晓起推窗，岁月静好。审美池韵塘魂，清风助波澜荡漾，雨露沐晶莹剔透，啼莺唤人醉，让你与红尘暧昧、纸醉金迷辞行；被池塘水搂抱，延续不老的乡愁，让你在柔软的时光里，一生无欲求。用眼睛抚摸这帧图，用心感受这幅画，每天都躺在醇厚的惬意里，尽情假寐，或深醉不醒……

二

凌晨，鹭鸣湖。

繁星在沉睡的夜幕遗落下几抹淡淡的暗光，柔软、温和的湖风，纯粹得沁人心脾——湖水从梦中醒来，貌似在等待晨曦的垂青，仿佛殷勤地邀我沿着曲径前行，去寻找乳名的元音。

一绺迎面的湖风，多情地撩起发梢，但不影响我的目光投向一湾边际。逝水年华细斟酌，枕着外公门前不算辽阔的湖泊，辽远的是童年的欢快时光，仿佛再见到外公的蹲姿：每天清晨，早早起床的外公准点向湖畔报到，他缺牙的嘴衔着长杆土烟，有节奏的吧嗒声催促我早醒——外婆的哮喘旧疾，拒绝烟味摧残。待到早餐飘香时，外婆的一声吆喝，一声召唤，外公走进屋。不一会儿，拭着嘴角的外公又出来了，心满意足地蹲在老地方，燃上第二口烟叶，目送出工的乡人，后来也目送背起书包的我，直到我回头看不到湖水为止……

湖光山色折叠起伏的翠绿倒影，仿佛是一架扬琴，弹奏起婉转悠长的小夜曲。要承认，当我倚栏远望鹭鸣湖，不禁心荡涟漪。或者说，是在翘首等待，等待最是让我魂牵梦萦的画面，再现童年掠影。

很快，从不远处的半空滑下一只白鹭，引领一队貌似听到集合号令的人马，就那么有组织守纪律地踩着“一二一”的步调，齐刷刷俯冲而下，稳稳地着陆在浅滩上。它们或相偎而栖，或认真觅食，根本无心关注周围的人影，更不屑于究竟被多少双眼睛所关注，若是预感到哪怕的一点危险降临，它们决绝地展开双翼，一路腾空蹿上青天……在我的眼里，这数十只白鹭，活脱脱一个个出浴的白雪公主，或是一帧帧立体、彩色，且不可复制的动感画卷。

在我的记忆里，深藏第一次在湖畔见到白鹭的情形。牙牙学语时，我趔趄的脚步总会让外公忧心忡忡："快回屋去，不小心落水怎么办?"对他每次不厌其烦地斥责，我不屑的表情往往集中在撅起的小嘴上："外……公，我想……看……"后来，外公察觉到我钟情的不是花木，而是那一只只戏水的白鹭，司空见惯的老人不再刻意阻挠。只是，年幼的我把白鹭视为白鹅。对于家里的鹅只会撇开两蹼趾走跑，而湖中的"同类"能够飞翔的问题，文化甚浅的外公以"它们是野鹅"作答。当我在小伙伴面前津津乐道"我今天看到好多好多野鹅"时，大家险些笑岔了气，这让我既羞惭无颜又耿耿于怀。到了我能够在作业本上写字的年代，却因这颗"鹭"字的笔画繁多，让我屡次情绪愤懑。在不知戳断了多少支铅笔，忍受了多少手累臂酸的折磨后，直到歪歪斜斜的笔画写出来时，我亢奋且骄傲地叫了一声："我会写它的名字了。"

"两个黄鹂鸣翠柳，一行白鹭上青天。"进入校门的我，往往对描写白鹭的诗句情有独钟，喜欢郭沫若的《白鹭》："白鹭是一首精巧的诗……那雪白的蓑毛，那全身的流线型结构，那铁色的长喙，那青色的脚，增之一分则嫌长，减之一分则嫌短，素之一忽则嫌白，黛之一忽则嫌黑……"

一方水土养一方人，一方水土润一方物。读了书的我渐知，白鹭是高尚、富贵、长寿、吉祥的益鸟；知晓白鹭对环境的要求很高，是环境质量的指标，系湿地生态系统中的重要物种，也就是说，它所选择的栖息地，一定是生态良好的世界。因无法缩小对白鹭的钟爱，这种深埋于少年时期的情结，一直固化和清晰着我对家乡的美丽逻辑。

对此，当我置身于鹭鸣湖这片乡土，更能透过一只只白色精灵的缩影，看到家乡人多年来为保护生态环境、实现人与自然和谐相处所付出的努力，对美化、绿化、净化家园长年做出的贡献……

碧水荡漾，林木婆娑；鱼贯鹭行，蜂飞蝶舞。我投向鹭鸣湖的注目礼，延展并洇润"白鹭情结"的主题与荣光，丝毫不怀疑零距离这样的生活，朝夕与湖光山色形影相随，笑纳白鹭曼舞的邀请，共享"秋水寒白毛，夕阳吊孤影"的福利，该是何等的幸福和惬意。是的，保护环境和生态文明建设是国家长久的发展重心，更是美丽乡村发展的方向，相信有更多的白鹭在这里找到栖息的乐土，为了更多的百姓生活在绿色的乐园中，写诗、作画和歌舞。

"朝客高清爱水禽，绿波双鹭在园林。"在我的眼里，鹭鸣湖确是一位闺中少女，羞涩不掩对怀春的向往，不拒与钟情的王子牵手。如果碧丽的湖水是一只左手的话，我愿做一只右手，让笔端放飞的每一羽白色精灵，代言我对故乡由衷的祝福与颂词。

字形藏理，字音通意。鹭鸣湖，如同我的乳名。

三

清晨，初秋的曦阳悄悄地透过窗棂，捎来薄凉的气息，递来憧憬的邀请。我倚在窗前，体味季节的轮回，很轻易地发现树枝挂上了枯叶，不禁感叹不息的生命，是万物永恒的主题。

一叶知秋。蜷缩的枯叶已准备离开它终生的根据地了，召唤金风送爽的五谷丰登，更是给翌年的春芽有一个阳光沐浴、雨水充沛的机遇……

如此遐思四溢，源于我对一棵古树的品读。今年的再一次回乡，我并没有流露出孩童般的惊喜。毕竟，人近不惑之年，对美的玩味不再恪守光鲜、七彩的表象，在我的游记文字里，不再赏识以华丽词汇所附丽的赞叹，更愿去找寻归位人性、一统真情的坐标——当家乡的茅坪村村口偌大的香樟古树跃入我视野时，不否认如止水的心情，顿被涌入的蜃浪激荡开来。

再望古樟，它还是那么勃勃生机，却不知收藏了多少风雨的肆虐；追怀轻拭硌手的瞬间，不知蕴藏了多少无言的缱绻？如果说，曾经漂泊四海、如今在异地安家的我，对故里有千丝万缕的怀想的话，这一棵不言名气和荣光的古树，定是最为牢固的坐标点，它曾如无名山般地呵护我的成长，清晰丈量我走出乡土的足迹，更戳痛我“落叶归根”的神经。

这一天，天空飘下细雨，欲清洗我旅途的疲乏，又仿佛是心有灵犀地刻意而为，奏响隆重展示革命摇篮的序曲，亦为古树平添几许恬静的惬意，让我轻易地感知到它的假寐，甚至根须蠕动的跫音。

细雨相伴，绿草相拥。循叶仰望，香樟的梢头荡起让人不轻易察觉的笑靥，可是风的催化，还是雨的沐浴？但我分明享用到它的注目礼，流露出仙女拂绦的体姿语言，既悠远作古又鲜活至今：不再茂盛的树冠，虽然无力封锁苍穹的光泽，这种遗憾，确实留给我一手遮天的悖论解读，这是一种胸襟，更是一种情怀；扭曲无形的树干，可是一道道无规则的经纬线，一脉脉难以释怀的心迹？

彼时，我看到落座树下的那位老者，若有所思。虽然，我无法明辨他闪亮还是混沌的目光，但他定是被老树唤回对沧桑人生的追忆。或者说，曾经的亢奋与惊喜、失落与多舛，在它的跟前确实渺小，正如我在多彩的情感世界里放纵自己，一味地追逐纸醉金迷的生活，由此恐惧死亡、渴求爱情，再也找不到当年怀揣梦想的自己——老人脸颊的皱褶，不知蕴藏有多少人生多舛的五味，或许我并不能领悟他与树的共鸣，不能撰写他与情感的史诗，但我分明感知凝固在他内心深处的情结，迸发对民族复兴的信念与颂扬。

古樟，一尊无字的碑。品读青山绿水的村落，分明就是一行无律的诗。我打望手舞足蹈的孩子们，游弋在古风神韵的结构中，感恩乡土的人文荟萃、赐予黎民朴实无华、真挚无瑕的情感，也正因为这种接地气的原始美，庇护了我们人格魅力的枝繁叶茂、人性向善的核心价值，在圆梦的征途上给我们带来巨大且无尽的正能量，谱写美丽乡愁、向往未来的主旋律。

审视孱弱且努力挺立的古树，未尝不是在阅读历史。我抚拭它落叶的薄尘，触及坚棱的骨骼，每脱落一鳞碎屑，如一个个甲骨文字，写下“星星之火”的繁体，展现正道沧桑的黑白相片，不知承载了多少沙场烟火、马嘶剑折的片段，见证了几许风起云涌、朝霞映水的特写；遍体的拭痕，正如不见峰顶的等高线，一圈圈地勾勒着我们的父辈、父辈的父辈的背影——古树，一副遮雨挡风的胄甲，一个时光与风雨经纬交织的圆点。

小雨遁去。体悟此物此景，回眸那一位位蜜居的乡人，在我离去的泪目中渐成微品，却无以撼动他们在我心中那滴水见海的高海拔，让人轻易品读到“因美而行，唯善而行，以真而行”的珠玑，令我自省并沉醉不醒。

风读万丛花，人悟千年树。雨中的古樟，恪尽职守地呵护着这一片火红的净土：井冈山脉绵延无尽，赣江水作响不息，无论黄洋界，还是杜鹃花，都不及樟树接地气的踏实、真善美的简单，它就那么无言地屹立不移，铸就一座丰碑、镶刻一卷史册，让我远离名利的痴情、泯灭得失的冥想，沉醉在它的绿荫下，一往情深、一生感恩……

老树仍在，源于它从未老去。

读者评论

时光流转，池塘却依然如故，见证了从童年到老年的人间百味；鹭鸣湖里自由祥和的白鹭便是家乡人多年来努力实现人与自然和谐相处的缩影；香樟古树跨越风雨，仍保持着勃勃生机……作者用优美且华丽的语言勾勒出一幅幅充满诗意的故乡图景，文笔细腻，富有韵味，字里行间蕴含了自己对生命价值和人与自然和谐共生的思索和感悟。

三等奖

《穿鞋子的面筐箩》

获奖理由

该作品颇具写实力度，作者采用了一个独特的叙事切入点，借物言情表意，试图借最朴素的厨房用具塑造一位坚韧、朴实的母亲形象。立意新颖，文笔细腻。

《冬瓜》

获奖理由

该作品叙事一气呵成、文笔自然流畅，情感流露真挚却内敛，文风朴实却又带有一丝意蕴。

《爱莲说》

获奖理由

该作品以莲作为全篇主题和线索，串联起童年与中年、家乡与异乡，语言生动有趣，文笔老练。

穿鞋子的面笸箩

苏立敏

作者简介

苏立敏，笔名小陈，河北省作家协会会员。

每当面袋里的面粉受潮结块时，我就想起旧时的面笸箩，想着把面粉倒在笸箩里多好啊，倒薄薄的一层，时不时用小擀面杖搅一下，再不用担心面粉被焐霉了。

至今都不知道故乡女子们喜欢的那种面笸箩是什么材料做成的，是一种藤条吧，粗细一样匀称。只记得面笸箩的边是用竹条加固的，因为有竹子的点缀，便觉得它来自很远的地方。不见本地谁家编过面笸箩，用时去集上买一个回来，多是刚分了家的年轻人，急于给烟火日子置办大一些的家什。面笸箩和小木车一样，不仅是生活的必需品，还是日子过到起色时的体面标志。

分家时，小家很少能分到一个面笸箩，因为再大的家也只有一个面笸箩。分家时面笸箩一般都留给老人用，分到瓦罐儿与盆子等小器皿的年轻人就自己挣钱买面笸箩，积极挣一年工分，分红后就有了购买面笸箩的钱。于是，拉上木车去赶集，去买回自己钟爱的面笸箩。

没有人记得面笸箩的尺寸，凡是放在自家的小木车上正好合适的面笸箩就是适合自家使用的尺寸。用自家的小木车拉着自家的大面笸箩出门，女子是骄傲的，仿佛自家烟火日子的财富都显摆了出来。即使装的东西很轻，男子用二八杠自行车都可以带动的时候，女子也会说："让我来吧，用小车推上面笸箩，轻闲!"

盛面粉是面笸箩分内事，到了捞麦子磨面的时候，就把面笸箩放到两个摆齐的板凳上。捞干净的麦粒倒进面笸箩里，淘不净的石粒很容易挑选出来。女子就用茁壮的手指拨拉麦粒，认真地检查一遍，保证麦粒颗颗是干净的。等麦粒晒到微干，就去磨坊磨面。半笸箩沉甸甸的麦子磨一笸箩宣蓬蓬的面粉，拉回来是需要用两个面笸箩来晾的。头巾上满是面灰的女子就出门借面笸箩去，不管去了谁家，只要面笸箩盛装的东西不多，都会腾空了借出去。在故乡，烟火里的东西互相借着用也是风俗里很时尚的事。

面笸箩喜欢睡在平盖柜上，不装东西时有靠墙站着的时候，盛了面粉回来就非放平盖柜上不可了。平盖柜上的线笸箩什么的都给它让路，因为它盛着面粉呀。在平盖柜上不用担心小鸡、老鼠什么的惦记它，也不怕走路踩起的尘土飞到面粉里。纵观简陋的家，平盖柜是它最好的安身之所了。

旧时人家屋子不大，窗户也不大，但风透过木门和窗缝足够可以到平盖柜上跑一遭。阳光把树影送到平盖柜上，似乎提醒着女子把平盖柜里压柜底的过年新衣服拿出来晒晒。面笸箩躺在清风与朵朵阳光里，在女子的手心里惬意地翻着身，听着女子的数落和念叨，要么说面粉磨得太狠了，蒸出来的馒头不白；要么说麦子磨得太轻了，出的面粉太少。

到了腊月，面笸箩就忙了，它担负起烟火的重任，除了不装肉、豆腐与油，什么都能装。先是装茶面，茶面晒好后转移到布袋里，面笸箩就装馒头、花卷什么的。白腾腾的馒头出了锅，就一个挨一个去面笸箩里站队，待不粘连了就堆在面笸箩里。到了年根儿，面笸箩就满满的，除了馒头还有豆渣饼子，还有黄澄澄的年糕。

女子过年准备多少干粮，是以家里的面笸箩为标准的，只要面笸箩不满，蒸的愿望就不磨灭，直到满了，甚至冒了尖无处存放了才罢休。一块干净的布盖在面笸箩上，保证风吹不裂，什么时候吃都是新鲜的。

到了农活的忙季，面笸箩就卸去了装面粉装干粮的重任，它做小孩子移动的小床。在面笸箩里铺一个褥子，放一个玩具，小孩子就在里面玩耍，常常是玩着玩着就睡着了。有的孩子打小就在面笸箩里成长，躺着、坐着、爬着，突然一天就抓住面笸箩的边沿站了起来。在许多人的回忆里，面笸箩是成长的摇篮。

年复一年，面笸箩旧了也脏了，但在故乡人心里，面笸箩是永远有用的东西，脏了就去洗洗。五月，浇地的水无比清澈，男子扛了面笸箩去水沟边洗刷，拽一把青草当炊帚，把面笸箩里里外外洗得干干净净，晒在石块上，晒干了再扛回家。扛着面笸箩的男子真是风情的男子，偏爱旧物的男子都像一本好书，打个招呼就是阅读了，“干啥去嘞？”“洗了洗面笸箩！”“换新的吧，赶集买一个，不算贵。”“不了，用着挺好的。”

声音里有水灵灵的清香，仿佛吃过在面笸箩里放过的水果。从树上摘下的枣或其他的果子，都是先在面笸箩里放一放，直接放进瓦罐就少一个环节似的。水果在面笸箩里分成堆儿，奶奶家几个，外婆家几个，东邻家几个，西邻家几个，剩下的随缘，过往的乡亲们都有品尝的福分。

面笸箩旧了，紧绷的藤条松垮了，一如女子再不润泽的脸，老人就坐在阳光里缝补它，拿出线笸箩缝补面笸箩，也是笸箩与笸箩的遇见。戴上顶针，拿出改锥，用最粗的麻绳给面笸箩打补丁，底部破损处实在无法修整，老人就拿出没有了鞋帮的布鞋底儿，放在面笸箩洞口的外面，妥妥地缝住洞，算是给面笸箩穿上了鞋子。

再过很多年，穿了鞋子的面笸箩也总有坏到不能用的时候，老人疼惜地把它挂在房梁上，到了正月十二烧风俗火的晚上，才在仪式感很重的送行里烧掉它。那时候，乡亲们围着火堆，柏岭的香味儿弥漫在空气里，烟花在隆隆的炮声里闪了又闪，像是为一个个灵魂送行。老人抱着散乱不堪的面笸箩站在门口，说这个面笸箩用了好多年了，说赶集买它的场景，甚至说这个面笸箩是婆婆的婆婆买的，用的是陪嫁的私房钱。

老人把面笸箩放在地上，火光映照着她饱经风霜的脸，她的树根一样的手指把面笸箩拆开，面笸箩就如脱了线的老珍珠，一根根藤条腐朽得不成样子。待藤条扔到火堆上，轰轰的火堆突然浇了冷水似的，火苗冒着蓝焰，一股青草味扑面而来，那味道与烟火里的所有味道不重复，仿佛是前世很熟悉而今生疏离的味道，只想久久地为它呼吸，为它伫立。

我的母亲是极珍爱面笸箩的人。过日子很节俭的母亲，置办的都是集市上质量最好的家什，买回来定是洗净了，再用棉布缀了边儿，无论放什么东西都小心翼翼，生怕东西油了、重了。面笸箩是她的爱物，但她从不吝啬，到了家家都用面笸箩的季节，母亲总是想着赶紧腾出来借给别人家，她站在门口，对磨面回来的乡亲说：我家有面笸箩，你家若用得着就拿走。

母亲常说："乡亲们过日子都不容易，家什都置不全的，咱没多少力气帮别人，就让别人家多用咱家的家什，大家互相帮衬着日子才好过。"

也有别人家用了很久不还的时候，母亲就去那人家串门，实际目的是看看面笸箩还用不用，若不用了就带回来。有时正遇见面笸箩随意靠在院墙上，几只鸡正啄着面笸箩缝隙里的米粒，发出砰砰的声音，母亲就很心疼，赶紧带面笸箩回家来，清洗、缝补，用万般愧疚的心弥补对它的亏欠。

搬到小城安家之后，母亲带走的东西不多，面笸箩是一定要带走的。在小城已不捞麦子磨面，面笸箩实际上已没有什么用途，母亲就把它放在小东屋的桌子上，哪怕里面只放个簸箕，也是对故土的怀念。说不清，对于母亲，带着面笸箩就是带着故乡。

母亲去世后，我们有几年没有去过母亲的家。在一年的五月想着清理一下小东屋，打开生锈的锁，面笸箩就闯进了视线。里面放着一些旧衣服，应该是雨季时父亲从柜子里拿出来放在里面的。姐姐下决心清理它们，就和我一起把装满衣服的面笸箩抬到了院子里。那时，绿色的香椿花散发着满院子香，一粒一粒香椿花掉在面笸箩里，像一场懂得怀念的雨。姐姐说现在的人都不穿旧衣服了，实在是该扔掉的东西了。我想起母亲有一个伙伴叫琴姐的，她的日子很苦，母亲常常给她送腌肉，就把那人叫来，让她把喜欢的东西都捡走。

琴姐来了，她绕过院子里的旧东西走到面笸箩前，把旧衣服一件件拿到一边去，她搬起面笸箩说："我只带走这个面笸箩，别的什么也不要。"

那个面笸箩经了几年风雨侵袭，真的是一点儿也不结实了，原本是准备装了烂物扔掉的，但在琴姐的眼里，只有面笸箩才是宝贝。

那个面笸箩是母亲今生置办的唯一一个面笸箩，是经了无数次洗刷与缝补的家什。那个被琴姐抱走的面笸箩，穿着母亲的一双鞋子，到母亲的伙伴家去串门了。

读者评论

作者以面笸箩为对象，描写了面笸箩的用途、习俗等，将面笸箩这件如今年轻人不再熟悉的农家家什变得鲜活起来，有着浓郁的地方文化特色，为传统农家家什保留一份乡土记忆，通过一件许久以前的面笸箩，也讲述了往事的喜怒哀乐，引发其对亲人的思念和故土的怀念。

冬瓜

昌 婵

作者简介

昌婵，女，汉族，70后，1996年毕业于广西大学，桂林市作家协会会员，桂林文学院签约作家，桂林文学院中青年作家高研班学员。自1997年起，每年均在报刊上发表散文作品，作品散见于《星火》《散文选刊》《南方文学》《贺州文学》《天平》《桂林日报》等。

村里人不会刻意去种冬瓜，却总有收获。地边的粪堆上长出了冬瓜苗，剪掉纤细柔弱的，留下苗下那一团粪，留出足够的空间，便任由冬瓜自由生长，也不管它什么时候开花、结果。有些勤快点的农人，会在藤蔓初长时在旁边搭上一个架子，将藤蔓引上去。直到那一个个趴在草丛里，或吊在瓜棚下的冬瓜扯住人的视线时，才想起，冬瓜可以摘了。水渠边，挂着一只绿中泛白的冬瓜，那是鸟儿无意间撒落的一粒种子，或是农人挑粪经过，粪土撒出，掺杂的一粒种子，它落地生根，无须精心照料，自由自在享受着阳光雨露，时候到了，奉献出肥肥大大的冬瓜。

冬瓜壮硕，长成椭圆形，碧绿偏暗，覆一层厚厚的白霜，一层粗硬扎手的绒毛。瓜皮硬且厚，瓜肉亦坚实紧密，清甜，有冬瓜味。冬瓜清淡，费油，不顶饿，不下饭，以前在农村并不受待见。冬瓜摘回家，随便堆在角落，几个月不蔫不腐坏，可见品质之佳。村里有人家办酒席时，煮过肉的大铁锅里，留下小半锅肉汤，将大盆冬瓜倒进去，焖煮，熟后撒盐出锅，甘甜清新，吃过大鱼大肉的口舌此时正好需要冬瓜的清新清爽来调和，去腻除浊。那时的冬瓜，陡增风头无限。

一

九毛生于二十世纪六十年代，是家中老幺，上有两个哥哥一个姐姐。九毛的父亲头脑灵活，勤快，极能吃苦耐劳，不知因为什么事蹲过监狱。出狱后年纪大了，凑合着娶了一个脑子不太灵光的女人。俗话说：皇帝爱长子，百姓疼幺儿。可家里有三个牛犊般的儿子，只有一个女儿。肩负着一家生计的父亲无暇顾及父子柔情，脑子不太灵光的母亲只疼爱脑子同样不太灵光的女儿。九毛是棵长在草地里的冬瓜苗，无人专门照管，迎着阳光雨露成长。有一天，他父亲抬头偶尔瞧见九毛，有些惊讶："长这么高了！"

迎风成长的九毛被书本拘束得难受，小学一毕业，便迫不及待地赶着牛走到田埂上，畅快无比。"九毛，你这么小一个人，就不读书了？""我看牛，让姐姐读书吧。"九毛非常真诚，生怕放牛的好差事被抢去。

农村"双抢"正忙时，我弟弟染上伤寒。母亲在医院守着弟弟，日夜不得脱身。母亲不在家，一日三餐、扯秧、晒稻谷以及煮猪食喂猪等活就没人干了。父亲领着我们在家里田里两头忙。顾此失彼，手忙脚乱，仍然赶不上进度，别人几乎抢收抢种完毕，我们割下的稻子还没时间脱粒。九毛的父亲经过，见那一大片割倒的稻子，对我父亲说："你一个人哪里搞得完，我叫九毛来打谷子，那个短命鬼在屋里睡觉。"其实，九毛是累极了，才想趁收割完毕歇息一下午。

"九毛，九毛……"九毛的父亲扯起嗓子对着家门口喊。

"听见了，做什么？"

"莫睡了，来帮你告化（父亲诨名）爹爹（爷爷）打谷子。"

"晓得了。"九毛不恼不怒。

十七八岁的九毛生龙活虎，和我父亲一起将打谷机踩得飞快，嚯嚯嚯的声音几乎不曾间断，一把稻穗贴近滚筒，飞快地翻转几下，稻谷欢快地扑进谷桶，扔下稻草，弯腰抱起另外一束。如果是父亲一个人，打谷机像一个生病的老人，嚯——嚯——嚯——一响一喘，稻谷稀稀拉拉地掉落。村里有不成文的规矩，请人帮忙干活不用付报酬，但要好酒好饭招待一顿。父亲撂下箩筐，想赶去邻村买点猪肉，请九毛吃晚饭。九毛拖住父亲，诚心诚意地说："莫去买了，收谷子，收谷子。我回家吃两顿饭就好。等哪天落雨有空了，再陪您喝酒。"

父亲与九毛在年龄上是父子，但是按辈分，九毛得叫我父亲"爷爷"。"爷孙"俩私交甚好。两人无意间在田间相遇，父亲身上恰好有一包上档次的过滤嘴香烟。当时，村里人都抽自卷的"喇叭筒"，难得抽上过滤嘴。过滤嘴是高档烟，村里人稀罕而形象地称为"铜管管"。父亲掏出香烟，亲亲热热地招呼："来来来，搞支好的。"尚未点上火，九毛的父亲在不远处大声呼喊："九毛，快点啊，又打摆子（磨叽）。""莫忙，喝过告化爹爹的铜管管先。"两人愉快地交谈、品咂一番，心满意足地各自走开。

二

九毛的大哥七毛继承了父亲的聪明和母亲的好容貌，一表人才，穿着讲究，衣服整洁笔挺，在同龄人当中算得上见多识广。到了娶亲的年龄，他挑三拣四，实在挑不出姑娘的毛病时，就说："我摊上这么个母亲，莫害了人家姑娘。"不知他心里到底在想些什么，抑或有了意中人，只暗恋却说不出口，反正，七毛一直单身。二哥八毛的身高、长相和智力皆中规中矩，在外务工时给自己找了个老婆，生了一儿一女，难得在家。九毛长着长着，他的身体好像忘了这一茬，不长了。据目测，九毛的身高还不够1.6米。但凡矮个子，村里人都会赐其大号"矮冬瓜"，当然，不会当面叫。小孩子被九毛惹恼了，会气急败坏，跳脚大叫几声"矮冬瓜"，然后飞快地跑掉。容貌方面，他的哥哥姐姐拣尽了优点，剩下的缺点全给了九毛，皮肤黑也算了，还长了一口东倒西歪、大小不一的黄牙。村里的小伙子20岁出头就定亲，到了结婚年龄再领结婚证。九毛刚满20岁，他的母亲因病去世。虽然他母亲脑子不太灵光，但儿女的婚姻大事还是一直放在心里，挂在嘴上的，没了母亲，九毛的亲事好像被人忘记了，也许他父亲和叔叔婶婶也着急过、张罗过，但九毛一直打着单身。九毛的姐姐出嫁，二哥一家难得回村。父亲领着七毛和九毛生活了几年，也撒手去了另一个世界。他家的"瓜棚"下，只剩下七毛和九毛两个"冬瓜"，两个秉性各异，彼此看不顺眼的单身汉别扭而和谐地生活下去。七毛颐指气使，九毛逆来顺受。

六七年前，七毛忽然去了市里打工，怀揣着衣锦还乡梦，走得信心满满，义无反顾。去了市里后，七毛少有消息，几乎不回家，过年也不回，不知是衣锦还乡的目标未达，还是想跟家里做个了断。偶尔，有人从市里回来，说见过七毛在挖排水沟。有时，有人说看见七毛在闲逛，什么也不做。七毛不在村里的日子，九毛自由自在。九毛实在、勤快，像他父亲一样极其能吃苦耐劳。正午的太阳像在头顶燃烧，烤得人心烦意乱。吃过午饭的人走出屋门，见九毛还在地里。村里人喊：“九毛，你个短命鬼哎，几点了，还不拢屋煮饭吃，饿死你算了。”

“回了，回了，就剩点边了，做完了下午免得又出来。”九毛站起来应一声，收拾东西回家。

九毛的大蒜种得好，蒜头大，蒜瓣紧紧箍在一起，蒜皮是艳丽的紫红，茎秆却莹白。拔出的大蒜铺晒在青草覆盖的田埂上，随着田埂弯弯曲曲，像一幅画，美得惊人。九毛的辣椒也种得好，辣椒瓷实，外皮如油浸过一般发亮。他种的大蒜和辣椒，价钱总比别人的高。

有一天，九毛突然接到七毛的房东辗转打来的电话。原来，房东想起七毛两三天没出门了。敲门，里面似乎能听见电视机“咝咝啦啦”的电流声和微弱的应答声。房东开门进去，见七毛躺在床上，奄奄一息。房东辗转查问数人，才要到九毛邻居的电话——九毛不用手机。九毛赶到，推门进屋。七毛睁眼看清了面前的九毛，眼泪如雨，滚滚而下。好一阵，七毛才喃喃自语：“你总算来了，总算来了。”送七毛去医院后，九毛跑前跑后，交钱拿药，买饭喂水，全方位伺候。

七毛轻微中风，从医院回来后，左侧手脚不太灵活。

田里地里，九毛是个男人，回到屋里，九毛变成了一个“女人”。中午，从田里回来，放下锄头，淘米煮饭，瘦肉炒青椒，划进两块豆腐，急火快焖。端到七毛面前，七毛的筷子在碗里划拉：“唉，没得点东西搭筷子。”“有肉有豆腐，怎么没东西搭筷子？”九毛无比惊异。

曾经一表人才的七毛早没了年轻时的心高气傲，却依然将九毛指挥得团团转：“九毛短命鬼哎，还不煮饭，想饿死我啊。”“九毛，今天辣椒卖了那么好的价钱，攒起来干啥，给我点钱，我托人给你说个老婆。”“九毛，夜些改善一下伙食，杀个鸭子吃。”九毛憨憨地笑着，一一应下，还时不时给七毛点零花钱。

“九毛，七毛好吃懒做，你管他做什么？自己攒点钱讨个老婆要紧。”村里人逗他。

“我不管他，哪个管他。”九毛仍然憨憨地笑。

村里人说，七毛哪是个大哥噢，他是个老子（父亲）。

父亲说，没有九毛，哪里还有七毛。

三

如今，村里谁家有了红白喜事，家家户户出人出力，尤其是男人，不管老中青，哪怕在外务工，也要尽量赶回村里帮忙。这种场合，木讷、实在的九毛成了不可或缺的人物，敲锣（通知帮忙人到场或开饭），借桌椅板凳，甚至帮主人代发回礼红包，几乎固定了是九毛做。九毛是个沉默的“冬瓜”，但健步如飞，一心一意，视分工为分内事，他的脑海里没有“偷懒耍滑”等词。给我母亲办丧事时，客人太多，地方太窄，场面拥挤，混乱不已。

“又来客人了，需要加席。”

“找九毛，告诉他去借板凳和炭盆。”

“这么多人，天又黑，谁知道到底来了多少人?”

“问九毛，他负责摆凳子，心中有数。”

……

农村办丧事，出殡前一天晚上，有散茶食的习俗，答谢亲友。见者有份，凡到场者都能领到茶食。晚饭后，邻村的人纷纷赶来领茶食。面对黑暗中涌动的人群，众人七嘴八舌，这个说来了1000多人，那人说至少900人。父亲又着急找九毛。九毛来了，父亲和他商量一会儿，九毛离开，没多久，他再次来找父亲，憨憨一笑：“没超过700人，按700人准备吧。”果然，没超过700人。

我不解，问父亲，为什么事事找九毛，为什么那么相信九毛。

父亲说：“他是个实在人，一点不会偷懒耍巧。”

母亲去世后，父亲孤独寂寞，加上耳朵不好，别人扯起嗓门问他点事，他答非所问，听小半猜大半，旁人着急，父亲也着急。与父亲交流成了一件很痛苦也很困难的事。子女不在身边，听力障碍加重了父亲的孤独和寂寞。平日里陪伴父亲最多的竟然是九毛。一个听力有障碍，一个沉默寡言，两人默默无语，面对面坐着，吸烟，或者，两人并排坐着，盯着电视，看或不看都不重要，只盯着。偶尔，九毛吐出一两个字，父亲睁大眼睛，惊奇而大声地问：“什么?”九毛就用更大的声音重复一遍。父亲听清了，或长或短地说上一阵。时光如同他们面前若隐若现的烟雾，静悄悄地走上一段。看看墙上的钟，到点了，各自回家做饭。他们不会无缘无故地凑在一起吃饭喝酒。亲而不腻。春天，九毛因为阑尾炎，破天荒地住了一次院，整整7天。春天的雨下个不停。父亲一个人，门槛上坐坐，电视前坐坐。晚上，弟弟叫他吃饭。父亲端起酒杯又放下："九毛还不回来，我一个人天天坐着，脚都坐痛了。"

秋天的田野，色彩迷人，大片待收割的稻子黄澄澄的，分外热烈，分外醒目。芙蓉满树繁花，花朵大过拳头，粉红粉白的花瓣重重叠叠，一层层打开，再伸出嫩黄的花蕊，色彩多让人迷恋。向日葵和芙蓉一样有肥硕的花朵，阔大的碧叶。一个简易的瓜棚，冬瓜藤蔓爬上去，丝瓜藤蔓爬上去，各自繁荣，各自葳蕤。肥嘟嘟的丝瓜挂在瓜棚下很可爱，肥嘟嘟的冬瓜挂在瓜棚下让人担心。那沉重的冬瓜身子、手指细的瓜蒂以及简陋的瓜棚都让我担心，担心瓜棚不堪重负，担心冬瓜使性子或心情不好撂挑子，"咚"的一声掉下来，但是没有，从来没有这样的事发生，它们好好地长着，不负阳光与土地，我只是杞人忧天。九毛从旁边经过，见我久久盯着它们，说："这些冬瓜丝瓜不用管，不洒农药，不用化肥。你摘些回去。"我知道，这是自生自长的冬瓜，绿色天然，品质优良，有冬瓜味，是城里人求之难得的绿色食品。自然的东西，自有其鲜活的纯正味道。冬瓜是，九毛也是。

读者评论

冬瓜生得平凡，在不起眼的角落不卑不亢，自成生命的春色。

九毛从小便放弃读书，野孩子一般地成长，虽然缺乏文化知识的指导，但这并不影响他对生活的热情和爱。他热爱着脚下的那片土地，爱着身边的人和世界。他无私、善良、老实，即使岁月镀了金，他依然本色出演，以与生俱来的朴实和坚韧，守护着生活的原味、乡村的情义、人格的尺度。

作者文字细腻、恬淡、从容，拟人和象征的写作手法运用得自然而真诚，让读者信服于她的真诚，同意她的观点和哲理，跟随她心上的藤蔓，摸到一颗颗沉甸甸的冬瓜。

爱莲说

李宗德

作者简介

李宗德，安徽泾县人，现居上海。曾获《人民日报》(海外版)“突出贡献奖”。中国报告文学学会会员、中国小说学会会员。曾有中篇小说入围第八届鲁迅文学奖中篇小说奖。

在遥远的乡下，在遥远的岁月的深处，常能偶遇莲，与莲相知相亲相伴，那时的我不懂意趣，很单纯，很纯净，却有慧根，与莲相通，一如莲，出淤泥而不染。岁月经久流年，不再年少，失去了本真，世相生活一地鸡毛，又久居城市，与莲越来越远，常常拂了莲意，如枯井苍凉荒芜，淤满泥潭，不浮一丝涟漪。

故土在皖南山区，那里没有湖泊大川一望无际，有山高路远，有树木丛生，有山坳里一口一口的池塘相间。池塘不大，大者方圆十几二十来亩，小者仅半亩方塘，远远看去盈盈一握，大塘小塘蓄满了水，长满了莲，男人在池塘濯足汲水灌溉，女人在池塘浣纱洗物，孩子们则在池塘里尽情嬉戏游玩来着。

七八岁、十来岁半大的孩子到了池塘里，脱了衣服，一丝不挂，像鱼儿一般在水里悠游自在无挂碍，扎猛子，捉鱼虾，采菱角，掐莲花。游泳中也有女孩，穿了汗衫短裤，游经裸体的男孩身边，只当没看见，却在水面与他交谈；不独如此，男孩采了一朵白莲花，游近她身边，她顺从腼腆地让他插在她鬓发间的发夹里，咧嘴一笑，算是谢了，又如青蛙一般一扬臂一蹬腿灵巧地游向莲塘深处去了，这就是天真无邪的孩提时代。不会游泳的稚童在池塘边兴奋地大呼小叫，围着池塘转圈圈，站在岸上帮看衣裳，为的是能从水里的孩子那里讨得菱角吃讨得莲花戴。池塘的石砌岸壁长满了蒺藜草蔓，上面有野生的果子，红红的，亮亮的，甜甜的，吸引女孩去采撷。这些女孩不明就里，不辨风险，容易一脚踩空，滑落到池塘里。就有一个叫彩莲的女孩掉落到池塘里，眼看彩莲命悬一线，众人惊呼之际，近旁的男孩春生眼疾手快，一把揪住彩莲的头发，在大家的帮助下救她上了岸。彩莲的大姆妈就认了春生做干儿子，彩莲天天像跟屁虫一样跟在大5岁的春生后面玩，长大了死乞白赖地嫁给了春生，两人在芜湖的小吃生意做得风生水起，一儿一女已在城里读中学小学了，也是一段佳话。

池塘有风险，游泳须谨慎，大人或主家就不容孩童擅自下水，有时从隐蔽处转出，发一声断喝，惊吓得水莲花不胜凉风的娇羞，水面掀起一圈又一圈涟漪，惊吓得池塘的野鸭四处逃逸无处藏身，孩子们则往莲荷更深处躲藏。如再碰上掳走了他们的衣裳就更惨了，孩子们猫在水里屏声静气良久，待到确认大人主家走远了才静悄悄慌戚戚地从水里爬将起来，男孩两只手捂紧了小雀子，光着滑溜溜的身子逃也似的在道上狂奔，到家常会落得大人轻则一阵谩骂，重则一顿打，再由大人到掳走衣物的主家将东西领回。主家不说塘中之物受损，却说锅底塘深，万一水藻缠足谁能担待得起，相邻的村就发生过几起孩子溺亡的不测事件，又说池塘水静性寒不能让孩子落下病根，大人就免不了羞赧地赔出许多小心，检讨自己的不是，心里却直埋怨主家的小题大做无事生非。

池塘里长着一池浮萍，浮载浮沉，它是无根之物，四处飘零，繁殖力却极强，你不去管它，不经意之间它就长满了池子，碎碎点点，排遣不去，妨碍了鸭子在里面浮游，妨碍了女人在池塘边浣洗，鱼儿在暴雨来临之际，压抑得慌，冲破水面和浮萍，在半空掠一根银亮的弧线，让人猝不及防辨看之际重又落入池塘之中，溅起一簇水花。风吹雨打来，池塘里的浮萍被打得七零八落，人仰马翻，不由得叫人慨叹自己的时运不济也不过如此。浮萍是上好的天然的绿色饲料，就有人去捕捞，长长的竹竿上绑定网兜，一圈一圈去捞，再一筐一筐担回家，喂猪喂鸡喂鸭吃。

池塘里还生长一种菱角菜，开着小小的蓝莹莹的碎花，上面长满了野生的小小的菱角。菱角菜的根、茎、叶都可以入菜，洗摘干净，切成小段，用油爆炒，就是农人桌上的珍馐，咬一口，咯嘣脆响，口舌生津。还有人家吃不完的，腌了，再拿出来过下锅，配上红辣椒和蒜泥，酸酸辣辣甜甜的，一餐能吃三碗饭。当然最稀罕的是野菱角，算得上是一种水果了，大人孩子就拿着家里的木盆，坐在上面在池塘里划过来划过去，若有女孩身着裙裾立在烟雨空蒙波光潋滟的水面，衣袂飘飘，那就是凌水的仙子了。宋朝曹勋《采菱曲》云："修渚通阿阁，兰舟饰翠旗。吴姬年十五，乘舟泛绿池。菱花羞宝靥，皓腕发斜晖。行歌棹船去，不觉白鸥飞。"写的是江南女孩弄棹采菱的美景。

采菱人将菱条蔓儿掀起，菱角就长在犄角旮旯里，摘下后扔到盆子里，常常能采一大捧，小孩要生吃，大人不让，晚饭后在锅里烀着。为什么要烀熟吃，没甚讲究，可能更加郑重其事吧，用现在的话说就是更有仪式感。孩子们饭也不吃就候着，香气从灶屋间弥漫出来，香了场院上晚间纳凉人的鼻舌。这菱角香就是那个时代孩子心中最大的念想了。烀熟的菱角既糯又粉，孩子们吃到嘴里糯糯软软的，大人就着大壶里的酽茶摆着龙门阵话桑麻，孩子们瞌睡虫说来就来，顾不上萤火虫在眼前高低飞舞，就沉沉睡去了，不觉夜凉如水。

池塘里的莲花静悄悄地开，不争光阴，不与人语。在河姆渡遗址中发现，莲在中国已有七千年的栽培历史。汉乐府《江南》云："江南可采莲，莲叶何田田，鱼戏莲叶间。鱼戏莲叶东，鱼戏莲叶西。鱼戏莲叶南，鱼戏莲叶北。"这首诗歌将江南水乡采莲人和鱼儿的欢快情状描绘得惟妙惟肖，跃然纸上。宋周敦颐在《爱莲说》中说："予独爱莲之出淤泥而不染，濯清涟而不妖，中通外直，不蔓不枝，香远益清，亭亭净植，可远观而不可亵玩焉。"这是写莲的高洁品格。莲喜独处，禀性雅致，因在池塘之上，与水相伴，与风为伍，不近烟火，少了风尘，一颦一笑一回眸，清新脱俗。都说慎独者多君子，莲花这样孤寂、清雅，能去赏识她的人就很少了，有多少人能秉持正直尊崇的品格去爱莲呢。人大抵都喜爱清幽如兰花、富贵如牡丹、馥郁如桂花、灿烂如芍药、淡雅如茉莉、娇艳如海棠，谁还欣赏独处、寂寞、幽静、不事张扬的莲花？众生芸芸，君子寥寥。

世人多颂莲，美文层出不穷。莲，寄寓美好，江南女孩尤喜以莲取名，金莲、春莲、彩莲、红莲、花莲、慧莲，多了去了。很多的莲赶上了好时代，生活稳定，养分滋润，有好的归属。还有很多的莲去了北上广深，散落在天南海北，有的水土不服，有的遇人不淑，命运多蹇，碾落成泥，空有对江南的思念、对岁月流年的浩叹。

我偏爱莲，常到池塘边去看莲。不是我自命清高，品格如何高洁，而是当年我也是一个寂寞的孩子，一个生于清苦却喜欢冥思苦想的孩子。寂寞的孩子自是喜欢寂寞的花，我与莲花惺惺相惜，心心相通。五家寺改做了我们的学校，有口池塘，四壁砌护着长麻条石，围有观音石栏杆，敲一记栏杆，嗡嗡作响，似有回音，使人临水发思古之幽情。池塘里长满了莲花、浮萍，池水真是清，能看到水底的砂砾卵石和蓝天白云，鱼儿游来游去寻自在。我喜欢看倒映在池塘里的自己的影子，与水里的游鱼、莲荷、青藻缠绵在一起，不知我是鱼儿呢还是鱼儿是我。钟声响起来，岁月空旷悠远，来世今生浮上心头，竟有些惶惶然戚戚然了。

人到中年心蒙灰尘，在上海，好像在世纪公园、长风公园、城隍庙九曲桥见过莲，但大千世界，人就是景，为生活计，有心看花却无心赏柳，行色匆匆心有旁骛之人如何能赏得了那清洁孤冷的莲呢。

我住在宝山，外环附近，离上海大学很近。这里相对偏僻，能闹中寻静，就以为再也见不着莲了，然，不经意间却与它邂逅相逢。

一个双休日下午，阳光真是好，我困居斋室久了，想出去吐一口郁气，便信步沿着锦秋路踱到了小区的后面。这里已改造成了一个街头公园。除了世纪公园，上海的城市公园都很小，更别说街头公园了，方寸之地见缝插针，螺蛳壳里做道场，但往往精巧，雅致，让人赏心悦目神清气爽。

这个街头公园是在锦秋路叉出去几条甬道，延伸到一个小山坡上，依势徐徐展开。甬道不是水泥浇筑，而是铺着一块一块的青砖，两边嵌着大理石条，路两边是矮矮的冬青树和红叶石楠，再外边是高大的香樟。冬青树青郁郁的，修剪得整整齐齐。红叶石楠犹如枫叶一样红艳，也是常绿灌木，煞是好看。香樟树冠高大，浓荫如盖，风吹来时斑斑驳驳，叶影凌乱。这一矮一高景观树，与草地一起汇成了一个彩色的世界。山坡上的草皮不知是自己长出来的还是人工移植的，可以任人践踏，脚踩在上面，松松的，软软的，很柔和。草地上有不少人，有孩子在放风筝，有一个人身边围了一群人在摆弄无人机；还有人闭目躺着在听手机里的音乐；有小两口带着稚儿在戏耍游戏，还有一家人铺开餐布席地而坐，吃着水果、糕点，喝着饮料，惬意而恬静。新冠病毒侵蚀让人封闭得太久了，心里发毛添堵，这温煦的春阳召唤着人们重返大自然，享受这休闲的慢时光。

一条河流围着山坡弯弯曲曲逶迤而去，闪闪发亮。河流不知其名，微信上查了位置是“蕰藻浜”，上海叫“浜”的很多，我又百度了“宝山蕰藻浜”，方知蕰藻浜是上海现存除了长江、黄浦江以外为数不多可以通航百吨级货船的河道之一，是古代重要的疏浚工程，近代重要的军事屏障。河水不是清澈见底那种，而是深褐色，倒也干净。上海的水系也在治理，从黄浦江苏州河到大大小小的河流港汊，全流域治理，河长负责制。所有的污染企业一律关停，制造工厂都迁徙到偏远的地方去了。我住的这片区域原来是城市工业园区，现在“退二进三”，改为住宅和商办服务区了，一下导入很多人口。

河水沿山坡转一道弯，闸口用铁栅栏封着，形成一个河湾，静水流缓，长满了莲。莲是人工种植的，为的是探测水质，涵养水源，净化污垢。

河湾围着双层栏杆，栏杆之间设有木板步道，可供人取水，也可供游人休闲，临水赏莲。莲在河湾里静静地泊着，不急不躁，不宠不媚，这一段河面上空无一物，只这湾里有莲，很是醒目。风过水面，水光潋滟，波光粼粼，暖阳下散泛着点点光泽。莲随风起舞，枝叶摇曳，袅袅娜娜，窸窸窣窣，张着圆圆的莲叶片，一叶挨着一叶，似在呢喃私语，又似在一开一合，向人微微颔首。它们立水生根，风轻云淡。水鸟啁啾，掠过水面，饮水啄食。一方莲荷，一处清新，一片净土，我仿佛呼吸到莲的暗香浮动，触摸到莲的肤色凝脂，意会到莲的美眸流转。大千世界滚滚红尘中的都市偶遇使我心有所动。我仿佛徜徉在唐诗宋词的古风意境之中。

这以后我常常去看莲，在莲旁坐上一会儿，或是在手机里浏览各种信息，累了倦了就抬头看莲，莲不离不弃，莲叶田田。看着莲郁郁葱葱，陪着莲蓬蓬勃勃，莲越长越茂盛，满满一河涧了。慧心如莲，我享受到的不只有宁静。宁静中我想到，莲本平凡，清幽平静，却以高洁、不媚世俗的执念赢得了世人的称赞，这是逆袭，也是回归本真。

有天下雨，我惦念莲，不知雨中的莲，会是什么样子，有没有受风雨的压迫摧残？撑一柄雨伞，顾不上雨脚密集，匆忙赶过去。果然，风吹雨打，莲叶翻飞，被打得摇首摆尾七零八落，但莲在疾风骤雨中仍在顽强抗争，风雨使它飘摇，但不能使它趴下。八方来风，无边骤雨，风雨中的莲气象自是不同，它立根在下，坚韧不拔，栉风沐雨，摇曳生姿，过后抖落风尘，舒展身姿，仍一如既往端庄娴静，沐天地灵气，留得清白在人间。

风雨过后莲花开。一点点，米粒样大，蓓蕾初绽，躲在莲叶掩映的花萼间，被包围得严严实实，你不仔细看不到。慢慢地，它要挣脱，它要长大，先是羞怯怯的，有些青涩，犹抱琵琶，半掩脸面，渐渐胆子大了，次第开放，散发着幽幽的淡淡的清香。再后来约好似的，在一个早晨齐刷刷开放了，迎着朝阳，穿透晨雾，含着露珠，熏着微风，鲜活，淡雅，端庄，有的开白花，有的开红花，有的开蓝花，还有的开黄花，花期不同颜色各异，在静静的河湾里气象万千，清新的花香向人一阵阵袭来。水鸟翻飞，蜻蜓在莲花丛中飞来飞去，嗡嗡嘤嘤，忙得不亦乐乎。

一个月夜，我喝了点酒，在小区里徘徊，忽然想起莲，很久以来或者从来没注意过月夜的莲，欣欣然就去欣赏。山坡公园一片寂静，月色如水，泻在大地上。我以为空无一物，只我一人，心头还有些紧张。却不料长椅上还有一对人的影子，看情状似是一对情侣，喁说着缠绵的情话，不管是家鸳鸯还是野鸳鸯，能这样氤氲着无边的月色放飞情爱就是一种人生快意了。

看莲。河水波澜不兴，月辉下泛着银光，莲静默不语，不像在白天那样迎风张扬，而是朦朦胧胧影影绰绰似睡似醒，莲叶垂落在水面上，柔软无力，静静地呼吸着，滋润着水的营养，吸收月色光华，在自然母亲的怀抱里酣然入睡。这样的莲恬静到了极致，放松了一切警惕，裸露身姿，素面朝天，成了一个睡美人，任由你去亲近它欣赏它，但你不可以去轻薄它亵玩它。夜雾迷离，我仿佛看到江南的女子，仙子一般立于水上，且行，且歌，且舞，身姿妙曼，飘飘欲仙，韶乐华章不绝于耳。

萤火虫在树枝上、草丛里、莲叶上四处乱飞，明明灭灭，空气中发出金属般的声音，给这宁静的夏夜的河湾添了一些动感添了一抹色彩。苍穹浩瀚，天高地远，一轮圆月挂在天幕，给水波、给莲抹上了一片银色，带去了宁静和护佑。回看那对恋爱的人儿，哪里还在？早就人去夜空，空气中氤氲着暧昧缠绵的意味。

夜深了。我回家靠在床头，灯不开，窗帘也不去拉，任由如水的月色光华泻进屋里来，落在我寂寞苍凉的脸上，落在我寂寞苍凉的岁月里。那就让照着莲的无边月色也同样照着我吧，这样月下的我和莲就能心心相印，灵魂相通了。那皖南故里，黄岗山下，桃花潭畔，漳河两岸，青弋江上，这时明月也照着与都市一样的莲，一样的风轻云淡，一样的让人赏爱，彼此呼应：归去来兮。胡归胡不归？我想要回去，回去的我可否还是那个懵懂无知、年少轻狂、意气风发、满血复活的少年？

手机单曲循环放着《愿做菩萨那朵莲》，心如止水，泪却慢慢湿了脸面。

读者评论

偶然在网上读到李宗德的散文《爱莲说》，霎时电击一般，直抵我灵魂的深处：唯美，华丽，写毕了莲花的形态，一颦一笑，幽微之处闪耀着真理的光芒。

特色之一是语句华美。文章开头就营造一种美感，行文之处妙笔佳句俯拾皆是。由优美的语句进而营造唯美的意境，是文章的第二个特色。江南、池塘、莲花、女孩、风雨、月色这些场景式氛围的营造，使人想起莲花。而文章的结尾也做了呼应："心如止水，泪却慢慢湿了脸面。"读者也禁不住无语凝噎了。

网络剧剧本类

WANGLUOJU JUBEN LEI

一等奖

《陌生人》

获奖理由

该作品聚焦社会热点：信任危机，抓住人与人之间因信任而理解，因不信任而走上歧途两条主线，编排出有一定深度的故事，点出了营造和谐社会需要人与人之间真诚和信任的主题。剧本立意巧妙，人物立体，情节流畅。

陌生人（节选）

彭晓华

作者简介

彭晓华，江西南丰人，1970年出生，热爱写作，曾在《雨花》《星火》《故事会》《杂文报》等报刊发表小说、故事、散文，在网络文学大赛中获二等奖和三等奖。

（本文节选该作品第1幕至第6幕）

1. 小站　夜　内

【空空荡荡的站台。

【候车室内，不少人东倒西歪地睡在座位上。只有一两人坐着，看上去有点空荡和凌乱。

【孟贲坐在一个睡着的人的脚边，抱着手提箱。另一边隔着一个座位坐着一个穿皱了的西装的人，喝着矿泉水，眼睛时不时往孟贲身上瞟几下。这人的脚前放着一大一小两个旅行袋。

【孟贲掏出手机看了看时间。

画外：某年某月的某一天深夜11点，我被耽搁在一个小站里。陌生的小站。

【一列火车呼啸而来。

【孟赍跳起来，走到站台口。

【火车呼啸而过。

【孟赍沮丧地回去，碰上一个值勤人员。

孟赍：请问，下一班车什么时候到？

值勤人员：今天没车在这站停。

孟赍：不是说有吗？

值勤人员：取消了。明早有一班。

【孟赍失望地回座位，可他却看见“皱西装”已把他的座位给占了，躺下了，头垫着旅行袋。

【孟赍站住，看着“皱西装”。犹豫了一会儿，回头去找值勤人员。值勤人员正回值班室，孟赍追上去。

孟赍：对不起，那个人（他遥指“皱西装”）……算了。请问，哪有旅馆？

值勤人员：往北走200米有一个。

孟赍：谢谢。明早有车，对吧？几点？

【值勤人员点点头，进了值班室。

【孟赍没问到时间，发了一会儿愣。

2. 小站外　夜　外

【孟赍出了小站，往北走。

画外：我不知道离开候车室是对是错。在这样的一个小地方，我看上去就像一个有钱人，这使我产生不安全的感觉。其实，我这个看上去不错的手提箱里，只有一部手稿。这部手稿，对别人来说一文不值，我却视若瑰宝，因为是我自己写的。

【简陋的街道，老式的楼房。路灯不亮，错错落落的楼房里错错落落地亮着几盏微弱的灯。

【孟赍左顾右盼。

3. 车站旅馆外　夜　外

【旅馆的灯箱招牌亮着，门楣上也有一盏灯亮着。

【孟赍在门口打量着。

画外：肯定不止200米，走到这都把我给累着了。真不应该离开候车室，应该把“皱西装”赶起来！他凭什么占我的座位？我看他是成心的。“皱西装”害我黑灯瞎火地走到这来！

【孟贲进店。

4. 车站旅馆　夜　内

【孟贲走进来。

【服务台没人。孟贲敲敲柜台。

孟贲：有人吗？

【一个女服务员从房间出来。

服务员：住店？

孟贲：是。单人房一晚多少钱？

【服务员在柜台内翻看登记本。

服务员：单人房全满了。

孟贲：全满了？

服务员：今天客人多，全住满了。

孟贲：你看能不能帮我腾出一间，加点钱？

服务员：人都住进去了，怎么腾？（翻看登记本）只剩一个床位了，你要不要？

孟贲：是什么床位？

服务员：是双人房的。有人住了一个床位，还有一个。要不要？就剩这一个了。

孟贲：那个住进去的人是个什么样的人？

服务员：我哪知道他是什么样的人。是个男的，和你一样。要不要？

孟贲：（犹豫）好吧。

服务员：一晚40元，押金100元。

孟贲：（掏钱）这么贵？

服务员：不贵。

5. 楼道　夜　内

【服务员带孟贲上楼，边走边随手开灯。在204房前停下。

【服务员敲门。

门内：（粗嗓）谁呀？

服务员：开门。有人住店。

门内：有人住店关我什么事，自己开。

【服务员掏出钥匙开门，领孟贲进去。

6.204房　夜　内

【房内开着灯开着电视。一个壮汉敞着怀喝着瓶烧酒，椅子移在壮汉的床前，上面放着一个泡沫饭盒，里面装着卤肉。饭盒边上架着一把打开的大号折刀。壮汉拎着酒瓶看着服务员和孟贲。电视里正播着连续剧，讲刑侦的。一个大旅行包放在电视桌下。

【服务员带着孟贲走到另一张床边。床上放着一件外套。

服务员：（问壮汉）衣服是你的吗？

壮汉：把它扔电视桌上。

【服务员把衣服放到电视桌上。回过身指着空出的床对孟贲说。

服务员：你睡这。

【服务员往外走，孟贲拎着手提箱跟着，壮汉的头跟着他们转。

【在门口服务员停下，奇怪地看着孟贲。

服务员：怎么了？

孟贲：（小声）我想换个房间。

服务员：没有了，都住满了。别瞎想，我们这里很安全的。

【服务员径直走了，边走边把楼道的灯关了。

【楼道一片漆黑。

【孟贲关上门，在门口停了一会儿，进来。

【壮汉半躺在床上看着他。孟贲在壮汉敞开的胸口看到一个“忠”字文身。

孟贲：（心怯地打招呼）你好。

【切换。

【壮汉吸着烟，眼斜望孟贲。半躺在床上。

【孟贲半坐在床上，手提箱放在脚边。

壮汉：还不睡？

孟贲：不困。看一会儿电视。

壮汉：要是怕吵，把电视关了。

孟贲：不，不，我喜欢看电视。

【电视里正播放着刑侦片，片中黑帮打手的发型和形态酷似房中的壮汉。

孟贲直愣愣地坐在床头，似看非看。

【切换到电视：几名警察在一个废弃的工地上追着黑帮几个打手，展开枪战。

【孟贲禁不住打了个哈欠，马上又强打起精神来。

【壮汉将孟贲的这个表情看在眼里，眉头皱了一下。

壮汉：你也喜欢这个电视剧？

孟贲：（言不由衷）是。喜欢。

壮汉：这破电视剧，拍得一点儿也不像。有那样的黑社会吗？警察是那样的吗？胡编。（接着一笑）我老婆爱看。

【孟贲赔着笑。

【切换。

【孟贲又轻微地打了个哈欠。掏出手机看了看时间。

壮汉：什么牌子的？

孟贲：什么？

壮汉：手机。

孟贲：摩托罗拉。

壮汉：噢。我用的是西门子。

【静场。

【孟贲的第三个哈欠突如其来，来不及掩饰。

【壮汉拿起折刀对着孟贲。

【孟贲吞下半个哈欠，瞪眼看着折刀。

【切换。

【壮汉举着折刀半起身。

壮汉：你是怕我这把折刀吧？

孟贲：没有，没有。

壮汉：这是我的筷子。（叉了块肉）没有筷子，用这个。（把肉吃掉）明白吗？

【孟贲点着头。

【壮汉又叉了块肉递给孟贲。孟贲摇着头。壮汉把肉吃掉。

壮汉：明白了就好。你弄得我挺紧张的。

孟贲：对不起。

壮汉：别，别。你不让我对你说对不起就行。我知道我的样子像个坏人。

不怕了？

【孟贲瞪着壮汉的胸口文身。壮汉发现了。

壮汉：这个？嗐，贴的防水的，能管半个月。执行任务的伪装，呵呵。

孟贲：你在什么单位上班？

壮汉：我？我是个警察。你不信？给你看证件。（起身去拿外套）瞧这事弄得，不是拘谁，还掏警官证。（把证件扔给孟贲）给你看看。

【孟贲接住，打开看。

孟贲：真是警官，谢警官，失敬失敬。

壮汉：嗯。要不是看你怕成这样，我还掏这证件干吗？我知道自己是谁就行。

【孟贲把警官证还给壮汉。回到床头，坐了一会儿，脱下鞋躺下。躺了会儿，把外套也脱下，把被子拉起盖上。

孟贲：警官，把灯关了吧？

壮汉：听你的。

【灯关了。

【孟贲躺了会儿。

孟贲：警官，把酒瓶盖上吧，别喝了，怪难闻的。

壮汉：成。最后一口。

【壮汉喝了口酒，把酒瓶盖上。又起身把窗子打开一条缝。

孟贲：警官，把电视关了吧？怪吵的。

壮汉：嘿，来劲了？刚才怎么不说呀？

孟贲：那就别关，您看着。

壮汉：哟，哥们儿生气啦，跟你开玩笑呢，别往心里去啊。

【电视也关了。房间暗了下来。

【壮汉也躺下。

壮汉：喂，你看了我的证件，知道了我的名字。你的名字也该告诉我吧？你是干什么的？

孟贲：我叫孟贲。是个编剧。

壮汉：孟奔？奔跑的“奔”？

孟贲：不是。是愤怒的“愤”字没有竖心旁。

壮汉：哦，这字我知道。孟贲，古代也有个人叫这名字，是个勇士。你怎么这么胆小，还叫孟贲？

孟贲：（打哈欠）名字不是我自己取的。

壮汉：以后出门，心细之外还得胆大。看你胆小得连心都没了怎么细得起来？又怎么愤怒得起来？人总得有点胆量吧？不聊了？那睡吧。

【孟贲闭着眼摸了摸床边的手提箱，把头往枕头里沉下去。

【静场。

壮汉：你真是编剧？编过什么戏？

【静场。

壮汉：说不定，你能写写我的故事，要是你真是编剧的话。

【静场。

壮汉：哥们儿，睡着了？

【呼噜声响起。呼噜声渐变为火车的呼啸声。

【切换。

【孟贲沉沉地睡着。

【另一张床上，壮汉悄悄地起身，轻轻地穿着衣服，将昨天吃剩下的食物收拾好，拎到门外，再轻轻拖出电视桌底下放着的旅行包，看了一眼孟贲，咳嗽了一声。

【孟贲眼睛微微睁开。

壮汉：走啦，你可别睡过头。

孟贲：（看了看手机上的时间，嘟囔）我也该起了。

壮汉：（用大哥关心小弟的语气）赶火车的话，现在就该起了。

孟贲：知道了，谢警官。

【壮汉点点头，提着行李箱往门口走去。

孟贲：再见，谢警官。

【壮汉回过头，笑了笑，没说再见。

【淡出。

【淡入字幕：一个月之后。南方某城市。

读者评论

作品讲述了一个简短却又耐人寻味的故事，两兄弟的坎坷成长，不一样的命运道路，让人深思该如何表达亲情与维护家庭，是一部让人印象深刻的作品。

二等奖

《另一把羊角匕首》

获奖理由

该作品融入了“白月节”等民族元素，展现了中国北方草原民族的生活图景，反映人与自然共存却又敬畏自然的和谐关系，以及人与人之间热烈单纯的爱和关怀，作品语言生动，有代入感。

《说书人》

获奖理由

该作品讲述了说书人尤清与颜家大小姐颜姿的情感纠葛。剧本结构完整，故事线清晰，人物生动，文字成熟。虽然篇幅不过万字，但是人物塑造、情节推进却兼具古风与时代背景特色，透露出古典戏剧的韵味。

另一把羊角匕首（节选）

韦 珍

作者简介

韦珍，广西百色人，00后，目前就读于桂林师范高等专科学校小学语文教育专业。曾获2021年第十七届全国大学生文学作品大赛一等奖。

（本文节选该作品第1幕至第20幕）

1. 草原　日　外

【天上飘着白云，风吹过草原，现出零星在吃草的羊。

2. 陈刚家里　日　内

【陈刚不断搅和碗里的面，回头看向窗外下起大雪，停下手里的动作。

【陈清云手里拿着曲微茫的照片跑过来。

陈清云：爷爷，这个人是谁啊？

【陈刚接过孙子手里的照片。

陈刚：你从哪儿拿到的照片？

陈清云：那个压着全家福照片的桌子下。

【陈刚把陈清云抱起来放到自己腿上。

陈刚：（把曲微茫的照片放到陈清云手里）爷爷给你讲个故事。

3. 草原高地　日　外

【陈刚挥舞长鞭赶着羊群到草坡上，把长鞭放在脚边，抬手挡住阳光，对着南方眺望。

陈刚：很久没有听到内地战事的消息了，也不知道这匪徒剿得如何了。

【大壮骑马来到草坡下，双手比着喇叭。

大壮：陈刚，晚上旗长要开会，你还不赶紧回去。

【陈刚挥舞长鞭发出响声。

陈刚：你先过去，我等会儿到。

4. 彦托旗旗长家里　日　内

陈刚：（推门走进去）我来晚了一点儿，没耽误大家吧？（方言）

旗长：（挥手示意众人安静）乌力罕，你来说。（方言）

【乌力罕背后背着猎枪，戴个狼皮毡帽。

乌力罕：没多久就要入冬了，前两天我在北方草场看到狼群的踪迹，你们去北方草场放羊要注意一点。（方言）

旗长：还有一群南方人要来我们这，当知青，反正到时候你们到库勒草原边境接他们。（方言）

陈刚：是接到我们家里住吗？（方言）

旗长：对，你们自己商量就行，记得注意狼群，别像去年宝音一样，尸体都找不到。（方言）

5. 陈刚家里　夜　内

陈刚：（坐在桌子上吃饭）老板子，过两天有个南方人会来家里住，你收拾收拾，给他整个铺子。

杨艳春：（放下手里正在缝制的羊皮）明天我有时间就弄。

6. 库勒草原边境　日　外

【陈刚骑在马上俯身扯断一根青草叼在嘴上。

陈刚：怎么等老半天了还没到，难不成小汽车比老子的马还慢？

大壮：就你最急。（站在马背上观望）我看到了，不远了。

【小汽车停在5人面前，车上下来5位知青，5人骑在马上，看着背着包袱身材娇小的5位知青。

陈刚：（环顾其他四人）既然你们都不选我就先选了。

【陈刚一甩缰绳，朝背负长剑的曲微茫走去，半探出身子，一手把曲微茫拉上马背。

陈刚：各位，我就先走了。

【曲微茫一手抓着马鞍一手扶着长剑。

曲微茫：我叫曲微茫，请问你叫什么名字？

陈刚：（回过头）陈刚，你从哪儿来的？

曲微茫：江苏。

7. 陈刚的家　日　外

【陈刚翻身下马。

【曲微茫从马背上跳下，一个踉跄，差点栽在地上。

陈刚：（笑）你没事吧？

曲微茫：（挠头）没事没事。

【杨艳春双手捧着哈达走了过来，面带微笑。

【曲微茫弯腰。

【杨艳春把哈达搭在曲微茫的脖子上。

杨艳春：以后把这里当成自己家就行，进来吃饭吧。

【三人走进蒙古包内。

8. 陈刚的家　日　外

【日出清晨。

【曲微茫走出蒙古包，看着远处初升的太阳，解下绑着长剑的麻布，取剑出鞘，摆好达摩剑法的起手势，长吁一口气，便开始演练达摩剑法。

【陈刚从蒙古包里走出来，揉眼睛，站在一旁看曲微茫练剑直到结束。

陈刚：你这套剑法不错。

曲微茫：（收剑入鞘）一些花架子，不值一提。

【陈刚取出腰间的长鞭，翻身上马。

陈刚：你帮我把羊圈的门开开。

【曲微茫把剑扔在草垛子上，把羊圈的门搬开放在一边。

【陈刚长鞭一挥，发出一声巨响，赶着羊群远去，曲微茫看着陈刚远去的背影。

9. 陈刚家里　夜　内

【三人围坐着吃饭。

【曲微茫一手抓着羊肉，一手驱赶着蚊子。

【陈刚一口把杯子里的酒喝完。

【曲微茫放下手里的羊肉，抬手挠着红肿的耳朵。

曲微茫：你们草原的蚊子真毒，真痒啊。

【杨艳春看着曲微茫的样子，捂着嘴笑。

【陈刚递过去一杯酒。

陈刚：喝下这杯酒，蚊子就下不了口了。

【曲微茫拿起酒杯在眼前晃了晃，一饮而尽，便紧闭双眼，不断咂吧着嘴。

陈刚：（瞪大眼睛看着曲微茫）还要再来一杯吗？

【曲微茫摆摆手，过一会儿起身走出去。

10. 羊圈草垛旁　夜　内

【曲微茫站在草垛旁解手，冷风吹来，一头栽进草垛。

【陈刚走出屋子，把曲微茫扶起来，喂了一杯水，见曲微茫醒来，便大笑。

陈刚：这酒哪是这样喝的。

【陈刚扶着曲微茫进到屋子。

11. 陈刚家里　夜　内

【大壮手里拿着枪，来到陈刚家门口。

大壮：陈刚，你出来一下，有事找你。

陈刚：（走出屋子）来了。

【大壮下马，走到陈刚面前。

大壮：我丢了几只羊，我觉得是旗长说的那群狼抓走的，你跟我去找找。

陈刚：行，等我一会儿。

【陈刚走回屋子。

杨艳春：这么晚了，大壮有什么事？

【陈刚把长鞭别在腰间，点亮煤油灯。

陈刚：他的羊不见了，我跟他去找找。

曲微茫：（站起身来）带我吧。

陈刚：不行，太危险了。

曲微茫：我绝对不拖你们后腿。

【把长剑握在手中。

【陈刚盯着曲微茫看了一会儿。

陈刚：走吧，跟紧我们。

杨艳春：小心点，早一些回来。

【走出门外，陈刚拉着曲微茫上马。

12. 草原　夜　外

【夜晚的草原伸手不见五指。

大壮：找到那些畜生，我必是要毙了它们。

【陈刚手里提着煤油灯，照亮脚下。

陈刚：小点儿声，应该不远了。

【曲微茫坐在陈刚身后，不断摩挲长剑。

13. 草原　夜　外

【马匹怎么驱赶都不往前走了，大壮和陈刚相互看了一眼。

【陈刚把煤油灯举起来，不断环顾四周。

【曲微茫长剑出鞘，悬在脚边。

【大壮抬起枪，瞄准着不远处的草丛，扣动扳机，枪声响起，跃下马背，向草丛跑去。

【陈刚和曲微茫也下马跑过去。

大壮：（看着地上三只羊的尸体）被吃一半了，咱们回去吧。

曲微茫：有一只还是完好的，不带回去吗？

【陈刚把手搭在曲微茫的肩膀上。

陈刚：生于草原，死于草原，不用带，也带不走。

【三人骑上马，踏上归途。

14. 草原　夜　外

【稀疏的声音在三人四周响起。

陈刚：（挥舞缰绳，看向大壮）它们追上来了，快走。

【大壮点头，挥动缰绳。

【曲微茫一手扶着马鞍，一手攥着长剑。

【头狼扑到陈刚的马背上，马匹慌不择路，把曲微茫甩下马背。

【曲微茫从地上爬起来，看着两匹马嘶吼着跑远，愣在原地，长剑也落在一旁。

【陈刚扯紧缰绳，马却还是往前跑。

陈刚：（跳下马）大壮，咱们得回去救他。

【大壮跟着跳下马。

大壮：我们两个靠近点，这狼可不好惹。

15. 草原　夜　外

【曲微茫听到背后传来响声，纵身一跃，拿起地上的长剑，摆起架势，不断环顾四周，浑身颤抖。

【远处传来狼嚎。

陈刚：（提着煤油灯，撒开腿就往前跑）曲知青，曲知青——

【大壮跟在陈刚身后，把枪上膛指向天空，扣动扳机。

【曲微茫被枪声吓得一激灵，周围传来狼逃窜的声音。

曲微茫：我在这——

陈刚：（跑到曲微茫身边）你没事吧？

【曲微茫一屁股坐到地上，身后被汗水浸湿了。

曲微茫：没事，没事。

【大壮对着天空吹响长哨。

【马匹听到哨声，从远处跑过来，三人上马。

16. 陈刚家里　日　内

【杨艳春拿来热水和毛巾，递给曲微茫。

杨艳春：敷一下你的腿，这都紫了。

【陈刚往煤油灯里添油，转头看向曲微茫。

陈刚：（笑）昨晚还好狼先吃饱了，不然吃的就是你了。

【曲微茫拿热毛巾捂着淤青处。

曲微茫：（笑）战场上的子弹没带走我，区区小狼能把我怎样。

【杨艳春抄起干毛巾扔向陈刚。

杨艳春：你还笑，迟早被狼吃了。

【大壮手里提着羊肉，推开门帘。

大壮：曲知青，没事了吧？

曲微茫：我没事了，那么客气，还拿羊肉来。

大壮：说什么客气，拿壶酒来，我们庆祝一下。

17. 餐桌旁　日　内

陈刚：（举起酒杯）为我们平安干一杯，感谢腾格里。

大壮：（举杯）感谢腾格里。

【三人一饮而尽。

【曲微茫面色泛红，转身扯过长剑。

曲微茫：我跟你们说，这把剑可有大来头。

大壮：给我看看你这剑。

【曲微茫把长剑扔给大壮。

陈刚：这剑什么来头，你倒是说啊。

曲微茫：（一只手扶到脸上）我家本是剑道世家，这把便是祖师爷传下的宝剑。

18. 曲微茫家的院子　日　内（闪回）

【秋风吹落院里树上的黄叶。

【曲毅站在院子里，手里拿着戒尺，围着曲微茫两兄弟转。

曲毅：剑法第五式，抬右脚向后屈足，右手剑由内向外挽花，然后向前上方直刺出，左剑指向后屈肘，指贴于背，目视剑尖。

【曲微茫做出动作，定在原地，左脚微微晃动。

【曲毅站在曲微茫身后，戒尺一挥，打在左脚上。

【曲微凉左脚绷紧，一动不动。

曲毅：下一式，右脚下落左脚稍后右侧，震脚，抬左脚向前上一步，使两腿成左弓步。同时，右剑向前直刺，左剑指向内屈肘，停于右肩前，目视剑尖。

【两人做出动作，定在原地。

曲毅：（转身走向屋里）很好，你俩记得以后每日练习这剑法。

19. 曲毅的房间　日　内（闪回）

【曲毅坐在椅子上。

曲毅：你俩过来一下。

【两兄弟停下剑术比拼，放下木剑走进曲毅房间。

曲微凉：父亲，找我们有什么事？

曲毅：（抬起头）最近又不太平了，战事频起，你俩去参军吧，不然空留一身武艺。

曲微凉：早些天我就跟弟弟说想去当兵，这下父亲还发话了。

曲微凉：（低着头）安宁日子到头了。

【曲毅从床底下拖出木箱，从中拿出包着麻布的长剑。

曲毅：这是我们家世代传下的宝剑，如同那套剑法。（把长剑递给曲微凉）拿着宝剑，你俩明早就出发吧。

20. 河西村口　日　外（闪回）

【河边的樟树下，排起两列纵队，由军人维护秩序。

【曲微茫转头看着曲微凉。

曲微茫：哥，你说我们能不能分到一个队里？

曲微凉：不知道，但愿吧。（推了曲微茫一把）快上去，准备到你了。

士兵：（抬头看着曲微茫）年龄，名字。

曲微茫：17岁，曲微茫。

士兵：你这没成年，不符合标准啊。

【曲微凉站到曲微茫面前，看着士兵。

曲微凉：他还有一周就18岁了，通融通融。

士兵：（低头思考）好吧，把名字签了，去左边等着。

读者评论

《另一把羊角匕首》以美好的文学想象，讲述美好的兄弟情谊。代表南方文化的祖传宝剑和代表草原文化的家传羊角匕首相遇而不违和，宝剑和羊角匕首的主人演绎了非血缘关系的兄弟之情。在这里，南方文化在典雅之中不失其刚柔相济，草原文化在粗犷中有其温厚。草原的风，草原的雪，草原的酒，草原的人，草原的骏马都散发着血性、阳刚、热情和淳朴。《另一把羊角匕首》是兄弟情，也是民族情。

说书人（节选）

劳汉燕

作者简介

劳汉燕，笔名暗香如袖，90后，来自广西。一个爱阅读的平凡人。

（本文节选该作品第1幕至第4幕）

1. 汴京醉仙楼　日　内

客人：（一声大喊）怎的，今日不见尤老爹出来给我们说道说道故事了？

小二郎：（赔笑）快啦快啦，别催，尤老爹呀，很快就来了。

【这时，门外的尤老爹拄着拐杖走了进来。

尤老爹：怎的，我这故事就这么吸引你们？还让你们念念不忘了。

客人：尤老爹，您呀，就知道吊我们胃口，我们就想知道那小颜姑娘后来怎么了？

尤老爹：（大笑）哈哈哈哈，行，既然你们这么想知道，今日我就跟你们说个痛快。

【说着，尤老爹拿过一旁的酒盏，喝了起来。

尤老爹：（擦了擦嘴）爽。

【一旁刚来的淮漾忍不住心中的好奇，向一旁的小二郎打听。

淮漾：小二郎，这尤老爹口中的小颜姑娘是谁呀？惹得大家这么好奇。

小二郎：（眼里带着悲伤）尤老爹口中的小颜姑娘啊，是我们醉仙楼的大小姐。尤老爹这么多年还在我们楼里当小二，估计也是忘不了她吧。

【淮漾被小二郎口中的尤老爹与小颜姑娘的故事吸引住了，拉扯着小二郎的衣袖。

淮漾：（追问）小二郎，你能跟我讲讲他们之间的故事吗？求你了。

【小二郎看着淮漾小可怜模样，实在是忍不住，跟她说道起来。

小二郎：话说这尤老爹和小颜姑娘认识，那是在40年前，那个时候的尤老爹还不是现在的这个样子，他当年可是我们酒楼里有名的“一枝花”，当初有不少姑娘对他芳心暗许呢！不过呀，咱尤老爹一个都没看上！

淮漾：（不理解）为什么呀？

小二郎：（惆怅）你知道尤老爹为何总是带着一个梅花杯和一个酒壶吗？

淮漾：（摇头）。

小二郎：那是大小姐送予尤老爹的，听说，尤老爹和小颜小姐之间有过约定。待她回来那日，一定要用梅花杯喝酒。不过四十年过去了，谁知道尤老爹还能不能等到大小姐！

小二郎：（感叹）一酒梅花，半生年华啊。

2. 四十年前汴京　醉仙楼厨房后院　日　外

【时年12岁的尤清跟着自家老爹赶着牛车压着一车的柴火来到了醉仙楼。一路上，汴京的花花绿绿犹如山间的乱花，迷得尤清眼花缭乱。他怯生生地蜷缩在牛车旁，不敢随意走动，生怕惊扰了贵人，惹出祸事。

【此刻，尤老爹正跟醉仙楼老板颜宽讨论着买卖。

尤老爹：（谄媚）颜老板，你瞧瞧最新的，保证比其他家好烧。您看？

【颜老板四下打量着牛车上的柴火，这一批柴火确实比前几次的要好，不过他还是想压压价。

颜老板：（故作为难）尤老爹啊！不是我说，你这柴火还是不太行啊！

尤老爹：（面色纠结，竖起手指头）那，这个数？

颜老板：（摇头，比出两根手指）这个数！

【看着颜老板给出的数，与自己期望值差距过大，尤老爹有些不乐意。

尤老爹：（哀求）颜老板，你再加点吧！你看我这一路过来，花费也不少啊！你给这数，我属实没得赚啊！

【在尤老爹还与颜老板讨价还价之际，一个娇小的身影快速在两人背后一闪而过。尤清还以为自己看见鬼了，急忙揉了两下眼睛，直到看见一抹微红。

【尤清刚想喊人，然而嘴还没张开，就被一只小手堵住嘴，人也被拖到了一处暗角。

【尤清还以为自个儿被人贩子抓了，强烈的求生本能迫使他发挥出了比原本还大的力气，抓住捂着他嘴的那只手使劲一掰，一声女孩子的惨叫声陡然响起。

小女孩：啊！

【尤清闻声赶紧转身，只见一个梳着双丫髻，穿着一袭浅红色襦裙的小女孩紧握着手腕，秀美的小脸皱成了一个小老太太模样，看得出来，刚才尤清的手劲有多大了！

尤清：（慌张）姑……姑娘，你……你还好吗？

小女孩：（狠狠剜了一眼尤清）你看我的样子，像没事人吗？

尤清：（满脸理亏）姑娘，你想我怎么赔偿你？

小女孩：（看一眼尤清，灵动的双眼飘过一丝狡黠）我问你啊，是不是我说什么你都能答应我？

【尤清下意识点头，很快他意识到了不对，可为时已晚。瞧着小姑娘的高兴样，尤清到嘴边的话愣是给咽了回去。

小女孩：（抓住尤清手腕）放心，我不找你要钱，我只是想让你带我去一个地方！

【听见这话，尤清松了口气，不过人依旧没放松警惕。毕竟一个姑娘家，跟他待在一起，于情于理都不合适。

【尤清开口想要婉拒。

小女孩：（抢先一步打断）是你刚才说的，我说什么你都会答应的！你不会是想反悔吧？

【尤清尴尬垂头。

小女孩：（提醒）小子，你别忘了，可是你伤了我！

【眼见尤清还在纠结，小女孩直接放大招。

小女孩：（威胁）我告诉你，今天你要是不答应把我带出去，我就跟我爹说，你伤了我，你不仅要赔钱，你家货钱也不一定能拿到！

【威胁的话语一出，尤清只好答应。

尤清：（咬牙）好，我答应你！

小女孩：（好奇）你要怎么带我出去？

尤清：（眼睛四下望了望）你别管，在这等着我！

【没一会儿，尤清抱着一个包袱回来，塞到女孩怀里。小女孩打开包袱，一只手拈起包袱里的衣服。

小女孩：（满脸嫌弃）你不会是想让我穿它吧？

尤清：（点头）对，你还想不想出去了！

【小女孩闻着衣服上的汗臭味，差点没吐出来。尤清一眼看穿小女孩的犹豫。

尤清：（拿起包袱）你要不穿，那咱就别出去了！

小女孩：（妥协，抓着衣服不肯放手）你别收，我穿，我穿！

【不一会儿，小女孩便穿戴好了，为了保险，小女孩还用泥抹了一下自己的脸蛋。她扯了扯尤清，在他面前转了两圈。

小女孩：怎么样？还看得出来吗？

【尤清被小女孩直勾勾的眼神盯得脸一红，他咳嗽了一声。

尤清：（扭捏）我，我觉得看不出来。

【听着尤清的话，小女孩一喜，随即抓起尤清的手腕，往后门跑去。不知是小姑娘装扮得太好，还是尤清衣服的作用，后门仆役没一个看出来，他们两个就这么堂而皇之地走出了醉仙楼。

3. 汴京城街道上　日　外

【小女孩像一只封闭许久的小鸟突然见到广袤无垠的天空，撒欢似的在街道上游走，那高兴的模样让尤清不由得为之动容，他的眼睛完全被小女孩所占据。游走了好一会儿，直到小女孩累了，她才停下脚步回到尤清身边，眼底依旧残留着抑制不住的兴奋。

小女孩：（道谢）小子，今天真是多谢你呀，我好久都没这么高兴了！

尤清：（疑惑）你很难出来吗？

【尤清的话勾起了女孩的伤心事，只见她像朵即将凋谢的花快速萎靡了下去。

尤清：（语气慌张）对，对不起，我是不是说错了什么话了？你说，我改！

小女孩：（一副没事人的样子）没事，你说得没错，我的确很难出来，所以我才找你帮忙呀！

小女孩：你还记得我跟你说的，让你带我去一个地方的吗？

【尤清疑惑。

【小女孩抓起尤清，往一间茶屋拐去。

小女孩：（语气兴奋）我们到了！

4.茶屋　日　内

【尤清打量着眼前的小茶屋。

尤清：（语气诧异）这？不是，你一个大小姐来这里做什么？

小女孩：（神秘一笑）等会儿你就知道了。

【小半刻后，原本空空如也的小茶屋不一会儿的工夫就挤满了人。望着人头攒动的人群，尤清惊得嘴巴差点合不上。

尤清：（惊讶）这，这？

小女孩：（嬉笑）意外吧！

【小女孩扯着尤清来到一个观赏极佳的位置。

小女孩：（拍椅子）来，快坐！

【尤清很是诧异这间小茶屋为什么能引来这么多人，小女孩一眼看穿尤清的疑惑。

小女孩：（解释）小子，知道说书人吗？

【尤清摇头。

小女孩：（兴奋）那等下你就知道了。

【说着，小女孩看向说台，眸光里满满地兴奋。尤清也顺着视线望了过去，只见一个穿着灰白色衣服的鹤发老者缓缓移步上了说台。一尺板落下，原本嘈杂的茶屋瞬间安静了下来，尤清的心也随着尺板重重一落，那感觉仿佛一块大石头重重砸进湖里，溅起了一层又一层的涟漪。

老者：（打招呼）各位看官，午好啊！

客人们：尤老好！

老者：（抚须一笑，接着一声厉喝，声音铿锵有力）看官们，且听今日细说！接着上回，说起那独目大侠啊，他可是个惩恶扬善之侠，一把大弯刀使得那叫一个出神入化，借着那把大弯刀，独目大侠……

【说书人尤老说得那叫一个斗志昂扬，说得在场的所有人恨不得魂穿独目大侠，尤清也不例外。直到故事结束了，尤清都没神游回来，他的身心完全陷进了说书人说的那个世界！

读者评论

作者以生动的笔墨建构了一个有关说书人与富家千金的传奇故事，整部作品最动人的地方就在于尤清的成全行为以及颜姿假死逃婚的场面，他说服自己放走最心爱的女人，爱人假死后，他用说书的行为缓解自己的思念，这些都是尤清意志冲突的展现。如果将故事的结构稍加更改，使用交叉时空等结构方式组织故事情节，让尤老爹讲述江湖故事与尤清、颜姿二人的陈年往事双线并行，形成某种意义上的互文关系，或许更能够在小体量的局限下完成传奇性叙事。

三等奖

《药王残卷》

获奖理由

该作品以悬疑情节见长，人物刻画到位，激发读者的好奇心，文字老练，主题围绕中华传统医学进行，具有一定的市场开发价值。

《山里红》

获奖理由

该作品是典型的偏乡村风题材，整个故事剧情完整，从片名到内容搭建，都比较有艺术性，人物的塑造也很到位，有一生献给家乡教育事业的榜样级前辈，还有一批为乡村振兴发展无私奉献的青年一代。感情真挚，文字朴实。

《00后，向前冲》

获奖理由

该作品是一部关于青少年“迷途知返”的教育题材电影剧本，主人公形象个性既典型又独特，具有时代特征。传达出一种健康向上的人生观、世界观。

药王残卷（节选）

凌立英

作者简介

凌立英，笔名紫灵，广西防城港人，广西作家协会会员。作品《疍家湾》获第六届广西网络文学大赛小说类三等奖。代表作有中篇小说《水妖》《蛊毒》《恶罗海城的美人鱼》，短篇小说《青藤之上，爱情已远走》《天堂里有没有QQ》，诗文《山鹰》《烟雨江南》等。作品《紫灵中篇小说集》由作家出版社出版，《迷失的图腾》由华文出版社出版。

（本文节选该作品序幕至第22幕）

序幕

从远到近，层峦叠嶂，云雾缭绕，一名白发老人（孙思邈）背着药篓在山间行走。山峦渐消，山脚下出现一间农家小院，小孩在奔走，妇人在院里翻晒草药，白发老人在指点一名少年认读医书。接着，场景渐渐转向黑夜，油灯下白发老人在撰写医书。

【推出片名：药王残卷

1. 仁爱医院顶层　日　内

【画面过渡，现代，青年医生沈青阳（26岁）在仁爱医院顶层落地窗前坐在地板上翻看手中一份中医学报告。窗外蓝天白云，楼下街道车流如注，人流如织。这时，楼下响起救护车的急救声，与此同时，他的手机也响了。他接起手机，眉头微皱，立刻从地板上站起迅速冲向抢救室。

2. 抢救室内　日　内

【医护人员已经就位，接诊医生立即报告：患者16岁，车祸导致腿骨折，胸闷，高压195，低压90，瞳孔涣散。沈青阳迅速检查患者，患者的脸色苍白，凌乱的发丝在枕头上铺开。

沈青阳：立刻组织抢救，家属来了没有？

护士甲：来了，在门外。

3. 急诊室走廊　日　内

【转运途中，一名穿着旧花布衣服的中年妇女冲了过来，拉住病床，悲痛欲绝。

中年妇女：求你们一定要救救我女儿！

【护工上前把她拉开。

4. 手术室内　日　内

【一名换好防护服的女医生轩辕蝉依在此等候，一双大眼睛紧紧盯着刚被推进手术室的女孩，同时也把头转向已经换上防护服的沈青阳。

轩辕蝉依：这次手术我将协助你共同完成。

沈青阳：（点头）确认患者。

轩辕蝉依：陈菲菲，女，16岁，没有药物过敏反应。

沈青阳：开始手术……

5. 手术室外　日　内

【陈菲菲的母亲看到女儿盖着白被单推了出来，晕了过去。沈青阳看着这一切，没有说话，眼里透出一种莫名的悲伤与不甘。

6. 医院走廊　日　内

【沈青阳和轩辕蝉依站在医院走廊，阳光穿过玻璃窗落在两人身前的地板上。

轩辕蝉依：（看着窗外）陈菲菲要是知道她母亲现在的情况还会自杀吗？

沈青阳：自杀？

轩辕蝉依：刚才那女孩是交警送来的，他说女孩是自己往车上撞的。

沈青阳：这么小，有什么事想不开吗？

【这时口袋里的手机响起了震动，有电话进来。

沈青阳接起电话：北容叔！

【响起沈青阳叔叔沈北容沉重的声音。

沈北容：青阳，你爷爷吃过晚饭散步的时候突发脑梗，走了！

沈青阳：（紧紧地握住手机）你说什么？

沈北容：你爷爷走了，在医院没抢救过来，已经送到太平间了，准备转送火葬场！

【沈青阳飞奔着跑出医院。

7. 高速公路　入夜前　外

【车在路上飞驰。入夜时分，车停在火葬场告别厅前。沈青阳冲下车。

8. 火葬场告别厅　夜　内

【告别厅挂满白绫，中间停放着一具盖着白布的尸体。供桌摆着一个白须老者的黑白照片，照片里的人似乎还在微笑地看着眼前的人。

【沈氏家族的亲戚朋友陆陆续续赶过来，沈老太太领着叔叔沈北容和婶子以及侄子沈青花给来客答礼，整个大厅里充满了悲切。

【沈青阳看到奶奶立刻冲过去抱住她。

沈青阳：（抽泣着）奶奶，这是怎么回事？

【沈家奶奶松开沈青阳，强压着心底的悲伤。

沈家奶奶：人老了总会有这一天，去给你爷爷上香吧。

【快镜头：沈青阳念悼词，亲朋好友进行最后的道别，所有的一切有条不紊地进行着。

9. 殡仪馆休息厅　傍晚　内

【在等待火化时，沈家奶奶走到沈家爷爷灵前。

沈家奶奶：老头子走得急，我也累了。都说“国不可一日无君，家不可一日无主”，今天“延春堂”也要选个做主的人出来。按沈家家族遗训，历来当家做主的人都是沈家的长子长孙，按道理应该把这个掌印传给青阳了。但是青阳年纪还小，力量不足，这个掌印还是由北容代为掌管，大家看怎么样？

【沈青阳默默点了点头，他本就无意去当沈家掌印。

【沈家奶奶从沈老爷灵位前拿起一只精致的木盒，打开，里面是一枚方方正正的玉质印章，正待交给沈北容。

【此时，沈青阳手机响起：青阳，你家老宅子，进贼了！

沈家奶奶脸色突变：青阳，你带两个人快回去！掌印信物交接暂停！

10. 青石镇那湾村　沈家老宅　日　外

【沈青阳跟侄子沈青健飞速赶回，老宅大门半开，村民们在门外围成一圈。进门，眼前一片凌乱，家里所有的一切给人翻了个底朝天。后院小门洞开。

11. 沈家老宅后院　日　内

【后院是沈家爷爷培育、炼制中药的地方，平时鲜有人来。此时也是给人翻了个底朝天，一些中草药连根都给挖出来。

【沈青阳看到围墙根下趴着一个顶着一撮黄毛的人，迅速上前查看，此人已死。

12. 沈家老宅前　日　外

【沈家老宅出了命案，警察封锁现场。

刑警队长张一凡：他们在找什么？

沈青阳：（看向屋内）我也想知道。

13. 三天后　仁爱医院楼顶　夜　内

【沈青阳坐在地板上，手上还拿着一瓶啤酒。双眼通红，脑子里不停地回闪爷爷那青灰色的脸，还有那满屋的狼藉以及趴在围墙根下的“黄毛”。

【轩辕蝉依两手各抱两瓶啤酒从天台的小门出来。

轩辕蝉依：我们的外科天才怎么在这喝闷酒？

【轩辕蝉依抱着酒走到沈清扬面前，微微扬了扬头。

轩辕蝉依：一起喝怎么样？

沈青阳：（皱眉）你怎么知道我在这里？

【轩辕蝉依把酒放下，顺势坐到地上。

轩辕蝉依：节哀顺变！

【沈青阳没有说话，昂头把瓶中的酒一口喝完。

轩辕蝉依：家里丢东西了？

沈青阳：什么也没丢。

轩辕蝉依：《千金翼方》残卷，“药王”孙思邈晚年的著作。

沈青阳：（脸色突变）你到底知道些什么？

轩辕蝉依：“延春堂”药铺的创始人就是“药王”孙思邈，后世几经辗转，成就了现在的“延春堂”，其产业遍布全国以及东南亚国家，沈家可以说是富可敌国，凭的就是《千金翼方》残卷。

沈青阳：你是什么人？

轩辕蝉依：跟你一样想找回《千金翼方》残卷的人。要找到残卷，线索仍然在沈家老宅。

沈青阳：（脸色阴沉）我凭什么相信你？

14. 一个小时前　日　内

【沈青阳接到张一凡电话。

张一凡：沈家老宅的案件已经定为盗窃案，盗贼外号“黄毛”，因中毒窒息而亡。

沈青阳：他怎么会中毒？

张一凡：这不是正想问你吗？

沈青阳：我怎么会知道？

张一凡：你说这黄毛想在你家找什么东西？

沈青阳：我也不知道。

张一凡：沈家的人我可是一个一个地问过了，他们都说老宅里的东西只有你最清楚。

沈青阳：我刚回国不久，还真不清楚。

张一凡：那行，要是你想起什么线索，请立刻给我电话。

沈青阳：好，知道了。

15. 仁爱医院楼顶　夜　内

轩辕蝉依：我跟在黄毛后面一前一后进了沈家老宅，他在后屋翻，我在前厅找，结果什么也没找着，黄毛还着了道。

沈青阳：你们是一伙的？

轩辕蝉依：不是，是碰巧而已。

沈青阳：你到底想说什么？

轩辕蝉依：我们需要再次回到沈家老宅。

沈青阳：我凭什么相信你？

轩辕蝉依：就我这样一个弱女子，在你面前还怕我跑了？

16. 沈家老宅内　夜　内

【沈家老宅门前的警戒线还在，里面却空无一人。由于这里出现命案，原来住在老宅里的人都转移到沈家另一处住所了。沈青阳与轩辕蝉依一前一后跨过警戒线，老宅里的东西几乎保持着出事那天晚上的样子。

【进了沈家老宅，轩辕蝉依直接把沈青阳带到沈老爷子设在地下室的书房，那里存放着沈老爷子的所有藏书，这里当然也是满地狼藉。

【轩辕蝉依对地上的东西仿佛视而不见，直接将沈老爷子平时坐的一把太师椅翻转过来，对着那四条椅子腿不断敲打，果然其中一条椅子腿给她拆了下来，里面是空的。

【轩辕蝉依扔下椅子腿跌坐在地上。

轩辕蝉依：我们还是来迟了。

沈青阳：（冷眼盯着她）你究竟是什么人？

轩辕蝉依：我是沈爷爷的学生，半年前我父亲被医院判了死刑，是沈爷爷用一服中药救了他的命。作为医学生，我从来没见过这样的药方，里面竟用了大量的附子。

沈青阳：附子是剧毒，怎能救命？

轩辕蝉依：这也是我感到奇怪的地方，我一而再、再而三去向沈爷爷请教。同时，我也在遍查中医古典，后来在“药王”孙思邈传下的医书中找到蛛丝马迹，可是具体用法却没有找到。

沈青阳：所以你又找到我爷爷？

轩辕蝉依：（点头）在我的软磨硬泡下，沈爷爷终于告诉我那药方就是《千金翼方》残卷上记录的，他经过很多试验这才敢用，由于这药方过于凶险，他不敢对任何人讲。不过沈爷爷告诉我，真正的《千金翼方》残卷他也没见过，他得到的只是一份手抄本，可是经他确认，这手抄本在用药的剂量上有误，让我想办法找回原稿，以免误了众生。

【轩辕蝉依敲了敲手中的椅子腿。

轩辕蝉依：沈爷爷告诉我，他找到的手抄本就藏在这里面，这药方一旦流出去，救人不成反而害人。到时候，也会成为别有用心者打击中医学的一个借口。

【沈青阳看着眼前的女孩没有说话。

【此时楼上传来一阵窸窸窣窣的声音。两人立刻弹起，追了出去。

17. 那湾村　夜　外

【三道人影在乡村公路上狂奔，跑在前面的人影突然窜进旁边的树林失去踪影。沈青阳和轩辕蝉依气喘吁吁停了下来。

18. 深夜，公路上　夜　外

【沈青阳开他那辆迷你奥迪奔驰在公路上，天空不知道什么时候下起了雨，在车灯下闪闪烁烁。

轩辕蝉依：现在我们去哪？

沈青阳：吃饭！

轩辕蝉依：什么？

沈青阳：你不饿？

轩辕蝉依：（皱眉）有点。

19. “延春堂”中药种植园小区大门　夜　外

【车很快就开进一个小区，经过紧闭的豪华大门时，自动感应门悄无声息地为他们打开了。

【轩辕蝉依吃惊地看着沈青阳。

轩辕蝉依：这是什么地方？

沈青阳：“延春堂”中药种植园。

轩辕蝉依：我们为什么要来这里？

沈青阳：你说能从沈家老宅里拿走爷爷东西的人最有可能的是什么人？

轩辕蝉依：沈家的人？

【沈青阳点头。

20.“延春堂”中药种植园小区　夜　外

【进了小区，轩辕蝉依发现里面竟如同一个繁华的小镇，宾馆、商场、购物街一应俱全。

沈青阳：先吃饭吧！烧烤，宾馆前面就有一家，挺不错的。

轩辕蝉依：你还有心情吃烧烤？

沈青阳：烧烤也挺好的。

21.烧烤店　夜　外

【店里的女老板娘看到他们走进来，立刻迎上来。

女老板：两位想吃点什么？

【沈青阳随手点了几样，眼睛转向宾馆大门。

22.宾馆门前　夜　内

【灯光下，宾馆里富丽堂皇。没过多久从里面走出个人，头顶的黄毛异常醒目，看到这个人沈青阳、轩辕蝉依的脸色突变。

读者评论

医疗世家、药王残卷、产业纷争……剧本的主人公以“药王”孙思邈所著的《千金翼方》残卷为线索，逐步揭开了隐藏在百年药铺“延春堂”幕后的秘密，为我们呈现出一个扣人心弦、跌宕起伏的悬疑故事。

山里红（节选）

廖富香

作者简介

廖富香，笔名白云，60后，成都文学院签约作家。出版长篇小说《守望幸福的女人》《国家血脉》《誓言无悔》《回家》。长篇小说《国家血脉》获内蒙古自治区第十一届精神文明建设“五个一工程”奖，首届海峡两岸网络文学大赛优秀作品奖。长篇小说《为爱来敲门》获首届广西网络文学大赛长篇小说组优秀奖。长篇小说《回家》获“今古传奇”杯第二届全国优秀小说三等奖。

（本文节选该作品第1幕至第15幕）

1. 空镜

【繁华都市画面闪过。

2. 江城大学　日　外

【一座别具风格的教学楼在翠绿欲滴的树儿和娇羞欲语的花儿装饰下，更平添了一份勃勃的生机，形成了一种人工美和自然美。

杜静：（在校园里情绪激动地接电话）什么？程老师突然昏倒在讲台上？

对方：是的，现在已经送到了医院抢救。

杜静：好的，我马上回来看他。

【杜静立即挂断电话，往校园外面跑。

3. 公园　日　外

【双画面。

何韬：（边走边接电话）牛王村真的很美，资源也丰富，现在我们引进的新品种荔枝刚刚开始挂果，以后还有很多后期技术服务工作要做，我这个挂职第一书记怎么能离开？你再给我一年时间，等村民种植的荔枝都丰收了，我就回城里，行吗？

张娜：我要的是一个天天能陪着我的爱人，不是一个去乡村穷折腾的男人。你如果不马上申请调回城里，我立即跟你分手。

【这时，杜静急匆匆地从旁边跑了过来。

【突然传来汽车的紧急刹车声，何韬条件反射地后退了两步，然后撞在了杜静身上。

【黑屏。

【推出片名：山里红

【音乐声响起，片名渐隐。

4. 明日之星培训班　日　内

【教室的墙上贴着醒目的标语：艺术的乐土，明星的摇篮。

【一个美少女（杜婷婷）穿着练功服正在翩翩起舞。

【这时，杜静满头大汗地跑进屋子，然后不停地喘着粗气。

杜婷婷：（立即走过去扶住杜静）姐，你怎么啦？

杜静：程老师讲课时突然晕倒在讲台上，你马上跟我回去看他。

杜婷婷：我下个星期要去拍广告，你自己回去看程老师吧。

杜静：（生气）你怎么这样冷血啊？程老师危在旦夕，可你还想着去拍广告。

杜婷婷：（又气又恨，她立即把杜静推倒在地上）我的事不用你管！

【惨叫声响起。

5. 医院病房　日　内

【程志辉躺在病床上紧闭双眼，护士端着药盘走进病房，然后为程志辉打点滴。

【一位头发花白的老太太（周清芳），泪眼婆娑地拿着湿毛巾轻轻为程志辉擦脸。

【这时，一位50多岁，衣着得体的中年男子（程宏）满头大汗地冲进病房。

周清芳：（看了看程宏）晓枫怎么没回来？

程宏：电话没打通。妈，爸到底是怎么回事？

周清芳：冠心病又发作了，已经危及生命，医生刚刚给他做了心脏搭桥手术。

程宏：（生气）爸的身体一直不太好，一大把年纪了还要跑去讲课，他这是在玩命啊。妈，你怎么不管管他？

周清芳：（满脸委屈）我管得住他吗？

护士：病人需要休息，请你们出去说话。

【程宏立即扶着周清芳离开。

6. 明日之星培训班　日　内

【杜静的额头上已经鼓起一个鸡蛋大的青包，她坐在地上满脸痛苦地拍打自己的头。

杜婷婷：（立即去扶杜静）姐，对不起，我不是有意的。

杜静：姐不怨你，只求你跟我回去见见程老师。

杜婷婷：姐，你知道现在这次机会对我有多重要吗？拍广告不但可以挣到钱而且还有上电视的机会，看程老师有你回去就行了！

杜静：我能代替你吗？当初要不是遇到程老师……

【闪回。

7. 偏僻山村　日　外

【田野里种着一些普通的农作物。

【几岁的杜静和杜婷婷穿着不太整洁的衣服蹲在地里拔草。

【程志辉提着礼品盒走了过去，见到在地里拔草的杜静和杜婷婷，程志辉立即停住了脚步。

【杜静和杜婷婷满头大汗，两人立即用拔草的手去擦脸，汗水和泥土立即把两张美丽可爱的脸弄成了小花脸。

程志辉：小姑娘，你们俩叫什么名字？

杜静：我是姐姐杜静，她是我妹妹杜婷婷。

程志辉：现在学校还没有放假，你们怎么在地里拔草啊？

杜静：我和妹妹上过半年学，可因为家里离学校太远，每天很早就得起来赶路。有次遇到野狗咬伤了我们，后来我们就不敢去学校了。

程志辉：爸爸妈妈怎么不送你们去学校啊？

杜静：爸爸的腿不方便，妈妈有病。

杜婷婷：妈妈发起病来还要打人。

程志辉：（立即拉住了杜静和杜婷婷的手）告诉爷爷，你们俩想不想上学？

杜静和杜婷婷：（异口同声）想。

8. 杜静家　日　外

【走路一瘸一拐的杜父从屋里走了出来。

【杜静和杜婷婷拉着程志辉的手欢天喜地地走了过去。

杜静：爸，家里来客人了。

杜婷婷：爸，我们有书读了。

杜父：（莫名其妙）读什么书？

程志辉：（温和地笑了笑）你好，我叫程志辉，是天湖育才学校的校长，今天走亲戚路过这里，无意中发现你的两个女儿辍学在家，感到好心疼。知识改变命运，两个孩子这么小就辍学，以后会毁了她们的一生……

杜父：（立即打断程志辉的话）你以为我不想让她们上学啊？现在是我没有这个能力。

程志辉：我们学校是从小学一年级到高中的全封闭式寄读学校，办学的宗旨就是为了让一些留守儿童及贫困家庭的孩子都上得起学。鉴于你们家的特殊情况，我决定把两个孩子接到学校免费就读。

杜父：免费也不去。现在骗子多得很，你把我两个女儿拿去卖了怎么办？

杜静和杜婷婷：（立即拉着父亲的手大哭）爷爷不是骗子，他是好人，我们要跟他去读书。

程志辉：大兄弟，你的心情我理解。但我不是骗子，你可以先去我们学校参观了再说。

【杜父犹豫了一下然后点头。

旁白：经过程志辉的耐心开导，杜静的父亲立即去了天湖育才学校参观，然后消除了所有顾虑，终于让杜静和杜婷婷到天湖育才学校就读。

9. 天湖育才学校　日　内

【身着校服的杜静和杜婷婷与同学们一起，伴随着音乐在操场上做课间体操。

【程志辉走进学校大门。

【做完课间操的同学们开始在操场上自由玩耍。

【杜静和杜婷婷立即跑到程志辉面前。

程志辉：（爱怜地抚摸着杜静和杜婷婷的头）学校的生活还习惯吗？

杜静：非常好，感谢程校长让我和妹妹又有了读书的机会。

杜婷婷：学校吃的饭菜比我们家好多了。

杜静：（拉住杜婷婷的手）程校长接我们来学校，是希望我们好好读书，你怎么老想着吃啊？

程志辉：你们家离学校太远，以后每个月送你们回家一次，这个星期天你俩到我们家里，我让奶奶给你们做好吃的。

杜静和杜婷婷：（立即抱住程志辉，然后不停地抹眼泪）程校长……

【闪出。

10. 明日之星培训班　日　内

杜静：父母无力帮助我们完成学业，程老师不但承担了教育我们的责任，还承担起养育我们的责任，他是我们最亲的人。现在程老师病重，你却不愿意去看他，对得起自己的良心吗？

杜婷婷：姐，我知道程老师对我们恩重如山。可我更明白现实社会竞争有多激烈，有时错过一个机会就会遗憾终身。

杜静：只要肯努力，机会到处都有，而我们的程老师只有一个啊！我只求你去看看他，在这个世界上还有什么比恩情更重要？

杜婷婷：（立即从身上掏出200元递给杜静）姐，我真的不想失去这个展示自己的机会，这点钱你拿去给程老师买点礼物吧，等我有时间了再去看望程老师。

杜静：（伸手打了杜婷婷一巴掌）你连恩情都不要了，买礼物还有什么用？从此以后我没有你这个无情无义的妹妹。

杜婷婷：我也没有你这个不可理喻的姐姐！

【杜静转身往外跑。

11. 医院后花园　日　外

【周清芳坐在花台边一边述说一边抹眼泪。

【程宏站在旁边焦急地拨打电话。

【程楠提着包急匆匆地走了过来。

【程宏见到程楠之后立即挂断电话。

程楠：爸的情况怎么样？

程宏：刚做了心脏搭桥手术。这个病都是被他自己折腾出来的，妈在家里也管不住他。

程楠：太气人了，咱们这回不能再由着他任性了。妈管不住他，我们俩来管他。

程宏：等爸的病好了以后，就把他和妈妈都接到城里去，让他们俩跟随你们公司的旅行团去旅游，享清福。

护士：（站在不远处大喊）谁是程志辉的家属？病人醒过来了。

【几个人迅速离开。

12. 医院病房　日　内

【程志辉躺在病床上轻轻喘着粗气。

周清芳：（拉着程志辉的手激动得哭泣）孩子他爸，现在感觉身体怎么样？

程志辉：（满脸憔悴）没什么。

程宏：爸，你一个月几千元钱的退休金，本来可以无忧无虑地养老，可你非要去办什么学校。自己不但挣不到钱，而且还要把自己的工资往里面搭，你到底图的什么！

程志辉：（生气）你给我闭嘴！

程楠：爸，哥也是为了你好，你把自己累成这样我们心疼啊！我们已经商量好了，等你出院之后，就把你和妈妈一起接到城里，天天让你们跟随旅行团到处游山玩水。

程志辉：你们那里就是一座金山我也不去，我自己喜欢做的事也用不着你们管。

程宏：爸，你天天折腾累成这样，人家还以为我们当儿子的对你不孝顺呢。我们在社会上也是有头有脸的人，你得为我们想想啊！

程志辉：嫌我给你们丢脸了，你们都给我走开！

【程宏立即拉着程楠转身离开。

13. 高铁上　下午　外

【旅客提着包陆续上车。

【何韬坐在座位上拿着一本《荔枝种植管理技术资料》聚精会神地翻阅。

【杜静满脸忧郁地提着包走到何韬对面的空位上坐下。

【突然，不知道谁的手机里响起了歌曲《每当我走过老师的窗前》。

【杜静开始抹眼泪。

何韬：（抬起头，看到对面的杜静，他满脸惊讶）是你？上午的事真是对不起。

杜静：（苦笑）不怪你，都是我自己走路不小心。

何韬：你是不是遇到了什么难事？需不需要我帮忙？

杜静：我没事，谢谢。

【何韬长长地叹了口气，然后继续低头看资料。

14. 医院病房　日　内

【病房门虚掩着。

【程志辉坐在病床上接电话，他的精神状态比之前好了很多。

周清芳：（生气地抢过程志辉的电话）你到底还要不要命？自己的身体都还没恢复又去管学校的事，你要是死了这个地球是不是就不转了？

【杜静提着礼物从虚掩着的门口伸进头，然后轻轻敲门。

程志辉：（见到杜静非常兴奋）赶快进来坐，杜静。

【杜静立即提着礼物走进病房。

周清芳：（起身给杜静倒了一杯水放在面前）你来得正好，赶快劝劝你们老师，真的是太气人了，我去街上买点东西。

杜静：奶奶，程老师怎么啦？

周清芳：孩子们都被他骂跑了，可他还不省心。

程志辉：（不耐烦地挥手）要走快点走！

【淡出。

15. 花城广场　黄昏　外

【广场四周繁花似锦，绿草如茵，高楼林立。

【炎热的夏季虽然有些微风吹来，但仍然无法驱散烦闷的空气，一群大妈满头大汗地跳着广场舞。

【双画面。

程晓枫：（一边打电话一边往广场走）幺叔，爷爷的病到底怎么样？

程楠：你爸没告诉你吗？

程晓枫：我爸让我不要回去。

程楠：爷爷的身体现在没什么大事了，只是他的脾气太倔强，我和你爸都是被他轰走的。

程晓枫：（惊愕地张大了嘴）啊……

读者评论

剧本讲述了大学毕业生杜静不忘初心，毅然回乡服务乡村教育的感人故事，塑造了几位为乡村教育事业无私奉献、不求回报的教师形象，也凸显了第一书记为乡村脱贫做出的贡献和牺牲。剧本中的角色个性鲜明，语言朴实，把那些来源于现实生活的故事情节演绎得入木三分。

00后，向前冲（节选）

张旗、张雷

作者简介

张旗，笔名午夜清风，中国作家协会会员，中国文联新文艺群体二期班学员。已出版《王小猛求房记》《致我们的后青春》等多部现实题材小说。作品曾获“中国文学周·唐诗论坛”报告文学类三等奖、盛大文学“第五届榕树下网络原创文学大展”优秀作品奖等奖项，获《文艺报》专题评论推介。

张雷，笔名剑走偏锋，湖北省作家协会会员。创作的反腐倡廉系列微电影《粉红色内幕》《喜宴》《收监》先后获得省、市级政法系统微电影展一、二、三等奖；普法微电影《迟到的赔偿》获湖北省总工会普法微电影一等奖。编导的微电影作品《心中那盏灯》获得全国总工会主办的短视频大赛二等奖。

（本文节选该作品第41幕至第60幕）

41. 工棚　日　内

刘叔带着赵文池找到老工头。还没等他们说话，老工头递给赵文池一沓钱，说：“你的工资，我已经准备好了。”

【赵文池接过来一数，愣住了。不解地看着老工头。

赵文池转身对刘叔说：“不对呀？一天15元，我前后一共干了10天，这……？”

“孩子，拿着吧！多出的那500元，就当那天我打你的补偿好了。明天，你就可以回家了。”

“不用了，你的还是你自己留着吧。我只拿我应得的就行了”说着把那多出来的500元推了回去。

“我从别人那里听说了你的情况，这500元就算我借给你的吧！等将来你考上大学有钱了再还我，好不好？”老工头说着又把钱推给赵文池。赵文池摇了摇头，没有接。

“看来你是不会原谅大叔了，对不对?”老工头眼角挂上了泪珠。

【赵文池没有说话，转身出门，但他的眼睛湿润了。

42. 工棚　日　内

赵文池走出房子后，老工头把500元递给刘叔：“赵文池是个有志气的孩子！你想办法把这些钱给他。”刘叔点了点头，接过钱出门。

43. 商场　日　外

【刘叔和赵文池在街上选衣服、试衣服，很开心，边走边聊。

刘叔：“你这小子，换身衣服还是很精神的嘛。”

赵文池：“嘿嘿。”

刘叔：“回家好好跟你妈妈道个歉，你妈妈一个人带你多不容易啊。”

说话的时候，无偿献血宣传志愿者（给刘叔递上一张宣传单)：“您好，请支持无偿献血，奉献爱心。”

刘叔拿着单子，仔细地看着，自言自语：“这个不错，姑娘，在哪儿献啊。”

【切换。

【刘叔和赵文池在血站献血。

医生：“请问你们两位是否愿意加入中国造血干细胞捐献者资料库？也就是我们常说的‘骨髓库’。”

【刘叔和赵文池相视一笑，点了点头。

【两人填写资料卡。

【走出血站。

44. 商场　日　外

赵文池：“刘叔，不知道为什么，我今天觉得特别开心。尤其是看着那个老工头，我突然觉得他人也挺好的，就跟刘叔您一样。”

刘叔：“傻小子，你怎么就知道刘叔就是好人啊。不过话说回来，我真还没干过坏事。”说着，他偷偷地把一沓钱塞进赵文池的口袋里。

赵文池：“刘叔，以后我还得多向您学习，我发现帮助别人是一件很开心的事情。”

刘叔：“你一大秀才，跟我这小学毕业的大老粗学啥呀！”

【正说话，护城河边传来一声呼救。

路人甲：“救命啊，有人掉河里了。”

刘叔听到呼救，跟赵文池说：“小赵，你等我一会。”

【刘叔拼命地跑向事发地点，顾不上脱衣服，就跳进河里。

【赵文池跟着刘叔跑到岸边，他不会游泳，只能在岸边大声喊着刘叔的名字。

赵文池：“刘叔，你小心啊！”

【水中的刘叔回过头，向赵文池笑了一下，潜到了水下。

【一会儿，刘叔拖着被救的人露出水面，慢慢在移动。

【等其他人靠近的时候，刘叔已经体力不支，摇摇晃晃地沉了下去。

【警车声，救护车声，人群声过后，一切安静。

45. 医院　日　内

【赵文池呆呆地坐在医院大厅的椅子上。大脑里不断回闪和刘叔在一起的画面。

赵文池：（画外音）刘叔没能实现送我回家的诺言，他在救一名落水女孩的过程中献出了自己的生命，但自始至终我只知道他姓刘，他是哪儿的人，家里的联系方式是什么，我都没来得及问他，以至于最后大家只能称他为“无名英雄”。

46. 商场　日　外

【陈小月疲惫地推着自行车，走在回家的胡同里。

邻居甲：“小赵，我看到你家文池回来了。”

【陈小月听到消息，先是愣了一下，接着飞快地往家中奔去，到了家门前，丢掉自行车，冲进家中。

【院子里，赵文池站着，听到母亲回来的声音，转过身。

【陈小月看见儿子，悲喜交加，哽咽着说不出话来。

【赵文池扑通跪在地上。

赵文池：“妈，对不起。”

【陈小月冲过去，母子两人相拥而泣。

【出字幕：经过离家出走的历练，赵文池成长了，又是一年高考季，他再次加入备考队伍

47. 家　天蒙蒙亮　内

【天蒙蒙亮，赵文池收拾书包准备出门。

陈小月被吵醒，她打个哈欠，“呼”一下从床上爬起来，赶紧伸手抓过枕边的闹钟看了一眼，说：“文池啊，这不是才凌晨5点吗，你最近这几天是怎么啦，每天都这么早出发？好几天连早饭都没吃啊。”

赵文池：“噢，妈，我忘了告诉你，我们学校过两天就要组织月考了。我得抓紧时间好好温习一下生疏的知识点，早起可以去教室多看一会儿书，也好通过这次月考验证一下这样学习的效果，为高考前的冲刺做准备。”

陈小月：“妈知道你肯定是忙学习，学习是要抓紧，但你也要吃好、休息好啊！要不怎么有精力迎接高考啊？妈可不愿看着你为了争取全年级前十名的目标把自己的身体给搞垮了。”

赵文池：“没事的妈，您就放心。您儿子的身体好着呢，不会垮的。”

陈小月：“那我赶紧起来给你做饭吧，打几个荷包蛋，热一碗奶，一会儿就好，吃了你再去。”说着起床穿衣服。

赵文池：“我出去在路上找个地儿吃点就好了。您最近太辛苦，就多睡一会吧。我得赶紧走了。”说完急匆匆地离开。

陈小月停下穿衣服的动作：“这孩子，这样下去身体怎么吃得消啊。”

48. 街　日　外

【赵文池骑着自行车出门，拐过两个路口，在路边一家小摊停下。

【老板正在烤煎饼。

赵文池：“老板，给我拿两个饼，再来一杯豆浆，带走的。”

老板应一声：“好嘞！”然后拿给他，说，“一共1.5元。”

【赵文池付完钱，将早餐挂在自行车上，骑着自行车匆匆地穿过大街小巷。

49. 教室　日　内

【楼道里，赵文池一边喝豆浆一边吃饼，与后勤处的王老师擦身而过，他主动打过招呼后径直走到自己的座位坐下开始学习。

【教室里，每一张桌子上的书和资料都码了高高的一层，其他座位都是空的，赵文池一个人坐在里面看书，埋头做作业。

50. 学校　日　内

【同学们陆续走进学校，早自习铃响起。

51. 教室　日　内

【同学都在低头学习，班主任进教室，走上讲台。

班主任："大家早上好，先占用大家几分钟的时间强调一件事情。是这样，我刚才听后勤处的王老师说，最近一段时间，咱们班的赵文池同学天天提前将近两个小时到教室自习，这种刻苦备考的精神值得大家学习。你们看看，赵文池的成绩不仅在全班排第一，还这么刻苦，我们其他同学就更没有理由不刻苦了。但是，我要强调一下，虽然这种方式值得我们学习，但是大家必须注意合理安排作息，不能因为刻苦学习而挤占休息的时间，把身体拖垮，那样就得不偿失。好了，大家接着上自习。"说完，老师就走下讲台，向赵文池的座位走去，全班同学继续埋头自习。

52. 厨房　日　内

【陈小月正在厨房切菜，菜刀剁在案板上发出有节奏的声响。

【接着，倒油、点火、炒菜。随着锅里一阵油烟的萦绕，三个菜全部炒好出锅。

【陈小月拿出饭盒盛好放在旁边，又给自己盛了一碗。端起来刚吃了一口，突然放下，赶紧带着盛好的饭盒出门，挂在自行车前匆匆地穿行在大街上。

53. 操场　日　内

【操场上，几个同学坐在草坪上谈论高考志愿和理想。

【韩成杰问赵文池的高考志愿，赵文池想了想说，我的理想是考上北京航空航天大学。

54. 学校门口　日　外

【校门口，陈小月坐在花台边，手里端着饭盒不停地朝学校大门里张望。

【在陈小月的旁边，一位等候接孩子的家长倚着一辆豪华轿车懒洋洋地站着。

【陈小月的自行车孤零零地立在旁边。

家长："同志，你也是给孩子送午饭的吧？"

陈小月："嗯，是的。"

家长："你说现在的孩子，咋都不听话，天天不是忙着上网玩游戏，就是三五成群去玩，马上都要高考了都不知道着急，真是愁死人。同志，你家孩子的成绩怎么样？"

陈小月没有直接回答，而是说："我儿子最近比较用功。"

家长："哦……"

【家长一脸复杂的表情。

55. 学校　日　外

【下课铃响，同学们都匆匆地走在校园里，赵文池在人群中间，突然被班主任喊回去。

56. 办公室　日　内

班主任："你是不是加入了'中国造血干细胞捐献者资料库'？"

赵文池："是的，去年我和一个叔叔一起献血时加入的，怎么了？"

班主任："是这样的，今天上午，中华骨髓库湖北分库管理中心负责人根据你当时留的信息联系了学校办公室，说在140余万份数据检索中，你与福建一名4岁白血病患者配型成功，让学校与你沟通，确认捐献意愿。考虑到你准备参加高考，这可以说是'决定命运的一考'，学校准备回绝的，可根据那边传达的信息，说现在是患者移植骨髓的最佳时机，如果错过这个时机，患者的病情就可能会恶化。这件事经学校领导商量决定，让我站在个人立场上和你做一次沟通，征求一下你的个人意见。"

赵文池点了点头："如果我拒绝捐献，这孩子可能会没得救？"

班主任："可以这样说，虽说这是救人性命的事情，但对你来说存在很大的风险，甚至还有可能付出放弃考高的代价。因此，需要你个人想清楚。这样吧，你回去跟家长沟通一下，如果你们都没什么意见，决定好了的话，学校就给那边的负责人回一个消息，他们会过来安排后续的事宜。"

【从班主任办公室出来赵文池脸上显出一丝忧虑和矛盾。

班主任：（画外音）虽然这是救人性命的事情，但是对你来说是存在很大风险，甚至还有可能付出放弃高考的代价。

57. 校门口　日　外

校门口，陈小月看见儿子出来，急急忙忙迎上去，“儿子，饿坏了吧，赶紧吃，你看我给你做了你最喜欢的豇豆茄子，还有扣肉。”

赵文池：“妈，我不是跟您说了吗，您最近忙，午饭我自己在外边想办法吃点就成了，这么热的天您还专门跑来送饭。”说着，赵文池掏出纸巾给陈小月擦汗。

陈小月：“没事儿，儿子，我骑车，这不一会都来了吗。我给你送过来，可以节约你的时间。赶紧吃，要不然饭菜都凉了。”

【赵文池瞅了一眼陈小月，赶紧接过饭盒，吃了起来。

【陈小月看着赵文池吃饭，会心地笑了。

58. 家　晚　内

【赵文池躺在床上，翻来覆去睡不着。白天在班主任办公室的对话、前一年母亲为了让他进考场下跪、他流浪时去打工以及和刘叔相处的画面像电影一样在脑海里回放。

59. 家　日　内

【早饭桌上，陈小月和赵文池在一起吃饭。

赵文池吃了几口停顿下来，深深地注视了一眼陈小月，有点试探性地说：“妈，有件事儿我想和您商量一下。”说完，赵文池接着低头吃饭，似乎刻意在回避陈小月的眼神。

陈小月：“孩子，什么事儿啊，是不是又不让我送饭。我跟你说了，没事的，我给你送过去，可以节约你的时间。再说了，外边的菜也没什么营养，现在可是最关键的时候啊。”

赵文池：“我不是说送饭的事，我想为一个得了白血病的孩子捐献骨髓。”

陈小月：“什么？捐献骨髓？这事儿我不能同意。难道你忘记了去年迟到没能进考场耽误考试的事了？再说了，捐献骨髓可不是小事，不仅仅是耽误考试的事情啊。”

赵文池：“我知道不是小事，所以才和你商量的。”

陈小月："和我商量也没用，我坚决不同意。你看看，你爹走得早，丢下我们母子，我这么些年辛辛苦苦供你读书，这过的日子，背负的压力你又不是不知道。你好不容易考上高中，靠努力换来全年级前几名的好成绩，眼看着这就要熬出来了。现在，你又要去为一个和自己毫不相干的人捐献骨髓而放弃高考，你说让我怎么能够接受？"

赵文池："妈，我能理解你的心情，尤其对于我们家来说，我做出这个决定的同时就意味着又是一次灾难的重复。我也犹豫过，我也矛盾过。"

赵小月："既然你知道，你的决定事关我们家的命运，你还是要坚持去？"

赵文池："你有没有想过，像她和我这种骨髓配型成功的几率仅有百万分之一，而且现在骨髓库里的信息显示，目前我是唯一能和她配型的人，如果我放弃为她配型，这个生命就可能因为我这个决定而从此消失，不会再现。而我放弃高考，对我来说只是失去人生的一次选择机会。"

【陈小月没有说话，起身进了里屋。

60. 家　日　内

赵文池跟进去："妈，其实要是顺利也就是耽误一个星期的时间，我有把握能弥补这一个星期落下的功课，我有信心把捐献造血干细胞救人和高考这两件事都做好。你就相信我吧！"

陈小月沉默良久，走过来摸着赵文池的头说："孩子，你长大了！既然你已经决定捐献，无论怎样妈都支持你，因为你已经有独立的思想，有自己的判断，你在实现自己的价值，我还有什么说的呢？"

【赵文池紧紧地抱住母亲。

读者评论

作品力求反映00后青年真实的成长历程，在二十一世纪多元文化碰撞的大氛围中展现新一代少年坚守社会责任，勇于担当的精神。其总体构架通过表现孩子与父母、孩子与社会的关系，以及孩子在成长过程中的特征——烦恼、欢乐、向往、冲突、成熟……以此凸显新时代教育发展的核心理念：以人为本，弘扬当代教育和少年发展的主旋律。

票选类

PIAOXUAN LEI

网络最佳人气奖

《放飞》

获奖理由

该作品既有备考少年的现实烦忧，也有家长们为孩子规划未来的现实纠葛，且融入了地域特色，穿插讲述六堡茶的发展和振兴，记录了各种社会角色鲜活的生活画卷。

放飞（节选）

吴运兴　黄锦飞

作者简介

吴运兴，男，汉族，广西苍梧县人，本科学历，高级讲师，广西作家协会会员，梧州市作家协会名誉主席。曾在《广西文学》《羊城晚报》《广西日报》《梧州日报》等报刊发表小说、散文、文学评论等。

黄锦飞，高中语文教师、一级教师，梧州市作家协会会员。藤县文联签约作家，曾获2021年藤县人民政府文艺精品创作奖、《梧州日报》先进通讯员三等奖、梧州市建党百年征文三等奖。作品发表于《散文选刊》《西部散文选刊》《三月三》《教师报》等报刊。

（本文节选该作品第五十二章至五十四章）

第五十二章

高二下学期期末考试，黄大乐保持了班级第二名、年级第四名的好成绩，李晓菲也有进步，闯进了班级前五名、年级前十名。他们双双进入了重点班。

寒假，岳晓雯一家回老家过春节，李峦成安排三家聚餐，为李晓菲、黄大乐、岳俊成三个孩子的高考备考出谋划策。李峦成一家与黄国盛一家很久没聚会了，而岳晓雯一家与黄国盛一家则是第一次见面。老友老乡聚会，自然是喝家乡的六堡茶花酒和六堡茶。酒过三巡，茶过三杯后，便开始往孩子们高考的话题上聊。黄国盛对这次的聚会很有期待，尤其是对岳晓雯一家的“加盟”，很是兴奋。因此，他举着酒杯颇郑重地敬岳晓雯说：“老乡，今天因为孩子们的原因，以及托李校长的福，我们有幸相识，真是荣幸啊，我听峦成说，当年你是响当当的高才生，还有您的先生岳强英教授，你们都是高级知识分子，因此你们培养出的岳俊成也这么优秀，我们家黄大乐特别佩服和羡慕他，这次聚会，你们一家三口要好好地给我们传授经验，让孩子们更好地冲刺高考，夺取高考的胜利！”岳晓雯闻听黄国盛此言，三分高兴，七分谦虚，她回敬道：“谢谢黄科长，您太抬举我们了。我听我家俊成说，您家的黄大乐可是一等一的优等生，从小考试经常名列前茅，大家共享一下学习经验，多交流才好啊。”于是聚会的氛围就这样被点燃了，大家畅所欲言，大人们聊他们当年的高考，孩子们也说说自己对于高考备考的看法或困惑，思想的火花相互碰撞着，聊得不亦乐乎，方法得以借鉴，大家都觉得收获多多。

聊到兴奋处，黄国盛就问三个孩子：“你们都说说自己的梦想分别是什么，或者说说自己的目标大学是哪个吧，目标明确，行动才更有动力啊！这样吧，黄大乐，你先说。”黄大乐突然有点不好意思，或者说有点紧张，他抿了一口茶，然后说：“我的目标是中国政法大学。”大家听了立马鼓掌说：“哇，好，好！”李峦成竖起大拇指说：“大乐好样的！晓菲，你说说吧。”李晓菲含笑说：“我啊，我还是之前的目标，就是安徽农业大学啊。”

黄国盛就说：“安徽农业大学好啊，据我所知，二十世纪八十年代末，安徽农业大学有一个毕业生分配到梧州茶厂工作，姓何，是一位女士，现在是分管生产技术的副厂长了，大家都称她何大师。”于是众人又一片欢呼，其中要数李晓菲最高兴，差点就要跳起来，她在心里盘算，什么时候能够结识这位未来的师姐呢。轮到岳俊成说了，他胸有成竹地说：“我的目标是清华大学或北京大学。”此话一出，众人忙不迭连连拍掌，真不愧是在北京长大的孩子，天不怕，地不怕！

饭后，大家离开饭桌，小孩们聊小孩们的，大人们聊大人们的。

这边，黄国盛、李峦成和岳强英一边喝六堡茶一边热烈讨论。对六堡茶产业的发展，黄国盛发表了自己的看法。他说：“虽然六堡茶有一千多年的历史，也曾经作为皇帝的贡茶，但是直至今日，为什么发展不起来？关键一点，就是历朝历代缺乏推广。大家想想看，如果茶农种茶无法维持最基本的生活需求，谁还有积极性？所以只有政府下定决心加大扶持力度，才能做大做强六堡茶产业！现在政府似乎也意识到了这点。”李峦成接过话题，说：“就拿我们学校开设的‘茶叶生产与加工’专业来说，目前招生不是很理想，主要是还有很多人不了解这个专业，如果能通过政府行为，倡导各个中学把没考上高中的学生统一动员来我们学校读这个专业，培养茶产业方面的人才，不就能为农解困、助农增收吗?”岳教授紧接着说：“这个地方的产业除了六堡茶，其他产业的发展还有待挖掘。”黄国盛和李峦成连连点头称是，两人都在心里佩服岳教授的高屋建瓴。

另一边是三位夫人说说笑笑。在吃饭的时候，吴金莹就很注意观察岳俊成和李晓菲两人的表情，她发现这两个孩子特别亲近，毫无顾忌地有说有笑，冷落了自己的孩子黄大乐，心里就觉得有点不舒坦，有点酸溜溜的味道。吴金莹就说：“袁老师，你有福咯，看你女儿的表现，她是很喜欢岳俊成。”还没等袁凤珍回应，岳晓雯抢过话头，说：“金莹姐姐，何以见得?我看不出哦。”袁凤珍也接着说：“如果真是这样，也不是什么坏事啊。”三人又笑起来。

三人笑了一阵，岳晓雯又说起李晓菲研修茶学的理想，她说：“凤珍妹妹，我还是那句话，兴趣是最好的老师，晓菲这孩子志存高远，我们点赞还来不及呢，要是你和峦成还要阻止，我就觉得没有道理了。”袁凤珍说：“我们两个已经统一意见了，如果她真的是一意孤行，我们也没办法阻拦。可是晓雯姐，我怕届时她把你家俊成拐回农村，你也知道，晓菲的脾性随她爸，打定了的主意，十头牛也拉不回头的!”岳晓雯哈哈大笑，说：“这有什么要紧，现在都鼓励青年回乡创业呢，乡村振兴嘛，哪里需要青年，青年就到哪里去，农村的天地广阔，大有可为，哈哈。我们哪能真正左右孩子的选择呢，我们只能提提建议，最终还要由孩子自己定夺。还有啊，说不定以后我和他爸退休了，就回家乡养老呢，比如去六堡镇买个房子定居，多好!”说着，几个妈妈又乐了。

第五十三章

自从听了岳俊成的目标后，李晓菲就在心里暗暗地想，她的偶像岳俊成，如果到时真能考上清华大学或北京大学，自己也不能太差吧，至少要实现既定的目标——安徽农业大学，否则她怎么能跟得上岳俊成的步伐呢。凭着这样一股信念，她充满了斗志，像打了鸡血似的激发出一股前所未有的斗志，她决定在最后这个学期，进入全面冲刺阶段。她铆足了劲，把每天的学习安排得井井有条。当然了，作息都是按照学校的作息表来的，只不过她更全情投入，更认真，高效利用每一分钟。高三的最后一个学期，主要是查缺补漏，自我消化知识，自学能力很重要。李晓菲是一个善于整理和归纳的人，因此她总能通过考试查找自己的缺漏，然后很快弥补自己的不足。现在每周都有考试，在有些同学扛不住这么强的压力的时候，她始终能如鱼得水地稳步前进，成绩不断提升。在一模、二模、三模的考试中，她的成绩稳步上升，到三模时，成绩已跃居班上第四名，年级第八名，紧逼黄大乐之后。年级前十名的同学都成了学校的重点培养对象，他们是冲击全国重点院校的目标生。

在五四青年节那天，李晓菲恰好迎来了自己的18岁生日，学校为高三毕业生举行了盛大的成人礼，这是一个庆祝每一个学生成人的仪式，隆重而神圣。李晓菲非常注重这个盛大的仪式，她知道，这个仪式是郑重地告诉她已经跨入了成人的行列，这就意味着自己要对自己的未来负责了，意味着身上多了一份使命。因此，这个晚上，她再一次认认真真地思考着自己的未来，思考的结果是坚定不移地选择茶学专业，目标还是安徽农业大学，大学毕业回乡发展，致力于六堡茶的传承和发扬。她还规划了高中仅剩的最后一个月的学习计划。她想，再过一个月，就要走上考场，就要检验自己这十几年的学习成果，这一场“仗”是一场更庄重的“成人礼”，无论如何都要好好地打好这一场仗，才能青春无悔，无愧芳华，无愧于自己多年的努力，无愧于自己的梦想。

黄大乐还是那个让父母放心，让老师安心与骄傲的学生。即使在高考前最后一个月，在有些学生已经崩溃或者处于崩溃的边缘时，他的情绪依然很稳定，有条不紊地按照自己的计划进行复习。

李晓菲临考前还有一个愿望，就是想拜会一下梧州茶厂那位安徽农业大学的毕业生何副厂长，想让她也给自己鼓鼓劲、打打气，最主要的还是想通过她，了解一下利用现代工艺生产六堡茶的全流程。其实说起来李晓菲心里还有一个小算盘，她在想，按她目前的成绩，只要高考正常发挥，成绩应该会超过安徽农业大学的录取分数线，到安徽农业大学学习后，才能成为何副厂长的师妹，有了这层关系，她就有机会向何副厂长请教了。

于是李晓菲就缠住她老爸，要他想办法让她见见何副厂长，长长见识。李峦成对着女儿搔搔头皮，就说，那我找一找黄科长黄叔叔，据说他跟这何副厂长还是很熟络的。黄国盛一听李峦成有这一请求，很爽快就答应了，马上联系何副厂长，电话那头何副厂长也很乐意接待他们，还说星期天来更合适，可以带大家走走看看，听听讲解。听到这个消息，李晓菲非常兴奋，然后她就将消息告诉了黄大乐，黄大乐一听是他老爸联系的，也来了兴趣，要跟着去。

何副厂长在茶厂陈列馆笑脸迎接黄国盛、李峦成两家。李晓菲终于能见到这位未来的学姐，圆润、白皙的脸，笑容可掬，身材匀称，体态轻盈，四十七八岁的模样，谈吐优雅，浑身上下散发着知识女性的气质。大家先坐下来喝了女茶艺师泡的茶，然后上二楼参观修葺一新的六堡茶展览室，跟随讲解员，了解六堡茶的前世今生。一张张承载着六堡茶历史的照片，见证着六堡茶的辉煌，让大家目不暇接。接着大家走入生产车间，走进木板陈仓，走进一年四季恒温的茶窖，真是大开眼界！应该说，最激动、最沉不住气的要数李晓菲，她寸步不离地跟着何副厂长，生怕听漏一句话，还不时饶有兴致地东问西问。

又回到陈列室，李晓菲跟何副厂长了解安徽农业大学的相关情况，当她说明这所大学是自己心仪的学校时，何副厂长兴奋异常，如数家珍地把学校的情况告诉李晓菲。最后，何副厂长还拍了拍李晓菲的肩膀，说："预祝晓菲同学能成为我的学妹！"一句话说得她信心爆棚，心花怒放。

高考如期来临，李晓菲和黄大乐顺利参加了考试，而且都取得了较为满意的成绩，分数都高出他们的目标大学几十分，甚至上百分。李晓菲可以说是这次高考中的一匹"黑马"，她的分数是高中学习生涯中考得最好的一次，总分608分，在班级排第二名，学校排第五名，高出中国农业大学的录取分数线24分，也高出安徽农业大学的录取分数线126分，甚至高出中国政法大学的录取分数线22分。黄大乐在高考中稳定发挥，考出了比平时略高的分数，总分620分，高出中国政法大学的录取分数线34分。"三人学习联盟"中更为优秀的岳俊成也考出了自己高中学习生涯中最好的成绩，总分684分！分数高出清华大学录取分数线3分，而距离北京大学的录取分数线仅1分。

高考成绩揭晓后，最关键的就是填报志愿，这是一件大事。因此李峦成又想召集三家聚聚，一起商量孩子们填报志愿的事，同时也算是为孩子们庆祝。黄国盛也正有此意，因此一拍即合。而岳晓雯一家都在北京，回来一趟不容易，岳俊成也没什么需要讨论的，他肯定就是填报清华大学的。但退一步想，虽然岳俊成的分数超出了清华大学的录取分数线，但并不能保证一定会被录取，也有可能岳俊成突然不想填报清华大学了，而是想跟女儿李晓菲去读安徽农业大学也未可知，毕竟岳俊成这小子明显想黏着自己的女儿，也支持李晓菲读茶学专业。想到这，李峦成还是想大胆地动员岳晓雯一家回来一起讨论。于是李峦成把召集三家聚会的事跟李晓菲一说，她就很兴奋，毕竟她也想见见岳俊成。高考前他们三人约定高考后组团打游戏；高考成绩出来后，大家都考得不错，那组团打游戏的念头就蹦出脑海。想到这，李晓菲马上在群里给岳俊成发信息，“喂，岳俊成，你不是说高考后回来跟我和黄大乐组团打游戏吗，怎么不见你吱声了？黄大乐，你说是不是？”岳俊成很快发来一个“八颗牙露”的笑脸，说：“我也很想回去啊，特别是想去六堡镇玩一玩，放松放松，但老爸老妈工作忙呀，没空陪我回来，又不放心我一个人回去。我妈甚至笑话我，说你一个人回去，我们两个老人家还担心你被广西姑娘拐跑了呢？”紧接着这段话后面的是几个捂嘴笑的表情包。李晓菲稍一愣，黄大乐那边抢话道：“俊成兄弟，用你们北方话说，别自我嘚瑟了。要我说呀，我们广西能拐跑你的，估计也只有李晓菲了，晓菲，你说是不是？”随即又发上三个扮鬼脸的表情包。李晓菲脸一热，遂佯装恼怒，怼过去说：“哎哟喂，我看大乐你呀，今天一定是打翻了老妈炒菜调味用的醋瓶子啦，呵呵呵。”三个如释重负的“高三狗”，这个时候隔着时空欢快地互相调侃，快乐愉悦无比。

第五十四章

岳晓雯收到李峦成的邀请后，也一直惦念这事，只因这段时间比较忙，她本想让丈夫岳强英带儿子回来就行了，但想想儿子填报志愿那么重要的事，她不能缺席，且她也很想回来给孩子们好好贺一贺，特别是想见见李晓菲，不知怎的，她总是挂念着这个孩子，因此她最终还是把工作安排好，并请了2天的假，加上周末她就有4天的时间了，可以和大家好好聚一聚了。得知岳晓雯一家已购买机票，李晓菲和李峦成都兴奋不已，很期待见面的时刻！

雷士鹏局长也非常关注本县高考成绩，毕竟自己是教育系统的管理者。好在今年全县的高考成绩总体还不错。当然，他也关注黄大乐和李晓菲两人考得如何，毕竟他与这两家人走得较近，当听说这两个孩子都超水平发挥时，雷士鹏很高兴，分别打电话给黄国盛和李峦成，表示了祝贺，还开玩笑般提醒两位别忘了去年的相约，要在孩子们高考结束后聚一聚。电话那头的李峦成甚至还说：“还有另外一家啊！”雷士鹏听后也很兴奋，忙问：“是哪一家呢，我是否认识？”李峦成卖了个关子，说：“到时候你就知道了，现在保密。”李峦成又问起雷剑锋放假了没有，雷士鹏说回来了。

四家人如约来到李峦成家。当李峦成把岳家三口介绍给雷士鹏时，特别是说到岳俊成的高考成绩上了清华大学的录取分数线，雷士鹏对岳强英教授说：“厉害，厉害！真是虎父无犬子啊！”还想说“青出于蓝胜于蓝”这一句，旋即想想这么说似乎不妥，就收了口，转而一想，这几年全县考取清华大学和北京大学的几乎没有，要是岳俊成是本县的考生，该有多好呀！忽又想到同是广西的河池都安瑶族自治县高级中学，每年都有七八个甚至十几个考生考取清华大学和北京大学，十几年来年年如是，相比之下，不免心生愧疚。

今晚的东道主自然是李峦成和黄国盛两人。两人互相谦让了一把，最后还是黄国盛坐上了主位，然后他吩咐男士女士和孩子们各归一排，不分彼此，这样也好交流，于是大家叽叽喳喳愉快入座。李晓菲本来可以紧挨妈妈袁凤珍旁，可她偏偏要坐在雷剑锋与岳俊成中间，享受一种左右逢源的感受。实际上她也有自己的心思，一方面很好奇、很向往即将开始的大学生活，她要趁机问问雷剑锋这一年大学生活的感受；另一方面也可兼顾岳俊成的感受，毕竟他远道而来，而黄大乐几乎是天天见。当然，这是她堂而皇之的理由，其实，这个情窦已开的少女心底里非常明白，坐在不同人的旁边，就会有截然不同的感受，坐在黄大乐身边的心情是愉快的，而坐在岳俊成身边的感觉是很微妙，好像他身上有一块磁铁吸引她一般。

吃饭开始前自然免不了有开场白。只见黄国盛把桌上那瓶包装精致的六堡茶花酒拆开，拧开盖，咕噜咕噜先往几个大杯灌，然后朗声叫道：“六堡茶花酒一开，各家好事自然来！今天是岳俊成、黄大乐和李晓菲三人高考完胜的日子，借李校长、峦成兄的六堡茶花酒，大家举杯，热烈祝贺！”于是，大伙纷纷起身，齐齐祝福。酒过三杯，大家自由发挥，于是男人们又互相敬酒；女人们细嚼慢咽，举止优雅；孩子们则兴高采烈，交头接耳，好不热闹！

吃饭的高潮莫过于三个年轻人的考后感言。雷剑锋自告奋勇地充当起主持人，只见他站起来，将双手掌合成喇叭状，说：“老爸老妈、叔叔阿姨们好！我有个提议，请他们几个学弟学妹都来讲几句考后的感言，怎么样?”大家纷纷鼓掌表示赞同。于是，岳俊成带头讲了感谢父母养育、陪伴之类的老套话。紧接着是黄大乐，也无非是感恩老师教诲之类乏善可陈的语言。当然，这个时候只有发自内心、情真意切地讲这些，父母才相信自己的孩子已经真正成长起来了。轮到李晓菲了，众人期待的目光转向她。只见她站起来，说：“俊成和大乐他们刚才讲的话，我在成人礼的时候已经讲过，不想重复，我只想讲一点，谢谢老爸老妈终于可以理解女儿的志趣与意向！从初中二年级开始，我也不知道为什么，突然就喜欢上六堡茶，我印象最深的就是那位六堡茶非物质文化遗产传承人，既当村党总支部书记又是人民代表大会代表的祝阿姨，经她那双巧手，能够把一片片嫩绿叶子变成人们杯中清香润喉、健康的茶汤，变成大众喜欢的饮品，简直太神奇了，太不可思议了！这几年来，祝阿姨炒茶、制茶的场景不知在我的梦里出现过多少次！还有就是万亩茶园与六堡镇的风光，带给我无限的惊奇和震撼，每去一次去六堡镇，这种感觉就加深一次，深深地刻在我的记忆里，我不知道俊成、大乐和剑锋有没有这样的感受？所以从那时起，直到现在，我心心念念的是想学茶艺，修茶学。说实在话，我刚开始是好奇，然后是赌气，再后来通过了解才真正爱上茶学，于是就死心塌地般再也不能忘记。现在想来，一次次赌气与一次次坚持的背后是老爸老妈的纠结、失望和伤心！在此对你们说一声，老爸老妈，对不起了！”李晓菲说着停顿了一下，逡巡了一回众人的表情，看着大家都聚精会神地听她讲，而且老爸手端着满满一杯酒，定睛看着她，像不认识她一般，摆成了一尊活雕塑！李晓菲咬咬牙道：“最后，我想说的是，恐怕我还会令老爸老妈再失望一次！虽然我的高考分数超过了安徽农业大学录取分数线100多分，但是我还是坚持填报这所大学！”李晓菲又停顿了一下，看着在座各位瞬间变换的表情与不解的目光，继续说：“你们一定会认为我傻，我犟，我是十足的二百五；认为读茶学可以，这么高的分数，为啥一定要填报安徽农业大学？而不是中国农业大学或其他大学?！告诉大家，因为这所大学出了一个著名的茶专家，也是梧州茶厂的何副厂长，我未来的师姐，她是我的偶像，我立志要像她那样，将来做个制茶大师！这一点，老爸老妈是知道的，也是认可的吧？但是你们不知道的是，我之所以考得这么好的成绩，是要用分数来证明我的实力！但我还是那么死心眼！我还想说，除非你们能让何大师何师姐来说服我改变主意！呵呵，我讲完了，谢谢老爸老妈，谢谢大家！”

这个时候，袁凤珍发话了，她走向李晓菲，轻轻地抚摸着李晓菲的脑袋，有点恨铁不成钢地说：“晓菲呀，之前你说想读茶学专业，我是不太认同的，但是你非要坚持，我们也只能接受。现在你的分数已远超安徽农业大学的录取分数线了，并且也达到了中国政法大学的录取分数线，你还想填报安徽农业大学，我就觉得不划算，觉得你很吃亏！宝贝，要不这样，你跟黄大乐一起填报中国政法大学好吗？就不读这个茶学专业了，你读法学专业，将来毕业留在北上广深这些大城市做个律师也好啊。”李晓菲皱起眉头说：“老妈，您也真是的，越说越离谱了哈，怎么还想让我读中国政法大学？”李峦成忙给袁凤珍递个眼色，意思是别刺激女儿了。李峦成接着说：“女儿啊，我知道你决心已定，非茶学不读，我们也不好再说什么，但是老爸有一句话要送给你：爱一行，干一行，而干一行，就要爱一行。你选择茶学，既然爱上它，就要认真对待它，笃定前行，不达目的誓不罢休，这样，我相信你一定能在这条道上走出一条自己的路。”李峦成停顿了一下，又说：“不过呢，既然你的分数也达到了中国农业大学，它可是985院校，而安徽农业大学只是211院校，我们为何要弃985院校？而选211院校呢？说出去，人家还以为我家的丫头是书读多了把脑袋读傻了呢？”黄国盛也搭上嘴说：“对啊，这样你浪费了100多分呢。”雷士鹏也连声附和着说：“对啊，对啊。”李峦成看向岳晓雯，用眼神向她求救，岳晓雯的目光聚焦在李晓菲身上，说：“我也希望你填报中国农业大学，因为这所学校在北京，这样你就可以跟俊成和大乐在同一座城市上学了，他们俩的目标大学都在北京呢，而且我还可以经常看到你。”岳晓雯这么一说，大家都齐齐拍掌，说太对了！李晓菲感到脸有点热辣辣的，她一时不知如何应答，觉得岳阿姨说得也很有道理。这时岳强英教授发言了，他说：“我首先祝贺晓菲还有大乐以及俊成能考得满意的成绩，我也很欢迎晓菲来北京上学。但正如刚才晓菲所说，中国农业大学是没有茶学专业的，所以如果一定要读茶学，就选不了中国农业大学，除非换个专业。”大家又齐齐“哦”的一声，语气里透露出一种遗憾，可李晓菲却因此有点兴奋起来，她说：“这很好嘛，这样我就更不用纠结啦，你们也不用费心劝我了，岳叔叔，谢谢您给大家提个醒，哈！”李晓菲做出胜利的手势。

读者评论

长篇小说《放飞》以细腻抒情的文笔，描写了当代校园生活的生动图景，作品充满着青春活泼的气息，几个主要人物各有自己的个性和追求。主人公李晓菲的人物形象刻画得比较成功，她既有豆蔻少女的活泼青涩，更有男孩子般的阳光率性。

更值得一提的是，这部小说把梧州着力打造的地方特色产业——六堡茶融入其中并贯穿始终，将产业文化与文学作品有机融合。读者通过这部作品，对六堡茶及其历史也有了较全面的认识。

小说梗概

《放飞》讲述了女主人公李晓菲立志研修茶学，决心传承六堡茶文化的故事。主人公李晓菲在六堡镇观看茶道表演后，对六堡茶产生了浓厚的兴趣，在六堡茶非遗传承人的启发下，她萌生了学茶艺和传承六堡茶文化的念头。

由于学茶心切，李晓菲想初中毕业就去父亲李峦成任职的职校学茶艺。遭到父母的极力反对。好在李峦成一家三口的北京之旅，改变了李晓菲读职校的初衷，也终于让李晓菲下定决心，转而刻苦努力，发誓要考上名牌大学，全面、系统研修茶学，学成以后为家乡的茶产业发展贡献自己的力量。经过不断努力，她最终考上了心仪的大学，放飞了自己的梦想。